Tradução de
Edmo Suassuna

4ª edição

EDITORA RECORD
RIO DE JANEIRO • SÃO PAULO
2021

CIP-BRASIL. CATALOGAÇÃO NA FONTE
SINDICATO NACIONAL DOS EDITORES DE LIVROS, RJ

C787c Cook, Glen
4ª ed.   A Companhia Negra / Glen Cook; tradução de Edmo Suassuna. – 4ª ed. – Rio de Janeiro: Record, 2021.

   Tradução de: The Black Company
   ISBN 978-85-01-09921-1

   1. Ficção americana. I. Suassuna, Edmo. II. Título.

12-1572.   CDD: 813
                                                CDU: 821.111(73)-3

Título original em inglês:
The Black Company

Copyright © 1984 by Glen Cook
Publicado mediante acordo com o autor por intermédio de BAROR INTERNATIONAL, INC., Armonk, Nova York, Estados Unidos.

Texto revisado segundo o novo Acordo Ortográfico da Língua Portuguesa.

Todos os direitos reservados. Proibida a reprodução, no todo ou em parte, através de quaisquer meios. Os direitos morais do autor foram assegurados.

Editoração eletrônica: Ilustrarte Design e Produção Editorial

Direitos exclusivos de publicação em língua portuguesa somente para o Brasil adquiridos pela
EDITORA RECORD LTDA.
Rua Argentina, 171 - Rio de Janeiro, RJ – 20921-380 – Tel.: 2585-2000, que se reserva a propriedade literária desta tradução.

Impresso no Brasil

ISBN 978-85-01-09921-1

Seja um leitor preferencial Record.
Cadastre-se e receba informações sobre nossos lançamentos e nossas promoções.
Atendimento e venda direta ao leitor:
sac@record.com.br

*Este livro é dedicado às pessoas da Sociedade de Ficção Científica de St. Louis.
Amo todos vocês.*

Capítulo Um

LEGADO

Houve prodígios e maravilhas suficientes, é o que o Caolho diz. Temos de culpar a nós mesmos por interpretá-los mal. A deficiência do Caolho não prejudica nem um pouco sua admirável capacidade de olhar para trás.

Relâmpagos num céu limpo atingiram a Colina Necropolitana. Um dos raios acertou a placa de bronze que selava a tumba dos forvalakas, obliterando metade do feitiço de confinamento. Choveu pedras. Estátuas sangraram. Sacerdotes de vários templos relataram vítimas de sacrifício sem corações ou fígados. Uma dessas vítimas escapou depois de ter as tripas abertas, e não foi recapturada. Na Caserna da Forquilha, onde as Coortes Urbanas estavam aquarteladas, a imagem de Teux se virou completamente para trás. Por nove noites seguidas, dez abutres negros circularam o Bastião. Então um deles expulsou a águia que vivia no topo da Torre de Papel.

Os astrólogos se recusavam a fazer mapas astrais, temendo pelas próprias vidas. Um vidente louco vagava pelas ruas proclamando o iminente fim do mundo. No Bastião não apenas a águia partiu, mas a hera nas muralhas exteriores secou e foi substituída por trepadeiras que pareciam completamente negras sob toda luz que não viesse diretamente do sol.

Porém, isso acontecia todos os anos. Os tolos conseguem encontrar profecias em qualquer evento do passado.

Mas nós *deveríamos* ter nos preparado melhor. Nós tínhamos quatro feiticeiros razoavelmente talentosos para vigiar os amanhãs predatórios, mesmo que nunca por meios tão sofisticados quanto a adivinhação utilizando entranhas de ovelha.

Ainda assim, os melhores áugures são aqueles que veem o futuro com base nos portentos do passado. Eles compilam registros fenomenais.

Berílio cambaleia perpetuamente, sempre pronta para se atirar de um precipício ao caos. A Rainha das Cidades Preciosas era velha, decadente e louca, cheia do fedor da degeneração e do mofo moral. Apenas um idiota se surpreenderia com qualquer coisa que vagasse pelas ruas noturnas.

Eu tinha aberto completamente todas as persianas, rezando por uma brisa do porto, mesmo que ela trouxesse o cheiro dos peixes podres. Não havia corrente de ar suficiente para fazer tremular uma teia de aranha. Enxuguei o suor do rosto e fiz uma careta para meu primeiro paciente.

— Pegou chatos no saco de novo, Crespo?

O soldado sorriu fracamente, o rosto pálido.

— É meu estômago, Chagas. — A careca de Crespo parecia um ovo de avestruz bem polido. Daí o nome. Eu conferi a escala da guarda e os horários de serviço. Não havia nada que ele pudesse querer evitar. — Tá ruim, Chagas. De verdade.

— Hum. — Assumi minha postura profissional, já sabendo qual era o problema. A pele do Crespo estava fria e úmida, apesar do calor. — Você andou comendo fora do Comissariado ultimamente, Crespo? — Uma mosca pousou na careca dele e desfilou como uma imperatriz. Ele não percebeu.

— É, umas três ou quatro vezes.

— Hum. — Misturei um preparado leitoso repugnante. — Beba isto. Tudo.

O rosto do Crespo se contorceu ao provar a mistura.

— Olha, Chagas, eu...

O simples *cheiro* da coisa me embrulhava o estômago.

— Beba, companheiro. Dois homens morreram antes de eu arranjar isso. Então o Tucão tomou o remédio e sobreviveu. — Esses eventos estavam sendo comentados na Companhia.

Crespo bebeu.

— Então é veneno? Os malditos azulões armaram pra cima de mim?

— Fica frio. Você vai ficar bem. Pois é. Parece que foi isso mesmo.

— Eu tive que abrir Olho-Seco e Bruce Doido para descobrir a verdade. Era um veneno sutil. — Deite-se aqui no catre para pegar uma brisa. Bem, se aparecer alguma merda de vento. E fica quieto. Deixa a mistura funcionar.

Eu o ajudei a se ajeitar.

— Diga-me o que você comeu fora.

Peguei uma caneta e um mapa preso ao mural. Havia feito o mesmo com Tucão, e com Bruce Doido antes de ele morrer, e mandado o sargento do pelotão de Olho-Seco refazer os passos dele. Eu tinha certeza de que o veneno vinha de um dos barzinhos próximos, frequentados pela guarnição do Bastião.

Crespo indicou uma taverna em comum com todas as outras vítimas.

— Bingo! Pegamos os canalhas agora.

— Quem? — Crespo estava pronto para ir acertar as contas pessoalmente.

— Você fica aqui descansando. Eu vou falar com o Capitão. — Dei tapinhas reconfortantes no ombro dele e verifiquei a sala de espera. Crespo seria o único paciente daquela manhã.

Fiz o caminho mais comprido, ao longo da Muralha de Trejano, que tem vista para o porto de Berílio. Na metade da travessia eu parei e olhei para o norte, além do quebra-mar e do farol da Ilha da Fortaleza, para o Mar das Tormentas. Velas multicoloridas salpicavam as pobres águas marrons enquanto embarcações costeiras navegavam pela teia de rotas que conectavam as Cidades Preciosas. O ar mais elevado estava estagnado, abafado e nevoento. Não era possível ver o horizonte. Mas ao nível do mar o ar parecia em movimento. Havia sempre vento ao redor da ilha, ainda que ele evitasse a costa como se temesse a lepra. Mais perto, as gaivotas que giravam no céu estavam tão mal-humoradas e apáticas quanto a maioria dos homens ao fim do dia.

Mais um verão suado e fuliginoso a serviço do Síndico de Berílio, protegendo-o sem descanso de rivais políticos e das indisciplinadas tropas nativas. Mais um verão dando duro para receber a mesma recompensa que

Crespo. O pagamento era bom, mas não na medida da alma. Nossos antecessores teriam vergonha de nos ver tão diminuídos.

Berílio é azedada pela miséria, mas também antiga e intrigante. Sua história é um poço sem fundo, cheio de águas turvas. Eu me divirto mergulhando nas profundezas sombrias, tentando isolar fatos da ficção, das lendas e dos mitos. Não é uma tarefa fácil, pois os historiadores antigos da cidade escreviam com o intuito de agradar aos poderosos de seu tempo.

O período mais interessante para mim é o reino antigo, que também é aquele que oferece os piores registros. Foi então, no reinado de Niam, que os forvalakas chegaram, foram derrotados após uma década de terror, e confinados à tumba negra no topo da Colina Necropolitana. Ecos daquele sofrimento ainda existem no folclore e nas admoestações das mães para os filhos travessos. Hoje ninguém mais se lembra do que foram os forvalakas.

Voltei a andar, me desesperando com o calor inclemente. As sentinelas, em seus quiosques sombreados, usavam toalhas enroladas nos pescoços.

Uma brisa me causou espanto. Virei-me para o porto. Um navio contornava a ilha, uma enorme e lerda besta que fazia dhows e faluchos parecerem botes. Um saliente crânio prateado estava estampado no centro da vela negra completamente enfunada. Os olhos do crânio brilhavam. Chamas ardiam detrás dos dentes quebrados. Um anel de prata cintilante circundava a caveira.

— O que diabos é aquilo?

— Não sei, Branquelo.

O tamanho da nau me impressionou mais do que a vela escandalosa. Os quatro modestos feiticeiros que tínhamos na Companhia seriam capazes de igualar o espetáculo, mas eu jamais vira uma galera com cinco fileiras de remos.

Eu me lembrei da minha missão.

Bati à porta do Capitão. Ele não respondeu. Entrei sem ser convidado, e me deparei com ele roncando na grande poltrona de madeira.

— Ei! — gritei. — Fogo! Revolta no Grunhido! Dançarino no Portão da Alvorada! — Dançarino foi um general dos velhos tempos que quase destruiu Berílio. As pessoas ainda estremecem à menção do nome dele.

O Capitão não se abalou. Não abriu os olhos nem deu um sorriso.

— Você é muito presunçoso, Chagas. Quando vai aprender a utilizar os devidos canais? — Utilizar os canais significava chatear primeiro o Tenente. Não interrompa a soneca do Capitão a menos que os Azulões estejam assaltando o Bastião.

Falei sobre Crespo e minha tabela.

O Capitão tirou os pés do tampo da mesa.

— Isso parece serviço para o Clemente — afirmou o Capitão com dureza na voz. A Companhia Negra não admitia ataques maliciosos contra seus soldados.

Clemente era nosso mais cruel líder de pelotão. Ele achou que uma dúzia de homens bastaria, mas deixou que eu e Calado fôssemos junto. Eu poderia cuidar dos feridos. Calado seria útil se os Azulões resolvessem pegar pesado. Tivemos que esperar pelo mago por metade do dia, enquanto ele fazia uma visita rápida ao bosque.

— O que diabos você andou fazendo? — indaguei quando ele voltou, carregando um saco bem esfarrapado.

Ele apenas sorriu. Calado ele é, e calado ele fica.

O bar se chamava Taverna da Toupeira. Lugarzinho confortável. Eu tinha passado várias noites lá. Clemente designou três homens para a porta de trás e dois para cada uma das duas janelas. Mandou outros dois para o telhado. Todos os prédios de Berílio têm um alçapão no teto. As pessoas dormem no telhado durante o verão.

Clemente liderou o resto do grupo taverna adentro.

Ele era um sujeitinho pequeno e arrogante, dado a gestos dramáticos. A entrada dele deveria ter sido precedida por trombetas.

A multidão ficou paralisada, encarando nossos escudos e nossas lâminas nuas, os fiapos dos rostos severos pouco visíveis por entre as fendas dos elmos.

— Verus! — gritou Clemente. — Traga seu traseiro gordo até aqui!

O avô da família responsável pelo estabelecimento apareceu. Ele se aproximou de nós como um vira-lata que espera levar um chute. A clientela começou a cochichar.

— Silêncio! — trovejou Clemente. Ele conseguia produzir grandes rugidos a partir daquele pequeno corpo.

— Como podemos lhes ajudar, estimados senhores? — perguntou o velho.

— Você pode trazer seus filhos e netos aqui, Azulão.

Cadeiras rangeram. Um soltado bateu com a espada no tampo de uma mesa.

— Fiquem sentados — ordenou Clemente. — Quem estiver apenas almoçando pode ficar tranquilo. Vai ser liberado em uma hora.

O velho começou a tremer.

— Não entendo, senhor. O que nós fizemos?

Clemente sorriu com maldade.

— Ele faz o papel de inocente muito bem. Estou falando de assassinato, Verus. Duas acusações de assassinato por envenenamento. Duas acusações de tentativa de assassinato por envenenamento. Os magistrados decretaram a punição dos escravos. — Ele estava se divertindo.

Clemente não era uma das minhas pessoas favoritas. Ele jamais tinha deixado de ser o garoto que arrancava as asas das moscas.

A punição dos escravos significava ser deixado para as aves carniceiras após uma crucificação pública. Em Berílio apenas os criminosos eram enterrados sem cremação, ou simplesmente deixados sem sepultamento.

Uma confusão se iniciou na cozinha. Alguém tentava sair pela porta dos fundos. Nossos homens estavam discordando disso.

O salão explodiu. Uma onda de pessoas brandindo adagas se abateu sobre nós.

A massa nos empurrou de volta à porta. Os que eram inocentes, obviamente, temiam ser condenados com os culpados. A justiça de Berílio é rápida, rudimentar e raramente dá ao réu uma oportunidade de se defender.

Uma adaga escapou por entre os escudos. Um de nossos homens caiu. Não sou um grande guerreiro, mas assumi o lugar dele. Clemente disse algo sarcástico que eu não ouvi direito.

— Você desperdiçou sua chance de ir para o Paraíso — retruquei. — Está fora dos Registros para sempre.

— Bobagem. Você não deixa nada de fora.

Uma dúzia de cidadãos tombou. O sangue se acumulou em pontos baixos do assoalho. Espectadores se reuniram do lado de fora. Logo algum aventureiro nos atacaria por trás.

Uma adaga fez um corte superficial em Clemente. Ele perdeu a paciência.

— Calado!

Calado já estava trabalhando, mas ele era Calado. Isso significava nada de barulho e muito pouco brilho ou fúria.

Clientes da Toupeira começaram a dar tapas no rosto e socar o ar, esquecendo a gente. Eles pulavam e dançavam, agarrando as costas e os traseiros, guinchando e uivando de maneira digna de pena. Vários desmaiaram.

— O que diabos você fez? — perguntei.

Calado sorriu, exibindo dentes afiados. Ele passou a mão escura sobre meus olhos. Vi o Toupeira por um ponto de vista um pouco diferente.

A bolsa que ele tinha arrastado de fora da cidade se revelou um daqueles ninhos de vespas que podem ser encontrados, se você for azarado, nas florestas ao sul de Berílio. Os ocupantes eram os monstros parecidos com zangões que os camponeses chamavam de vespas glabras. Elas têm um temperamento horrendo, sem igual na natureza. Atacaram rapidamente os clientes da Toupeira, sem incomodar nossos rapazes.

— Bom trabalho, Calado — comentou Clemente, após descontar sua raiva em vários dos civis. Em seguida, arrebanhou os sobreviventes até a rua.

Examinei nosso irmão golpeado enquanto o soldado ileso dava cabo dos feridos. Economizar o preço de um julgamento e do carrasco ao Síndico, era assim que Clemente chamava aquilo. Calado observou, ainda sorrindo. Ele também não é muito bonzinho, mesmo que poucas vezes participe diretamente.

Levamos mais prisioneiros do que esperávamos.

— Tinha um monte deles. — Os olhos de Clemente cintilavam. — Obrigado, Calado. — A fila se estendia por um quarteirão.

A sorte é uma vadia fugaz. Ela nos levara à Taverna da Toupeira num momento crítico. Ao fuçar pelo lugar, nosso feiticeiro tinha descoberto um prêmio, um grupo oculto num esconderijo sob a adega. Dentre eles se encontravam alguns dos Azulões mais conhecidos.

Clemente matraqueou, se perguntando em voz alta qual seria o tamanho da recompensa que nosso informante merecia. Não existia informante algum. A tagarelice era apenas para evitar que nossos magos de estimação virassem os alvos principais. Nossos inimigos rastejariam pelos esgotos, procurando espiões fantasmas.

— Leve-os para fora — comandou Clemente. Ainda sorrindo, ele encarou a multidão emburrada. — Acha que eles vão tentar alguma gracinha?

— Eles não tentaram. A confiança suprema de Clemente desanimou qualquer um que tivesse alguma ideia.

Avançamos por entre ruas labirínticas, quase tão velhas quanto o mundo, com nossos prisioneiros arrastando os pés, desanimados. Eu olhava tudo, deslumbrado. Meus camaradas são indiferentes ao passado, mas eu não posso deixar de ficar maravilhado — e às vezes também intimidado — com a profundidade da história de Berílio.

Clemente ordenou uma parada inesperada. Tínhamos chegado à Avenida dos Síndicos, que vai da Casa da Alfândega até o portão principal do Bastião. Uma procissão seguia pela avenida. Embora tivéssemos alcançado a intercessão primeiro, Clemente havia cedido a passagem.

A procissão consistia em cem homens armados. Eles pareciam mais durões que qualquer um em Berílio, exceto nós. O líder era uma figura sombria montada no maior garanhão negro que eu já vira. Esse cavaleiro era pequeno, afeminadamente esguio, vestindo couro negro e gasto. Usava um morrião preto que lhe cobria completamente a cabeça, e luvas pretas que lhe ocultavam as mãos.

— Pelos infernos — sussurrou Clemente.

Fiquei perturbado. O cavaleiro me provocou calafrios. Alguma coisa primitiva dentro de mim queria correr, mas a curiosidade falou mais alto. Quem seria ele? Teria vindo daquele navio estranho no porto? Por que estava aqui?

O olhar sem olhos do cavaleiro nos esquadrinhou indiferente, como se contemplasse um rebanho de ovelhas. Então voltou num tranco, fixando-se em Calado.

Calado encarou de volta, sem medo ou hesitação. E mesmo assim pareceu, de alguma forma, diminuído.

A coluna seguiu em frente, endurecida, disciplinada. Estremecido, Clemente botou nosso grupo para andar novamente. Entramos no Bastião apenas alguns metros atrás dos forasteiros.

Tínhamos capturado a maior parte dos líderes mais conservadores dos Azulões. Quando os rumores da batida se espalharam, os tipos voláteis resolveram botar os músculos para trabalhar, e iniciaram algo monstruoso.

O clima perpetuamente abrasivo faz coisas terríveis com a razão dos homens. A turba de Berílio é selvagem. Os tumultos e revoltas acontecem quase sem provocação. Quando as coisas vão mal, os mortos chegam aos milhares. Esta foi uma das piores vezes.

O exército é metade do problema. Uma sucessão de Síndicos fracos e que permaneceram pouco tempo no cargo fez com que a disciplina relaxasse. As tropas estão fora de controle agora. Geralmente, porém, os soldados agem contra os desordeiros. Eles consideram a supressão de tumultos uma licença para saquear.

O pior aconteceu. Várias coortes da Caserna da Forquilha exigiram uma doação especial antes de obedecer à diretriz de restabelecer a ordem. O Síndico se recusou a pagar.

As coortes se amotinaram.

O pelotão de Clemente rapidamente estabeleceu um ponto de resistência perto do Portão do Lixo e conteve todas as três coortes. A maioria de nossos homens morreu, mas nenhum fugiu. Clemente perdeu um olho, um dedo, foi ferido no ombro e no quadril, e tinha mais de cem furos no escudo quando os reforços chegaram. Ele foi trazido até mim mais morto do que vivo.

No fim, os amotinados preferiram se espalhar para não ter de enfrentar o resto da Companhia Negra.

O levante foi o pior que alguém podia se lembrar. Perdemos quase cem irmãos tentando suprimi-lo. Mal poderíamos nos dar ao luxo de perder um. No Grunhido as ruas estavam cobertas de cadáveres. Os ratos engordaram. Nuvens de abutres e corvos migraram para a cidade, vindos do campo.

O Capitão mandou a Companhia se retirar para o Bastião.

— Deixem que o levante acabe sozinho — afirmou ele. — Já fizemos demais. — O humor dele estava além do amargor, enojado. — Nosso contrato não exige que nós cometamos suicídio.

Alguém fez uma piada sobre nós cairmos sobre nossas espadas.

— Parece que é isso que o Síndico espera.

Berílio tinha destruído nossa moral, mas não havia deixado ninguém tão desiludido quanto o Capitão. Ele se culpava por nossas perdas. De fato, ele tentou renunciar ao comando.

A turba tinha caído num esforço emburrado, relutante e volúvel de manter o caos, interferindo em qualquer tentativa de enfrentar incêndios ou evitar saques, mas, fora isso, eles apenas vagavam. As coortes amotinadas, incrementadas com desertores de outras unidades, estavam sistematizando o assassinato e a pilhagem.

Na terceira noite eu montei guarda na Muralha de Trejano, sob as estrelas desapontadas, como uma sentinela voluntária e idiota. A cidade parecia estranhamente calma. Eu poderia ter ficado mais ansioso se não estivesse tão cansado. Aquela era a única maneira de permanecer acordado.

Tom-Tom apareceu.

— O que você está fazendo aqui, Chagas?

— Ocupando o posto.

— Você parece um defunto. Vá descansar.

— Você também não está tão bem assim, nanico.

Ele deu de ombros.

— Como vai o Clemente?

— Ainda não está a salvo. — Eu tinha poucas esperanças, na verdade. Apontei. — Você sabe alguma coisa sobre aquilo lá? — Um grito isolado ecoou ao longe. Tinha uma qualidade que o separava de outros gritos recentes. Aqueles foram cheios de dor, raiva, medo. Este fedia a algo mais sombrio.

Tom-Tom pigarreou e resmungou daquele jeito que ele e o irmão, Caolho, faziam. Quando você não sabe alguma coisa, eles consideram que isso é um segredo que vale a pena ser mantido. Feiticeiros!

— Dizem por aí que os amotinados quebraram o selo da tumba dos forvalakas enquanto pilhavam a Colina Necropolitana.

— Hein? Então aquelas coisas estão soltas?

— O Síndico acha que sim. O Capitão não leva isso muito a sério.

Eu também não levava, mas Tom-Tom parecia preocupado.

— Eles pareciam durões. O pessoal que esteve aqui naquele dia.

— Deveríamos ter recrutado os caras — comentou ele, com um tom de tristeza. Ele e Caolho já estavam com a Companhia havia muitos anos. Tinham visto boa parte de seu declínio.

— Por que eles estiveram aqui?

Tom-Tom deu de ombros.

— Vá descansar, Chagas. Não se mate. Não vai fazer a menor diferença no fim. — Ele saiu andando devagar, perdido na selva dos próprios pensamentos.

Eu levantei uma das sobrancelhas. Ele estava *muito* deprimido. Dei as costas aos incêndios e luzes e à perturbadora ausência de barulho. Meus olhos insistiam em se fechar, minha visão se enevoava. Tom-Tom estava certo. Eu precisava dormir.

Das trevas veio mais um daqueles gritos estranhos e sem esperança. Desta vez mais perto.

— Levanta, Chagas. — O Tenente não foi gentil. — O Capitão quer ver você no refeitório dos oficiais.

Eu grunhi. Xinguei. Ameacei violência de primeiro grau. Ele sorriu, apertou o nervo do meu cotovelo, me fez rolar para o chão.

— Já levantei — resmunguei, tateando em busca das minhas botas. — O que foi?

Ele já tinha ido.

— Clemente vai sobreviver, Chagas? — indagou o Capitão.

— Acho que não, mas já vi milagres maiores.

Os oficiais e sargentos estavam todos lá.

— Você quer saber o que está acontecendo — comentou o Capitão.

— O visitante daquele dia era um enviado de além-mar. Ofereceu uma aliança. O poderio militar do norte em troca do apoio das frotas de Berílio. Me soou bastante razoável. Mas o Síndico está sendo teimoso. Ele ainda está aborrecido com a conquista de Opala. Sugeri a ele que fosse mais flexível. Se esses nortistas forem vilões, então a opção de aliança poderia ser o menor dentre muitos males. Melhor ser um aliado que um súdito. Nosso problema é: que posição tomar, se o legado pressionar?

— Nós nos negaríamos a lutar contra esses nortistas, se ele der a ordem? — indagou Manso.

— Talvez. Lutar contra um mago poderia ser nosso fim.

Bam! A porta do refeitório foi aberta de supetão. Um homenzinho pardo e magricelo, precedido por um enorme bico aquilino que lhe servia de nariz, irrompeu refeitório adentro. O Capitão se levantou num salto e bateu os calcanhares.

— Síndico.

O nosso visitante bateu com os dois punhos na mesa.

— Você mandou seus homens recuarem para o Bastião. Não estou pagando vocês para se esconderem como cães açoitados!

— Também não está nos pagando para sermos mártires — respondeu o Capitão na voz de "argumentar com idiotas" dele. — Somos uma guarda pessoal, e não a polícia. Manter a ordem é tarefa das Coortes Urbanas.

O Síndico estava cansado, perturbado, assustado, em seu último fôlego emocional. Como todo mundo.

— Seja razoável — sugeriu o Capitão. — Berílio já está em um caminho sem volta. O caos governa as ruas. Qualquer tentativa de restaurar a ordem fracassará. A cura agora é a doença.

Gostei disso. Tinha começado a odiar Berílio.

O Síndico pareceu encolher.

— Ainda tem os forvalakas. E aquele abutre do norte, esperando além da Ilha.

Tom-Tom acordou de uma meia-soneca.

— Além da Ilha, você disse?

— Esperando que eu vá implorar.

— Interessante. — O pequeno feiticeiro voltou à soneca.

O Capitão e o Síndico começaram a discutir os termos de nosso contrato. Eu peguei nossa cópia do acordo. O Síndico tentou esticar as cláusulas com comentários do tipo "Sim, mas...". Claramente, ele gostaria de lutar se o legado nortista começasse a mostrar as garras.

Elmo começou a roncar. O Capitão nos dispensou, voltando a argumentar com nosso empregador.

Acho que sete horas valem como uma noite de sono. Não estrangulei Tom-Tom quando ele me acordou. Mas resmunguei e reclamei até que ele ameaçou me transformar num asno zurrando no Portão da Alvorada. Só então, depois de eu ter me vestido e me juntado a vários outros, percebi que não fazia a menor ideia do que estava acontecendo.

— Vamos examinar uma tumba — explicou Tom-Tom.

— Hein? — Não sou muito esperto de manhã.

— Vamos à Colina Necropolitana para dar uma olhada na tumba dos forvalakas.

— Espera aí...

— Covarde? Sempre achei que você fosse, Chagas.

— Do que você está falando?

— Não se preocupe. Você terá três feiticeiros de primeira com você, sem nada mais para fazer a não ser pajear seu traseiro. Caolho queria vir também, mas o Capitão quer que ele fique por perto.

— Eu só quero saber por que nós vamos lá.

— Para descobrir se vampiros existem. Eles poderiam ser uma armação de seu navio assustador.

— Truque bacana. Talvez nós devêssemos ter pensado nisso. — A ameaça dos forvalakas tinha feito o que nenhum exército seria capaz: acalmar os tumultos.

Tom-Tom concordou com a cabeça e arranhou o pequeno tambor que lhe deu o nome. Eu arquivei o pensamento. Ele é pior que o irmão na hora de admitir os pontos fracos.

A cidade estava quieta como um velho campo de batalha. Como um campo de batalha, estava cheia de fedor, moscas, saqueadores de cadáveres e mortos. Os únicos sons eram o pisar de nossas botas e, em uma ocasião, o choro lamentoso de um cão triste que montava guarda junto ao dono morto.

— O preço da ordem — murmurei. Tentei fazer o bicho fugir, mas ele não se moveu.

— O custo do caos — retrucou Tom-Tom. *Tom*, ele fez no tambor. — Não são exatamente a mesma coisa, Chagas.

A Colina Necropolitana é mais alta que a base do Bastião. Do Claustro Superior, onde ficam os mausoléus dos ricos, eu podia ver o navio nortista.

— Lá está ele, parado, esperando — comentou Tom-Tom. — Como afirmou o Síndico.

— Por que eles simplesmente não invadem? Quem poderia impedi-los? Tom-Tom deu de ombros. Ninguém mais opinou.

Alcançamos a famosa tumba. Tinha a aparência certa para o papel que desempenhava nos rumores e lendas. Era muito, muito velha, definitivamente atingida por relâmpagos, e profanada por marcas de ferramentas. Uma grossa porta de carvalho havia sido arrombada. Lascas e estilhaços jaziam espalhados por vários metros em volta.

Duende, Tom-Tom e Calado juntaram as cabeças. Alguém fez uma piada, dizendo que talvez assim eles somassem um cérebro inteiro. Duende e Calado então assumiram posições aos lados da porta, alguns passos mais atrás. Tom-Tom estava virado de frente para a entrada. Ele pisoteou como um touro pronto para disparar, encontrou o lugar certo e se agachou com os braços erguidos de maneira estranha, como uma paródia de um mestre de artes marciais.

— E que tal vocês imbecis abrirem a porta? — rosnou o feiticeiro. — Idiotas. Eu tinha que ter trazido idiotas. — *Tum-tum* no tambor. — Parados aí com o dedo no nariz.

Alguns de nós agarramos a porta arruinada e puxamos com força. Estava arrebentada demais para oferecer resistência. Tom-Tom batucou o tambor, soltou um grito malévolo e pulou para dentro. Duende saltitou até a porta atrás dele. Calado avançou num deslizar veloz.

Dentro, Tom-Tom soltou um guincho de rato e começou a espirrar. Ele cambaleou para fora, com olhos lacrimejantes, esfregando o nariz com as palmas das mãos. Ele soava como se estivesse muito resfriado quando finalmente falou.

— Não era um truque. — Sua pele negra como o ébano tinha se tornado cinzenta.

— O que você quer dizer? — inquiri.

Tom-Tom indicou a tumba com um gesto brusco do polegar. Duende e Calado estavam lá dentro agora. Eles começaram a espirrar.

Eu fui até a porta e espiei. Não conseguia ver nada. Apenas poeira grossa sob o facho de luz do sol que passava perto de mim. Então eu entrei. Meus olhos se acostumaram à escuridão.

Havia ossos por todos os lados. Ossos amontoados, ossos empilhados, ossos organizados minuciosamente por alguma coisa insana. Eram ossos estranhos, parecidos com os de homens, mas de proporções estranhas para meus olhos de médico. Acredito que eram cinquenta corpos, originalmente. Forvalakas com certeza, porque Berílio enterra seus vilões sem cremá-los.

Havia cadáveres recentes também. Contei sete soldados mortos antes de começar a espirrar. Eles vestiam as cores de uma das coortes amotinadas.

Arrastei um dos corpos para fora, soltei-o, cambaleei alguns passos, vomitei ruidosamente. Quando recuperei o controle, eu me virei para examinar meu saque.

Os outros se posicionaram em volta, pálidos.

— Isso não foi coisa de fantasma — afirmou Duende. Tom-Tom balançou a cabeça. Ele estava mais perturbado que qualquer um dos outros. Mais perturbado do que poderia se esperar, eu pensei.

Calado se pôs a trabalhar, conjurando de alguma forma uma agitada e pequena brisa arrumadeira que entrou ventando pela porta do mausoléu e depois saiu, com as saias carregadas de poeira e do fedor da morte.

— Está tudo bem? — perguntei a Tom-Tom.

Ele olhou meu kit médico e me tranquilizou com um aceno.

— Vou ficar legal. Foi só uma lembrança.

Dei a ele um minuto, e então incitei.

— Uma lembrança?

— Nós éramos garotos, Caolho e eu. Tinham acabado de nos vender para N'Gamo, para que virássemos aprendizes dele. Um mensageiro veio de uma vila nas montanhas. — Tom-Tom se ajoelhou ao lado do soldado morto. — Os ferimentos são idênticos.

Fiquei abalado. Nada humano matava daquele jeito, porém o estrago parecia deliberado, calculado, o trabalho de uma inteligência maligna. Isso tornava tudo aquilo mais horrível.

Engoli em seco, me ajoelhei e comecei o meu exame. Calado e Duende entraram na tumba. Duende tinha uma pequena bola de luz âmbar rolando nas mãos em concha.

— Sem sangramento — observei.

— Ele toma o sangue — afirmou Tom-Tom. Calado arrastou outro cadáver para fora. — E os órgãos também, quando há tempo. — O segundo cadáver tinha sido aberto da virilha à garganta. O coração e o fígado estavam ausentes.

Calado voltou para dentro. Duende saiu. Ele se sentou numa lápide quebrada e balançou a cabeça.

— Bem? — inquiriu Tom-Tom.

— Definitivamente, é a coisa de verdade. Não foi nenhum truque do nosso amigo — apontou. Os nortistas continuavam a patrulhar em meio a pescadores e naus de cabotagem. — Havia 54 deles selados aqui. Eles se comeram uns aos outros. Este era o último restante.

Tom-Tom se levantou num salto, como se tivesse levado um tapa.

— O que houve? — perguntei.

— Isso significa que a coisa era a mais maléfica, astuta, cruel e insana dentre todas.

— Vampiros — murmurei. — Nos dias de hoje.

— Não é exatamente um vampiro. Esse é o homem-leopardo, o híbrido que caminha sobre duas pernas de dia e quatro à noite.

Eu já tinha ouvido falar em lobisomens e homens-ursos. Os camponeses que vivem ao redor da minha cidade natal contam lendas assim. Mas nunca havia escutado nada sobre homens-leopardos. Disse isso a Tom-Tom.

— Os homens-leopardos vêm do sul distante. Da selva. — Ele fitou o mar. — Eles têm que ser enterrados vivos.

Calado depositou mais um cadáver.

Homens-leopardos bebedores de sangue e comedores de fígado. Antiquíssimos sábios das trevas, preenchidos por milênios de ódio e fome. Verdadeiros pesadelos vivos, de fato.

— Você consegue dar conta dele?

— N'Gamo não conseguiu. Eu jamais serei tão bom quanto N'Gamo, e ele perdeu um braço e um pé tentando destruir um jovem macho. O que temos aqui é uma fêmea velha. Amarga, cruel e inteligente. Nós quatro talvez seríamos capazes de contê-la. Vencê-la, sem chance.

— Mas se você e Caolho conhecem essa coisa...

— Não — Ele estava tremendo. Segurava o tambor com tanta força que o instrumento rangeu. — Não somos capazes.

O caos morreu. As ruas de Berílio permaneceram tão brutalmente silenciosas quanto as de uma cidade conquistada. Mesmo os amotinados se esconderam até que a fome os obrigou a buscar os celeiros da cidade.

O Síndico tentou pressionar o Capitão, o Capitão o ignorou. Calado, Duende e Caolho rastreavam o monstro. A coisa funcionava de uma maneira puramente animal, saciando uma fome que já durava uma era. As facções assediaram o Síndico com exigências de proteção.

O Tenente novamente nos convocou ao refeitório dos oficiais. O Capitão não perdeu tempo.

— Rapazes, nossa situação é gravíssima. — Ele andava de um lado para outro. — Berílio exige um novo Síndico. Todas as facções pediram à Companhia Negra que se omitisse.

O dilema moral piorava com o agravamento da situação.

— Não somos heróis — continuou o Capitão. — Somos durões. Somos teimosos. Tentamos honrar nossos compromissos. Mas não morremos por causas perdidas.

Eu protestei, a voz da tradição questionando sua insinuação.

— A questão em discussão é a sobrevivência da Companhia, Chagas.

— Aceitamos o ouro, Capitão. A questão em discussão é a honra. Por quatro séculos a Companhia Negra cumpriu seus contratos. Considere o Livro de Set, registrado pelo Analista Coral, enquanto a Companhia servia ao Arconte dos Ossos, durante a Revolta dos Quiliarcas.

— Considere isso você, Chagas.

Fiquei irritado.

— Exijo meu direito de soldado livre.

— Ele tem o direito de falar — concordou o Tenente. Ele é ainda mais tradicionalista que eu.

— Certo, deixem-no falar. Nós não somos obrigados a ouvir.

Eu reiterei sobre o momento mais sombrio da história da Companhia... até que percebi que estava discutindo comigo mesmo. Metade de mim queria dar o fora dali.

— Chagas, você terminou?

Engoli em seco.

— Encontrem uma brecha legal e eu concordarei.

Tom-Tom me concedeu um rufar zombeteiro do tambor. Caolho riu.

— Esse é um trabalho para o Duende, Chagas. Ele era advogado antes de subir na vida e virar cafetão.

Duende mordeu a isca.

— *Eu* era um advogado? Sua mãe é que gostava de um advogado...

— Chega! — O Capitão bateu na mesa. — Temos a anuência de Chagas. Vamos atrás dela. Encontrem uma saída.

Todos pareceram aliviados. Até o Tenente. Minha opinião, como Analista, tinha um peso muito maior do que eu gostaria.

— A saída óbvia é o fim do homem a quem estamos vinculados — observei. O comentário pairou no ar como um velho e horrível fedor, como o miasma na tumba dos forvalakas. — Neste nosso estado fragilizado, quem poderia nos culpar se deixássemos um assassino escapar?

— Você tem uma mente doentia, Chagas — afirmou Tom-Tom. Ele me deu outro rufar do tambor.

— Sujo falando do mal lavado? Nós preservaríamos a aparência da honra. Nós *já* falhamos antes. Quase tantas vezes quanto tivemos sucesso.

— Gostei disso — afirmou o Capitão. — Vamos nos dispersar antes que o Síndico venha perguntar o que está acontecendo. Você fica, Tom-Tom. Tenho um serviço para você.

Foi uma noite para os gritadores. Uma noite ardente e grudenta do tipo que desgasta a última e tênue barreira entre o homem civilizado e o monstro que se esgueira por sua alma. Os gritos vieram de lares onde o medo, o calor e a superlotação tinham forçado demais as correntes do monstro.

Um vento frio veio rugindo do golfo, perseguido por imensas nuvens de tempestade com relâmpagos que dançavam nos cabelos. O vento varreu o fedor de Berílio. O temporal lavou as ruas. Sob a luz da manhã, Berílio parecia outra cidade, tranquila, fresca e limpa.

As ruas estavam salpicadas de poças no caminho para as docas. Água da chuva ainda transbordava das sarjetas. Quando chegasse o meio-dia, o ar estaria pesado novamente, e mais úmido que nunca.

Tom-Tom nos esperava no barco que ele tinha alugado.

— Quanto você embolsou nesta transação? Esta banheira parece que vai afundar antes de passar pela Ilha.

— Nem um cobre, Chagas. — Ele soou desapontado. Tom-Tom e o irmão são grandes larápios e negociantes no mercado negro. — Nem um cobre. Este barco aqui é bem melhor do que parece. O mestre dele é um contrabandista.

— Vou confiar em sua palavra. Você provavelmente sabe o que faz. — Mesmo assim, embarquei de maneira bem cuidadosa. O feiticeiro fez uma careta. Esperava-se que nós fingíssemos que a avareza de Tom-Tom e Caolho não existia.

Estávamos zarpando para fazer um acordo. Tom-Tom tinha recebido carta branca do Capitão. O Tenente e eu estávamos o acompanhando para lhe dar um rápido chute no traseiro caso ele se empolgasse demais. Calado e meia dúzia de soldados nos acompanharam para criar um efeito.

Uma lancha da alfândega nos saudou próximo à Ilha. Caímos fora antes que eles conseguissem zarpar. Eu me abaixei, espiando por sob a vela. A nau negra parecia cada vez maior.

— Essa porcaria de navio é uma ilha flutuante.

— Grande demais — grunhiu o Tenente. — Um navio desse tamanho não ia se aguentar num mar pesado.

— Por que não? Como você sabe? — Mesmo espantado, eu continuava curioso em relação a meus irmãos.

— Velejei como grumete quando era garoto. Aprendi coisas sobre navios.

O tom dele desencorajou outras perguntas. A maioria dos homens quer que seus antecedentes continuem em segredo. O que é de se esperar numa companhia de vilões que se mantém unida por causa de seu presente e de seu passado de "eu contra o mundo".

— Não é grande demais para navegar se você tiver a habilidade taumatúrgica para mantê-lo inteiro — retrucou Tom-Tom. Ele estava trêmulo, batucando o tambor em ritmos aleatórios e nervosos. Ele e Caolho odiavam o mar.

Então. Um mago nortista misterioso. Um navio tão negro quanto o chão do inferno. Meus nervos começaram a ficar em frangalhos.

A tripulação baixou uma escada de portaló. O Tenente subiu. Ele parecia impressionado.

Não sou nenhum marinheiro, mas o navio parecia organizado e disciplinado.

Um oficial subalterno escolheu Tom-Tom, Calado e a mim e pediu que o acompanhássemos. Ele nos conduziu em silêncio escadarias abaixo e por entre passadiços em direção à popa.

O emissário nortista estava sentado de pernas cruzadas em meio a ricas almofadas, com a luz das escotilhas de popa às costas, numa cabine digna de um potentado oriental. Fiquei de queixo caído. Tom-Tom ardeu em cobiça. O emissário riu.

A risada foi um choque. Uma risadinha quase aguda, mais apropriada a uma dama de 15 anos das noites nas tavernas do que a um homem mais poderoso que qualquer rei.

— Perdão — falou ele, pondo uma das mãos com delicadeza sobre onde a boca ficaria, se ele não estivesse vestindo o morrião negro. Em seguida ele disse: — Sentem-se.

Meus olhos se arregalaram contra minha vontade. Cada comentário foi feito com uma voz completamente diferente. Será que havia um comitê inteiro dentro daquele capacete?

Tom-Tom arfou. Calado, sendo Calado, simplesmente se sentou. Eu segui o exemplo dele, e tentei não ser ofensivo demais com meu olhar fixo, assustado e curioso.

Tom-Tom não estava em sua melhor forma diplomática naquele dia. Ele deixou escapar:

— O Síndico não vai durar muito tempo. Queremos fazer um acordo...

Calado acertou um chute na coxa do colega.

— Esse é nosso ousado príncipe dos ladrões? — murmurei. — Nosso homem dos nervos de aço?

O legado riu.

— Você é o médico? Chagas? Perdoe seu amigo. Ele me conhece.

Um medo muito, muito frio me envolveu em suas asas negras. Suor molhou minhas têmporas. Não tinha nada a ver com o calor. Uma brisa fresca do mar fluía pelas grandes escotilhas de popa, uma brisa pela qual os homens de Berílio matariam.

— Não há motivo para me temer. Fui enviado para oferecer uma aliança com o objetivo de beneficiar Berílio tanto quanto meu povo. Continuo convencido de que um acordo pode ser forjado; porém não com o autocrata atual. Vocês enfrentam um problema que exige a mesma solução que o meu, mas seu contrato lhes coloca numa situação delicada.

— Ele sabe tudo. Não há porque falar — grasnou Tom-Tom. Ele bateu no tambor, mas o fetiche não lhe fez qualquer bem. O feiticeiro estava engasgando.

— O Síndico não é invulnerável — comentou o legado. — Mesmo sob sua guarda. — Um gato enorme tinha engolido a língua de Tom-Tom. Eu dei de ombros. — Suponhamos que o Síndico expire enquanto sua companhia defende o Bastião contra a turba.

— Seria o ideal — respondi. — Mas isso ignora a questão de nossa segurança subsequente.

— Vocês repelem a turba e, então, descobrem a morte. Não estão mais empregados, de forma que deixam Berílio.

— E vamos para onde? Como vamos escapar de nossos inimigos? As Coortes Urbanas nos perseguiriam.

— Diga ao seu Capitão o seguinte: ao ser descoberta a morte do Síndico, se eu receber um pedido por escrito para mediar a sucessão, minhas forças substituirão as suas no Bastião. Vocês deixariam Berílio e acampariam no Pilar da Agonia.

O Pilar da Agonia era a ponta de lança de uma península de giz esburacada por incontáveis caverninhas. Ele se estende sobre o mar a um dia de marcha para leste de Berílio. Há um farol/torre de vigia lá. O nome vem do gemido que o vento faz ao passar pelas cavernas.

— Aquilo é uma maldita armadilha. Esses idiotas iriam nos sitiar e rir até que comêssemos uns aos outros.

— Um problema facilmente resolvido com barcos para tirar vocês de lá.

Ding-ding. Um alarme soou 10 centímetros detrás de meus olhos. Esse filho da mãe estava jogando conosco.

— E por que diabos você faria isso?

— Sua companhia estaria desempregada. Precisamos de bons soldados no norte.

Ding-ding. O velho sino continuou tocando. Ele queria nos contratar? Para quê?

Alguma coisa me disse que não era hora de perguntar. Mudei de assunto.

— E quanto ao forvalaka? — Faça um zigue quando eles esperam um zague.

— Aquela coisa que fugiu da cripta? — A voz do enviado era agora a da mulher dos seus sonhos, ronronando "Venha cá". — Eu posso ter trabalho para ela também.

— Você é capaz de controlá-la?

— Uma vez que ela tenha cumprido seu propósito.

Pensei no relâmpago que tinha obliterado um feitiço de confinamento numa placa que resistira por um milênio a tentativas de invasão. Guardei minhas suspeitas longe de minha expressão, tenho certeza de que o fiz. Mas o emissário riu.

— Talvez, médico. Talvez não. Um quebra-cabeça interessante, não é? Voltem ao seu Capitão. Decidam-se. Rapidamente. Seus inimigos estão prontos para atacar. — Ele nos dispensou com um gesto.

— É só entregar a caixa! — rosnou o Capitão a Manso. — Então volte correndo.

Manso pegou a caixa de mensageiro e então partiu.

— Alguém mais quer discutir? Vocês cretinos tiveram sua chance de se livrar de mim. E estragaram tudo.

Os ânimos estavam exaltados. O Capitão tinha feito uma contraproposta ao legado, e recebeu uma oferta de patronato caso o Síndico morresse. Manso estava levando a resposta do Capitão ao enviado.

— Vocês não sabem o que estão fazendo — murmurou Tom-Tom. — Vocês não sabem com quem estão se metendo.

— Então me diga! Não? Chagas, como estão as coisas lá fora? — Eu tinha sido mandado para fazer o reconhecimento da cidade.

— É uma peste mesmo. Não se parece com nenhuma que eu já tenha visto antes, porém. O forvalaka deve ser o vetor.

O Capitão apertou os olhos em minha direção.

— Conversa de médico. O vetor é o portador da doença. A peste se espalha em bolsões ao redor das vítimas dele. — Ele grunhiu. — Tom-Tom? Você conhece esse monstro.

— Nunca ouvi falar de um deles espalhando doença. E todos nós que fomos até a tumba continuamos saudáveis.

— O portador não importa — interferi. — A peste, sim. E vai piorar se as pessoas não começarem a queimar as vítimas.

— A doença ainda não penetrou no Bastião — observou o Capitão. — E teve um efeito positivo. A guarnição regular parou de desertar.

— Encontrei muita oposição no Grunhido. Eles estão à beira de outra explosão.

— Quanto tempo ainda?

— Dois dias? No máximo três.

O Capitão mordeu o lábio. A situação complicada estava se complicando.

— Temos que...

Um tribuno da guarnição irrompeu pela porta.

— Há uma turba no portão. Eles trouxeram um aríete.

— Vamos lá — decidiu o Capitão.

Levamos apenas alguns minutos para dispersá-los. Alguns projéteis e panelas de água fervente. Eles fugiram, nos lançando maldições e insultos.

A noite chegou. Fiquei na muralha, observando as tochas distantes vagando pela cidade. A turba estava evoluindo, desenvolvendo um sistema nervoso. Se a multidão chegasse a um cérebro, nós nos veríamos metidos numa revolução.

O movimento das tochas acabou diminuindo. A explosão não viria hoje. Talvez amanhã, se o calor e a umidade se tornassem opressivos demais.

Mais tarde ouvi um barulho de arranhar à minha direita. Então estalos. Raspagens. Suaves, bem suaves, mas reais. Aproximando-se. O terror me dominou. Fiquei imóvel como as gárgulas empoleiradas sobre o portão. A brisa se tornou um vento ártico.

Alguma coisa passou por sobre as ameias. Olhos vermelhos. Quatro patas. Negro como a noite. Leopardo preto. Movia-se de forma tão fluida quanto um riacho descendo o morro. A fera esgueirou-se escada abaixo até o pátio, desaparecendo.

O meu lado primata queria escalar uma árvore, guinchar, jogar excremento e frutas podres. Fugi em direção à porta mais próxima, seguindo uma rota protegida até o alojamento do Capitão, e entrei sem bater.

— O forvalaka está no Bastião. Eu o vi passar pela muralha. — Minha voz estava aguda como a de Duende.

O Capitão grunhiu.

— Você me ouviu?

— Eu ouvi, Chagas. Vá embora. Me deixe em paz.

— Sim, senhor.

Então. Ele estava muito incomodado com aquilo. Recuei de costas até a porta...

O grito foi alto, longo e desesperado, e terminou de repente. Veio dos alojamentos do Síndico. Saquei minha espada, atravessei a porta correndo, dando de cara com Manso, que caiu. Fiquei parado sobre ele, me perguntando entorpecido por que ele tinha voltado tão cedo.

— Entre aqui, Chagas — ordenou o Capitão. — Quer morrer? — Houve mais gritos dos alojamentos do Síndico. A morte não escolhia vítimas.

Puxei Manso para dentro. Trancamos e barramos a porta. Fiquei encostado com as costas nela, olhos fechados, ofegando. Acho que foi minha imaginação, mas pensei ter ouvido alguma coisa rosnar ao passar do outro lado.

— E agora? — indagou Manso. O rosto dele estava branco. As mãos tremiam.

O Capitão terminou de escrever uma carta e a entregou a Manso.

— Agora você volta.

Alguém bateu à porta com força.

— O quê? — ralhou o Capitão.

Uma voz abafada pela porta grossa respondeu.

— É o Caolho — disse eu.

— Abra.

Eu abri. Caolho, Tom-Tom, Duende, Calado e mais outros 12 entraram. O quarto ficou quente e apertado.

— O homem-leopardo está no Bastião, Capitão — anunciou Tom-Tom. Ele se esqueceu de pontuar com o tambor. O instrumento estava caído junto ao quadril dele.

Outro grito vindo dos alojamentos do Síndico. Minha imaginação *tinha* me enganado.

— O que vamos fazer? — perguntou Caolho. Ele era um homenzinho negro encarquilhado menor que o irmão, geralmente dominado por um estranho senso de humor. Era um ano mais velho que Tom-Tom, porém, na idade deles, ninguém mais contava. Ambos tinham mais de 100 anos, se pudéssemos acreditar nos Anais. Ele estava aterrorizado. Tom-Tom parecia à beira da histeria. Duende e Calado também estavam abalados. — Ele pode nos matar um a um.

— Pode ser morto?

— Esses bichos são quase invencíveis, Capitão.

— Ele pode ser morto? — A voz do Capitão soou brutal. Ele também estava assustado.

— Sim — confessou Caolho. Ele estava um fio de barba menos assustado que Tom-Tom. — Nada é invulnerável. Nem mesmo aquela coisa no navio negro. Mas este monstro é forte, rápido e esperto. Armas são de pouca serventia. A feitiçaria funciona melhor, mas nem ela é muito útil. — Nunca antes eu o tinha visto reconhecer limitações.

— Já conversamos demais — rosnou o Capitão. — Agora vamos agir. — Ele era um homem difícil de decifrar, nosso comandante, mas agora estava bem transparente. A raiva e a frustração contra uma situação impossível tinham sido focadas no forvalaka.

Tom-Tom e Caolho protestaram com veemência.

— Vocês têm pensando nisso desde que descobriram que a coisa estava solta — afirmou o Capitão. — Já decidiram o que iriam fazer, se tivessem que enfrentá-lo. Vamos lá.

Outro grito.

— A Torre de Papel deve ter virado um abatedouro — murmurei. — A coisa está caçando todo mundo lá em cima.

Por um momento eu achei que até Calado iria protestar.

O Capitão afivelou o cinturão de armas.

— Pederneira, reúna os homens. Sele todas as entradas para a Torre de Papel. Elmo, escolha alguns alabardeiros e besteiros dos bons. Envenene as setas.

Vinte minutos se passaram. Perdi a conta dos gritos. Perdi a noção de tudo, menos um tremor crescente e a pergunta: *Por que* o forvalaka tinha invadido o Bastião? Por que ele persistia na caçada? Havia algo além da fome impulsionando o monstro.

O legado insinuou que encontraria uma utilidade para a criatura. Qual? Isto aqui? Seria uma boa ideia se meter com alguém capaz disso?

Todos os quatro feiticeiros colaboraram com o feitiço que nos precedia, crepitando. O próprio ar lançava fagulhas azuis. Os alabardeiros vinham em seguida, e então os besteiros, dando cobertura. O grupo era fechado por mais uma dúzia de nossos companheiros. Entramos nos alojamentos do Síndico.

Anticlímax. A antecâmara da Torre de Papel parecia perfeitamente normal.

— Está lá em cima — nos disse Caolho.

O Capitão se virou para o corredor detrás de nós.

— Pederneira, traga seus homens para dentro.

Ele planejava avançar sala por sala, selando todas as saídas menos uma rota de fuga. Caolho e Tom-Tom discordavam. Eles diziam que a coisa ficaria mais perigosa ao ser encurralada. Um silêncio sinistro nos cercou. Já não se ouvia mais gritos há vários minutos.

Encontramos a primeira vítima no pé da escada que levava até a Torre propriamente dita.

— Um dos nossos — grunhi. O Síndico sempre se cercava de um esquadrão da Companhia. — Os quartos de dormir ficam no andar de cima?

— Eu nunca tinha entrado na Torre de Papel.

O Capitão confirmou com um gesto de cabeça.

— Andar da cozinha, andar da despensa, alojamentos da criadagem em dois andares, então a família, e por fim o próprio Síndico. Biblioteca e escritórios no topo. Ele quer tornar mais difícil o alcançarem.

Examinei o cadáver.

— Não parece muito com aqueles da tumba. Tom-Tom, ele não tirou sangue ou órgãos. Por quê?

O feiticeiro não sabia responder. Caolho também não.

O Capitão espiou as sombras acima.

— Agora vai ficar mais complicado. Alabardeiros, um degrau de cada vez. Mantenham as alabardas com as pontas abaixadas. Bestas, sigam quatro ou cinco degraus mais atrás. Atirem em qualquer coisa que se mover. Espadas desembainhadas, todo mundo. Caolho, mande seu feitiço na frente.

Crepitar. Um degrau, dois degraus, silenciosamente. Fedor de medo. *Quang!* Um dos homens disparou a besta acidentalmente. O Capitão cuspiu e xingou como um vulcão mal-humorado.

Não havia nada para se ver.

Alojamentos dos serviçais. Sangue espirrado nas paredes. Cadáveres e pedaços de corpos jaziam por todas as partes, em meio à mobília invariavelmente estilhaçada e arrebentada. Temos homens durões na Companhia, porém mesmo os mais frios ficaram abalados. Até eu, que, como médico, vejo o pior que o campo de batalha tem a oferecer.

— Capitão, vou buscar o resto da Companhia — afirmou o Tenente.

— Esse monstro não vai escapar. — O tom de voz dele não admitia discordância. O Capitão apenas concordou com a cabeça.

O massacre tinha aquele efeito. O medo desapareceu de certa forma. A maioria de nós decidiu que aquela criatura precisava ser destruída.

Um grito soou acima. Era como uma provocação atirada em nossa direção, nos desafiando a seguir em frente. Homens de olhos endurecidos subiram a escada. O ar crepitava com o feitiço que os precedia. Tom-Tom e Caolho avançaram apesar do próprio medo. A caçada mortal começou de verdade.

Um abutre havia expulsado a águia que se aninhava no topo da Torre de Papel, um presságio verdadeiramente horrendo. Eu não tinha esperanças quanto a nosso empregador.

Subimos cinco andares. Era sangrentamente óbvio que o forvalaka tinha visitado cada um deles...

Tom-Tom ergueu a mão de súbito, e apontou. O forvalaka estava por perto. Os alabardeiros se ajoelharam detrás das armas e os besteiros miraram as sombras. Tom-Tom esperou por meio minuto. Ele, Caolho, Calado e Duende perscrutaram atentamente, ouvindo alguma coisa que o resto do mundo poderia apenas imaginar.

— Ela está esperando — finalmente foi dito. — Tomem cuidado. Não ofereçam uma abertura à criatura.

Fiz uma pergunta estúpida, certamente atrasada demais para ter alguma utilidade.

— Não deveríamos usar armas de prata? Pontas de setas e lâminas?

Tom-Tom me olhou confuso.

— De onde venho, os camponeses dizem que você tem de matar lobisomens com prata.

— Bobagem. Você os mata do mesmo jeito que mata qualquer outra coisa. Só que precisa ser mais rápido e bater mais forte, porque só tem uma chance.

Quanto mais Tom-Tom revelava, menos terrível a criatura parecia ser. Era como caçar um leão agressivo. Por que tanta agitação?

Eu me lembrei dos alojamentos dos serviçais.

— Todo mundo parado — mandou Tom-Tom. — E calado. Vamos tentar uma emissão. — O feiticeiro e seus colegas juntaram as cabeças. Depois de algum tempo ele indicou que deveríamos continuar avançando.

Chegamos a uma plataforma entre dois lances de escada, todos bem juntos, um ouriço humano com espinhos de aço. Os feiticeiros aceleraram o encantamento. Um rugido raivoso veio das sombras à frente, seguido do arranhar de garras. Algo se moveu. Bestas vibraram. Outro rugido, quase zombeteiro. Os magos juntaram as cabeças novamente. No andar de baixo o Tenente estava ordenando aos soldados que assumissem posições defensivas pelas quais o forvalaka precisaria passar para escapar.

Avançamos devagar pelas trevas, cada vez mais tensos. Corpos e sangue deixavam o piso traiçoeiro. Soldados se apressavam em selar portas. Lentamente, penetramos um conjunto de escritórios. Duas vezes um movimento provocou disparos das bestas.

O forvalaka uivou a menos de 6 metros. Tom-Tom soltou um suspiro que parecia mais um grunhido.

— Pegamos ele — falou, querendo dizer que eles o tinham alcançado com o feitiço.

Seis metros de distância. Ele estava logo ali conosco. Eu não conseguia ver nada... Algo se moveu. Setas voaram. Um homem gritou.

— Raios! — xingou o Capitão. — Ainda tinha alguém vivo aqui em cima.

Uma coisa negra como o coração da noite e rápida como a morte súbita saltou sobre as alabardas. Eu tive tempo apenas para pensar *Veloz!* antes que ela estivesse entre nós. Homens se viraram, gritaram, entraram no caminho um do outro. O monstro rugiu e rosnou, atacou com garras e presas rápidas demais para nossos olhos. Cheguei a pensar que tinha golpeado um flanco de trevas, antes que uma porrada me lançasse a vários metros.

Eu me levantei apressado, me posicionando de costas para um pilar. Tinha certeza de que ia morrer, de que a coisa ia matar todos nós. Pura arrogância da nossa parte, pensar que poderíamos lidar com o monstro. Após apenas alguns segundos, meia dúzia de homens morrera. Outros mais estavam feridos. O forvalaka não havia diminuído de velocidade, muito menos se ferido. Nenhuma das armas ou feitiços o tinha atrapalhado.

Nossos feiticeiros se reuniram num grupinho, tentando produzir outro encantamento. O Capitão liderava outra parte da tropa. O resto dos homens estava disperso. O monstro dardejava de um lado para o outro, atacando-os isoladamente.

Fogo cinzento irrompeu pela sala, por um instante expondo tudo ao redor, imprimindo o massacre no fundo dos meus olhos. O forvalaka berrou, desta vez com dor genuína. Ponto para os feiticeiros.

Ele veio na minha direção. Eu golpeei em pânico enquanto o monstro passava por mim. Não acertei. A criatura girou, ganhando impulso, e saltou contra os feiticeiros. Eles o receberam com outro feitiço luminoso. O forvalaka uivou. Um homem berrou. A fera se debateu no chão como uma cobra moribunda. Soldados estocaram com lanças e espadas. Ele se levantou e escapou pela saída que tínhamos deixado aberta para nós mesmos.

— Ele está indo para aí! — gritou o Capitão ao Tenente.

Eu deixei meu corpo fraquejar, não sentindo nada além de alívio. Ele tinha se ido... Antes que meu traseiro tocasse o chão, Caolho estava me arrastando.

— Venha logo, Chagas, ele atingiu Tom-Tom. Você tem de ajudar.

Eu cambaleei até lá, subitamente ciente de um corte superficial em uma das pernas.

— Melhor limpar bem — murmurei. — Aquelas garras devem estar imundas.

Tom-Tom era uma pilha de restos humanos retorcidos. A garganta tinha sido arrancada, a barriga, aberta. Os braços e o peito foram rasgados até o osso. Incrivelmente, ele ainda estava vivo, mas não havia nada que eu pudesse fazer. Nada que nenhum médico pudesse ter feito. Nem mesmo um feiticeiro mestre, especializado em cura, salvaria o pequeno homem negro. Mas Caolho insistiu para que eu tentasse. E foi o que eu fiz, até o Capitão me arrastar para que eu atendesse homens cuja morte era menos certa. Caolho estava gritando com ele quando os deixei.

— Preciso de luzes aqui! — pedi. Ao mesmo tempo o Capitão começou a reunir os homens ilesos junto à porta aberta, mandando que eles a guardassem.

Conforme a luz se fortaleceu, a magnitude do fiasco se tornou mais evidente. Tínhamos sido dizimados. Além disso, uma dúzia de irmãos que não subiram conosco jaziam espalhados pela câmara. Eles estavam em serviço. Dentre eles havia secretários e conselheiros em mesmo número.

— Alguém aí viu o Síndico? — inquiriu o Capitão. — Ele deveria estar aqui.

Ele, Pederneira e Elmo começaram a procurar. Não tive muita chance de acompanhar a busca. Estava fazendo curativos e costurando como um louco, reunindo toda ajuda possível. O forvalaka deixava ferimentos profundos de garras que exigiam suturas cuidadosas e habilidosas.

De alguma forma, Duende e Calado conseguiram acalmar Caolho o suficiente para que ele pudesse ajudar. Talvez tenham usado alguma magia nele. O feiticeiro trabalhava num estado de estupefação que beirava a inconsciência.

Dei mais uma olhada em Tom-Tom quando tive chance. Ele *ainda* estava vivo, agarrado ao tamborzinho. Raios! Tanta teimosia merecia ser recompensada. Mas como? Minha experiência simplesmente não era adequada.

— Ei! — gritou Pederneira. — Capitão! — Olhei em sua direção. Estava tocando um baú com a ponta da espada.

O baú era de pedra. Uma caixa-forte de um dos homens mais ricos de Berílio. Diria que aquela ali pesava uns 250 quilos. O exterior tinha sido finamente ornamentado. A maior parte da decoração havia sido destruída... por garras afiadas?

Elmo arrebentou o cadeado e forçou a abertura da tampa. Eu entrevi um homem trêmulo deitado sobre uma pilha de ouro e joias, com os braços protegendo a cabeça. Elmo e o Capitão trocaram olhares sérios.

Fui distraído pela chegada do Tenente. Ele aguardara lá embaixo até começar a se preocupar porque nada havia acontecido. O forvalaka não tinha descido.

— Vasculhem a torre — ordenou o Capitão ao Tenente. — Talvez ele tenha subido. — Havia mais dois níveis acima.

Quando eu olhei o baú novamente, estava fechado outra vez. Nosso empregador não se encontrava em qualquer lugar visível. Pederneira estava sentado no baú, limpando as unhas com a adaga. Espiei o Capitão e Elmo. Havia algo levemente estranho neles.

Eles não teriam completado a tarefa que o forvalaka desejava cumprir, teriam? Não. O Capitão não trairia os ideais da Companhia assim. Trairia?

Não perguntei.

A busca pela torre não revelou nada além de uma trilha de sangue que conduzia ao topo, onde o forvalaka tinha se deitado para recuperar as forças. Ele havia ficado gravemente ferido, mas acabou escapando, descendo pelo lado de fora da torre.

Alguém sugeriu que nós o rastreássemos.

— Vamos deixar Berílio — foi a resposta do Capitão. — Não estamos mais empregados. Temos de sair antes que a cidade se vire contra nós.

Ele mandou Elmo e Pederneira ficarem de olho nas guarnições nativas. O resto retirou os feridos da Torre de Papel.

Por vários minutos eu fiquei sem supervisão. Olhei para o grande baú de pedra e a tentação aumentou, mas eu resisti. Não queria saber.

Manso voltou depois de toda a agitação. Ele informou que o legado estava no píer, desembarcando tropas.

Os homens estavam fazendo as malas e carregando coisas, alguns murmurando sobre os eventos na Torre de Papel, outros reclamando de ter que partir. Quando você deixa de ser nômade, imediatamente estabelece raízes. Acumula coisas. Encontra uma mulher. Então o inevitável acontece e você é forçado a abandonar tudo. Havia muita dor pairando na atmosfera dos alojamentos.

Eu estava no portão quando os nortistas chegaram. Ajudei a virar o cabrestante que ergueu a porta levadiça. Não sentia muito orgulho. Sem minha aprovação, talvez o Síndico jamais tivesse sido traído.

O legado ocupou o Bastião. A Companhia iniciou a desocupação. Era mais ou menos 3 horas da madrugada e as ruas estavam vazias.

Depois de marcharmos dois terços do trajeto até o Portão da Alvorada, o Capitão ordenou uma parada. Os sargentos reuniram todos os soldados ainda capazes de lutar. Os outros continuaram com as carroças.

O Capitão nos levou ao norte até a Avenida do Antigo Império, onde os imperadores de Berílio tinham imortalizado a si mesmos e a seus triunfos. Muitos dos monumentos eram bizarros, e celebravam minúcias como um cavalo favorito, gladiadores ou amantes dos dois sexos.

Eu tive um pressentimento ruim antes mesmo de chegarmos ao Portão do Lixo. A sensação ruim se tornou desconfiança, e a desconfiança floresceu em uma certeza tenebrosa quando entramos nos campos marciais. Não há nada perto do Portão do Lixo além da Caserna da Forquilha.

O Capitão não fez qualquer declaração específica. Quando alcançamos o complexo da Forquilha, todos sabíamos o que iria acontecer.

As Coortes Urbanas continuavam tão desleixadas como sempre. O portão do complexo estava aberto e o vigia solitário, adormecido. Marchamos para dentro sem resistência. O Capitão começou a designar tarefas.

Restavam ainda 5 a 6 mil homens ali. Os oficiais tinham restabelecido alguma disciplina, tendo convencido os soldados a devolver as armas aos arsenais. Tradicionalmente, os capitães de Berílio só confiavam armas aos comandados às vésperas de uma batalha.

Três pelotões foram direto aos alojamentos, matando homens em suas camas. O pelotão restante estabeleceu um bloqueio nos fundos do complexo.

O sol já tinha nascido quando o Capitão se deu por satisfeito. Nós batemos em retirada e nos apressamos em alcançar a caravana de bagagem. Não havia um único homem em nosso meio que não estivesse saciado.

Obviamente, não fomos perseguidos. Ninguém veio estabelecer um cerco a nosso acampamento no Pilar da Agonia. Isso foi o motivo do massacre que promovemos. Isso, e o alívio de vários anos de raiva acumulada.

Elmo e eu estávamos na ponta do promontório, observando o sol da tarde brincar de se esconder atrás de uma tempestade bem ao longe no mar. A chuva tinha chegado dançando e transformado nosso acampamento num pântano com seu dilúvio de frescor e, então, seguido de volta ao mar. Era algo belo de se ver, mesmo que não particularmente colorido.

Elmo não havia falado muito nos últimos tempos.

— Alguma coisa te incomodando, Elmo?

A tempestade entrou na frente da luz, dando ao mar o aspecto de ferrugem. Eu me perguntei se o ar fresco teria alcançado Berílio.

— Eu diria que você é capaz de adivinhar, Chagas.

— Eu diria que sou. — A Torre de Papel. A Caserna da Forquilha. Nosso tratamento ignóbil a nosso contrato. — Como você acha que vai ser, ao norte do mar?

— Acha que o bruxo negro virá, hem?

— Ele virá, Elmo. Só está tendo algumas dificuldades em botar as marionetes para dançar conforme a música dele. — E quem não teria, tentando domar aquela cidade insana?

— Hum. — E em seguida: — Olha ali.

Uma manada de baleias mergulhou além das pedras que cercavam o promontório. Eu tentei fingir que não ficara impressionado e fracassei. Os monstros eram magníficos, bailando no mar de ferro.

Estávamos sentados de costas para o farol. Parecia que olhávamos para um mundo jamais profanado pelos homens. Às vezes suspeito que o mundo estaria melhor sem nós.

— Navio ao longe — anunciou Elmo.

Não vi a embarcação até que a vela capturou as chamas do sol vespertino, se tornando um triângulo laranja bordado de ouro, balançando e oscilando com o subir e descer do oceano.

— Navio costeiro. Talvez de 20 toneladas.

— Grande assim?

— Para um navio costeiro. Naus de águas profundas às vezes chegam a 80 toneladas.

O tempo continuou se pavoneando, volúvel e extravagante. Ficamos olhando o navio e as baleias. Comecei a sonhar acordado. Pela centésima vez tentei imaginar a nova terra, me baseando em histórias de mercadores que ouvi de segunda mão. Provavelmente iríamos fazer a travessia até Opala. O lugar era o reflexo de Berílio, diziam, embora fosse uma cidade mais jovem...

— Aquele idiota vai se meter nas pedras.

Acordei. O navio costeiro estava perigosamente perto do perigo mencionado. Ele corrigiu o rumo em um ponto e evitou o desastre por uns 100 metros, e então voltou ao curso.

— Isso animou um pouco nosso dia — comentei.

— Um dia desses você vai dizer alguma coisa sem sarcasmo e vou definhar e morrer, Chagas.

— Mantém minha sanidade, companheiro.

— Isso é discutível, Chagas. Discutível.

Voltei a encarar o amanhã. Melhor que olhar para o passado. Mas o amanhã se negou a tirar sua máscara.

— Ele está virando para cá — avisou Elmo.

— O quê? Ah.

O navio costeiro chafurdava na ondulação, praticamente sem avançar, enquanto a proa guinava para a costa abaixo do acampamento.

— Quer avisar o Capitão?

— Imagino que ele já sabe. Os homens no farol.

— É.

— Fique de olho caso mais alguma coisa apareça.

A tempestade seguia para o oeste agora, obscurecendo o horizonte daqueles lados e recobrindo o mar com sua sombra. O mar frio e cinzento. Subitamente, a ideia da travessia me aterrorizou.

O navio costeiro trouxe notícias de amigos contrabandistas de Tom-Tom e Caolho. Este ficou ainda mais teimoso e ranzinza após ouvir as novidades, e ele já estava num mau humor extraordinário antes. O feiticeiro chegou até parar de brigar com Duende, algo que já se tornara sua segunda ocupação. A morte de Tom-Tom afetara fortemente Caolho, que não relaxava. Não quis nos contar o que os amigos lhe disseram.

O Capitão não estava lá muito melhor. O temperamento dele era uma abominação. Acho que ele tanto desejava quanto sentia repulsa pela terra nova. O contrato significava um potencial renascimento para a Companhia, deixando nossos pecados para trás, porém ele fazia uma ideia da natureza do serviço que estávamos assumindo. O Capitão desconfiava que o Síndico estivesse certo quanto ao império do norte.

O dia seguinte à visita dos contrabandistas trouxe frescas brisas setentrionais. A névoa roçou as beiradas do promontório de tarde. Logo após o crepúsculo, um barco chegou à praia, saindo do nevoeiro. O legado tinha chegado.

Juntamos nossas coisas e começamos a nos despedir dos seguidores de acampamento que tinham pingado da cidade. Nossos animais e equipamento seriam a recompensa pela fé e amizade dessa gente. Passei uma hora triste e gentil com uma mulher para quem eu significava mais do que havia suspeitado. Não vertemos lágrimas nem mentimos um ao outro. Deixei-a com lembranças e boa parte de minha patética fortuna. Ela me deixou com um nó na garganta e uma sensação de perda não inteiramente compreensível.

— Qual é, Chagas? — murmurei, enquanto descia até a praia. — Você já passou por isso antes. Vai esquecê-la antes de chegar a Opala.

Meia dúzia de barcos tinha aportado na praia. Quando um dos botes se enchia, os marinheiros nortistas o empurravam para a arrebentação. Remadores os impulsionavam pelas ondas, e em segundos eles sumiam no nevoeiro. Botes vazios chegavam flutuando. Os barcos se intercalavam, levando também equipamentos e posses.

Um marinheiro que falava a língua de Berílio me contou que tinha espaço de sobra no navio negro. O legado deixara as tropas em Berílio como guardas para o novo Síndico, que era outro Vermelhão e parente distante do homem a quem servíamos.

— Espero que eles tenham menos problemas do que nós — comentei, e me afastei para ficar mal-humorado em paz.

O legado estava trocando seus soldados por nós. Eu suspeitava que iríamos ser usados, que estávamos embarcando em algo mais sinistro do que poderíamos imaginar.

Várias vezes, durante a espera, ouvi um uivo distante. Primeiro achei que fosse a canção do Pilar. Mas não havia vento algum. Quando soou de novo eu perdi todas as dúvidas. Fiquei todo arrepiado.

O intendente, o Capitão, o Tenente, Calado, Duende, Caolho e eu esperamos até o último barco.

— Eu não vou — anunciou Caolho quando o contramestre nos chamou a bordo.

— Embarque — ordenou o Capitão, com voz gentil. É nessas horas que ele é perigoso.

— Estou me demitindo. Vou pro sul. Já se passou muito tempo, eles já devem ter me esquecido.

O Capitão apontou para o Tenente, Calado, Duende e para mim e depois indicou o barco com o polegar. Caolho berrou.

— Vou transformar todo mundo em avestruz...

Calado tapou sua boca com a mão. Corremos com ele até o bote, e Caolho se debatia como uma cobra numa fogueira.

— Você fica com a família — sussurrou o Capitão.

— No três — guinchou Duende, feliz, e então contou.

O pequeno homem negro voou numa parábola até o bote, girando no ar. Ele apareceu sobre a lateral da embarcação, xingando e nos cobrindo de cuspe. Rimos ao vê-lo mostrar tanta emoção. Duende liderou a investida que prendeu Caolho ao banco de remador.

Os marinheiros empurraram nosso barco. No momento em que os remos bateram na água, Caolho sossegou. Ele parecia um homem a caminho da forca.

O navio tomou forma, uma silhueta indeterminada que assomava um pouco mais que as trevas em volta. Ouvi as vozes dos marujos, que soavam vazias através da névoa, a madeira rangendo, polias sendo usadas, muito antes que eu pudesse ter certeza do que via. Nosso barco parou ao pé de uma escada de portaló. O uivo soou de novo.

Caolho tentou se atirar no mar. Nós o detivemos. O Capitão aplicou o calcanhar de sua bota ao traseiro do mago.

— Você teve sua chance de nos convencer a desistir. Você não fez isso. Vai ter que aguentar.

Caolho seguiu o Tenente escada acima, derrotado, um homem sem esperança. Um homem que deixara um irmão morto e agora estava sendo forçado a se aproximar do assassino, contra quem não poderia se vingar.

Encontramos a Companhia no convés principal, os homens estavam aconchegados em meio às montanhas de bagagem. Os sargentos desbravaram por entre a bagunça para vir em nossa direção.

O legado apareceu. Eu o encarei. Era a primeira vez que eu o via a pé, de pé. Era *baixo*. Por um momento me perguntei se seria um homem mesmo. As vozes às vezes eram femininas.

Ele nos escrutinou com uma intensidade que sugeria que estava lendo nossas almas. Um dos oficiais pediu ao Capitão que pusesse os homens em formação o melhor que fosse possível no convés lotado. A tripulação do navio ocupava as plataformas planas sobre o poço aberto que ia da proa até quase a popa, e descia do nível do convés até a bancada inferior de remos. Abaixo havia murmúrios, estrépitos metálicos e chacoalhar de correntes conforme os remadores acordavam.

O legado nos passou em revista. Parou diante de cada soldado, prendendo uma reprodução do brasão da vela do navio sobre cada coração. Foi um processo lento. Zarpamos muito antes de ele terminar.

Quanto mais o enviado se aproximava, mais Caolho tremia. Ele quase desmaiou quando o legado lhe concedeu o broche. Eu estava confuso. Por que tanta comoção?

Eu estava nervoso quando minha vez chegou, mas sem medo. Olhei para o distintivo enquanto as delicadas mãos enluvadas o prendiam em meu colete. Caveira e círculo em prata sobre azeviche, trabalhado com muita elegância. Uma peça cara de joalheria, mesmo que sinistra. Se não estivesse tão abalado, creio que Caolho estaria considerando qual seria a melhor forma de botar o broche no prego.

O brasão agora me parecia vagamente familiar. Pelo menos fora do contexto da vela do navio, onde eu o tinha ignorado por considerar que se tratava de puro exibicionismo. Não teria lido ou ouvido falar algo sobre um brasão semelhante em algum lugar?

— Bem-vindo ao serviço da Dama, médico — anunciou o legado. A voz dele era desconcertante. Nunca se encaixava nas expectativas, jamais. Desta vez era musical, melodiosa, como a voz de uma moça colocando algo sobre cabeças mais sábias.

A Dama? Onde eu tinha encontrado essa palavra usada de tal forma antes, enfatizada como se fosse o título de uma deusa? Uma lenda sombria de tempos antigos...

Um uivo de ultraje, dor e desespero preencheu o navio. Surpreso, eu abandonei a formação e corri até a beirada do poço.

O forvalaka estava numa grande jaula de ferro ao pé do mastro. Nas sombras ele parecia mudar sutilmente ao perambular, enquanto testava cada uma das barras. Num momento era uma mulher atlética de uns 30 anos, mas segundos depois assumia a forma de um leopardo negro de pé sobre as patas traseiras, arranhando o ferro que o prendia. Lembrei de quando o legado disse que teria algum trabalho para o monstro.

Eu o encarei. E a memória veio. Um martelo do diabo cravou estacas de gelo na barriga da minha alma. Eu sabia por que Caolho não queria cruzar o mar. O mal ancestral do norte...

— Achei que vocês tinham morrido há 300 anos.

O legado riu.

— Você não é muito bom em história. Não fomos destruídos. Apenas acorrentados e enterrados vivos. — A risada dele tinha um toque histérico.

— Acorrentados, enterrados e, por fim, libertados por um idiota chamado Bomanz, Chagas.

Eu me acocorei ao lado de Caolho, que enterrou o rosto nas mãos.

O legado, o terror nomeado Apanhador de Almas nas velhas histórias, um demônio pior que 12 forvalakas, riu loucamente. Os tripulantes dele se encolheram. Uma grande piada, alistar a Companhia Negra a serviço do mal. Uma grande cidade tomada e pequenos vilões subornados. Uma brincadeira verdadeiramente cósmica.

O Capitão se agachou ao meu lado.

— Explique, Chagas.

Então eu lhe contei sobre a Dominação, sobre o Dominador e a Dama dele. O império daqueles dois fora um reino de maldade que o inferno não poderia rivalizar. Eu lhe contei sobre os Dez que Foram Tomados (dos quais o Apanhador de Almas era um), dez grandes magos, quase semideuses de tão poderosos, que tinham sido sobrepujados pelo Dominador e compelidos a servi-lo. Contei sobre a Rosa Branca, a dama general que o havia derrubado, mas cujo poder fora insuficiente para destruir o Dominador, a Dama e os Dez. Ela enterrara todos eles num túmulo selado por encantamentos em algum ponto do mar ao norte.

— E agora eles voltaram à vida, aparentemente — concluí. — Eles governam o império nortista. Tom-Tom e Caolho devem ter desconfiado. E nós nos alistamos a serviço deles.

— Tomados — murmurou o Capitão. — Bem como o forvalaka.

A fera gritou e se atirou contra as barras da jaula. A risada do Apanhador de Almas flutuava sobre o convés nevoento.

— Tomados pelo Tomado — concordei. — O paralelo é desconfortável.

— Comecei a tremer enquanto mais e mais histórias antigas emergiam em minha mente.

O Capitão suspirou e fitou a névoa, na direção da terra nova.

Caolho olhou para a coisa na jaula, com ódio. Eu tentei fazê-lo se acalmar. Ele me afastou.

— Ainda não, Chagas. Eu preciso entender isto.

— Entender o quê?

— Não foi esse que matou Tom-Tom. Não tem as cicatrizes que pusemos nele.

Eu me virei lentamente, estudando o legado. Ele riu novamente, olhando para nós.

Caolho nunca chegou a entender. E eu nunca lhe contei. Já temos problemas suficientes.

Capítulo Dois

CORVO

— Atravessia de Berílio comprova meu ponto de vista — grunhiu Caolho enquanto bebia de uma caneca de estanho. — A Companhia Negra não pertence ao mar. Garota! Mais cerveja! — Ele acenou com a caneca. A garota não conseguiria entender de outra forma. Caolho se recusava a aprender as línguas do norte.

— Você está bêbado — observei.

— Que perceptivo. Que tal anotar, cavalheiros? O Chagas, nosso estimado mestre de artes das letras e medicina, teve a grande perspicácia de descobrir que estou embriagado. — Ele pontuou o discurso com arrotos e erros de pronúncia. Em seguida esquadrinhou a plateia com o olhar de solenidade sublime de que só os bêbados são capazes de fazer.

A garota trouxe outra jarra e uma garrafa para Calado. Ele também estava disposto a consumir mais de seu veneno favorito. Tomava um vinho azedo de Berílio que era perfeitamente adequado à personalidade dele. As bebidas foram pagas.

Havia sete de nós, ao todo. Mantínhamos a cabeça baixa. O lugar estava cheio de marinheiros. Éramos forasteiros, estrangeiros, o tipo escolhido para levar uma surra quando a briga começava. Com exceção de Caolho, todos nós preferíamos reservar as lutas para quando éramos pagos.

Agiota meteu a cara feia pela porta da rua. Os olhinhos dele se apertaram. Finalmente nos viu.

Agiota. Ele ganhou esse nome porque fatura emprestando dinheiro à Companhia. Não gosta do apelido, mas diz que qualquer coisa é melhor que o epíteto que lhe fora conferido pelos pais camponeses: Batatinha-doce.

— Ei! É o Batatinha-doce! — rugiu Caolho. — Venha cá, Docinho. Bebidas por minha conta. Tô bêbado demais para pensar direito. — Ele estava mesmo. Quando se encontrava sóbrio, a mão de Caolho era mais fechada que casa de moça virgem em dia de festa.

Agiota estremeceu e olhou em volta furtivamente. Ele era assim.

— O Capitão quer ver vocês — informou.

Trocamos olhares. Caolho se aquietou. Não tínhamos visto muito o Capitão ultimamente. Ele passava o tempo todo andando com os figurões do exército imperial.

Elmo e o Tenente se levantaram. Eu fiz o mesmo e fui na direção de Agiota.

O taverneiro urrou. Uma garçonete disparou até a porta de entrada, bloqueando a saída. Um sujeito enorme, que lembrava um touro imbecil, veio de um quarto dos fundos. Ele carregava uma clava prodigiosamente retorcida em cada uma das mãos grandes como presuntos. Parecia confuso.

Caolho rosnou. O resto de nosso grupo se levantou, pronto para qualquer coisa.

Os marujos, farejando um tumulto, começaram a escolher lados. A maioria contra nós.

— O que infernos está acontecendo? — gritei.

— Por favor, senhor — rogou a garota próxima à porta. — Seus amigos não pagaram a última rodada. — Ela lançou um olhar maldoso ao taverneiro.

— Mas é claro que pagaram.

A política da casa era pagamento na entrega. Eu olhei para o Tenente. Ele concordou. Lancei um olhar ao taverneiro, percebendo a ganância do sujeito. Ele achou que estávamos bêbados o bastante para pagar duas vezes.

— Caolho, você escolheu este antro de ladrões — disse Elmo. — Agora dê um jeito neles.

Dito e feito. Caolho guinchou como um porco conhecendo o açougueiro...

Um amontoado de feiura com quatro braços e do tamanho de um chimpanzé irrompeu de debaixo de nossa mesa, se atirando contra a garota à porta e deixando marcas de presas na coxa dela. Então a coisa escalou a montanha de músculos com clavas, e o homem já sangrava de uma dúzia de feridas antes de entender o que estava acontecendo.

Uma fruteira numa das mesas no centro do salão desapareceu numa névoa negra, ressurgindo um segundo depois, transbordando com cobras venenosas.

O taverneiro ficou de queixo caído. Escaravelhos saíram da boca do sujeito.

Saímos em meio à confusão. Caolho uivou e riu por vários quarteirões.

O Capitão nos encarou. Nós nos escorávamos uns nos outros diante da mesa dele. Caolho ainda sofria ataques ocasionais de risadinhas. Até mesmo o Tenente tinha dificuldades em manter uma expressão de seriedade.

— Eles estão bêbados — informou o Capitão ao Tenente.

— Estamos bêbados — concordou Caolho. — Estamos palpavelmente, plausivelmente e perturbadoramente bêbados.

O Tenente acertou um soco nos rins do feiticeiro.

— Sentem-se, homens. Tentem se comportar enquanto estiverem aqui.

Aqui, no caso, era um estabelecimento de jardins elegantes que estava várias léguas acima socialmente de nossa última parada. Aqui até mesmo as putas tinham títulos. Plantas e truques de paisagismo dividiam os jardins em áreas semi-isoladas. Havia laguinhos, caramanchões, trilhas de pedras e um perfume onipresente de flores no ar.

— Um pouco sofisticado demais para nós — comentei.

— Qual é o acontecimento? — indagou o Tenente. O resto de nós disputou cadeiras.

O Capitão tinha reservado uma enorme mesa de pedra. Vinte pessoas poderiam ter se sentado em volta dela.

— Somos convidados. Ajam como tal.

Ele mexeu no distintivo sobre o lado esquerdo do peito, que o identificava como alguém protegido pelo Apanhador de Almas. Todos nós tínhamos um daqueles, mas raramente usávamos. O gesto do Capitão sugeria que nós corrigíssemos aquela falha.

— Somos convidados dos Tomados? — perguntei. Lutei contra a embriaguez. Aquela reunião precisava ser registrada nos Anais.

— Não. Os distintivos são para benefício da casa.

O Capitão indicou os jardins com um gesto. Todas as pessoas visíveis usavam broches declarando alinhamento com um ou outro Tomado. Reconheci alguns símbolos. O Uivante. Rastejador. Arauto da Tormenta. O Manco.

— Nosso anfitrião quer se alistar na Companhia.

— Ele quer entrar pra Companhia Negra? — perguntou Caolho. — Qual é o problema desse cara? — Havia anos desde que aceitáramos um recruta pela última vez.

O Capitão deu de ombros e sorriu.

— Há muitos anos um certo mandingueiro se juntou a nós.

Caolho resmungou.

— E ele está muito arrependido desde então.

— E por que ele ainda está aqui? — inquiri.

Caolho não respondeu. Ninguém sai da Companhia a não ser num caixão. A tropa é o lar.

— E como é esse recruta? — indagou o Tenente.

O Capitão fechou os olhos.

— Incomum. Pode vir a ser valioso. Gosto dele. Mas julguem por si mesmos. Ele está aqui. — O Capitão apontou um homem que olhava os jardins.

O homem vestia roupas cinzentas, esfarrapadas e remendadas. Era de altura modesta, magro, crepuscular. Moreno e bonito. Meu palpite é que tivesse uns 20 e muitos anos. Não era nada impressionante.

Ou talvez fosse. Com um segundo olhar você percebia algo incomum. Uma intensidade, uma ausência de expressão, algo na postura dele. O sujeito não estava intimidado pelo jardim.

As pessoas olhavam para ele e torciam o nariz. Não viam o homem, apenas os farrapos. Dava para sentir a repulsa delas. Já era um absurdo que nós tivéssemos recebido permissão de entrar, e agora havia um catador de trapos lá.

Um atendente ricamente paramentado veio mostrar ao homem a entrada pela qual ele tinha passado obviamente por engano.

O sujeito veio até nós, ignorando o atendente como se este não existisse. Havia espasmos, uma rigidez nos movimentos dele que sugeriam que o homem se recuperava de ferimentos recentes.

— Capitão?

— Boa tarde. Por favor, sente-se.

Um pesado general de estado-maior se separou de um grupo de oficiais graduados e de jovens e esguias mulheres. Deu alguns passos em nossa direção e parou. Estava tentado a expressar seu preconceito.

Eu o reconheci. Lorde Jalena. Ele era tão importante quanto alguém que não era um dos Dez que Foram Tomados poderia se tornar. O rosto dele estava inchado e avermelhado. Se o Capitão o percebeu, fingiu que não.

— Cavalheiros, este é... Corvo. Quer se juntar a nós. Corvo não é seu nome de nascença. Não importa. O resto de vocês mentiu também. Apresentem-se e façam perguntas.

Havia algo de estranho no tal de Corvo. Éramos convidados dele, aparentemente. Ele não tinha modos de mendigo, mas sua aparência era a de um monte de farrapos velhos.

Lorde Jalena chegou. Ele ofegava. Eu adoraria botar porcos como ele para sofrer metade do que eles infligem às próprias tropas.

O general fez uma careta para o Capitão.

— Senhor — começou ele, entre ofegantes expirações. — Suas relações são tais que não podemos negar *sua* presença mas... Os Jardins são para pessoas de nível. Já é assim há 200 anos. Não admitimos...

O Capitão abriu um sorriso curioso.

— Sou um convidado, milorde — respondeu ele, suavemente. — Se o senhor não gosta de minha companhia, reclame com meu anfitrião. — Ele apontou para Corvo.

Jalena deu meia-volta à direita.

— Senhor... — O general ficou boquiaberto e de olhos arregalados. — Você!

Corvo encarou Jalena. Nenhum músculo estremeceu. Nem uma pálpebra tremeu. A cor fugiu das bochechas do gordo. Jalena se virou para o próprio grupo quase numa súplica, olhou para Corvo de novo, virou-se para o Capitão. O general moveu os lábios mas nenhuma palavra saiu.

O Capitão se aproximou de Corvo. Este aceitou o distintivo do Apanhador de Almas, prendendo-o do lado esquerdo da roupa.

Jalena ficou ainda mais pálido. Ele recuou.

— Parece que ele conhece você — observou o Capitão.

— Ele achava que eu estava morto.

Jalena alcançou o grupo. Ele falou apressadamente e apontou. Homens pálidos nos olharam. Eles discutiram rapidamente e então fugiram do jardim.

Corvo não explicou.

— Vamos aos negócios? — foi tudo que ele disse.

— Você poderia esclarecer o que acabou de acontecer? — A voz do Capitão era de uma suavidade perigosa.

— Não.

— Melhor reconsiderar. Sua presença pode pôr a Companhia inteira em perigo.

— Isso não vai acontecer. É um assunto pessoal. Não vou trazê-lo comigo.

O Capitão pensou no assunto. Ele não costumava se intrometer no passado de um homem. Não sem motivo. Ele decidiu que tinha um motivo.

— E como você fará isso? Obviamente, você é importante para Lorde Jalena.

— Não para Jalena. Para os amigos dele. É uma velha história. Vou resolver tudo antes de me juntar a vocês. Cinco pessoas terão de morrer para terminar esse capítulo da minha história.

Isso soava interessante. Ah, o cheiro de mistério e feitos sombrios, de vigarices e vingança. O filé de uma boa narrativa.

— Eu sou Chagas. Algum motivo especial para não compartilhar a história?

Corvo me encarou, obviamente sob rígido autocontrole.

— É pessoal, antiga e vergonhosa. Não quero falar sobre ela.

— Nesse caso, não posso votar na aceitação — afirmou Caolho.

Dois homens e uma mulher chegaram por um caminho de pedra, parando no lugar onde o grupo do Lorde Jalena tinha se reunido. Participantes atrasados? Eles estavam surpresos. Eu os observei debater o assunto.

Elmo votou com Caolho. Assim como o Tenente.

— Chagas? — indagou o Capitão.

Eu votei que sim. Farejava um mistério e não queria que ele escapasse.

— Eu sei uma parte de sua história — revelou o Capitão. — Por isso vou votar com Caolho. Pelo bem da Companhia. Eu gostaria de ter você conosco. Mas... resolva tudo antes de partirmos.

Os atrasados vieram em nossa direção, com os narizes empinados, mas determinados a descobrir o que tinha acontecido ao grupo.

— Quando vocês vão partir? — perguntou Corvo. — Quanto tempo eu tenho?

— Amanhã. Alvorada.

— O quê? — fiquei surpreso.

— Espere aí — exclamou Caolho. — Como assim tão cedo?

Até mesmo o Tenente, que nunca questionava nada, se espantou.

— Nós íamos receber umas duas semanas de folga. — Ele tinha feito amizade com uma dama, a primeira desde que o conheci.

O Capitão deu de ombros.

— Eles precisam de nós no norte. O Manco perdeu a fortaleza em Avença para um rebelde chamado Rasgo.

Os atrasados chegaram.

— O que aconteceu com o grupo reunido na Gruta das Camélias? — inquiriu um dos homens, com uma voz chorosa e anasalada. Fiquei irritado. Ela estava carregada de arrogância e desprezo. Eu não ouvia nada como aquilo desde que me juntei à Companhia. As pessoas em Berílio não usavam aquele tom.

Eles não conhecem a Companhia Negra em Opala, eu disse a mim mesmo. Ainda não.

A voz atingiu Corvo como um golpe de marreta na nuca. Ele enrijeceu. Por alguns momentos seus olhos eram gelo puro. Por fim, um sorriso se abriu em seu rosto, o sorriso mais cruel que já vi.

— Eu sei por que Jalena sofreu o ataque de indigestão — sussurrou o Capitão.

Ficamos sentados imóveis, paralisados pela iminência mortal. Corvo se virou lentamente, levantando-se. Os três viram seu rosto.

Voz-chorosa engasgou. O companheiro dele começou a tremer. A mulher abriu a boca, de onde nenhum som saiu.

De onde Corvo tirou a faca, eu não sei. Foi quase rápido demais para ver. Voz-chorosa estava sangrando de um corte na garganta. O amigo tinha aço no peito. E Corvo apertava o pescoço da mulher com a mão esquerda.

— Não. Por favor — sussurrou ela, sem força. Ela não esperava misericórdia.

Corvo apertou, forçando-a a se ajoelhar. O rosto da mulher ficou roxo, inchado. A língua rolou para fora. Ela segurou o pulso de Corvo e estremeceu. Corvo a ergueu, olhando-a nos olhos até que estes rolaram para trás e o corpo da mulher amoleceu. Ela estremeceu de novo. Morreu.

Corvo afastou a mão num gesto rápido. Encarou a garra rígida e trêmula. O rosto parecia assombrado. Rendeu-se aos tremores generalizados.

— Chagas! — ralhou o Capitão. — Você não diz ser um médico?

— Sim.

As pessoas começaram a reagir. O jardim inteiro observava. Verifiquei Voz-chorosa. Morto como uma pedra. Assim como o amigo. Eu me virei para a mulher.

Ele estava ajoelhado. Segurava a mão esquerda da moça. Havia lágrimas nos olhos dele. Ele tirou uma aliança de casamento de ouro que a mulher usava e guardou no bolso. Foi tudo que pegou, mesmo que ela vestisse uma fortuna em joias.

Meu olhar se encontrou com o dele, por sobre o corpo. Havia novamente gelo nos olhos de Corvo, me desafiando a dar voz à minha suspeita.

— Não quero soar histérico — grunhiu Caolho. — Mas por que nós não caímos fora daqui?

— Boa ideia — comentou Elmo, começando a andar para a saída.

— Vamos lá! — falou o Capitão comigo novamente. Ele tomou o braço de Corvo. Eu os segui.

— Meus assuntos estarão resolvidos ao amanhecer — afirmou Corvo.

O Capitão olhou para trás.

— É — foi tudo o que ele disse.

Pensei a mesma coisa.

Mas nós deixaríamos Opala sem ele.

O Capitão recebeu várias mensagens bem desagradáveis naquela noite.

— Aqueles três provavelmente eram parte da elite — foi o único comentário dele.

— Eles vestiam os distintivos do Manco — observei. — Qual é a história de Corvo, afinal? Quem é ele?

— Alguém que não se deu bem com o Manco. Que foi sacaneado e abandonado para morrer.

— A mulher era algo que ele não tinha lhe contado?

O Capitão deu de ombros. Tomei isso como uma confirmação.

— Aposto que era a esposa dele. Talvez ela o tenha traído.

Esse tipo de coisa era comum aqui. Conspirações, assassinatos e golpes descarados. Toda a diversão da decadência. A Dama não desencoraja nada. Talvez esses joguinhos a divirtam.

Conforme nós avançamos em direção ao norte, nos aproximávamos do coração do império. Cada dia nos levava a um território emocionalmente mais sombrio. Os moradores pareciam cada vez mais casmurros, severos e taciturnos. Aquelas não eram terras felizes, apesar da estação.

Chegou o dia em que nós contornamos a própria alma do império, a Torre em Talismã, construída pela Dama após sua ressurreição. Cavaleiros de olhos endurecidos nos escoltaram. O mais perto que chegamos foi 5 quilômetros. Mesmo assim, a silhueta da Torre se erguia sobre o horizonte. Era um imenso cubo de pedra negra, com pelo menos 150 metros de altura.

Eu a observei o dia inteiro. Como seria nossa senhora? Será que eu a encontraria algum dia? Ela me intrigava. Naquela noite escrevi um exercício de narrativa no qual eu tentava caracterizá-la. O exercício se transformou numa fantasia romântica.

Na tarde seguinte encontramos um mensageiro montado, de rosto pálido, que cavalgava ao sul à procura de nossa Companhia. Os distintivos dele o proclamavam um seguidor do Manco. Nossos batedores o trouxeram ao Tenente.

— Vocês estão sem pressa alguma, não estão? Acham que a vida é mole? Vocês são esperados em Forsberg. Parem de fazer merda por aí.

O Tenente é um homem calado, acostumado ao respeito por causa da patente. Ficou tão espantado que nada disse. O mensageiro ficou mais ofensivo.

— Qual é seu posto? — inquiriu o Tenente.

— Cabo Mensageiro a serviço do Manco. Amigão, melhor começar a se apressar. Ele não tolera essas merdas.

O Tenente é o disciplinador da Companhia. É um dos fardos que ele retira das costas do Capitão. Ele é um cara justo, razoável.

— Sargento! — O Tenente chamou Elmo. — Venha cá. — Ele estava furioso. Geralmente, só o Capitão chama Elmo de sargento.

Elmo estava cavalgando com o Capitão. Ele trotou até a vanguarda da coluna. O Capitão veio junto.

— Senhor? — perguntou Elmo.

O Tenente fez a Companhia parar.

— Açoite esse aldeão até ele aprender algo sobre respeito.

— Sim, senhor. Otto. Crispin. Venham ajudar.

— Vinte chibatadas devem bastar.

— Vinte chibatadas então, senhor.

— O que diabos você acha que está aprontando? Nenhum soldadinho de merda vai...

O Capitão o interrompeu.

— Tenente, acho que isso pede mais dez chibatadas.

— Sim, senhor. Elmo?

— Trinta chibatadas então, senhor.

Elmo deu um soco. O mensageiro caiu da sela. Otto e Crispin o pegaram e o levaram até uma cerca, pendurando o mensageiro nela. Crispin rasgou as costas da camisa do sujeito com a faca.

Elmo aplicou os golpes com o rebenque de montaria do Tenente. Não usou de força excessiva. Não havia rancor nisso, apenas uma mensagem àqueles que consideravam a Companhia Negra como algo de segunda classe.

Eu estava lá, com meus equipamentos, quando Elmo terminou.

— Tente relaxar, rapaz. Sou médico. Vou limpar suas costas e aplicar as bandagens. — Dei uns tapinhas amistosos no rosto dele. — Você aguentou muito bem, para um nortista.

Elmo entregou a ele uma nova camisa quando eu terminei. Ofereci alguns conselhos não solicitados sobre o tratamento e então sugeri:

— Apresente-se ao Capitão como se nada disso tivesse acontecido. — Apontei o Capitão... — Bem.

Nosso amigo Corvo se juntou a nós. Ele observava do lombo de um antílope-ruão suado e poeirento.

O mensageiro aceitou meu conselho.

— Diga ao Manco que estou viajando o mais rápido que posso. Não vou correr a ponto de ficar cansado demais para lutar quando chegar lá — respondeu o Capitão.

— Sim, senhor. Eu direi a ele, senhor. — Cuidadosamente, o mensageiro montou o cavalo. Ele escondeu bem seus sentimentos.

— O Manco vai arrancar seu coração por isso — comentou Corvo.

— O desprazer do Manco não me diz respeito. Pensei que você fosse se juntar a nós antes de partirmos de Opala.

— Demorei a fechar as contas. Um dos alvos nem estava na cidade. Lorde Jalena avisou ao outro. Precisei de três dias para encontrá-lo.

— E o que saiu da cidade?

— Decidi me juntar a vocês em vez de caçá-lo.

Não era uma resposta satisfatória, mas o Capitão a contornou.

— Não posso deixar você se alistar enquanto tiver interesses externos.

— Eu resolvi relevar o caso. Paguei a dívida mais importante. — Corvo se referia à mulher. Eu podia sentir.

O Capitão o encarou com azedume.

— Muito bem. Cavalgue com o pelotão de Elmo.

— Obrigado. Senhor. — Aquilo soou estranho. Não era um homem acostumado a dizer "senhor" para ninguém.

Nossa jornada setentrional continuou, passando por Olmo, entrando no Saliente, atravessando Rosas e seguindo ainda mais para o norte, até Forsberg. O lugar que outrora fora um reino agora se tornara um sangrento campo de matança.

A cidade de Remo fica no extremo norte de Forsberg, e nas florestas acima está a Terra dos Túmulos, onde a Dama e o amante dela, o Dominador, foram enterrados há quatro séculos. As persistentes investigações necromânticas dos magos de Remo ressuscitaram a Dama e os Dez que Foram Tomados de seus sonhos negros. Agora seus descendentes, cheios de culpa, enfrentavam a Dama.

O sul de Forsberg permanecia enganadoramente pacífico. Os camponeses nos receberam sem entusiasmo, mas deram uma bela recepção a nosso dinheiro.

— É uma grande novidade ver os soldados da Dama pagando por alguma coisa — explicou Corvo. — Os Tomados simplesmente pegam o que querem.

O Capitão grunhiu. Teríamos feito a mesma coisa se não tivéssemos recebido instruções para o contrário. Apanhador de Almas havia instruído que nós fôssemos cavalheiros. Ele dera ao Capitão um gordo baú de guerra. O Capitão estava disposto a concordar. Não havia sentido em fazer inimigos desnecessariamente.

Já viajávamos havia dois meses. Deixamos 1.600 quilômetros para trás. Estávamos exaustos. O Capitão decidiu que iríamos descansar à beira da zona de guerra. Talvez ele estivesse desistindo da ideia de servir à Dama.

De qualquer maneira, não havia por que procurar problemas. Não quando deixar de lutar paga a mesma coisa.

O Capitão nos guiou até uma floresta. Após a montagem do acampamento, ele falou com Corvo. Eu observei.

Curioso. Havia uma conexão se desenvolvendo entre eles. Eu não podia compreendê-la porque não sabia o bastante sobre nenhum dos dois. Corvo era um novo enigma, o Capitão era um velho mistério.

Durante todos os anos em que eu conheci o Capitão, não aprendi praticamente nada sobre ele. Só uma pista aqui e outra ali, encorpadas pela especulação.

Ele nascera nas Cidades Preciosas. Era um soldado profissional. Alguma coisa tinha destruído sua vida pessoal. Provavelmente uma mulher. Ele abandonou posto e títulos e se tornou um errante. Acabou por se juntar a nosso bando de exilados espirituais.

Todos temos nossos passados. Eu suspeito que nós os mantemos nebulosos não porque estamos nos escondendo de nossos ontens, mas porque achamos que projetaremos silhuetas mais românticas se rolarmos os olhos e soltarmos pistas sutis sobre lindas mulheres que permanecerão para sempre fora de nosso alcance. Aqueles homens cujas histórias eu tenho desencavado estão fugindo da lei, não de enlaces amorosos trágicos.

O Capitão e o Corvo, porém, obviamente tinham encontrado algo em comum.

O acampamento estava montado. As patrulhas em curso. Nós nos acomodamos para descansar. Mesmo que fosse uma região conturbada, nenhuma das forças em guerra percebera nossa presença de imediato.

Calado estava usando suas habilidades para incrementar a vigilância de nossas sentinelas. Ele detectou espiões dentro do perímetro de nossas patrulhas externas e avisou a Caolho. Este relatou ao Capitão.

O Capitão abriu um mapa sobre um toco de árvore que tínhamos transformado em mesa de carteado, depois de despejar a mim, Caolho, Duende e vários outros.

— Onde estão eles?

— Dois aqui. Mais dois ali. Outro aqui.

— Alguém mande os patrulheiros sumirem. Vamos nos esgueirar para fora daqui. Duende. Cadê o Duende? Mande Duende começar as ilusões.

— O Capitão achou melhor não criar confusão. Uma decisão louvável, na minha opinião.

— Onde está o Corvo? — perguntou ele alguns minutos depois.

— Acho que foi atrás dos espiões — respondi.

— O quê? Ele é idiota? — O semblante do Capitão ficou sombrio. — O que diabos você quer?

Duende guinchou como um rato pisoteado. Ele guincha nos melhores momentos. O esporro do Capitão o fez soar como um filhote de pássaro.

— Você mandou me chamar.

O Capitão andou, pisoteando num círculo, rosnando e fazendo cara feia. Se ele tivesse o talento de um Duende ou um Caolho, fumaça preta estaria saindo de seus ouvidos.

Eu pisquei para Duende, que sorriu como um sapão. Essa bamboleante dancinha de guerra era só um aviso para que ninguém mexesse com ele. O Capitão arrumou os mapas, lançou olhares sombrios e se virou para mim.

— Não gosto disso. Foi você quem o mandou fazer isso?

— Claro que não. — Eu não tentava criar a história da Companhia, eu apenas a registrava.

E então Corvo apareceu. Ele jogou um corpo aos pés do Capitão, exibindo uma fileira de prêmios macabros.

— O que diabos...

— Polegares. Eles são considerados troféus nesta região.

O Capitão ficou verde.

— E para que serve o cadáver?

— Meta os pés dele no fogo. Deixe-o aqui. Não vão perder tempo perguntando como nós descobrimos que eles estavam aqui.

Caolho, Duende e Calado lançaram um encantamento sobre a Companhia. Nós escapulimos, lisos como um peixe nas mãos de um pescador frouxo. Um batalhão inimigo, que estivera de tocaia, sequer nos farejou. Fomos direto para o norte. O Capitão planejava encontrar o Manco.

Naquela mesma tarde, Caolho irrompeu numa canção de marcha. Duende grasnou em protesto. Caolho sorriu e cantou mais alto.

— Ele está mudando a letra! — guinchou Duende.

Os homens sorriram, antecipando o que viria. Os dois têm uma rivalidade de anos. Caolho sempre começava as pelejas. Duende consegue ser sensível como uma queimadura recém-adquirida. As briguinhas deles são divertidas.

Desta vez Duende não retaliou. Ignorou Caolho. O pequeno homem negro ficou magoado. Começou a cantar mais alto. Nós esperamos fogos de artifício. Tudo o que tivemos foi tédio. Caolho não conseguiu provocar uma reação. Ficou amuado.

Um pouco mais tarde, Duende veio falar comigo.

— Fique de olhos abertos, Chagas. Estamos em uma terra estranha. Qualquer coisa pode acontecer. — Ele deu uma risadinha aguda.

Um moscardo pousou na anca do cavalo de Caolho. O animal berrou e empinou. Caolho, com sono, caiu para trás. Todos gargalharam. O mirrado feiticeiro se levantou da poeira xingando e agitando o velho e surrado chapéu. Socou o cavalo com a mão livre, acertando a testa do animal. Então começou a saltitar em volta da montaria, gemendo e soprando os dedos.

A recompensa de Caolho foi uma enxurrada de assobios e vaias. Duende sorriu.

Logo Caolho estava cochilando de novo. É um truque que qualquer um aprende após alguns longos e cansados quilômetros no lombo de um cavalo. Um pássaro pousou no ombro dele. Caolho fungou, tentou espantar o bicho... O pássaro deixou um enorme e fedido amontoado roxo. Caolho uivou. Jogou coisas. Rasgou o gibão ao tentar tirá-lo.

Nós rimos novamente. E Duende parecia tão inocente quanto uma virgem. Caolho fez cara feia e resmungou, mas não se tocou do que acontecia.

O feiticeiro começou a entender quando alcançamos o cume de um morro e nos deparamos com um bando de pigmeus do tamanho de macacos que beijavam um ídolo muito parecido com o traseiro de um cavalo. Cada pigmeu era uma miniatura de Caolho.

O pequeno feiticeiro lançou um olhar feio a Duende, que respondeu com uma expressão inocente de "não olhe para mim".

— Ponto para Duende — julguei.

— Melhor ficar esperto, Chagas — reclamou Caolho. — Ou você acabará beijando isto aqui. — Ele deu tapinhas na própria bunda.

— Quando os porcos voarem.

Caolho é um feiticeiro mais habilidoso que Duende ou Calado, mas sua capacidade não chega nem à metade do que ele tenta nos convencer. Se pudesse executar apenas uma parte de suas ameaças, seria perigoso até para os Tomados. Calado é mais consistente, Duende, mais criativo.

Caolho passava noites acordado tentando encontrar formas de se vingar das vinganças de Duende. Um par estranho. Não sei nem por que ainda não se mataram.

Encontrar o Manco foi mais difícil do que parecia. Nós seguimos a pista dele até uma floresta, onde encontramos fortificações de terra que estavam abandonadas e muitos cadáveres de rebeldes. Nosso caminho descia até um vale de largas campinas separadas por um córrego reluzente.

— O que diabos...? — perguntei a Duende. — Isto é estranho. — Calombos negros largos e baixos marcavam os prados. Havia corpos por todos os lados.

— Este é um dos motivos pelos quais os Tomados são tão temidos. Feitiços matadores. O calor deles sugou o chão para cima.

Parei para estudar um dos calombos.

O negrume poderia ter sido traçado com um compasso. O limite do círculo era afiado como um traço feito à pena. Esqueletos calcinados jaziam dentro da área preta. Espadas e pontas de lanças pareciam imitações de cera deixadas tempo demais no sol. Percebi que Caolho olhava a destruição.

— Quando você puder fazer este truque, terei medo de você.

— Se eu pudesse fazer isto, teria medo de mim mesmo.

Verifiquei outro círculo. Era idêntico ao primeiro. Corvo parou o cavalo a meu lado.

— Trabalho do Manco. Eu já vi isto antes.

Farejei o ar. Talvez eu tivesse pego o Corvo no humor certo.

— Quando foi isso?

Ele me ignorou.

Corvo não saía da casca. Não cumprimentava na metade das vezes, muito menos conversava sobre quem ou o que ele era.

É um cara frio. Os horrores daquele vale não o tocaram.

— O Manco perdeu esta batalha — concluiu o Capitão. — Está batendo em retirada.

— E nós vamos continuar indo atrás dele? — indagou o Tenente.

— Estamos em território desconhecido. É muito perigoso operar sem apoio.

Seguimos um rastro de violência, uma trilha de destruição. Campos arruinados ficavam para trás. Vilas queimadas. Pessoas chacinadas e animais de fazenda abatidos. Poços envenenados. O Manco não deixou nada além de morte e desolação.

Nossa missão era ajudar a manter Forsberg. Não éramos obrigados a encontrar o Manco. Eu não queria nada com ele. Não queria sequer estar na mesma província que ele.

Conforme a devastação se tornava mais recente, Corvo demonstrou alegria, assombro, introspecção transformada em determinação, e ainda mais daquele autocontrole rígido atrás do qual ele se escondia com tanta frequência.

Quando reflito sobre a natureza interior de meus companheiros, geralmente gostaria de controlar apenas um pequeno dom. Eu queria poder olhar dentro de cada um deles e desmascarar as sombras e luzes que os movem. Então dou uma rápida olhada na selva de minha própria alma e agradeço aos céus por não ter tal talento. Um homem que sequer consegue manter um armistício consigo mesmo não tem motivos para fuçar as almas dos outros.

Decidi ficar de olho em nosso mais novo irmão.

Não foi realmente preciso que Pança voltasse da vanguarda para nos dizer que estávamos perto. De todo o horizonte à nossa frente brotavam altas e inclinadas espirais de fumaça. Esta parte de Forsberg era plana, aberta e maravilhosamente verde. Contra o céu azul-turquesa, os pilares oleosos eram uma abominação.

Não havia muita brisa. A tarde prometia ser abrasadora.

Pança emparelhou com o Tenente. Elmo e eu paramos de trocar velhas e surradas mentiras e escutamos. Pança indicou uma das torres de fumaça.

— Ainda há alguns homens do Manco naquela vila, senhor.

— Falou com eles?

— Não, senhor. O Cabeça achou que o senhor não iria gostar. Ele está esperando perto da cidade.

— Quantos deles?

— Vinte, 25. Bêbados e cruéis. O oficial era pior que seus homens.

O Tenente olhou por sobre o ombro.

— Ah, Elmo. É seu dia de sorte. Pegue dez homens e vá com Pança. Dê uma olhada.

— Merda — murmurou Elmo. Ele é um bom homem, mas dias ensolarados de primavera o deixam preguiçoso. — Certo. Otto. Calado. Pirralho. Branquelo. Bode. Corvo...

Tossi discretamente.

— Você deve estar maluco, Chagas. Tudo bem. — Ele contou rapidamente nos dedos e chamou mais três. Entramos em formação fora da coluna. Elmo nos deu instruções rápidas, para ter certeza de que todos sabiam o que fariam. — Vamos lá.

Partimos adiante da coluna. Pança nos levou até um bosque com vista para a aldeia devastada. Cabeça e um sujeito chamado Fanfarrão nos esperavam lá.

— Alguma novidade? — indagou Elmo.

Fanfarrão, um sarcástico profissional, respondeu:

— Os incêndios estão morrendo.

Olhamos para a aldeia. Tudo que vi embrulhou meu estômago. Animais de criação abatidos. Gatos e cachorros massacrados. As silhuetas pequenas e partidas de crianças mortas.

— Não as crianças — disse eu, sem perceber que estava falando. — Não os bebês de novo.

Elmo me olhou espantado, não porque não estivesse comovido também, mas porque eu estava demonstrando uma solidariedade incomum. Já tinha visto muitos homens mortos. Não me expliquei. Para mim há uma grande diferença entre adultos e crianças.

— Elmo, eu tenho que ir até lá.

— Não seja burro, Chagas. O que você poderá fazer?

— Se eu puder salvar só uma criança...

— Eu vou com ele — anunciou Corvo. Uma faca apareceu na mão dele. Deve ter aprendido o truque com um conjurador. Faz isso sempre que está nervoso ou com raiva.

— Vocês acham que podem enganar 25 homens?

— Chagas tem razão, Elmo. — Corvo deu de ombros. — Isso precisa ser feito. Algumas coisas não podem ser toleradas.

— Então vamos todos — Elmo se rendeu. — Torçam para que eles não estejam bêbados demais para diferenciar amigos de inimigos.

Corvo saiu a galope.

A aldeia era de bom tamanho. Ela tivera mais de duzentas casas antes da chegada do Manco. Metade estava queimada ou queimando. Cadáveres jaziam espalhados pelas ruas. Ao redor de seus olhos sem vida moscas se aglomeravam.

— Ninguém em idade militar — reparei.

Desmontei e me ajoelhei ao lado de um garoto de 4 ou 5 anos. O crânio tinha sido esmagado, mas ele ainda respirava. Corvo se abaixou a meu lado.

— Não posso fazer nada — disse eu.

— Você pode acabar com o sofrimento dele. — Havia lágrimas nos olhos de Corvo. Lágrimas e raiva. — Não há desculpa para isto. — Ele foi até um corpo que jazia nas sombras.

Este tinha uns 17 anos. Vestia a jaqueta de um soldado rebelde. Morrera lutando.

— Ele provavelmente estava de licença. Um garoto protegendo todos os outros — disse Corvo. Ele tirou o arco dos dedos mortos. — Boa madeira. Alguns milhares destes poderiam ter posto o Manco para correr. — Corvo prendeu o arco nas costas e pegou as flechas do garoto.

Examinei mais duas crianças. Estavam além de qualquer ajuda. Dentro de uma cabana queimada encontrei uma avó que morrera tentando proteger uma criança. Em vão.

Corvo transpirava ódio.

— Criaturas como o Manco criam dois inimigos para cada um que destroem.

Percebi choro murmurado, xingamentos e risadas em algum lugar adiante.

— Vamos ver o que é isso.

Ao lado da cabana encontramos quatro soldados mortos. O garoto tinha deixado sua marca.

— Bons tiros — observou Corvo. — Pobre idiota.

— Idiota?

— Ele deveria ter sido esperto e fugido. Talvez tudo teria sido mais fácil para todos. — A intensidade dele me espantou. Por que se importava com um garoto do outro lado? — Heróis mortos não recebem segundas chances.

Aha! Ele estava traçando um paralelo com um evento de seu próprio passado misterioso.

Os xingamentos e choro se materializaram numa cena digna de horror para qualquer um com um mínimo de humanidade.

Havia uma dúzia de soldados num círculo, rindo das próprias piadas grosseiras. Lembrei-me de uma cadela cercada por machos que, ao contrário do normal, não lutavam pelo direito de montar, mas estavam se revezando. Eles poderiam ter matado a fêmea se eu não tivesse interferido.

Corvo e eu subimos nos cavalos para ver melhor.

A vítima era uma menina de 9 anos, coberta de hematomas. Ela estava aterrorizada, mas não emitia um ruído sequer. Entendi na hora. Ela era muda.

A guerra é um negócio cruel, conduzido por homens cruéis. Os deuses sabem que os soldados da Companhia Negra não são anjos. Mas *há* limites.

Eles estavam fazendo um velho assistir. Ele era a fonte tanto dos xingamentos quanto do choro.

Corvo meteu uma flecha no homem que estava prestes a atacar a menina.

— Merda! — gritou Elmo. — Corvo!...

Os soldados se viraram para nós. Armas surgiram. Corvo disparou outra flecha. Ela atingiu o homem que segurava o velho. Os soldados do Manco perderam qualquer inclinação à luta. Elmo sussurrou:

— Branquelo, vá dizer ao chefe que vamos precisar de ajuda aqui.

Um dos soldados do Manco teve uma ideia parecida. Ele saiu correndo. Corvo o deixou ir.

O Capitão ia pedir o traseiro dele numa bandeja.

Corvo não parecia preocupado.

— Velho, venha cá. Traga a criança. E ponha roupas nela.

Parte de mim não poderia deixar de aplaudir, mas outra parte chamou Corvo de idiota.

Elmo não precisou mandar que ficássemos de olhos abertos. Estávamos dolorosamente cientes de que tínhamos nos metido em uma encrenca. Corra, Branquelo, pensei.

O mensageiro deles alcançou seu comandante antes. O cara veio cambaleando pela rua. Pança tinha razão. O sujeito estava em estado pior que os homens.

O velho e a garota agarravam os estribos de Corvo. O velho fez cara feia para nossos distintivos. Elmo fez o cavalo se adiantar e apontou para Corvo. Eu balancei a cabeça.

O oficial bêbado parou diante de Elmo. Olhos baços nos avaliaram. Ele parecia impressionado. Tínhamos nos endurecido naquele ofício brutal, e isso era visível.

— Você! — guinchou o sujeito de repente, de forma exatamente igual a como Voz-chorosa fizera em Opala. Ele encarou Corvo. Então se virou e saiu correndo.

— Parado aí, Trilha! — trovejou Corvo. — Aja como homem, seu ladrão covarde! — Ele tirou outra flecha da aljava.

Elmo cortou-lhe a corda do arco.

Trilha parou. Não demonstrou gratidão. Xingou. Enumerou os horrores que poderíamos esperar nas mãos de seu patrono.

Observei Corvo.

Ele fitou Elmo com uma fúria gélida. Elmo encarou de volta, sem estremecer. Também era um cara durão.

Corvo fez o truque com a faca. Eu toquei a lâmina com a ponta da minha espada. Corvo murmurou uma ofensa em voz baixa, olhou feio, relaxou.

— Você deixou sua velha vida para trás, lembra? — comentou Elmo.

Corvo concordou com um único aceno da cabeça, brutal.

— É mais difícil do que eu pensava. — Os ombros dele arriaram. — Corra, Trilha. Você não é tão importante para ser morto.

Um alvoroço fez-se ouvir atrás de nós. O Capitão estava chegando.

Aquele maldito lacaio do Manco se inflou e remexeu como um gato prestes a dar o bote. Elmo olhou feio ao longo do comprimento da espada. O sujeito entendeu o recado.

— Eu deveria ser mais esperto, de qualquer maneira — murmurou Corvo. — Ele é só um mensageiro.

Fiz uma pergunta maliciosa. Corvo apenas me olhou, confuso.

— O que diabos está acontecendo aqui? — ralhou o Capitão.

Elmo iniciou um de seus relatórios sucintos. Corvo interrompeu.

— Aquele ébrio ali é um dos chacais de Zouad. Eu queria matá-lo. Elmo e Chagas me impediram.

Zouad? Onde foi que escutara aquele nome? Conectado ao Manco. Coronel Zouad. O vilão número um do Manco. Adido político, entre outros eufemismos. O nome dele tinha sido mencionado em algumas conversas que eu entreouvira entre Corvo e o Capitão. Zouad era a quinta vítima que Corvo pretendia fazer? Então o próprio Manco deveria estar por trás dos infortúnios de Corvo.

A história estava cada vez mais curiosa. E cada vez mais assustadora. O Manco não é alguém com quem você queira se indispor.

— Quero que esse sujeito seja preso! — gritou o homem do Manco. O Capitão olhou para ele. — Dois de meus soldados foram assassinados por ele.

Os corpos estavam à vista de todos. Corvo nada disse. Elmo fez algo pouco característico e se meteu na história.

— Eles estavam estuprando a criança. É isso que eles chamam de pacificação.

O Capitão encarou seu correspondente do outro lado. O homem enrubesceu. Até mesmo o vilão mais tenebroso sentiria vergonha se fosse flagrado sem uma justificativa conveniente.

— Chagas? — cobrou o Capitão.

— Encontramos um rebelde morto, Capitão. Há indícios de que esse tipo de coisa começou antes de ele se tornar um fator.

— Essas pessoas são súditas da Dama? — inquiriu o Capitão ao bêbado. — Sob a proteção dela?

Aquele argumento poderia ser debatido em outros tribunais, mas naquele momento ele colou. Pela ausência de defesa, o homem confessou sua culpa moral.

— Você me enoja — afirmou o Capitão na voz suave e perigosa dele. — Suma daqui. Não cruze meu caminho de novo. Eu o deixarei à mercê de meu amigo se você o fizer.

O homem saiu cambaleando.

O Capitão se virou para Corvo.

— Seu imbecil sem mãe. Você tem alguma ideia do que acabou de fazer?

— Provavelmente melhor que você, Capitão — respondeu Corvo, cansado. — Mas faria de novo.

— E você ainda se pergunta por que hesitamos em aceitá-lo? — O Capitão mudou de assunto. — O que pretende fazer com essas pessoas, nobre herói?

Essa pergunta não tinha passado pela mente de Corvo. Qualquer que tivesse sido o trauma pelo qual ele passara, o havia deixado preso ao presente. Era compelido pelo passado e completamente indiferente ao futuro.

— São minha responsabilidade, não são?

O Capitão desistiu de tentar alcançar o Manco. Operar de forma independente agora parecia ser o mal menor.

As repercussões se iniciaram quatro dias depois.

Tínhamos acabado de vencer nossa primeira batalha importante, na qual esmagamos uma força rebelde duas vezes maior que a nossa. Não havia sido difícil. Eles eram novatos, e nossos feiticeiros ajudaram. Poucos inimigos escaparam.

O campo de batalha era nosso. Os homens saqueavam os mortos. Elmo, eu, o Capitão e alguns outros estávamos juntos, presunçosos. Caolho e Duende celebravam de seu modo particular, usando as bocas dos cadáveres para provocar um ao outro.

Duende subitamente endureceu. Seus olhos rolaram para cima. Um chiado agudo lhe escapou pelos lábios, cada vez mais fino. Ele desabou.

Caolho o alcançou um passo à minha frente, e começou a estapeá-lo nas bochechas. A hostilidade habitual tinha desaparecido.

— Me dê espaço! — grunhi.

Duende acordou antes que eu pudesse fazer mais do que lhe conferir o pulso.

— Apanhador de Almas — murmurou. — Fazendo contato.

Fiquei por perto.

O Capitão correu até nós. Ele jamais corre, a não ser quando estamos em ação.

— O que foi?

Duende suspirou e abriu os olhos.

— Ele já se foi.

A pele e os cabelos do feiticeiro estavam encharcados de suor. Ele parecia pálido e começou a tremer.

— Se foi? — inquiriu o Capitão. — Como assim?

Ajudamos Duende a ficar numa posição mais confortável.

— O Manco foi reclamar com a Dama em vez de nos enfrentar diretamente. Ele e o Apanhador não se bicam. Ele acha que viemos aqui para enfraquecê-lo. Tentou virar a mesa. Mas o Apanhador de Almas está em alta desde Berílio, enquanto o Manco está em baixa por conta de seus fracassos. A Dama mandou que ele nos deixasse em paz. Apanhador de Almas não conseguiu fazer o Manco ser substituído, mas acha que venceu esta rodada.

Duende fez uma pausa. Caolho lhe entregou algo para beber, que o outro feiticeiro virou num instante.

— O Apanhador mandou a gente ficar fora do caminho do Manco. Ele pode tentar nos desacreditar de alguma forma, ou até mesmo dirigir os rebeldes para o nosso lado. O chefe também acha que deveríamos recapturar a fortaleza em Avença. Isso iria causar embaraço tanto aos rebeldes quanto ao Manco.

— Se o Apanhador quer impressionar — murmurou Elmo —, por que não nos põe no rastro do Círculo dos Dezoito? — O Círculo é o Alto-comando Rebelde, 18 feiticeiros que se acham fortes o suficiente para encarar a Dama e os Tomados. Rasgo, o nêmesis do Manco em Forsberg, pertencia ao Círculo.

O Capitão parecia pensativo.

— Você acha que há politicagem envolvida nisso? — perguntou ele a Corvo.

— A Companhia é uma ferramenta do Apanhador de Almas. Isso é de conhecimento comum. A questão é o que ele pretende fazer com ela.

— Pensei o mesmo em Opala.

Politicagens. O império da Dama passa uma imagem monolítica. Os Dez que Foram Tomados gastam uma energia terrível para mantê-lo assim. E gastam mais energia ainda brigando entre si como crianças com seus brinquedos, ou disputando as atenções da mãe.

— Só isso? — grunhiu o Capitão.

— Só. Ele disse que manterá contato.

Então nós fomos e cumprimos as ordens. Capturamos a fortaleza em Avença, na calada da noite, perto o bastante de Remo para se ouvir um uivo. Disseram que tanto Rasgo quanto o Manco sofreram ataques insanos de fúria. Acho que o Apanhador de Almas se deliciou com isso tudo.

Caolho jogou uma carta na pilha de descarte.

— Tem alguém aí se fazendo de bobo — murmurou o feiticeiro.

Duende catou a carta, baixou quatro valetes na mesa e descartou uma rainha. Ele sorria. Dava para saber que ele iria se ferrar na próxima mão, sua melhor carta era um 2. Caolho bateu no tampo da mesa, sibilou. Ele não vencera uma única mão desde que se sentou para jogar.

— Joguem baixo, rapazes — avisou Elmo, ignorando o descarte de Duende. Comprou, juntou todas as cartas a centímetros do rosto, baixou uma trinca de 4 e descartou um 2. Bateu no par que restava, sorriu para Duende e disse: — É melhor que isso seja um ás, gorducho.

Picles catou o 2 de Elmo, baixou uma quadra, descartou um 3. Encarou Duende com um olhar brutal de coruja que o desafiava a baixar algo. Aquele olhar dizia que um ás não seria o suficiente para tirar Duende de apuros.

Eu queria que Corvo estivesse ali. A presença dele deixava Caolho nervoso demais para trapacear. Mas Corvo estava na patrulha dos nabos, que era como nós chamávamos a missão semanal de visitar Remo para comprar suprimentos. Picles ocupava sua cadeira.

Picles é o intendente da Companhia. Era ele quem geralmente saía na patrulha dos nabos. Implorou para não ir dessa vez por conta de problemas no estômago.

— Parece que todo mundo estava se fazendo de bobo — comentei, e olhei feio para minha mão imprestável. Par de 7, par de 8 e um 9 para acompanhar um dos 8, mas nada que fizesse uma jogada. Quase tudo que eu poderia aproveitar estava na pilha de descartes. Comprei. Putaquepariu.

Outro 9, que me deu uma boa mão. Baixei tudo, descartei o 7 que sobrava e rezei. Rezar era tudo que eu poderia fazer.

Caolho ignorou meu 7. Comprou.

— Droga! — Ele largou um seis na rabeira da minha sequência e descartou outro. — Hora da verdade, presuntinho — ele provocou Duende. — Vai encarar, Picles? — E, por fim: — Esse povo de Forsberg é doido. Nunca vi nada assim.

Já estávamos ocupando a fortaleza havia um mês. Era meio grande para nós, mas eu gostava dali.

— Eu acho que poderia gostar deles — afirmei. — Se começassem a gostar de mim. — Já tínhamos rechaçado quatro contra-ataques. — Mije ou saia da latrina, Duende. Você sabe que já ferrou comigo e com Elmo.

Picles marcou o canto da carta com a unha, encarando Duende.

— Tem toda uma mitologia rebelde aqui no norte — disse ele. — Profetas e falsos profetas. Sonhos premonitórios. Mensagens dos deuses. Até mesmo uma profecia de que uma criança em algum lugar por aqui é a reencarnação da Rosa Branca.

— Se o garoto já está aqui, então por que não está nos dando uma surra? — inquiriu Elmo.

— Eles ainda não o encontraram. Ou a encontraram. Tem uma tribo inteira de gente procurando.

Duende arregou. Ele comprou, hesitou, descartou um rei. Elmo comprou e descartou outro rei. Picles olhou para Duende. Deu um sorrisinho, pegou uma carta, nem se deu ao trabalho de olhar. Jogou um 5 em cima do 6 que Caolho tinha largado em minha sequência e largou a carta comprada na pilha de descarte.

— Um 5? — guinchou Duende. — Você estava segurando um 5? Não acredito nisso. Ele tinha um 5. — Duende jogou o ás sobre a mesa. — Ele tinha um maldito 5!

— É melhor você ficar calmo — advertiu Elmo. — Não é você o cara que está sempre mandando o Caolho relaxar?

— Ele blefou com um maldito 5?

Picles manteve o sorrisinho enquanto juntava o dinheiro que havia ganhado. Estava muito satisfeito consigo mesmo. Blefara muito bem. Eu também teria apostado que Picles tinha um ás.

Caolho empurrou as cartas para Duende.

— Sua vez.

— Ah, fala sério. Ele tinha um 5 e eu ainda vou ter que dar as cartas também?

— É sua vez. Cale a boca e embaralhe.

— Onde você ouviu essas coisas de reencarnação? — perguntei a Picles.

— Com o Estalo. — Estalo era o velho que Corvo tinha salvado. Picles havia vencido as desconfianças do sujeito. Eles estavam ficando muito amigos.

A garota era chamada de Lindinha. Ela se apegara muito a Corvo e o seguia por toda parte, deixando todos nós loucos. Eu estava feliz por Corvo ter ido à cidade. Não veríamos Lindinha com muita frequência até que ele voltasse.

Duende deu as cartas. Olhei as minhas. A famosa mão tão ruim que não serviria nem para pé. Uma daquelas lendárias sequências demoníacas de Elmo, nas quais não havia duas cartas do mesmo naipe.

Duende examinou a mão que recebera. Arregalou os olhos. Bateu as cartas na mesa com a face para cima.

— Tonk! Olhem só, é Tonk! Cinquenta! — Ele tinha dado a si mesmo cinco cartas reais, uma vitória automática que exigia pagamento duplo.

— Ele só consegue ganhar quando dá as cartas — reclamou Caolho.

— Você não vence nem quando é sua vez, boca de verme!

Elmo começou a embaralhar.

A mão seguinte durou bastante. Picles nos ofereceu fragmentos da história da reencarnação entre as jogadas.

Lindinha passou por perto, com seu rosto redondo e sardento sem expressão, e seus olhos vazios. Tentei imaginá-la no papel de Rosa Branca. Não consegui. Ela não se encaixava.

Picles deu as cartas. Elmo tentou derrubar com 18. Caolho o queimou. Ele ficou com 17 depois de comprar. Reuni as cartas e comecei a embaralhar.

— Vamos lá, Chagas — provocou Caolho. — Nada de brincadeiras. Estou numa maré de sorte. Uma vitória seguida. Me passe os ases e duplos. — Um valor de 15 para baixo é uma vitória automática, assim como 49 e 50.

— Ah. Desculpa. Eu estava levando as superstições rebeldes a sério.

— São o tipo de bobagem atraente — observou Picles. — Essas coisas se formam numa certa ilusão elegante de esperança. — Franzi o cenho para ele. O sorriso do intendente era quase tímido. — É difícil perder quando você *sabe* que o destino está ao seu lado. Os rebeldes sabem. De qualquer maneira, é isso que o Corvo diz. — Nosso velho estava ficando muito amigo do Corvo.

— Então teremos de mudar o pensamento deles.

— Não podemos. Se os açoitarmos cem vezes, eles continuarão atacando. E, por isso, eles vão cumprir a própria profecia.

— Então temos de fazer mais do que chicoteá-los — grunhiu Elmo. — Nós temos de humilhá-los. — *Nós* significava todo mundo do lado da Dama.

Joguei um 8 em outra das incontáveis pilhas de descarte que tinham se tornado marcos da minha vida.

— Isso está ficando chato. — Eu estava inquieto. Tinha uma necessidade indefinida de fazer alguma coisa. Qualquer coisa.

— Jogar ajuda a passar o tempo. — Elmo deu de ombros.

— Isso é que é vida, é sim — zombou Duende. — Sentar e esperar. Quanto foi que fizemos disso nos últimos anos?

— Não contei as horas — resmunguei. — Mas fizemos isso mais do que qualquer outra coisa.

— Atenção! — exclamou Elmo. — Escuto uma vozinha. Ela diz que meu rebanho está entediado. Picles, vá buscar os alvos de arco e flecha... — A sugestão morreu sob uma avalanche de grunhidos.

O treino físico rigoroso é a resposta de Elmo ao tédio. Uma corrida por sua diabólica pista de obstáculos é o suficiente para matar ou curar o mal.

Picles estendeu o protesto além do grunhido obrigatório.

— Vou ter que descarregar as carroças, Elmo. Os caras devem chegar a qualquer momento. Se você quer que esses palhaços se exercitem, bote eles na minha mão.

Elmo e eu trocamos olhares. Duende e Caolho se alarmaram. Ainda não tinham voltado? Eles deveriam ter chegado antes do meio-dia. Eu imaginara que eles estavam dormindo. As patrulhas dos nabos sempre voltavam de ressaca.

— Eu achava que eles já estavam aqui — disse Elmo.

Duende jogou a mão na pilha de descarte. As cartas dançaram por um momento, suspensas por truques. Ele queria que soubéssemos que estávamos liberados.

— É melhor eu dar uma olhada nisso.

As cartas de Caolho se deslocaram pela mesa, se curvando como uma lagarta medideira.

— Vou cuidar disso, gorducho.

— Eu falei primeiro, bafo de sapo.

— Eu sou mais velho.

— Os dois vão ajudar — sugeriu Elmo. Ele se virou para mim. — Vou reunir uma patrulha. Você conta ao Tenente. — Ele jogou as cartas na mesa e começou a chamar nomes. Em seguida, foi ao estábulo.

Cascos pisoteavam a poeira sob um som de tambor contínuo e murmurante. Cavalgávamos rápido, mas com cautela. Caolho sondava em busca de problemas, mas fazer feitiçarias sobre uma sela é difícil.

Ainda assim, ele captou uma pista a tempo. Elmo deu ordens por meio de sinais. Nos dividimos em dois grupos e nos metemos no capim alto que margeava a estrada. O rebelde se levantou e deu de cara conosco em cima dele. Não teve a menor chance. Voltamos à jornada em questão de minutos.

— Espero que ninguém do lado de lá comece a se perguntar como sempre descobrimos o que eles vão tentar — comentou Caolho comigo.

— Deixe que eles pensem que estão infestados de espiões.

— E como um espião mandou a notícia a Avença tão rápido? Nossa sorte parece boa demais para ser verdade. O Capitão deveria convencer o Apanhador de Almas a nos tirar daqui enquanto ainda temos alguma serventia.

O argumento fazia sentido. Uma vez que nosso segredo vazasse, os rebeldes iriam neutralizar nossos feiticeiros com os deles. Nossa sorte mudaria muito.

As muralhas de Remo surgiram ao longe. Comecei a sofrer de arrependimento. O Tenente não tinha exatamente aprovado nossa aventura. O próprio Capitão me daria um esporro épico. Os gritos e impropérios queimariam os cabelos do meu queixo. Eu seria um velho gagá antes que as reprimendas acabassem. Adeus, damas dos becos!

Eu deveria ser mais inteligente. Era quase um oficial.

A perspectiva de passar seu futuro limpando as latrinas e estábulos da Companhia não intimidava Elmo ou os cabos dele. "Adiante!", eles pareciam pensar. Em frente, pela glória do bando. Argh!

Eles não eram burros, simplesmente estavam dispostos a pagar o preço da desobediência.

O idiota do Caolho começou a cantar assim que entramos em Remo. A canção era uma composição própria dele, selvagem e sem sentido, cantada numa voz absolutamente desafinada.

— Cale-se, Caolho — rosnou Elmo. — Você está chamando atenção.

A ordem foi inútil. Nossa identidade era óbvia demais, assim como nosso péssimo humor. Aquela não era a patrulha dos nabos. Estávamos procurando encrenca.

Caolho começou a uivar uma nova canção.

— Chega de barulho! — trovejou Elmo. — Volte a seu maldito trabalho!

Viramos uma esquina, e uma névoa negra se formou ao redor das pernas de nossos cavalos. Narizes negros úmidos se espetavam para fora da fumaça e farejavam o fétido ar da noite. Eles se enrugaram. Talvez tivessem se tornado tão caipiras quanto eu. Lá vieram os olhos amendoados brilhando como os postes do inferno. Um sussurro de medo varreu os pedestres que observavam de ruas secundárias.

E então eles saltaram, uma dúzia, vinte, cem fantasmas nascidos naquele poço de víboras que Caolho chama de mente. Eles dispararam adiante, como fuinhas, coisas sinuosas, dentuças e negras que se atiravam contra o povo de Remo. O terror era ainda mais rápido que as criaturas. Em minutos, estávamos completamente sós nas ruas.

Aquela era minha primeira visita a Remo. Esquadrinhei a cidade como se tivesse acabado de chegar a uma carroça de abóboras.

— Ora, vejam só — exclamou Elmo quando viramos na rua onde a patrulha dos nabos geralmente se hospedava. — Aí está Cornie. — Eu conhecia o nome, mas não o homem. Cornie cuidava do estábulo onde a patrulha sempre ficava.

Um velho se levantou da cadeira ao lado do cocho de água.

— Ouvi que vocês estavam chegando — disse Cornie. — Fiz tudo que pude, Elmo. Porém não consegui arranjar um médico pra eles.

— Trouxemos o nosso.

Mesmo que Cornie fosse velho e tivesse que se apressar para acompanhar, Elmo não reduziu o passo.

Farejei o ar. Havia um resto de fedor de fumaça velha.

Cornie disparou à frente, fazendo uma curva na esquina. Bichos fuinha dardejaram ao redor das pernas dele como espuma em volta de um rochedo na costa. Nós o seguimos e encontramos a fonte do cheiro.

Alguém tinha incendiado o estábulo de Cornie e, então, atacado nossos homens enquanto eles corriam para fora. Vilões. Ainda havia finos tentáculos de fumaça. A rua diante do estábulo estava cheia de feridos. Os menos machucados estavam de guarda, desviando o tráfego.

Manso, que tinha comandado a Patrulha, veio mancando.

— Onde eu começo? — indaguei.

— Aqueles são os piores — apontou ele. — Melhor começar por Corvo, se ele ainda estiver vivo.

Meu coração disparou. Corvo? Ele parecia tão invulnerável.

Caolho espalhou seus bichinhos de estimação. Nenhum rebelde poderia nos atacar pelas costas agora. Segui Manso até onde Corvo jazia. O sujeito estava inconsciente, com o rosto branco como papel.

— É o pior?

— O único que achei que não iria escapar.

— Você trabalhou muito bem. Fez os torniquetes como ensinei, não fez? — Dei uma boa olhada em Manso. — Você deveria estar deitado também. — De volta a Corvo. Ele tinha quase trinta cortes no lado virado para cima, alguns deles profundos. Botei linha na agulha.

Elmo se juntou a nós depois de uma rápida olhada no perímetro.

— Muito ruim? — perguntou.

— Não sei dizer ainda. Ele está todo furado. Perdeu muito sangue. Melhor mandar Caolho preparar aquele caldo dele. — O feiticeiro faz uma canja de ervas e galinha que deixa até os mortos esperançosos. É meu único assistente.

— Como isto aconteceu, Manso? — inquiriu Elmo.

— Eles puseram fogo no estábulo e atacaram quando a gente saiu correndo.

— Isso eu posso ver.

— Assassinos imundos — murmurou Cornie. Contudo, ele parecia lamentar mais a perda do estábulo do que nossos feridos.

Elmo fez cara de quem comeu e não gostou.

— E ninguém morreu? Corvo é o pior? Difícil de acreditar.

— Um morto — corrigiu Manso. — Aquele velho. O amigo de Corvo. Daquela aldeia.

— Estalo — grunhiu Elmo. Estalo não deveria ter deixado a fortaleza em Avença. O Capitão não confiava nele. Mas Elmo ignorou a brecha nos regulamentos. — Vamos fazer quem começou isso se arrepender muito. — Não havia emoção alguma na voz dele. Poderia estar listando o preço do inhame no atacado.

Eu me perguntei como Picles iria reagir à notícia. Ele gostava de Estalo. Lindinha ficaria arrasada. Estalo era seu avô.

— Eles estavam atrás apenas de Corvo — afirmou Cornie. — Por isso ele ficou tão cortado assim.

— Estalo se atirou na frente dele — contou Manso. Ele indicou o resto dos homens com um gesto. — Todos os outros ferimentos foram porque nós não ficamos parados olhando.

— E por que os rebeldes estariam tão desesperados para matar Corvo? — inquiriu Elmo, fazendo a mesma pergunta que me ocorria.

Pança estava por perto, esperando que eu cuidasse do corte em seu antebraço esquerdo.

— Não foram rebeldes, Elmo — disse ele. — Foi aquele capitão de merda da vila onde pegamos Estalo e Lindinha.

Eu praguejei.

— Cuide de costurar, Chagas — ralhou Elmo. — Tem certeza, Pança?

— Claro que tenho. Pergunte ao Fanfarrão. Ele viu o homem também. O resto era um grupo de bandidos das ruas. Demos uma bela surra neles depois que nos organizamos. — Ele apontou. Perto do lado intacto do estábulo havia uma dúzia de cadáveres, empilhados como lenha. Estalo foi o único que reconheci. Os outros vestiam trapos típicos locais.

— Eu o vi também, Elmo — afirmou Manso. — E ele nem era o chefão. Tinha outro cara no fundo, nas sombras. Ele caiu fora quando começamos a vencer.

Cornie tinha ficado por perto, parecendo alerta e mantendo a boca fechada.

— Eu sei aonde eles foram — disse, finalmente. — Tem um lugar na Rua Fria.

Troquei olhares com Caolho, que estava preparando a canja com ingredientes que tirava de sua bolsa negra.

— Parece que Cornie conhece nossos amigos — comentei.

— Eu conheço vocês bem o bastante para saber que não vão deixar ninguém se safar por uma coisa dessas.

Olhei para Elmo. Ele encarou Cornie. Sempre tivemos dúvidas sobre o cavalariço. Cornie ficou nervoso. Elmo, como qualquer sargento veterano, tinha um olhar maligno.

— Caolho, leve esse nosso amigo para passear — ordenou, finalmente. — Escute a história dele.

Caolho hipnotizou Cornie em segundos. Os dois ficaram andando por ali, batendo papo como velhos amigos.

Voltei minha atenção a Manso.

— O homem nas sombras... Ele mancava?

— Não era o Manco. Muito alto pra ser ele.

— Mesmo assim, o ataque precisaria ter a aprovação do espectro, não é, Elmo?

Elmo concordou com um aceno de cabeça.

— O Apanhador de Almas ficaria muito furioso se descobrisse. A permissão para correr esse risco teria de vir do topo.

Corvo soltou algo como um suspiro. Olhei para ele. Os olhos tinham se aberto numa fresta. Corvo repetiu o som. Abaixei-me e pus a orelha junto a seus lábios.

— Zouad... — murmurou.

Zouad. O infame Coronel Zouad. O inimigo que Corvo tinha abandonado. O vilão especial do Manco. O cavalheirismo de Corvo havia gerado repercussões brutais.

Relatei isso a Elmo. Ele não pareceu surpreso. Talvez o Capitão tivesse contado a história de Corvo aos líderes de pelotão.

Caolho voltou.

— Nosso amigão Cornie aqui trabalha para o outro time — contou, e sorriu malevolamente, o sorriso que Caolho usa para assustar crianças e cachorros. — Achei que você gostaria de levar isso em consideração, Elmo.

— Ah, sim. — Elmo parecia deliciado.

Fui ajudar o soldado que estava em piores condições, perdendo apenas para Corvo. Mais suturas a fazer. Eu me perguntei se teria linha suficiente. A patrulha estava em péssimo estado.

— Quanto tempo vai demorar até a canja ficar pronta, Caolho?

— Ainda preciso arranjar uma galinha.

— Então mande alguém roubar uma — resmungou Elmo.

— As pessoas que queremos estão entocadas numa birosca da Rua Fria. Eles têm uns amigos durões — afirmou Caolho.

— O que você vai fazer, Elmo? — perguntei.

Tinha certeza de que ele planejava fazer algo. Corvo nos pusera sob uma obrigação ao citar Zouad. Ele achou que estava morrendo. Não me diria aquele nome em outra situação. Eu o conhecia bem a esse ponto, mesmo que não conhecesse nada de seu passado.

— Temos que preparar alguma coisa para o Coronel.

— Se você sair atrás de encrenca, vai encontrar. Lembre-se de quem é o patrão dele.

— É ruim para os negócios deixar alguém atacar a Companhia e sair limpo, Chagas. Mesmo se for o Manco.

— Mas aí você está tomando decisões um pouco elevadas demais para seus ombros, não está? — Eu não podia discordar, porém. Uma derrota no campo de batalha é aceitável. Isto não era a mesma coisa. Estávamos falando de jogos políticos imperiais. Todos tinham de ser avisados de que as coisas ficariam feias se nos envolvessem na história. O Manco e o Apanhador de Almas precisavam ser avisados. — Em que tipo de repercussões você está pensando?

— Muito choro e reclamação. Mas não acho que eles possam *fazer* muita coisa. Mas que diabos, Chagas, isso não é assunto seu, de qualquer maneira. Você é pago para costurar os soldados. — Elmo encarou Cornie, pensativo. — Acho que quanto menos testemunhas sobrarem, melhor. O Manco não pode gritar se não conseguir provar nada. Caolho, continue falando com nosso rebelde de estimação. Tenho uma ideiazinha danada se formando na minha cabeça. Talvez ele tenha a chave.

Caolho terminou de distribuir a sopa. Os primeiros a tomá-la já estavam com as bochechas mais coradas. Elmo parou de cortar as unhas. Fixou um olhar duro no cavalariço.

— Cornie, você já ouviu falar no Coronel Zouad?

Cornie enrijeceu. Hesitou por um segundo a mais do que deveria.

— Não posso dizer que sim.

— Curioso, achei que você saberia quem é o cara. Ele é conhecido como o braço direito do Manco. Enfim, achei que o Círculo faria qualquer coisa para botar as mãos nele. O que você acha?

— Não sei nada sobre o Círculo, Elmo. — Cornie olhou para os telhados. — Você tá me dizendo que esse cara que está na Fria é esse Zouad?

Elmo riu.

— Eu não disse isso de jeito nenhum, Cornie. Eu dei essa impressão, Chagas?

— Claro que não. O que Zouad estaria fazendo num puteirinho de merda em Remo? O Manco está metido em todo tipo de problemas no leste. Ia querer toda a ajuda que pudesse conseguir.

— Viu, Cornie? Mas veja bem. Talvez eu saiba onde o Círculo poderia encontrar o Coronel. Agora, ele e a Companhia não são amigos. Por outro lado, a gente também não é amigo do Círculo. Só que isso é negócio. Nada pessoal. Então eu estava pensando. Talvez a gente pudesse trocar um favor por outro. Talvez algum rebelde importante poderia dar um pulo nessa birosca da Rua Fria e dizer aos donos que não é uma boa ideia ajudar aqueles caras. Entendeu minha dica? Se o Coronel Zouad estivesse por ali, ele poderia cair no colo do Círculo.

Cornie exibia a expressão de um homem que sabe que está preso numa armadilha.

Ele tinha sido um bom espião enquanto nós não tínhamos motivo para desconfiar dele. Havia sido apenas o bom e velho Cornie, nosso amigo dono do estábulo, a quem dávamos uma gorjeta extra e com quem não conversávamos nem mais nem menos do que qualquer outra pessoa de fora da Companhia. Não estava sob qualquer pressão. Não precisava ser nada além dele mesmo.

— Você está me confundindo com alguém, Elmo. Sério. Não me meto nunca com política. A Dama ou os Brancos, é tudo a mesma coisa para mim. Os cavalos precisam de comida e abrigo, independentemente de quem os cavalga.

— Acho que você está certo, Cornie. Me desculpe pela desconfiança. — Elmo piscou para Caolho.

— Os caras estão no Amador, Elmo. Melhor você chegar lá antes que alguém conte a eles que vocês estão na cidade. Eu vou é dar um jeito de arrumar este lugar aqui.

— Não temos pressa, Cornie. Mas pode ir cuidar do que você tiver que cuidar.

Cornie olhou para nós. Deu alguns passos até o que restava do estábulo. Olhou de novo por sobre o ombro. Elmo lançou um olhar despreocupado. Caolho ergueu a pata dianteira esquerda do cavalo para conferir o casco. Cornie se enfiou na ruína.

— Caolho? — indagou Elmo.

— Acabou de sair pelos fundos. Bem nervoso.

Elmo sorriu.

— Fique de olho nele. Chagas, anote tudo. Quero saber a quem ele vai contar. E a quem eles vão contar. A gente deu a ele algo que deve se espalhar como gonorreia.

— Zouad se tornou um homem morto no instante em que Corvo disse o nome dele — comentei com Caolho. — Talvez a partir do instante em que ele fez o que quer que tenha feito no passado.

Caolho grunhiu, descartando uma carta. Manso pegou-a e baixou uma mão. Caolho praguejou.

— Eu não posso jogar com esses caras, Chagas. Eles não jogam direito.

Elmo veio galopando pela rua e desmontou.

— Eles estão indo para aquele puteiro. Tem alguma coisa pra mim, Caolho?

A lista era decepcionante. Eu a entreguei a Elmo, que praguejou, cuspiu e praguejou de novo. Chutou as tábuas que usávamos como mesa de carteado.

— Prestem atenção na merda do trabalho.

Caolho controlou o temperamento dele.

— Eles não estão cometendo erros, Elmo. Estão se protegendo. Cornie já passou muito tempo com a gente para ser de confiança.

Elmo andou de um lado para o outro, pisando forte e cuspindo fogo.

— Muito bem. Primeiro plano alternativo. Vigiamos Zouad. Vamos ver aonde vão levá-lo depois que for capturado. Aí a gente o resgata quando ele estiver prestes a morrer, eliminamos quaisquer rebeldes na área e caçamos todo mundo que passou por lá.

— Você está determinado a mostrar serviço, né? — comentei.

— Estou mesmo. Como está o Corvo?

— Parece que vai sobreviver. A infecção está sob controle, e Caolho disse que ele já começou a sarar.

— Hum. Caolho, quero nomes de rebeldes. Um monte de nomes.

— Sim, senhor, chefe, senhor! — Caolho executou uma continência exagerada, que se tornou um gesto obsceno quando Elmo se virou.

— Junte essas tábuas, Pança — sugeri. — Sua vez de dar as cartas, Caolho.

Ele não respondeu. Não deu chilique, não reclamou, nem ameaçou me transformar numa salamandra. Simplesmente ficou ali, parado, inconsciente como a morte, os olhos quase fechados.

— Elmo!

Ele parou diante de Caolho e o encarou a 15 centímetros de distância. Estalou os dedos perto do nariz do feiticeiro. Caolho não reagiu.

— O que você acha, Chagas?

— Tem alguma coisa acontecendo no puteiro.

Caolho não moveu um músculo durante dez minutos. Então o olho se abriu, vivo novamente, e o pequeno homem amoleceu como um trapo molhado.

— O que diabos aconteceu? — exigiu Elmo.

— Dê um minuto a ele, certo? — propus.

Caolho se recuperou.

— Os rebeldes capturaram Zouad, mas não antes de ele fazer contato com o Manco.

— Hein?

— A assombração está vindo ajudá-lo.

Elmo empalideceu.

— Vindo para cá? Para Remo?

— Isso.

— Ah, merda!

De fato. O Manco era o pior dos Tomados.

— Pense rápido, Elmo. Ele vai rastrear nossa participação nisso... Cornie é o ponto de corte.

— Caolho, encontre aquele velho de merda. Branquelo, Alambique, Tucão. Tenho um trabalho para vocês. — Elmo deu instruções. Tucão sorriu e acariciou a adaga. Maldito sanguinário.

Eu não sou capaz de descrever a inquietação que as notícias de Caolho geraram. Conhecíamos o Manco apenas por meio de histórias, mas essas histórias eram sempre horríveis. Estávamos assustados. A proteção do Apanhador de Almas não adiantaria contra outro Tomado.

— Ele está fazendo de novo — avisou-me Elmo, com um soco.

E estava mesmo. Caolho estava rijo. Mas desta vez ele foi além da rigidez. Desmoronou, começou a se debater e a espumar pela boca.

— Segurem-no! — ordenei. — Elmo, me dá seu bastão. — Seis homens se atiraram sobre Caolho, e mesmo ele sendo tão pequeno deu muito trabalho a eles.

— Pra quê? — perguntou Elmo.

— Vou botar na boca dele para ele não morder a língua.

Caolho fez os barulhos mais esquisitos que eu já ouvi, e eu já ouvi muita coisa estranha nos campos de batalha. Homens feridos fazem sons que você jamais acreditaria que poderiam sair de gargantas humanas.

A convulsão durou apenas alguns segundos. Após uma última e violenta onda, Caolho mergulhou num sono pacífico.

— Muito bem, Chagas, o que diabos aconteceu?

— Eu não sei. A doença das quedas?

— Dê pra ele um pouco da própria canja — sugeriu alguém. — Vai ser bem feito pra ele.

Uma caneca de lata apareceu. Obrigamos Caolho a beber. Os olhos dele se abriram.

— O que você está tentando fazer? Me envenenar? Bah! O que era aquilo? Esgoto fervido?

— Sua sopa — expliquei.

Elmo se meteu no meio.

— O que aconteceu?

Caolho cuspiu. Ele catou um odre de vinho que estava próximo, deu um bom gole, gargarejou e cuspiu.

— O Apanhador de Almas. Caramba! Tenho pena do Duende agora.

Meu coração começou a perder o compasso. Uma colmeia de vespas se agitava em minhas tripas. Primeiro o Manco, agora o Apanhador de Almas.

— Então, o que o espectro queria? — inquiriu Elmo. Ele estava nervoso também. Não costuma ser impaciente.

— Ele quer saber que diabos está acontecendo. Ouviu que o Manco estava todo animado. Conferiu com o Duende, e o Duende só sabia que a gente tinha vindo pra cá. Então ele entrou em minha cabeça.

— E ficou chocado com todo o espaço vazio. Agora ele sabe tudo que você sabe, não é?

— Sim. — Obviamente, Caolho não gostou nada da ideia.

Elmo esperou vários segundos.

— Então?

— Então o quê? — Caolho encobriu o sorriso ao tomar mais um gole do odre.

— Merda, o que ele disse?

Caolho riu.

— Ele aprova o que estamos fazendo. Mas acha que estamos sendo sutis como um touro atolado. Então vamos receber ajuda.

— Que tipo de ajuda? — Elmo soava como alguém que sabia que as coisas estavam fora de controle, mas que não conseguia ver até que ponto.

— Ele está mandando alguém.

Elmo relaxou. Eu também. O importante era que o espectro ficasse longe dali.

— E quando esse alguém vai chegar? — perguntei-me em voz alta.

— Talvez mais cedo do que nós gostaríamos — murmurou Elmo. — Largue o vinho, Caolho. Você ainda precisa vigiar Zouad.

Caolho resmungou. Entrou naquele meio transe que indica que ele está dando uma olhada em outro lugar. Ficou um bom tempo fora.

— Então! — rosnou Elmo quando Caolho voltou. Estava olhando em volta como se esperasse ver o Apanhador de Almas se materializando a qualquer momento.

— Então pega leve. Eles levaram o cara para um subporão secreto a mais ou menos 1,5 quilômetro ao sul daqui.

Elmo estava tão inquieto quanto um garotinho que precisa mijar urgentemente.

— Qual é o seu problema? — perguntei.

— Uma sensação ruim. Só uma sensação muito, muito ruim, Chagas. — O olhar vago dele se fixou. Os olhos se arregalaram. — Eu estava certo. Ah, merda, eu estava certo.

Ele parecia alto como uma casa, e com a metade da largura. Vestia um vermelho desgastado pelo tempo, comido por traças e esfarrapado. Descia a rua num cambalear torto, ora rápido, ora lento. Cabelos selvagens e cinzentos desgrenhados ao redor da cabeça. Seu emaranhado de barba era tão grosso e misturado com sujeira que o rosto dele era praticamente invisível. A mão pálida e com manchas senis agarrava a haste de um belo cajado, profanado pelo toque do dono. O cajado era um corpo feminino imensamente alongado, perfeito em todos os detalhes.

— Dizem que aquilo era uma mulher de verdade durante a Dominação. Dizem que ela o traiu — sussurrou alguém.

Não dava para culpar a mulher, não depois de dar uma boa olhada em Metamorfo.

Metamorfo é o aliado mais próximo do Apanhador de Almas, dentre os Dez que Foram Tomados. O ódio dele pelo Manco é ainda mais virulento que o de nosso patrono. O Manco era o terceiro vértice do triângulo que explicava o cajado de Metamorfo.

Ele parou a poucos metros de nós. Os olhos do Tomado ardiam com um fogo insano, era impossível encará-los. Não consigo lembrar qual era a cor. Cronologicamente, Metamorfo tinha sido o primeiro grande rei mago seduzido, corrompido e escravizado pelo Dominador e sua Dama.

Trêmulo, Caolho deu um passo para a frente.

— Sou o feiticeiro — anunciou o pequeno homem.

— O Apanhador me contou. — A voz de Metamorfo era ressonante, grave e alta demais até para um homem daquele tamanho. — O que mais aconteceu?

— Eu rastreei Zouad. Nada mais.

Metamorfo nos esquadrinhou de novo. Alguns dos rapazes tentavam desaparecer. Ele sorriu detrás do arbusto que chamava de barba.

Na esquina os civis começaram a se juntar para olhar. Remo nunca tinha visto um dos campeões da Dama. Aquele era o dia de sorte da cidade. Dois dos mais loucos estavam visitando.

O olhar de Metamorfo me tocou. Por um instante eu senti seu desprezo frio. Eu não passava de um fedor azedo em suas narinas.

Ele encontrou o que procurava. Corvo. Foi até ele. Saímos da frente da mesma forma como machos pequenos se afastam do babuíno dominante no zoológico. O Tomado fitou Corvo por vários minutos, então deu de ombros. Metamorfo tocou com os dedos dos pés do cajado no peito de Corvo.

Eu perdi o fôlego. A cor do rosto de Corvo melhorou drasticamente. Ele parou de suar. Suas feições relaxaram assim que a dor sumiu. Os ferimentos cicatrizaram em um vermelho raivoso que se atenuou no branco das velhas cicatrizes em minutos. Nós nos reunimos num círculo cada vez mais apertado, maravilhados com o espetáculo.

Tucão veio trotando pela rua.

— Ei, Elmo, trabalho feito. O que está acontecendo? — Ele deu uma olhada em Metamorfo e guinchou como um camundongo capturado.

Elmo tinha recuperado o controle.

— Cadê o Branquelo e o Alambique?

— Estão se livrando do corpo.

— Corpo? — indagou Metamorfo. Elmo explicou. O Tomado grunhiu.

— Esse Cornie vai se tornar a base de nosso plano. Você. — Ele indicou Caolho com um dedo grosso como salsichão. — Cadê aqueles homens?

Previsivelmente, Caolho os localizou numa taverna.

— Você. — Metamorfo indicou Tucão. — Diga a eles para trazer o corpo de volta para cá.

Tucão ficou carrancudo. Dava para ver os protestos se acumulando dentro dele. Mas o soldado simplesmente concordou com a cabeça, inspirou fundo e foi embora trotando. Ninguém discute com os Tomados.

Conferi o pulso do Corvo. Estava forte. Ele parecia perfeitamente saudável. Da forma mais humilde possível, pedi:

— Você poderia fazer o mesmo pelos outros? Enquanto esperamos?

Metamorfo me lançou um olhar que poderia talhar meu sangue. Mas fez o que pedi.

— O que aconteceu? O que vocês estão fazendo aqui? — Corvo franziu o cenho para mim. Então se lembrou de tudo. Ele se sentou. — Zouad... — Olhou em volta.

— Você ficou apagado por dois dias. Eles te fatiaram como um ganso. Achamos que você não ia resistir.

Corvo tateou os ferimentos.

— O que está acontecendo, Chagas? Eu deveria estar morto.

— O Apanhador mandou um amigo. Metamorfo. Ele deu um jeito em você. — Ele tinha dado um jeito em todo mundo. Era difícil continuar aterrorizado com um cara que fez algo assim por sua tropa.

Corvo se levantou de súbito, e cambaleou tonto.

— Aquele maldito Cornie. Ele armou isso tudo. — Uma faca surgiu na mão dele. — Droga, estou fraco como um filhote.

Eu tinha me perguntado como Cornie poderia ter sabido tanto sobre os atacantes.

— Aquele ali não é o Cornie, Corvo. Cornie morreu. Aquele é o Metamorfo treinando para ser o Cornie. — O Tomado não precisava de treino. Ele era Cornie o bastante para enganar a mãe do cara.

Corvo se sentou de novo atrás de mim.

— O que está acontecendo?

Eu contei tudo que tinha se passado.

— Metamorfo quer entrar usando Cornie como credencial. Eles provavelmente confiam nele agora.

— Eu estarei logo atrás dele.

— Talvez Metamorfo não goste disso.

— Não dou a mínima. Zouad não vai escapar desta vez. A dívida é grande demais. — A expressão de Corvo ficou mais suave e triste. — E como está Lindinha? Ela já ficou sabendo de Estalo?

— Acho que não. Ninguém voltou a Avença ainda. Elmo acha que pode fazer o que quiser aqui, desde que não tenha que encarar o Capitão até que tudo esteja terminado.

— Ótimo. Então não terei que discutir com ele.

— Metamorfo não é o único Tomado na cidade — eu o relembrei. Metamorfo tinha sentido o Manco. Corvo deu de ombros. O Manco não importava a ele.

O simulacro de Cornie veio até onde estávamos. Nós nos levantamos. Eu estava trêmulo, mas percebi que Corvo ficou um pouco mais pálido. Ótimo. Ele não era frio como pedra o tempo todo.

— Você vai me acompanhar — disse Metamorfo a Corvo. Então se virou para mim. — E você. E o sargento.

— Eles conhecem Elmo — protestei. O Tomado apenas sorriu.

— Vocês se parecerão com rebeldes. Só um membro do círculo seria capaz de perceber o engodo. Mas nenhum deles está em Remo. Os rebeldes aqui são independentes. Vamos tirar proveito desse fracasso em convocar apoio. — Os rebeldes são tão atrapalhados por politicagens pessoais quanto o nosso lado.

Metamorfo chamou Caolho.

— Como está o Coronel Zouad?

— Ainda não cedeu.

— Ele é forte — admitiu Corvo, de má vontade.

— Você conseguiu mais nomes? — perguntou-me Elmo.

Eu tinha uma bela lista. Elmo ficou satisfeito.

— Melhor irmos logo — anunciou o Tomado. — Antes que o Manco ataque.

Caolho nos deu as senhas. Assustado, convencido de que eu não estava pronto para aquilo, porém mais convencido ainda de que não ousaria contestar as escolhas de Metamorfo, saí na trilha do Tomado.

Não sei quando aconteceu; eu simplesmente olhei para os lados e me vi caminhando com estranhos. Eu me engasguei às costas de Metamorfo.

Corvo riu. Eu entendi então. Metamorfo tinha lançado um encantamento sobre nós. Parecíamos capitães dos rebeldes.

— Quem somos nós? — perguntei.

Metamorfo indicou Corvo.

— Calejado, do Círculo. Cunhado do Rasgo. Eles se odeiam tanto quanto o Apanhador e o Manco se odeiam. — Em seguida, Elmo. — Major de Campo Recife, chefe do estado-maior de Calejado. Você, sobrinho de Calejado, Motrin Hanin, um assassino dos mais brutais que já viveu.

Nunca tínhamos ouvido falar em nenhum deles, mas o Tomado nos assegurou que a presença deles não seria questionada. Calejado entrava e saía de Forsberg o tempo todo, dificultando a vida do marido da irmã dele.

Certo, eu pensei. Muito bom. E quanto ao Manco? O que vamos fazer se ele aparecer?

No cativeiro onde Zouad estava sendo mantido as pessoas ficaram mais embaraçadas do que curiosas quando Cornie anunciou Calejado. Eles não tinham se submetido ao Círculo. Não fizeram perguntas. Aparentemente, o verdadeiro Calejado é de temperamento vil, volátil e imprevisível.

— Mostrem o prisioneiro a eles — disse Metamorfo.

Um dos rebeldes lançou um olhar que dizia "Espere só para ver, Cornie".

O lugar estava lotado de rebeldes. Eu quase podia ouvir Elmo planejando o ataque.

Fomos levados a um porão, através de uma porta escondida de forma inteligente, e descemos cada vez mais, até uma sala com paredes de terra e teto sustentado por vigas e traves de madeira. A mobília tinha saído diretamente da imaginação de um demônio.

Câmaras de tortura existem, é claro, mas a maioria das pessoas nunca as vê, então não acredita nelas. Eu nunca tinha visto uma antes.

Examinei os instrumentos, olhei para Zouad atado a uma enorme e bizarra cadeira, e me perguntei por que a Dama era considerada uma vilã tão grande. Estas pessoas diziam serem os mocinhos, lutando pelo que era certo, pela liberdade e dignidade do espírito humano, mas seus métodos não eram melhores que os do Manco.

Metamorfo sussurrou para Corvo. Este concordou com a cabeça. Eu me perguntei como iríamos receber nossas deixas. O Tomado não tinha nos ensaiado muito. Estas pessoas esperavam que agíssemos como Calejado e seus capangas.

Nós nos sentamos e observamos o interrogatório. Nossa presença inspirou os algozes. Fechei meus olhos. Corvo e Elmo se incomodaram menos.

Após alguns minutos, "Calejado" mandou o "major Recife" ir cuidar de algum assunto. Não me lembro da desculpa. Estava distraído. O objetivo era mandar Elmo de volta à rua, para que ele pudesse começar o ataque.

Metamorfo estava improvisando. Nós deveríamos ficar quietos até que ele nos desse a deixa. Eu presumi que agiríamos quando Elmo avançasse e o pânico começasse a se infiltrar nos andares superiores. Enquanto isso, assistiríamos à destruição do Coronel Zouad.

O Coronel em si não era lá muito impressionante, mas os torturadores já estavam com ele há algum tempo. Eu imagino que qualquer um pareceria oco e diminuído após passar por aquelas gentilezas.

Ficamos sentados como três estátuas. Mentalmente, mandei Elmo se apressar. Eu tinha sido treinado para extrair prazer da cura, não da destruição da carne humana.

Até mesmo Corvo parecia infeliz. Certamente, ele tinha fantasiado tormentos para Zouad, mas quando chegamos à realidade do fato seu instinto básico de decência havia triunfado. O estilo do Corvo era cravar uma faca num sujeito e se dar por satisfeito.

O solo estremeceu como se pisado por uma enorme bota. Terra caiu das paredes e do teto. O ar ficou cheio de poeira.

— Terremoto! — gritou alguém, e todos os rebeldes correram para a escada. Metamorfo ficou sentado, sorrindo.

A terra estremeceu novamente. Lutei contra o instinto básico de rebanho e continuei sentado. O Tomado não estava preocupado, então por que eu estaria?

Ele apontou para Zouad. Corvo balançou a cabeça, se levantou e foi até ele. O Coronel estava consciente, lúcido e assustado pelo terremoto. Pareceu estar grato quando Corvo começou a desafivelá-lo.

A grande bota pisou outra vez. Mais terra caiu. Num canto, uma das colunas de suporte se rompeu. Um fio de terra solta desceu para o porão. As outras vigas gemeram e cederam um pouco. Eu mal conseguia me controlar.

Em algum momento durante o tremor, Corvo parou de ser Calejado. Metamorfo parou de ser Cornie. Zouad olhou para eles e entendeu. O rosto do Coronel ficou endurecido e pálido, como se tivesse mais a temer de Corvo e Metamorfo do que dos rebeldes.

— Isso mesmo — exclamou Corvo —, hora da vingança.

A terra corcoveou. Acima houve o remoto estrondo de um desmoronamento. Lampiões caíram e se apagaram. A poeira deixava o ar quase irrespirável, e os rebeldes voltaram correndo pela escada, olhando por sobre o ombro.

— O Manco está aqui — anunciou Metamorfo, sem parecer incomodado. Ele se levantou e se virou para a escadaria. Ele era Cornie de novo, e Corvo era Calejado outra vez.

Os rebeldes se acumularam na sala. Perdi contato com Corvo na confusão e sob a luz fraca. Alguém selou a saída. Os rebeldes ficaram quietos como camundongos. Quase dava para ouvir os corações martelando enquanto eles olhavam a escada e se perguntavam se a passagem secreta estava bem escondida.

Apesar dos vários metros de terra que se interpunham, ouvi algo se movendo no porão acima. Arrastar, bater. Arrastar, bater. O som de um homem aleijado andando. Meu olhar também se fixou na porta secreta.

A terra sofreu o tremor mais violento de todos. A porta explodiu para dentro. O lado oposto do subporão desabou. Homens gritaram enquanto eram engolidos pela terra. A manada humana empurrava de um lado para o outro, buscando uma rota de fuga que não existia. Apenas Metamorfo e eu não ficamos no meio do movimento. Observávamos de uma ilha de tranquilidade.

Todos os lampiões se apagaram. A única luz vinha da abertura no alto da escada, contornando uma silhueta que, naquele momento, parecia horrenda simplesmente por sua postura. Minha pele estava fria e pegajosa e eu sofria de tremores violentos. Não era só porque eu tinha ouvido tantas coisas horríveis sobre o Manco. Ele emanava algo que fazia com que eu me sentisse como um aracnofóbico após alguém largar uma enorme caranguejeira em seu colo.

Dei uma olhada em Metamorfo. Ele era Cornie, apenas mais um dos rebeldes. Teria ele algum motivo especial para não querer ser reconhecido pelo Manco?

Ele fez algo com as mãos.

Uma luz cegante preencheu aquele poço. Eu não conseguia ver. Ouvi vigas rangendo e cedendo. Desta vez, não hesitei. Juntei-me ao estouro em direção à escada.

Acho que o Manco ficou mais espantado que qualquer outra pessoa. Ele não tinha esperado qualquer resistência séria. O truque de Metamorfo o pegou despreparado. A manada humana passou pelo Tomado antes que ele pudesse se proteger.

Metamorfo e eu fomos os últimos a subir a escada. Pulei por sobre Manco, um homenzinho vestindo marrom que não parecia nada ameaçador enquanto se contorcia no chão. Procurei a escada para o nível da rua. Metamorfo agarrou meu braço. A mão dele era irrecusável.

— Me ajude.

Ele apoiou uma bota nas costelas do Manco e começou a rolá-lo pela entrada do subporão.

Abaixo, homens gemiam e imploravam por ajuda. Partes do piso de nosso andar cediam e desabavam. Mais pelo medo de ficar preso se não nos apressássemos do que por um desejo de atrapalhar o Manco, ajudei Metamorfo a jogar o outro Tomado no buraco.

Metamorfo sorriu e fez um sinal de positivo. Então fez algo com os dedos. O desabamento se acelerou. O Tomado segurou meu braço e foi à escadaria. Nós fugimos para a rua em meio ao maior tumulto da história recente de Remo.

As raposas estavam no galinheiro. Homens corriam de um lado para outro gritando incoerentes. Elmo e a Companhia estavam por toda volta, forçando-os para o centro, aniquilando-os. Os rebeldes estavam confusos demais para se defender.

Se não fosse por Metamorfo, creio que eu não teria sobrevivido. O Tomado fazia algo que afastava as pontas de flechas e espadas. Esperto como sou, fiquei à sombra dele até chegarmos em segurança ao outro lado das tropas da Companhia.

Foi uma grande vitória para a Dama. Superou as mais loucas esperanças de Elmo. Quando a poeira assentou, o expurgo tinha destruído praticamente todos os rebeldes engajados de Remo. Metamorfo permaneceu no meio da refrega, nos fornecendo apoio inestimável e se divertindo muito ao destruir coisas. Estava feliz como uma criança começando incêndios.

Então ele desapareceu tão completamente como se nunca tivesse existido. E nós, tão exaustos que nos arrastávamos pelo chão como lagartos, nos reunimos diante do estábulo de Cornie. Elmo fez a chamada.

Todos estavam presentes, menos um.

— Onde está o Corvo? — perguntou Elmo.

— Acho que foi soterrado quando a casa desabou — respondi. — Ele e Zouad.

— Adequado — observou Caolho. — Irônico, mas adequado. Odeio vê-lo partir, contudo. Ele jogava Tonk bem pra caramba.

— O Manco está lá embaixo também? — indagou Elmo.

— Eu ajudei a enterrá-lo — sorri.

— E o Metamorfo se foi.

Comecei a perceber um padrão perturbador. Queria confirmar se era só imaginação minha. Toquei no assunto enquanto os homens se preparavam para voltar a Avença.

— Vejam bem, as únicas pessoas que viram Metamorfo eram gente do nosso lado. Os rebeldes e o Manco viram muitos de nós. Especialmente você, Elmo, eu e Corvo. Cornie vai aparecer morto. Eu tenho a sensação de que a sutileza de Metamorfo não teve muito a ver com a captura de Zouad ou o extermínio da hierarquia rebelde daqui. Acho que fomos colocados em evidência diante do Manco. Muito habilmente.

Elmo gosta de passar a imagem de ser um caipira burro que se tornou soldado, mas é muito esperto. Ele não só percebeu o que eu queria dizer, mas imediatamente conectou isso com a situação geral dos jogos políticos dos Tomados.

— Temos que dar o fora daqui antes que o Manco consiga escapar do desabamento. E não quero dizer dar o fora de Remo, estou falando de Forsberg. O Apanhador de Almas nos colocou no tabuleiro como seus peões de linha de frente. É bem capaz de ficarmos presos entre o martelo e a bigorna.

Elmo mordeu o lábio por um segundo, e então começou a agir como um sargento, gritando com todo mundo que não estivesse se movendo rápido o bastante para o seu gosto.

Ele estava praticamente em pânico, mas era um soldado até o osso. Nossa partida não foi nenhuma retirada. Saímos escoltando a carroça de provisões que a patrulha de Manso tinha vindo buscar.

— Vou deixar para ficar doido depois que a gente voltar — contou-me Elmo. — Vou sair de perto e morder uma árvore, ou algo assim. — Alguns quilômetros depois, ele acrescentou, pensativo: — Andei pensando em como dar as notícias a Lindinha. Chagas, você acabou de se oferecer. Você tem o jeitinho certo.

E assim eu tive algo para manter minha mente ocupada durante a volta. Maldito Elmo!

O grande bafafá em Remo não foi o fim da história. As marolas se espalharam. Consequências se acumularam. O destino meteu seu dedo ruim na coisa.

Rasgo lançou uma grande ofensiva enquanto o Manco escavava para fugir dos escombros. O rebelde agiu sem saber que o inimigo estava longe do campo de batalha, mas o efeito foi o mesmo. O exército do Manco desmoronou. Nossa vitória foi por nada. Grupos de rebeldes esquadrinhavam Remo em triunfo, caçando os agentes da Dama.

Nós, graças à precaução do Apanhador, estávamos indo para o sul quando tudo desmoronou e, portanto, não fomos envolvidos. Assumimos a guarnição de Olmo levando o crédito por várias vitórias dramáticas, e o Manco fugiu para o Saliente com os resquícios do próprio exército, tachado de incompetente. Ele sabia quem tinha ferrado com ele, mas não poderia fazer nada por enquanto. O relacionamento dele com a Dama estava frágil demais. O Manco não fez qualquer coisa além de continuar sendo seu cãozinho fiel. Seria necessário que ele conquistasse algumas vitórias espetaculares antes que pudesse pensar em ajustar contas conosco ou com o Apanhador de Almas.

Isso não me confortou. A sorte costuma virar, com o tempo.

Rasgo ficou tão entusiasmado com a vitória que não reduziu o passo após conquistar Forsberg, de forma que se virou para o sul. Apanhador de Almas nos mandou deixar Olmo uma semana depois de nos estabelecermos lá.

Teria o Capitão ficado chateado com o que aconteceu? Estaria ele aborrecido com o fato de tantos de seus homens terem saído por conta própria e excedido ou esticado suas instruções? Vamos dizer apenas que as atribuições de tarefas extras foram suficientes para partir as costelas de um boi. Digamos que as damas da noite de Olmo ficaram bastante desapontadas com a Companhia Negra. Eu não quero pensar nisso. O homem é um gênio diabólico.

Os pelotões estavam em formação. As carroças estavam carregadas e prontas para partir.

O Capitão e o Tenente confabulavam com os sargentos. Caolho e Duende estavam empenhados em algum tipo de competição com criaturinhas feitas de sombra que guerreavam nos cantos do complexo. A maioria de nós assistia e apostava em um lado ou no outro, dependendo das marés da sorte.

— Cavaleiro chegando — anunciou o guarda do portão.

Ninguém deu atenção. Mensageiros chegavam e partiam o dia inteiro.

O portão se abriu para dentro. Lindinha começou a bater palmas e correu para a entrada.

E foi então que ele entrou, parecendo tão durão quanto no dia em que o conhecemos, nosso amigo Corvo. Ele puxou Lindinha e lhe deu um grande abraço, empoleirou ela no cavalo diante de si e se apresentou ao Capitão. Ouvi quando Corvo disse que todas as suas dívidas estavam pagas, e que ele não tinha mais nenhum interesse fora da Companhia.

O Capitão o fitou por um longo tempo, então balançou a cabeça em sinal positivo e mandou que Corvo assumisse seu lugar nas fileiras.

Ele tinha nos usado, e no processo acabou encontrando um novo lar. Foi bem-vindo à família.

Partimos, com destino a uma nova guarnição no Saliente.

Capítulo Três

RASGO

O vento saltava, girava e uivava ao redor de Meystrikt. Diabretes árticos davam risadinhas e sopravam seu hálito gélido pelas frestas nas paredes do meu alojamento. A luz do meu lampião tremulava e dançava, mal se mantendo acesa. Quando meus dedos endureciam, eu envolvia a chama com eles e os deixava torrar.

O vento era um golpe duro vindo do norte, carregado de neve fina. Naquela noite, tinha nevado 30 centímetros. O mau tempo ia continuar, e a neve traria mais miséria consigo. Tive pena de Elmo e sua turma. Estavam lá fora, caçando rebeldes.

Fortaleza de Meystrikt. Pérola das defesas do Saliente. Congelante no inverno. Pantanosa na primavera. Um forno no verão. Profetas da Rosa Branca e tropas de elite rebeldes eram os menores dos nossos problemas.

O Saliente é uma longa ponta de flecha apontando para o sul, entre cordilheiras montanhosas. Meystrikt fica bem na extremidade. Inimigos e tempo ruim se afunilam até a fortaleza. Nossa missão é guardar esta âncora das defesas setentrionais da Dama.

Por que a Companhia Negra?

Nós somos os melhores. A infecção rebelde começou a se infiltrar pelo Saliente logo após a queda de Forsberg. O Manco tentou contê-la e falhou. A Dama nos mandou arrumar a bagunça do Manco. A única outra opção seria abandonar outra província.

Do portão soou uma trombeta. Elmo estava chegando.

Não houve pressa para recebê-lo. As regras pedem uma aparência de tranquilidade, que a gente finja que as tripas não estão emaranhadas de preocupação. Portanto, os homens espiam de esconderijos a chegada, se perguntando do destino dos irmãos que foram caçar. Alguém morto? Alguém gravemente ferido? Nós conhecemos um ao outro melhor do que nossos parentes de sangue. Lutamos lado a lado por anos. Nem todos eram amigos, mas eram família. A única família que se tinha.

O guarda do portão martelou o cabrestante, arrancando gelo. Berrando em protesto, o portão levadiço subiu. Como historiador da Companhia, eu podia ir receber Elmo sem violar as regras implícitas. Como o idiota que sou, saí no vento e no frio.

Um grupo miserável de sombras surgiu dentre a neve que era soprada para dentro. Os pôneis arrastavam as patas. Os cavaleiros estavam caídos sobre as crinas enregeladas. Animais e homens encolhidos, tentando escapar das garras afiadas do vento. Nuvens de respiração se erguiam das montarias e dos soldados, e eram levadas para longe. Essa cena, numa pintura, teria feito um boneco de neve sentir calafrios.

De toda a Companhia, apenas Corvo tinha visto neve antes daquele inverno. Que bela boas-vindas à nova equipe da Dama.

Os cavaleiros se aproximaram. Pareciam mais com refugiados que com irmãos da Companhia Negra. Diamantes de gelo cintilavam no bigode de Elmo. Trapos escondiam o resto de seu rosto. Os outros estavam tão embrulhados que eu não saberia dizer quem era quem. Apenas Calado cavalgava resolutamente ereto. Ele olhava reto para a frente, desdenhando do vento impiedoso.

Elmo acenou com a cabeça ao passar pelo portão.

— Nós estávamos começando a nos perguntar — falei. "Perguntar" é sinônimo de preocupação. As regras exigem uma demonstração de indiferença.

— A viagem foi dura.

— Como foi lá?

— Companhia Negra 23, rebeldes zero. Nada de trabalho para você, Chagas, exceto Jojo, que está com alguns dedos congelados.

— Vocês pegaram Rasgo?

As profecias sinistras, a feitiçaria habilidosa e a astúcia em batalha de Rasgo tinham deixado o Manco com cara de idiota. O Saliente estava quase desmoronando quando a Dama mandou que assumíssemos o controle. A decisão lançou ondas de choque por todo o império. Um capitão mercenário tinha recebido o controle de forças e poderes geralmente reservados apenas aos Dez!

Considerando o inverno brutal do Saliente, só uma chance de pegar Rasgo faria o Capitão mandar essa patrulha para longe.

Elmo descobriu o rosto e sorriu. Não ia me contar. Depois teria de falar tudo de novo ao Capitão.

Considerei Calado. Nada de sorriso em seu longo e lúgubre rosto. O feiticeiro respondeu com um leve movimento da cabeça. Então, mais uma vitória, que era o mesmo que uma derrota. Rasgo tinha escapado de novo. Talvez ele fosse nos botar para correr atrás do Manco, camundongos guinchantes que ficaram grandes demais e desafiaram o rato.

Ainda assim, eliminar 23 homens da hierarquia rebelde local contava alguma coisa. Não tinha sido um mau dia de trabalho. Melhor que qualquer um dos dias do Manco por aqui.

Homens vieram pegar os pôneis da patrulha. Outros se serviram de quentão e comida quente no salão principal. Fiquei com Elmo e Calado. Eles logo contariam a história.

O salão principal de Meystrikt é só um pouco menos ventoso que os alojamentos. Cuidei de Jojo. Os outros atacaram as refeições. Banquete encerrado, Elmo, Calado, Caolho e Nodo se reuniram ao redor de uma mesa pequena. Cartas de baralho se materializaram. Caolho fez cara feia para mim.

— Vai ficar aí parado com o dedão metido na bunda, Chagas? Precisamos de mais uma pessoa!

Caolho tem pelo menos 100 anos de idade. Os Anais mencionam os ataques de fúria vulcânicos do pequeno e encarquilhado homem negro ao longo de todo o último século. Não sabemos quando se alistou. Setenta anos dos Anais se perderam quando as posições da Companhia foram varridas na Batalha de Urban. Caolho se recusa a iluminar os anos perdidos. Ele diz que não acredita em história.

Elmo deu as cartas. Cinco para cada jogador e uma mão para uma cadeira vazia.

— Chagas! — berrou Caolho. — Você vem?

— Não. Mais cedo ou mais tarde Elmo vai falar. — Bati com a pena em meus dentes.

Caolho estava muito inspirado. Fumaça saía dos ouvidos dele. Um morcego guinchante saiu de sua boca.

— Ele parece irritado — observei. Os outros sorriram. Provocar Caolho é um de nossos passatempos favoritos.

Caolho odeia trabalho de campo. E odeia ainda mais ficar de fora. Os sorrisos de Elmo e os olhares benevolentes de Calado o convenceram de que tinha perdido alguma coisa boa.

Elmo redistribuiu as cartas, espiando-as a centímetros de distância. Os olhos de Calado reluziam. Não havia dúvidas. Eles tinham uma surpresa especial.

Corvo tomou o assento que tinham me oferecido. Ninguém reclamou. Nem mesmo Caolho reclama de qualquer coisa que Corvo decida fazer.

Corvo. Mais frio que o clima. Uma alma morta agora, talvez. Ele pode fazer um homem estremecer com um olhar. Emite um fedor sepulcral. Ainda assim, Lindinha o ama. Pálida, frágil, etérea, ela pousou a mão no ombro de Corvo enquanto ele organizava as cartas. Ela sorriu para ele.

Corvo é um bem valioso em qualquer jogo que inclua Caolho. O feiticeiro trapaceia. Mas nunca quando Corvo joga.

— Ela está parada na Torre, olhando para o norte. Suas mãos delicadas estão unidas diante Dela. Uma brisa suave penetra por Sua janela. Toca a seda crepuscular de Seus cabelos. Lágrimas de diamante cintilam na suave linha de Seu rosto.

— Isso aí!

— Ah, uau!

— O autor! O autor!

— Que uma porca dê à luz em seu colchão, Willie. — A rapaziada se empolga com minhas fantasias sobre a Dama.

Os rascunhos são um jogo que faço comigo mesmo. Raios, até onde eles sabem, minhas invencionices poderiam ser completamente reais. Apenas os Dez que Foram Tomados já viram a Dama. Quem sabe se ela é feia ou bonita?

— Lágrimas de diamante cintilando, é? — comentou Caolho. — Gostei dessa. Acha que ela está apaixonada por você, Chagas?

— Pare com isso. Eu não faço troça de seus jogos.

O Tenente entrou, se sentou, olhou para todos nós com uma careta sombria. Ultimamente, sua missão na vida era reprovar.

Sua chegada indicava que o Capitão estava a caminho. Elmo guardou suas cartas, se recompôs.

O lugar ficou silencioso. Homens apareceram como se magicamente.

— Travem aquela maldita porta! — resmungou Caolho. — Se eles continuarem entrando assim, minha bunda vai acabar congelando. Faça sua jogada, Elmo.

O Capitão chegou e assumiu seu lugar de costume.

— Vamos ouvir sua história, sargento.

O Capitão não é um dos nossos personagens mais animados. Muito quieto. Muito sério.

Elmo baixou as cartas, arrumando todas numa pilha perfeita, organizando os pensamentos. Ele às vezes fica obcecado por brevidade e precisão.

— Sargento?

— Calado detectou uma linha defensiva ao sul da fazenda, Capitão. Contornamos pelo norte. Atacamos após o crepúsculo. Eles tentaram se espalhar. Calado distraiu Rasgo enquanto cuidávamos dos outros. Trinta homens. Pegamos 23. Gritamos muito sobre tomar cuidado para não ferir nosso espião. Rasgo escapou.

A furtividade é o que faz a Companhia funcionar. Queremos que os Rebeldes acreditem que suas fileiras estão lotadas de informantes. Isso dificulta suas comunicações e tomadas de decisões, e torna a vida menos perigosa para Calado, Caolho e Duende.

O rumor plantado. A armação. O toque de suborno ou chantagem. Essas são as melhores armas. Só optamos pela batalha quando colocamos nossos oponentes numa armadilha. Pelo menos esse é o ideal.

— Vocês voltaram diretamente à fortaleza?

— Sim, senhor. Depois de queimar todas as construções da fazenda. Rasgo camuflou bem a própria trilha.

O Capitão observou as vigas acima enegrecidas pela fumaça. Apenas o barulho de Caolho brincando com as cartas rompia o silêncio. O Capitão baixou o olhar.

— Então, por favor, me contem por que você e Calado estão sorrindo como dois retardados?

— Orgulhosos por terem chegado de mãos vazias — resmungou Caolho.

Elmo sorriu mais ainda.

— Mas não chegamos assim.

Calado meteu a mão dentro da camisa imunda e retirou a bolsinha de couro que sempre leva pendurada no pescoço por um cordão. A bolsa de truques. Está cheia de cacarecos horrendos como orelhas apodrecidas de morcego ou elixir de pesadelo. Desta vez ele tirou uma folha de papel dobrada. Lançou olhares dramáticos a Caolho e Duende e abriu o pacotinho, dobra por dobra. Até mesmo o Capitão se levantou e se aproximou da mesa.

— Contemplem! — anunciou Elmo.

— Isso aí é só cabelo.

Cabeças foram balançadas. Pigarros soaram. Alguém questionou a conexão de Elmo com a realidade. Mas Caolho e Duende juntos tinham três olhos arregalados como vacas. Caolho fez ruídos inarticuladamente e Duende guinchou algumas vezes, mas, até aí, Duende está sempre guinchando.

— É dele mesmo? — finalmente conseguiu dizer. — Dele mesmo?

Elmo e Calado radiavam a arrogância de conquistadores eminentemente bem-sucedidos.

— Absolutamente, porra — respondeu Elmo. — Bem do topo da cabeça dele. A gente tinha agarrado o cara pelas bolas, e ele sabia disso. Deu no pé daquela casa tão rápido que bateu com a cachola no batente da porta. Eu mesmo vi, e Calado também. Deixou esses aí na madeira. Caramba, o sujeito sabe correr.

E Duende, dançando de empolgação, falou uma oitava acima de seu guinchar costumeiro de dobradiça enferrujada:

— Cavalheiros, ele é nosso. Já está praticamente pendurado num gancho de açougueiro. — Então miou para Caolho: — O que você acha disso, seu ridículo?

Um enxame de minúsculos insetos relampejantes escapou de uma das narinas de Caolho. Como bons soldadinhos que eram, todos entraram em formação, escrevendo as palavras "Duende é uma bichona". As asinhas murmuravam as palavras, para sorte dos analfabetos.

Era tudo uma grande mentira. Duende é completamente heterossexual. Caolho estava tentando criar confusão.

Duende fez um gesto. Uma grande silhueta de sombra, parecida com o Apanhador de Almas, mas grande o suficiente para tocar as vigas do teto, se abaixou e apontou um dedo acusador para Caolho.

— Foi você quem corrompeu o rapaz, pederasta — afirmou uma voz sem origem.

Caolho fungou, balançou a cabeça, balançou a cabeça e fungou. Seus olhos ficaram embaçados. Duende deu uma risadinha, se controlou e deu outra risadinha. Girou para longe, dançando uma dancinha louca de vitória diante da lareira.

Nossos camaradas menos intuitivos resmungaram. Alguns cabelos. Com isso e 2 tostões de prata você teria 2 tostões de prata.

— Cavalheiros! — O Capitão havia entendido.

O show de sombras cessou. O Capitão observou os feiticeiros. Pensou. Andou de um lado para o outro. Balançou a cabeça para si mesmo.

— Caolho, são suficientes? — perguntou finalmente.

Caolho riu, um som incrivelmente grave para um homenzinho tão diminuto.

— Um fio de cabelo, senhor, ou uma lasca de unha cortada já bastam. Ele é nosso, senhor.

Duende continuou com a dancinha esquisita. Calado ainda sorria. Loucos de pedra, todos eles.

O Capitão pensou mais um pouco.

— Não podemos cuidar disto sozinhos. — Deu a volta no salão, com passos assombrosos. — Vamos precisar chamar um dos Tomados.

Um dos Tomados. Naturalmente. Nossos três feiticeiros são nosso recurso mais precioso. Precisam ser protegidos. Mas... O frio entrou e nos congelou. Um dos discípulos sombrios da Dama... Um daqueles senhores das trevas aqui? Não...

— Não pode ser o Manco. Ele quer ferrar com a gente.

— O Metamorfo me dá arrepios.

— O Rastejador é pior.

— E como você sabe? Nunca viu ele.

— Nós conseguimos dar conta, Capitão — afirmou Caolho.

— E os primos do Rasgo vão cair sobre vocês como moscas numa fruta podre.

— Apanhador de Almas — sugeriu o Tenente. — Ele é nosso patrono, de certa forma.

A sugestão foi aceita.

— Entre em contato com ele, Caolho. Fique pronto para agir quando ele chegar.

Caolho concordou, sorrindo. Estava apaixonado. Esquemas sujos e complexos já tomavam conta de sua mente distorcida.

Deveria ter sido uma missão para o Calado, na verdade. O Capitão a confiou a Caolho porque não consegue se conciliar com a recusa de Calado em falar. Isso o assusta, por algum motivo.

Calado não protestou.

Alguns de nossos servos nativos são espiões. Sabemos quais, graças a Caolho e Duende. Permitimos que um deles, que não sabia nada sobre os cabelos, fugisse com a notícia de que estávamos montando um quartel-general de espionagem na cidade livre de Rosas.

Quando você têm os menores batalhões, você aprende a ter astúcia.

Todo governante faz inimigos. A Dama não é exceção. Os Filhos da Rosa Branca estão por todos os lados... Quem escolhe um partido baseado na emoção vai parar nos rebeldes. Eles estão lutando por tudo que os homens afirmam honrar: liberdade, independência, verdade, o que é certo... Todas as ilusões subjetivas, todas as palavras eternamente incendiárias. Somos lacaios do vilão da peça. Confessamos a ilusão e negamos a substância.

Não há vilões autoproclamados, apenas regimentos de santos autoproclamados. Historiadores vitoriosos decidem de que lado estão o bem e o mal.

Nós abjuramos rótulos. Lutamos por dinheiro e por um orgulho indefinível. Políticas, ética, moral, tudo isso é irrelevante.

Caolho tinha falado com Apanhador de Almas. O Tomado estava vindo. Duende contou que o espectro havia uivado de alegria. Farejou uma chance de valorizar o nome dele perante a Dama e estragar o do Manco. Os Dez brigam e discutem mais que crianças mimadas.

O inverno deu um curto descanso em seu cerco. Os homens da Companhia e serviçais nativos começaram a limpar os pátios de Meystrikt. Um dos nativos desapareceu. No salão principal, Caolho e Calado jogavam baralho com uma expressão arrogante no rosto. Os rebeldes estavam sendo informados exatamente do que eles queriam.

— O que está acontecendo na muralha? — indaguei. Elmo tinha montado um sistema de roldanas e trabalhava na remoção de uma pedra das ameias. — O que vocês vão fazer com aquele bloco?

— Uma linda escultura, Chagas — respondeu Caolho. — Arranjei um novo hobby.

— Certo, não me conte. Veja se me importo.

— Essa atitude não vai lhe ajudar muito. Eu ia chamar você para ir atrás do Rasgo com a gente. Para poder anotar tudo direito nos Anais.

— E incluir algumas palavrinhas sobre sua genialidade, Caolho?

— Temos que dar crédito onde ele é merecido, Chagas.

— Então Calado merece um capítulo, não?

Ele gaguejou, resmungou, praguejou.

— Quer jogar um pouco? — Só havia três pessoas na mesa, e um desses era Corvo. Tonk era muito mais interessante com quatro ou cinco.

Venci três mãos seguidas.

— Você não tem nada melhor para fazer? Extrair uma verruga ou algo assim?

— Foi você que o chamou pra jogar — observou um soldado intrometido que estava assistindo.

— Você gosta de moscas, Otto?

— Moscas?

— Vou te transformar em sapo se você não calar a boca.

Otto não se impressionou.

— Você não conseguiria transformar nem um girino em sapo.

Eu dei uma risadinha.

— Você pediu por isso, Caolho. Quando o Apanhador de Almas vai aparecer?

— Quando ele chegar.

Não havia lógica ou razão aparente na forma como os Tomados fazem as coisas.

— Você está mesmo um raiozinho de felicidade hoje, hein? Quanto ele já perdeu, Otto?

Otto apenas sorriu.

Corvo ganhou as duas mãos seguintes.

Caolho parou de falar. Sem chance de eu descobrir o que era aquele projeto. Provavelmente era melhor assim. Qualquer explicação seria entreouvida por espiões rebeldes.

Seis fios de cabelo e um bloco de granito. Que diabos aquilo significava?

Por dias Calado, Duende e Caolho se revezaram trabalhando naquela rocha. Visitei os estábulos ocasionalmente. Eles me deixavam olhar e reclamar quando não respondiam minhas perguntas.

O Capitão, também, às vezes metia a cabeça no estábulo, dava de ombros e voltava aos alojamentos. Ele estava atarantado com estratégias para uma campanha militar de primavera que jogaria todo poder imperial disponível contra os rebeldes. Os aposentos dele eram impenetráveis, de tantos mapas e relatórios que continham.

Nós iríamos atingir feio os rebeldes quando o clima virasse.

Pode parecer cruel, mas a maior parte de nós gosta do que faz, e o Capitão mais do que todos os outros. É o jogo favorito dele, enfrentar alguém como Rasgo numa disputa de inteligência. Ele é cego para os mortos, as aldeias incendiadas, as crianças famintas. Assim como os rebeldes também são. Dois exércitos cegos, incapazes de ver algo além de um ao outro.

Apanhador de Almas chegou nas altas horas da madrugada, em meio a uma tempestade de neve que humilhou aquela que Elmo tinha enfrentado. O vento gemia e uivava. A neve se acumulava no canto nordeste da fortaleza, alcançando as ameias e transbordando. Os estoques de madeira e feno estavam se tornando um problema. Os nativos diziam que era a pior nevasca da história.

Quando a tempestade de neve estava em seu ápice, o Apanhador de Almas chegou. O bum-bum-bum do bater dele à porta acordou todos em Meystrikt. Trombetas soaram. Tambores rufaram. Os vigias da entrada berravam contra o vento. Não conseguiam abrir o portão.

O Apanhador de Almas veio por sobre a muralha com a ajuda do vento. Caiu, quase desaparecendo na neve solta do pátio. Não era uma chegada digna para um dos Tomados.

Apressei-me em chegar ao salão principal. Caolho, Calado e Duende já estavam lá, com o fogo que ardia alegremente. O Tenente apareceu, seguido do Capitão. Com ele, Elmo e Corvo chegaram.

— Mandem o resto de volta para a cama — ordenou o Tenente.

O Apanhador de Almas chegou, tirou um pesado casaco negro e se agachou diante do fogo. Um gesto humano calculado?, eu me perguntei.

O corpo magro do Apanhador de Almas está sempre coberto de couro preto. Ele veste aquele morrião negro que encobre a cabeça, além de botas e luvas negras. Apenas alguns distintivos prateados quebram a monotonia. A única cor nele é o rubi bruto que forma o pomo da adaga. Cinco garras seguram a gema ao cabo da arma.

Curvas pequenas e suaves interrompem a planura do peito do Apanhador de Almas. Suas pernas e seus quadris têm um ar um tanto feminino. Três dos Tomados são mulheres, mas só a Dama sabe quais. Chamamos todos de "ele", pois o sexo deles não significa nada para nós.

O Apanhador de Almas afirma ser nosso amigo, nosso campeão. Mesmo assim, sua presença trouxe um frio diferente ao salão. Sua gelidez não tem nada a ver com o clima. Até Caolho treme quando ele está por perto.

E Corvo? Eu não sei. Corvo parece ser incapaz de sentir qualquer coisa, a não ser no que diz respeito a Lindinha. Algum dia aquele grande rosto pétreo vai desmoronar. Espero que eu esteja lá para ver.

O Apanhador de Almas virou as costas para o fogo.

— Então. — Bem agudo. — Que belo tempo para uma aventura. — Barítono. Sons estranhos se seguiram. Risadas. O Tomado tinha feito uma piada.

Ninguém riu.

Não era para rirmos. O Apanhador de Almas se virou para Caolho.

— Conte-me. — Desta vez num tenor, lento e suave, com um quê de abafado, como se viesse através de uma parede fina. Ou, como diz Elmo, do além-túmulo.

Não havia vaidade ou exibicionismo em Caolho agora.

— Vamos começar do começo. Capitão?

— Um de nossos informantes ficou sabendo de uma reunião dos capitães rebeldes. Caolho, Duende e Calado seguiram os movimentos dos rebeldes conhecidos...

— Vocês deixam eles correrem soltos por aí?

— Assim eles nos levam a seus amigos.

— É claro. Um dos pontos fracos do Manco. Nada de imaginação. Ele mata os rebeldes assim que os encontra, assim como quem estiver em volta. — Aquela risada estranha de novo. — É menos eficaz, não é? — Houve outra frase, mas em alguma língua que me é desconhecida.

O Capitão concordou com a cabeça.

— Elmo?

Elmo contou sua parte como tinha feito antes, palavra por palavra. Passou a narrativa a Caolho, que rascunhou um plano para pegar Rasgo. Eu não entendi, mas o Apanhador de Almas captou a ideia na hora. Ele riu uma terceira vez.

Pelo que eu consegui entender, nós iríamos liberar o lado negro da natureza humana.

Caolho levou o Apanhador de Almas para ver a pedra misteriosa. Nós nos aproximamos do fogo. Calado pegou um baralho. Ninguém se interessou.

Às vezes me pergunto como os soldados do exército permanecem sãos. Eles estão perto dos Tomados o tempo todo. O Apanhador de Almas é um doce de coco perto dos outros.

Caolho e o Apanhador de Almas voltaram rindo.

— Farinha do mesmo saco — resmungou Elmo, numa rara declaração de opinião.

O Apanhador recapturou a atenção de todos.

— Muito bem, cavalheiros. Muito bem-feito. Criativo. Isso poderia derrotar os rebeldes no Saliente. Partiremos para Rosas quando o tempo mudar.

Um grupo de oito, Capitão, incluindo dois de seus bruxos. — Cada frase era seguida por uma pausa. Cada frase era dita numa voz diferente. Bizarro.

Já ouvi que essas são as vozes de todas as pessoas cujas almas foram capturadas pelo Apanhador de Almas.

Mais corajoso do que de costume, eu me ofereci para a expedição. Queria ver como Rasgo poderia ser pego por fios de cabelo e um bloco de granito. O Manco tinha falhado com todo o seu poder furioso.

O Capitão pensou no assunto.

— Está bem, Chagas. Caolho e Duende. Você, Elmo. E escolha mais dois.

— Isso só dá sete, Capitão.

— Com Corvo são oito.

— Ah, Corvo, é claro.

É claro. Corvo, silencioso e mortal, seria o *alter ego* do Capitão. A ligação entre aqueles dois homens ultrapassava a compreensão. Acho que isso me incomoda porque Corvo anda me assustando para valer ultimamente.

Corvo trocou olhares com o Capitão. A sobrancelha direita dele subiu. O Capitão respondeu com um aceno de cabeça quase imperceptível. Corvo mexeu um ombro. Qual seria a mensagem? Não pude adivinhar.

Alguma coisa estranha soprava com o vento. Aqueles que sabiam o que era estavam deliciados. Por mais que eu não pudesse deduzir, sabia que seria algo astuto e mortal.

A tempestade cedeu. Logo a estrada para Rosas estava aberta. O Apanhador de Almas se irritou. Rasgo tinha duas semanas de vantagem. Nós levaríamos uma semana para alcançar Rosas. Os rumores plantados por Caolho poderiam perder a eficácia antes de chegarmos.

Partimos antes da alvorada, com o bloco de granito numa carroça. Os magos não tinham feito nada além de escavar uma simples concavidade do tamanho de um grande melão. Eu não conseguia imaginar o valor daquilo. Caolho e Duende faziam um estardalhaço em volta da rocha, como um noivo conhecendo sua esposa. Caolho respondeu minhas perguntas com um grande sorriso. Maldito.

O tempo se firmou. Ventos mornos sopravam do sul. Encontramos longos trechos de estrada lamacenta. E eu testemunhei um acontecimento escandaloso. O Apanhador de Almas desceu sobre a lama e empurrou a carroça com o resto de nós. Aquele grande lorde do império.

Rosas é a grande cidade do Saliente, uma metrópole, um lugar livre, uma república. A Dama decidiu não revogar a tradicional autonomia. O mundo precisa de lugares onde homens de todas as estirpes e castas possam escapar das restrições tradicionais.

Então. Rosas. Sem nada a dever a qualquer mestre. Cheia de agentes, espiões e todos aqueles que vivem no lado negro da lei. Naquele ambiente, afirmou Caolho, o plano iria prosperar.

As muralhas vermelhas de Rosas se ergueram adiante, escuras como sangue velho à luz do sol poente, quando chegamos.

Duende entrou no quarto que tínhamos ocupado.

— Encontrei o lugar — guinchou a Caolho.

— Ótimo.

Curioso. Eles não tinham trocado xingamentos em semanas. Normalmente, uma hora sem brigas era um milagre.

O Apanhador de Almas se mexeu no canto sombrio onde estava plantado como um arbusto fino e negro, uma multidão debatendo suavemente consigo mesma.

— Prossiga.

— É uma velha praça pública. Uma dúzia de becos e ruas que entram e saem. Mal-iluminada à noite. Nenhum motivo para tráfego após o pôr do sol.

— Parece perfeita — aprovou Caolho.

— E é mesmo. Eu aluguei um quarto com vista para ela.

— Vamos lá dar uma olhada — decidiu Elmo.

Todos nós sofríamos com uma síndrome de confinamento. Um êxodo se iniciou. Apenas o Apanhador de Almas ficou parado. Talvez entendesse nossa necessidade de sair.

Duende estava certo quanto à praça, aparentemente.

— E agora? — indaguei. Caolho sorriu. Eu perdi a paciência. — Vocês estão sempre calados! Parem de jogos!

— Esta noite? — perguntou Duende.

Caolho concordou.

— Se o velho espectro der a ordem.

— Estou ficando frustrado — anunciei. — O que está acontecendo? Tudo que vocês palhaços fazem é jogar baralho e ficar vendo Corvo afiar as facas. — Isso às vezes durava horas, o movimento das pedras de amolar pelo aço me dando arrepios na espinha. Era um sinal. Corvo só faz isso quando espera que as coisas fiquem feias.

Caolho fez um barulho de corvo crocitando.

Saímos com a carroça à meia-noite. O cavalariço nos chamou de loucos. Caolho abriu um de seus famosos sorrisos. Ele conduziu a carroça. O resto foi a pé, cercando a carroça.

Algumas coisas estavam diferentes. Algo tinha sido acrescentado. Alguém havia gravado uma mensagem na pedra. Caolho, provavelmente, durante uma de suas saídas misteriosas do quartel-general.

Sacos de couro volumosos e uma forte mesa de madeira tinham sido reunidos à rocha. A mesa parecia capaz de sustentar o bloco. As pernas eram de madeira escura e polida. Havia símbolos gravados nelas, em prata e marfim, muito complexos, hieroglíficos, místicos.

— Onde vocês conseguiram a mesa? — perguntei. Duende guinchou e riu. Eu grunhi. — Por que diabos vocês não podem me contar agora?

— Certo — respondeu Caolho, rindo maldosamente. — Nós a construímos.

— Para quê?

— Para botar nossa rocha em cima.

— Você não está me contando nada.

— Paciência, Chagas. Tudo a seu tempo. — Maldito.

Tinha algo de estranho em nossa praça. Estava cheia de névoa. Não havia nevoeiro em nenhum outro lugar.

Caolho parou a carroça no meio da praça.

— Hora de descarregar a mesa, rapazes.

— Hora de descarregar você — cacarejou Duende. — Acha que pode embromar a gente numa hora dessas? — O feiticeiro se virou para Elmo. — O maldito aleijado sempre tem uma desculpa.

— Ele tem razão, Caolho.

Caolho protestou.

— Desça essa bunda daí — exclamou Elmo.

Caolho fitou Duende com raiva.

— Vou te pegar um dia, seu gordo. Praga da impotência. O que acha disso?

Duende não se impressionou.

— Eu rogaria uma praga da burrice em você, se achasse que poderia melhorar o trabalho da natureza.

— Descarreguem a maldita mesa — mandou Elmo.

— Está nervoso? — perguntei. Ele nunca se irrita com briguinhas, considera-as como parte da diversão.

— Estou. Você e Corvo, subam lá e empurrem.

A mesa era mais pesada do que parecia. Foi preciso que todos ajudássemos para que ela fosse tirada da carroça. Os grunhidos fingidos e pragas de Caolho não ajudaram. Eu perguntei como eles a tinham posto ali.

— Nós montamos a mesa aqui em cima, paspalho — respondeu, então ficou de frescura, mandando a gente mover a mesa alguns centímetros para cá, alguns centímetros para lá.

— Deixe assim — ordenou Apanhador de Almas. — Não temos tempo para isto. — O aborrecimento dele teve um efeito salutar. Nem Duende nem Caolho disseram mais uma palavra.

Deslizamos a pedra para cima da mesa. Dei um passo atrás, enxugando o suor do rosto. Estava encharcado, no meio do inverno. A pedra irradiava calor.

— As bolsas — disse o Apanhador de Almas. A voz dele soou como a de uma mulher que eu gostaria de conhecer.

Peguei uma bolsa. Grunhi. Era pesada.

— Ei, isto é dinheiro.

Caolho deu uma risadinha. Joguei a bolsa numa pilha sob a mesa. Uma maldita fortuna, ali. Nunca tinha visto tanto dinheiro junto, para falar a verdade.

— Cortem as bolsas — mandou o Apanhador de Almas. — Rápido!

Corvo rasgou os sacos. Tesouro escorreu para os paralelepípedos. Ficamos olhando, com cobiça no coração.

O Apanhador de Almas segurou o ombro do Caolho e o braço do Duende. Os dois feiticeiros pareceram encolher. Então os três se viraram para a mesa e a pedra.

— Tirem a carroça — instruiu o Apanhador.

Eu ainda não tinha lido a mensagem imortal que eles haviam gravado na pedra. Corri para dar uma olhada.

AQUELE QUE DESEJA ESTA FORTUNA

DEVE ASSENTAR A CABEÇA DA CRIATURA

RASGO

NESTE TRONO DE PEDRA

Ah. Ahá. Palavras simples. Direto. Descomplicado. Bem o nosso estilo. Rá.

Dei um passo atrás, tentando estimar a magnitude do investimento do Apanhador de Almas. Pude ver ouro em meio à montanha de prata. Uma das bolsas sangrava gemas brutas.

— Os cabelos — exigiu o Apanhador.

Caolho pegou os fios. O Apanhador os colocou nas laterais da cavidade, que tinha o tamanho de uma cabeça. Deu um passo atrás e deu as mãos a Caolho e Duende.

Eles fizeram magia.

Tesouro, mesa e pedra começaram a emitir um brilho dourado.

Nosso arqui-inimigo era um homem morto. Metade do mundo ia tentar receber aquela recompensa. Era grande demais para resistir. Até seu próprio pessoal ia se virar contra ele.

Eu vislumbrei uma única e mínima chance para Rasgo. Ele poderia roubar o tesouro para si mesmo. Seria difícil, porém. Nenhum profeta rebelde conseguiria derrotar as magias de um Tomado.

Eles completaram o encantamento.

— Alguém teste o feitiço — pediu Caolho.

Houve um estalo maligno quando a ponta da adaga de Corvo penetrou o plano das pernas da mesa. Ele praguejou, fez uma careta para a arma. Elmo estocou com a espada. *Crack!* A ponta da lâmina emitia um brilho branco.

— Excelente — concluiu o Apanhador de Almas. — Levem a carroça daqui.

Elmo designou um soldado. O resto fugiu para o quarto que Duende tinha alugado.

Primeiro nós nos ajuntamos na janela, esperando que alguma coisa acontecesse. Isso ficou chato muito rápido. A cidade de Rosas só foi descobrir a condenação que preparamos para Rasgo depois do amanhecer.

Empreendedores cautelosos encontraram cem maneiras de tentar faturar o dinheiro. Multidões vieram apenas para assistir. Um bando dedicado começou a escavar a rua para chegar ao local por baixo. A polícia os expulsou.

O Apanhador de Almas se sentou ao lado da janela e não saiu dali.

— Tenho que modificar os feitiços. Não antecipei tamanha engenhosidade — disse-me certa vez.

Surpreso com minha própria audácia, perguntei:

— Como é a Dama? — Eu tinha acabado de escrever um dos meus rascunhos de fantasias.

Ele se virou devagar e me fitou brevemente.

— Algo que morderá aço. — Era uma voz de mulher despeitada. Uma resposta estranha. Então: — Tenho que impedi-los de usar ferramentas.

E lá se foi minha chance de conseguir um testemunho em primeira mão. Eu deveria ter imaginado. Nós mortais somos apenas meros objetos para os Tomados. Nossas curiosidades lhes são supremamente indiferentes. Eu me retirei para meu reino secreto e seu círculo de Damas imaginárias.

O Apanhador de Almas modificou as magias protetoras naquela noite. Na manhã seguinte havia cadáveres na praça.

Caolho me acordou na terceira noite.

— Temos um cliente.

— Hum?

— Um cara com uma cabeça. — Ele estava satisfeito.

Cambaleei até a janela. Duende e Corvo já estavam lá. Nós nos espremamos em um canto. Ninguém queria chegar muito perto do Apanhador.

Um homem atravessou a praça abaixo. Uma cabeça pendia da mão esquerda dele, presa pelos cabelos.

— Eu me perguntei quanto tempo ia demorar antes que isso começasse — comentei.

— Silêncio — sibilou o Apanhador. — Ele está lá fora.

— Quem?

Ele era paciente. Extraordinariamente paciente. Outro dos Tomados teria me castigado ali mesmo.

— Rasgo. Não denuncie nossa posição.

Eu não sabia como ele sabia. Talvez preferisse não saber. Essas coisas me assustam.

— Uma visita sorrateira tinha sido prevista — sussurrou Duende, guinchando. Como ele conseguia guinchar sussurrando? — Rasgo *tem* que descobrir o que está enfrentando. E não pode fazer isso de nenhum outro lugar. — O homenzinho gorducho estava orgulhoso.

O Capitão diz que a natureza humana é nossa lâmina mais afiada. A curiosidade e a vontade de sobreviver atraíram Rasgo a nosso caldeirão. Talvez ele fosse virar a mesa contra nós. Temos um monte de pontos fracos também.

Semanas se passaram. Rasgo veio várias vezes, aparentemente contente em observar. O Apanhador de Almas mandou que o deixássemos em paz, não importando o quanto ele se fizesse de alvo fácil.

Nosso mentor pode nos tratar com consideração, mas tem um traço de crueldade. Ele parecia querer atormentar Rasgo com a incerteza do destino que o aguardava.

— Esta cidade está ficando louca por recompensas — guinchou Duende, em seguida fazendo uma de suas dancinhas. — Você deveria sair mais, Chagas. Estão transformando Rasgo numa indústria. — Ele me chamou até o canto mais afastado do Apanhador de Almas e abriu uma carteira. — Olhe só — sussurrou.

Ele tinha dois punhados de moedas. Algumas eram de ouro.

— Você vai acabar andando torto com esse peso — observei.

Duende sorriu. Seu sorriso é uma visão inesquecível.

— Faturei isto vendendo dicas de onde encontrar o Rasgo — murmurou ele. Depois olhou para o Apanhador e acrescentou: — Dicas falsas. —

Duende pôs a mão em meu ombro. Teve de se esticar para conseguir. — Dá para ficar rico lá fora.

— Eu não sabia que estávamos nesta para ficarmos ricos.

Duende fez uma careta que deixou o rosto pálido e redondo dele coberto de rugas.

— O que é você? Algum tipo de...?

O Apanhador de Almas se virou.

— Só uma discussão sobre uma aposta, senhor. Só uma aposta — coaxou o pequeno homem.

Eu ri alto.

— Muito convincente, balofo. Por que você não se enforca, simplesmente?

Duende amarrou a cara, mas não por muito tempo. Ele é irrepreensível. O humor dele consegue superar até as situações mais difíceis.

— Merda, Chagas, você deveria ver o que o Caolho está fazendo — murmurou ele. — Vendendo amuletos. Eles garantem que se tiver um rebelde por perto, você está protegido. — Outra espiada para o Apanhador.

— E funcionam mesmo. Mais ou menos.

Balancei a cabeça.

— Pelo menos ele poderá pagar as dívidas de carteado. — Isso era típico do Caolho. Passou uma temporada ruim em Meystrikt, onde não havia espaço para as costumeiras negociações de mercado negro. — Vocês deveriam estar plantando rumores. Mantendo a agitação, e não...

— Shhh! — Ele olhou o Apanhador de novo. — Estamos fazendo isso. Todos os botecos da cidade. Diabos, o disse me disse está completamente selvagem, lá fora. Venha, vou lhe mostrar.

— Não. — O Apanhador de Almas estava falando cada vez mais. Eu tinha esperanças de conseguir uma conversa de verdade.

— Azar o seu. Eu conheço um agenciador que aceita apostas de quando Rasgo perderá a cabeça. Você tem informações privilegiadas, sabe.

— Caia fora daqui antes que você perca a sua.

Fui até a janela. Um minuto depois Duende passou apressado pela praça abaixo. Ele nem olhou para nossa armadilha.

— Deixe que brinquem com os joguinhos deles — disse o Apanhador de Almas.

— Senhor? — Minha nova abordagem. Puxar o saco.

— Meus ouvidos são mais afiados do que seu amigo imagina.

Esquadrinhei o rosto daquele morrião negro, tentando capturar alguma pista dos pensamentos por trás do metal.

— Não é relevante. — Ele se ajeitou um pouco, fitando algo atrás de mim. — O submundo está paralisado pelo desespero.

— Senhor?

— A argamassa que sustenta a casa está apodrecendo. Vai desmoronar em breve. Isso não aconteceria se tivéssemos capturado Rasgo imediatamente. Eles o teriam transformado num mártir. A perda os entristeceria, mas eles teriam perseverado. O Círculo substituiria Rasgo em tempo para as campanhas de inverno.

Eu fitei a praça. Por que o Apanhador de Almas estava me contando isso? E tudo numa voz só. Seria a voz verdadeira do Apanhador de Almas?

— Porque você achou que eu estava sendo cruel por prazer.

Eu pulei.

— Como você...?

O Apanhador de Almas fez um barulho que passava por uma risada.

— Não, não li sua mente. Sei como as mentes funcionam. Eu sou aquele que apanha almas, já esqueceu?

Será que os Tomados se sentem solitários? Anseiam por companhia? Amizade?

— Às vezes. — Isso foi dito numa das vozes femininas. Era sedutora.

Eu dei meia-volta e olhei para a praça, assustado.

O Apanhador de Almas leu esse gesto também. Voltou a falar de Rasgo.

— A mera eliminação nunca foi meu plano. Quero que o herói de Forsberg acabe desacreditado.

O Apanhador de Almas conhecia nosso inimigo melhor do que suspeitávamos. Rasgo estava jogando o jogo de nosso patrono. O rebelde já tinha feito duas tentativas espetaculares e vãs de desarmar nossa armadilha. Esses fracassos haviam arruinado a reputação dele com os colegas viajantes. Pelo que ouvíamos falar, Rosas fervilhava com um sentimento pró-império.

— Ele se fará de tolo, e então os esmagaremos. Como um besouro nojento.

— Não o subestime. — Que audácia! Dando conselho a um dos Tomados. — O Manco...

— Isso eu não farei. Não sou o Manco. Ele e Rasgo são farinha do mesmo saco. Nos velhos tempos... O Dominador o teria feito um de nós.

— Como ele era? — Ponha ele para falar, Chagas. Do Dominador é só mais um passo até a Dama.

A mão direita do Apanhador de Almas se virou de palma para cima, se abriu e lentamente fez uma garra. O gesto me abalou. Imaginei aquela garra rasgando minha alma. Fim da conversa.

Mais tarde comentei com Elmo:

— Sabe, aquela grana lá fora nem precisava ser verdadeira. — Qualquer coisa teria funcionado se a multidão não pudesse pegar.

— Errado. O Rasgo tinha que saber que era real — interveio o Apanhador de Almas.

Na manhã seguinte, recebemos notícias do Capitão. Algumas novidades gerais. Alguns partidários rebeldes estavam entregando as armas em resposta a uma oferta de anistia. Alguns soldados da força principal que tinham vindo ao sul com Rasgo estavam se retirando. A confusão chegara ao Círculo. O fracasso de Rasgo em Rosas os preocupava.

— E por que isso? — perguntei. — Ainda não aconteceu nada palpável.

— Está acontecendo do outro lado — explicou o Apanhador de Almas. — Nas mentes das pessoas. — Haveria um tom de arrogância ali? — Rasgo, e por extensão o Círculo, passa uma imagem de impotência. Ele deveria ter entregado o Saliente a outro comandante.

— Se eu fosse um general dos grandes, provavelmente também não admitiria uma cagada — comentei.

— Chagas! — exclamou Elmo, surpreso. Eu geralmente não dizia o que pensava.

— É verdade, Elmo. Você consegue imaginar qualquer general, nosso ou deles, pedindo a alguém que assumisse seu lugar?

O morrião negro me encarou.

— A fé deles está morrendo. Um exército sem fé em si mesmo está mais derrotado que qualquer força vencida em batalha. — Quando o Apanhador de Almas escolhe um assunto, nada o faz mudar de ideia.

Eu tinha uma sensação curiosa de que ele seria o tipo capaz de ceder o comando a alguém mais bem-preparado para exercê-lo.

— Agora vamos aumentar a pressão. Todos vocês. Falem nas tavernas. Sussurrem nas ruas. Enterrem-no. Pressionem-no. Empurrem-no com tanta força que ele não terá tempo de pensar. Quero que ele fique tão desesperado a ponto de tentar alguma coisa idiota.

Eu pensei que o Apanhador de Almas estava no caminho certo. Este pedaço da guerra da Dama não seria vencido em um campo de batalha. A primavera se aproximava, mas os combates ainda não haviam começado. Os olhos do Saliente estavam todos voltados à cidade livre, esperando pelo resultado do duelo entre Rasgo e o campeão da Dama.

— Não é mais necessário matar Rasgo — observou o Apanhador de Almas. — Sua credibilidade está morta. Agora vamos destruir a confiança do movimento dele. — O Tomado voltou à sua vigília na janela.

— O Capitão disse que o Círculo mandou Rasgo sair — contou Elmo. — Ele não aceitou.

— Ele se revoltou com a própria revolução?

— Ele quer derrotar esta armadilha.

Mais uma faceta da natureza humana que trabalha a nosso favor. O orgulho excessivo.

— Peguem um baralho. Duende e Caolho andaram roubando viúvas e órfãos de novo. Hora de passar o rodo neles.

Rasgo estava sozinho, perseguido, assustado, um cão açoitado fugindo pelos becos da noite. Ele não podia confiar em ninguém. Eu tive pena dele. Quase.

O sujeito era um idiota. Só um idiota insiste em nadar contra a maré. A maré contra Rasgo estava piorando a cada hora que passava.

Eu apontei para as sombras perto da janela com meu polegar.

— Parece que está acontecendo uma reunião da Irmandade dos Sussurros.

Corvo deu uma olhada por sobre meu ombro e não disse nada. Estávamos jogando Tonk um contra um, ou seja, um passatempo bem tedioso.

Uma dúzia de vozes murmurava ali.

— Sinto o cheiro. Você está errado. Está vindo do sul. Acabe com isso agora. Ainda não. Chegou a hora. Ainda precisa de mais tempo. Abusando da sorte, o jogo pode virar. Cuidado com o orgulho. Está aqui. O fedor vem à frente como o bafo de um chacal.

— Queria saber se ele já perdeu uma discussão consigo mesmo.

Corvo continuou calado. Em meus dias mais ousados eu tentava fazê-lo falar. Sem sorte. As coisas iam melhor com o Apanhador de Almas.

O Tomado se levantou de repente, com um som raivoso emergindo de suas profundezas.

— O que foi? — indaguei. Eu estava cansado de Rosas. Estava enojado com Rosas. O lugar me entediava e me assustava. O preço de se sair naquelas ruas sozinho era a própria vida.

Uma daquelas vozes de fantasma estava certa. Estávamos nos aproximando do ponto em que o resultado da espera viria. Eu mesmo estava desenvolvendo um respeito relutante por Rasgo. O homem se recusava a se render ou fugir.

— O que foi? — perguntei de novo.

— O Manco. Está em Rosas.

— Aqui? Por quê?

— Ele sente o cheiro de uma grande presa. Quer roubar o crédito.

— Você quer dizer que ele veio se meter em nossa briga?

— É seu estilo.

— E a Dama, não...?

— Estamos em Rosas. Ela está bem longe. E não se importa com quem vai matá-lo.

Politicagens entre os vice-reis da Dama. É um mundo estranho. Não entendo as pessoas fora da Companhia.

Levamos uma vida simples. Não é necessário pensar. O Capitão cuida disso. Nós apenas seguimos ordens. Para a maioria de nós, a Companhia Negra é um esconderijo, um refúgio do passado, um lugar para se tornar um novo homem.

— E o que nós vamos fazer? — indaguei.

— Eu cuido do Manco. — Ele começou a organizar as vestimentas e os apetrechos.

Duende e Caolho entraram cambaleando. Estavam tão bêbados que precisavam se apoiar um no outro.

— Merda — guinchou Duende. — Tá nevando de novo. Mas que porra de neve. Achei que o inverno tinha acabado.

Caolho irrompeu a cantar. Alguma coisa sobre a beleza do inverno. Eu não conseguia entender a letra. Sua fala estava pastosa, e ele tinha esquecido metade dos versos.

Duende caiu numa cadeira, esquecendo Caolho, que desabou a seus pés e vomitou em suas botas, em seguida tentando continuar a canção.

— Cadê todo mundo? — murmurou Duende.

— Estão todos por aí. — Troquei olhares com Corvo. — Você acredita nisso? Esses dois enchendo a cara juntos?

— Aonde você vai, velho espectro? — guinchou Duende para o Apanhador de Almas. O Tomado saiu sem responder. — Maldito. Ei, Caolho, amigão. Não é isso mesmo? O velho espectro é um maldito, não é?

Caolho se sentou no chão e olhou em volta. Acho que ele não conseguia ver nada com o único olho que tinha.

— Isso mermo. — Fez uma careta para mim. — Mardito. Tudo mardito. — Algo do que ele disse soou muito engraçado para Caolho, e ele riu.

Duende se juntou a ele. Quando percebeu que Corvo e eu não tínhamos entendido a piada, assumiu uma expressão de muita dignidade e disse:

— Esses caras não são dos nossos, amigão. Estava mais caloroso lá fora, na neve. — Duende ajudou Caolho a se levantar, e os dois saíram cambaleando.

— Espero que não façam nada idiota. Ou mais idiota. Como se mostrar. Vão acabar sendo mortos.

— Tonk — disse Corvo e baixou as cartas. Por sua reação, era como se aqueles dois sequer tivessem aparecido.

Dez ou 15 mãos depois, um dos soldados que tínhamos trazido entrou correndo.

— Vocês viram Elmo? — inquiriu.

Dei uma olhada nele. A neve derretia em seus cabelos. Ele estava pálido, assustado.

— Não. O que aconteceu, Hagop?

— Alguém esfaqueou o Otto. Acho que foi o Rasgo. Eu botei ele pra correr.

— Esfaqueou? Ele morreu? — Comecei a procurar meu kit. Otto precisaria de mim mais do que de Elmo.

— Não. Mas foi um corte feio. Sangue pra caramba.

— Por que você não o trouxe de volta?

— Não consegui carregar.

Hagop estava bêbado também. O ataque ao amigo o tinha deixado um pouco mais sóbrio, mas aquilo não iria durar.

— Você tem certeza de que foi o Rasgo? — Será que o velho idiota estava tentando revidar?

— Claro. Ei, Chagas, vamos lá. Ele vai morrer.

— Estou indo, estou indo.

— Esperem. — Corvo estava remexendo suas coisas. — Eu vou junto. — Ele pesou nas mãos um par de facas extremamente afiadas, tentando escolher uma. Deu de ombros e meteu as duas no cinto. — Pegue um manto, Chagas. Está frio lá fora.

Enquanto eu procurava uma capa, Corvo interrogou Hagop quanto ao paradeiro de Otto e mandou que ele ficasse quieto no alojamento até Elmo aparecer.

— Vamos, Chagas.

Descemos as escadas. Chegamos à rua. O andar de Corvo é enganador. Ele nunca parece estar com pressa, mas você precisa ser muito rápido para acompanhá-lo.

Dizer que estava nevando era um eufemismo. Até mesmo nas ruas iluminadas mal dava para ver além de 5 metros de distância. Já tinha caído uns 15 centímetros de neve. Daquela pesada, úmida. Mas a temperatura estava baixando e um vento soprava cada vez mais forte. Outra nevasca? Merda! Já não tivemos o bastante?

Encontramos Otto meio quarteirão além de onde deveria estar. Tinha se arrastado até debaixo de uns degraus. Corvo foi direto até ele. Como o sujeito soube onde procurar, eu jamais saberei. Carregamos Otto até a luz mais próxima. Ele encontrava-se indefeso, estava inconsciente.

— Bêbado como um gambá — funguei. — O único perigo era morrer congelado.

Estava coberto de sangue, mas o ferimento não era grave. Alguns pontos de sutura dariam conta, e só. Carregamos Otto de volta ao quarto. Eu o despi e me pus a costurar antes que ele pudesse reclamar.

O comparsa de Otto estava dormindo. Corvo o chutou até que acordasse.

— Quero a verdade — exigiu Corvo. — O que aconteceu?

Hagop insistiu.

— Foi o Rasgo, cara. Foi o Rasgo.

Eu duvidei dessa história. Corvo também. Mas quando terminei a sutura, Corvo me chamou.

— Pegue sua espada, Chagas. — Ele estava com um olhar de caçador. Eu não queria sair de novo, mas queria menos ainda discutir com Corvo naquele humor. Peguei meu cinturão.

O ar estava mais frio. O vento, mais forte. Os flocos de neve, menores e mais ardidos quando acertavam meu rosto. Eu me esgueirei atrás de Corvo, me perguntando o que diabos estávamos fazendo.

Ele encontrou o lugar onde Otto fora esfaqueado. A neve nova ainda não havia apagado as marcas na velha. Corvo se agachou, olhou. Eu me perguntei o que ele via. Não havia luz suficiente para descobrir nada, até onde eu podia ver.

— Talvez ele não estivesse mentindo — concluiu Corvo, afinal. Ele fitou as sombras do beco de onde o atacante tinha vindo.

— Como você sabe?

Ele não respondeu.

— Venha. — E lá foi Corvo beco adentro.

Eu não gosto de becos. Eu os odeio ainda mais em cidades como Rosas, onde eles abrigam todos os males conhecidos pelo homem, e provavelmente alguns ainda desconhecidos. Mas Corvo estava indo em frente... Corvo queria minha ajuda... Corvo era meu irmão na Companhia Negra... Mas, merda, um fogo na lareira e um vinho quente teriam sido bem melhores.

Acho que não dediquei mais de três horas explorando a cidade, no total, e Corvo tinha passado ainda menos tempo nas ruas que eu. Mesmo assim, ele parecia saber exatamente aonde ir. Corvo me guiou por ruas laterais e becos, atravessando avenidas e pontes. Rosas é cortada por três rios, e uma teia de canais os conecta. As pontes são uma das razões pelas quais Rosas é famosa.

As pontes não me interessavam naquele momento. Eu estava ocupado tentando acompanhar Corvo e me manter aquecido. Meus pés eram pedras de gelo. A neve entrava em minhas botas, e Corvo não estava disposto a parar toda vez que isso acontecia.

E lá fomos nós. Quilômetros e horas. Nunca vi tantos cortiços e ensopados...

— Pare! — Corvo meteu o braço na minha frente.

— O quê?

— Calado.

Ele forçou a audição. Eu forcei a audição. Não escutei nada. Não tinha visto muita coisa em nossa corrida desabalada, também. Como poderia Corvo estar rastreando o atacante de Otto? Eu não duvidava de que ele o fazia, só não conseguia entender como.

Para falar a verdade, nada do que Corvo fazia me surpreendia. Nada, desde o dia em que o vi estrangular a esposa.

— Nós quase o alcançamos. — Ele espiou a neve que soprava. — Siga direto em frente, na velocidade em que estávamos andando. Você o pegará em uns dois quarteirões.

— O quê? Aonde você vai? — Eu estava reclamando com uma sombra que sumia. — Maldito. — Respirei fundo, praguejei de novo, saquei a espada e fui em frente. Tudo que eu conseguia pensar era em como explicaria isto se pegássemos o homem errado?

Então eu o vi à luz da porta de uma taverna. Um homem alto e magro caminhando desanimado, inconsciente do que se aproximava. Rasgo? Como eu poderia saber? Elmo e Otto eram os únicos que tinham participado do ataque à fazenda.

Chegou a alvorada. Só os dois poderiam identificar Rasgo para o resto do nosso grupo. Otto estava ferido e Elmo não dava notícias desde... Onde estava? Sob uma camada de neve em algum beco, frio como aquela noite horrenda?

Meu medo se retirou perante minha raiva.

Embainhei a espada e saquei uma adaga. Eu a mantive oculta debaixo do manto. A pessoa adiante nem olhou para trás quando o ultrapassei e emparelhei.

— Noite difícil, não, velho?

Ele grunhiu qualquer coisa. Então olhou para mim, estreitando os olhos, quando passei a caminhar a seu lado. O homem se afastou e me observou, atento. Não havia medo em seus olhos. Era alguém confiante. Não como os velhos que você encontrava vagando pelas ruas dos cortiços. Eles estão sempre com medo da própria sombra.

— O que você quer? — Era uma pergunta calma e direta.

Ele não precisava ficar assustado. Eu estava com medo suficiente por nós dois.

— Você esfaqueou um amigo meu, Rasgo.

Ele parou. Um brilho estranho surgiu em seus olhos.

— A Companhia Negra?

Confirmei com a cabeça.

Ele me fitou, estreitando os olhos pensativamente.

— O médico. Você é o médico. Aquele que chamam de Chagas.

— Prazer em conhecê-lo. — Tenho certeza de que minha voz soou muito mais forte do que eu me sentia.

E então pensei: o que diabos faço agora?

Rasgo abriu o manto num movimento súbito. Uma espada curta de estoque veio em minha direção. Eu deslizei para o lado, abri meu próprio manto, me esquivei de novo e tentei sacar minha espada.

Rasgo se paralisou. Nossos olhares se encontraram. Os olhos dele pareceram crescer, crescer... Eu estava caindo em um par de lagos cinzentos... Um sorriso repuxou os cantos de sua boca. Rasgo deu um passo em minha direção, erguendo a espada...

E grunhiu de repente. Uma expressão de espanto absoluto surgiu em seu rosto. Eu me livrei do feitiço, dei um passo atrás, assumi uma posição defensiva.

Rasgo se virou lentamente, encarando as trevas. A faca de Corvo estava cravada em suas costas. O rebelde a arrancou. Um miado de dor lhe escapou dos lábios. Rasgo olhou a faca com raiva e, lentamente, começou a cantar.

— Mexa-se, Chagas!

Um feitiço! Idiota! Eu tinha esquecido o que Rasgo era. Eu ataquei.

Corvo o alcançou no mesmo momento.

Olhei para o corpo.

— E agora?

Corvo se ajoelhou e puxou outra faca, que tinha a borda serrilhada.

— Agora alguém vai receber a recompensa do Apanhador de Almas.

— Ele vai ficar furioso.

— Você vai contar?

— Não. Mas o que vamos fazer com o tesouro? — Houve ocasiões em que a Companhia Negra prosperara, mas nunca fora rica. A acumulação de dinheiro não é nosso propósito.

— Posso usar uma parte. Velhas dívidas. O resto... vamos dividir. Mandar de volta a Berílio. O que vocês acharem melhor. O dinheiro está lá. Por que deixar que volte aos Tomados?

Dei de ombros.

— Você que sabe. Só espero que o Apanhador de Almas não ache que nós passamos a perna nele.

— Só eu e você sabemos. Eu não vou contar. — Corvo limpou a neve do rosto do velho. Rasgo estava esfriando rápido.

Corvo usou a faca.

Sou um médico. Já amputei membros. Sou um soldado. Já vi campos de batalha sanguinários. Mesmo assim, fiquei abalado. Decapitar um homem morto não parecia certo.

Corvo ocultou o troféu macabro dentro do manto. A cabeça não o incomodava. Em certo momento, no caminho de volta a nosso lado da cidade, perguntei:

— Por que fomos atrás dele, afinal?

Corvo não respondeu imediatamente.

— A última carta do Capitão mandou que encerrássemos o assunto se tivéssemos chance — respondeu, enfim.

Perto da praça, Corvo falou outra vez:

— Suba ao quarto. Veja se o espectro ainda está lá. Se não estiver, mande nosso soldado mais sóbrio buscar a carroça. Então volte para cá.

— Certo. — Suspirei e corri até nosso alojamento. Faria qualquer coisa por um pouco de calor.

A neve chegava a 30 centímetros agora, e eu temia que meus pés estivessem permanentemente danificados.

— Onde diabos você estava? — inquiriu Elmo quando entrei pela porta. — Cadê o Corvo?

Olhei em volta. Nada do Apanhador de Almas. Duende e Caolho estavam de volta, mortos para o mundo. Otto e Hagop roncavam como gigantes.

— Como está Otto?

— Tudo bem com ele. O que você andou armando?

Eu me sentei ao lado do fogo, tirei as botas. Meus pés estavam azuis e dormentes, mas não congelados. Logo formigaram dolorosamente. Minhas pernas doíam por toda aquela andança pela neve, também. Contei a história a Elmo.

— Vocês mataram ele?

— O Corvo falou que o Capitão quer encerrar o projeto.

— É. Não imaginei que o Corvo iria cortar a garganta do cara.

— Cadê o Apanhador de Almas?

— Ainda não voltou. — Ele sorriu. — Vou buscar a carroça. Não conte a mais ninguém. Fofoqueiros demais por aí. — Elmo vestiu o manto e saiu.

Minhas mãos e meus pés pareciam humanos de novo. Eu me arrastei até a cama e peguei as botas de Otto. Ele tinha meu tamanho e não ia precisar delas.

Saí na noite outra vez. Era manhã, quase. A aurora logo chegaria.

Se esperava uma bronca de Corvo, me decepcionei. Ele apenas me olhou. Acho que chegou a tremer de frio. Lembro de ter pensado que talvez ele fosse humano, afinal.

— Tive que trocar de botas. Elmo foi buscar a carroça. O resto do pessoal estava desmaiado.

— E o Apanhador de Almas?

— Ainda não voltou.

— Vamos plantar esta semente. — Ele saiu para os flocos que giravam. Eu me apressei em segui-lo.

A neve não tinha se acumulado em nossa armadilha. Estava ali, brilhando, dourada. A água se empoçava sob ela e escorria até se tornar gelo.

— Você acha que o Apanhador de Almas vai ficar sabendo quando essa coisa for desativada? — perguntei.

— É bem provável. Duende e Caolho também.

— O prédio poderia queimar até virar cinzas que eles nem iriam se mexer.

— Mesmo assim... Shh! Tem alguém por perto. Vá por ali. — Corvo avançou na direção oposta, contornando.

Por que estou fazendo isto?, foi o que me perguntei enquanto me esgueirava pela neve, com a espada em riste. Deparei-me com Corvo.

— Viu alguma coisa?

Corvo fitou as trevas, furioso.

— Alguém esteve aqui. — Ele farejou o ar, virou sua cabeça lentamente para a esquerda e para a direita. Deu uma dúzia de passos rápidos e apontou para o chão.

Ele tinha razão. A trilha era fresca. A metade em fuga parecia apressada. Olhei para as marcas.

— Não gosto nada disso, Corvo. — A pista de nosso visitante indicava que ele arrastava o pé direito. — O Manco.

— Não sabemos com certeza.

— E quem mais poderia ser? Onde está Elmo?

Voltamos à armadilha do Apanhador de Almas e esperamos impacientes. Corvo andava de um lado para o outro. Resmungava. Não me lembrava de já ter visto o sujeito assim tão alterado.

— O Manco não é o Apanhador de Almas — disse ele num determinado momento.

Realmente. O Apanhador de Almas é quase humano. O Manco é do tipo que se diverte torturando bebês.

Um tilintar de correias e o guincho de rodas mal-engraxadas invadiram a praça. Elmo e a carroça surgiram. Ele parou o veículo e pulou.

— Onde diabos você andou? — O medo e o cansaço me deixaram irritado.

— Leva um tempo para achar um cavalariço e preparar uma parelha. O que foi? O que aconteceu?

— O Manco esteve aqui.

— Merda. E o que ele fez?

— Nada, ele só...

— Vamos logo — ralhou Corvo. — Antes que ele volte.

Corvo levou a cabeça do Rasgo à pedra. Os feitiços protetores não o detiveram. Ele encaixou nosso troféu na concavidade. O brilho dourado se apagou. Flocos de neve começaram a se acumular na cabeça e na pedra.

— Vamos — exclamou Elmo. — Não temos muito tempo.

Peguei um saco e coloquei na carroça. Elmo, precavido, tinha estendido uma lona para impedir que moedas soltas caíssem por entre as tábuas.

Corvo me mandou recolher os tesouros espalhados sob a mesa.

— Elmo, esvazie alguns desses sacos e entregue-os ao Chagas.

Eles levantaram os sacos. Eu catei tudo que estava no chão.

— Um minuto se passou — afirmou Corvo. Metade dos sacos estava na carroça.

— Muita coisa solta — reclamei.

— Vamos deixar aí, se precisarmos.

— E o que vamos fazer com o ouro? Como vamos escondê-lo?

— No feno do estábulo — explicou Corvo. — Por enquanto. Depois colocamos numa cama falsa na carroça. Já foram dois minutos.

— E quanto à trilha da carroça? — perguntou Elmo. — Ele vai poder segui-la de volta ao estábulo.

— E por que ele se importaria com isso? — indaguei em voz alta. Corvo me ignorou.

— Você não os escondeu quando veio para cá? — inquiriu ele a Elmo.

— Não pensei nisso.

— Merda!

Todos os sacos estavam a bordo. Elmo e Corvo me ajudaram com o resto.

— Três minutos — anunciou Corvo e então: — Quietos! — Ele escutou. — O Apanhador de Almas não poderia já ter chegado, poderia? Não. É o Manco de novo. Vamos. Você dirige, Elmo. Vá para uma rua principal. Se misture ao tráfego. Vou seguir você. Chagas, tente esconder a trilha do Elmo.

— Cadê ele? — perguntou Elmo, fitando a neve que caía. Corvo apontou.

— Temos de despistá-lo. Ou ele levará tudo. Vamos, Chagas. Mexa-se, Elmo.

— Eia! — Elmo estalou as rédeas. A carroça saiu rangendo.

Eu me enfiei debaixo da mesa e enchi meus bolsos, então fugi da direção de onde Manco viria, segundo Corvo.

Não sei se tive muita sorte em encobrir a trilha de Elmo. Acho que fomos mais ajudados pelo tráfego matinal do que por qualquer coisa que fiz. Porém, me livrei do garoto do estábulo. Dei a ele uma meia cheia de ouro e prata, mais do que ele ganharia em anos de trabalho com cavalos, e perguntei se ele poderia sumir. Para bem longe de Rosas, de preferência. Ele me disse que não iria nem buscar suas coisas. Largou o forcado e saiu, para nunca mais ser visto novamente.

Eu voltei a nosso quarto.

Todos estavam dormindo, menos Otto.

— Ah, Chagas — disse ele. — Tava na hora.

— Dor?

— É.

— Ressaca?

— Também.

— Deixe-me ver o que posso fazer. Há quanto tempo você acordou?

— Uma hora, acho.

— O Apanhador de Almas esteve por aqui?

— Não. O que aconteceu com ele, afinal?

— Não sei.

— Ei, essas botas são minhas. O que diabos você acha que está fazendo, usando minhas botas assim?

— Pega leve. Beba isto.

Ele bebeu.

— Vamos lá. O que você está fazendo com minhas botas?

Eu tirei as botas e as coloquei perto do fogo, que tinha ficado bem fraco. Otto continuou me perturbando enquanto eu botava mais carvão.

— Se você não sossegar, vai arrebentar os pontos.

Uma coisa eu tenho de admitir. Os rapazes prestam atenção em mim quando o conselho é de natureza médica. Por mais furioso que estivesse, Otto se reclinou e se obrigou a ficar quieto. Mas não parou de me xingar.

Tirei minhas roupas molhadas e vesti um camisolão que achei largado. Não sei quem era o dono. Era curto demais. Botei uma chaleira no fogo e, então, me virei para Otto.

— Vamos dar uma olhada. — Levei meu kit até ele.

Eu estava limpando ao redor do ferimento e Otto praguejava baixinho quando ouvi o som. *Arrasta-bate. Arrasta-bate.* Parou diante de nossa porta. Otto sentiu meu medo.

— O que foi?

— É o...

A porta se abriu atrás de mim. Dei uma olhada. Eu tinha adivinhado certo.

O Manco foi até a mesa, se sentou numa cadeira, examinou o quarto. O olhar dele me trespassou. Perguntei-me se ele se lembrava do que eu tinha feito a ele em Remo.

— Acabei de botar água para o chá — eu disse, ridiculamente.

Ele fitou as botas e o manto molhados, e em seguida cada um dos homens no aposento. Depois me olhou novamente.

O Manco não é grande. Se você o encontrasse na rua, sem saber quem ele era, não se impressionaria. Como o Apanhador de Almas, ele veste uma única cor, um marrom pobre. Estava esfarrapado. O rosto, escondido por uma surrada máscara de couro, meio torta. Mechas emaranhadas de cabelo escapavam da borda do capuz e da máscara. Eram grisalhas, com alguns fios negros.

Ele não disse nada. Apenas ficou sentado, olhando. Sem saber mais o que fazer, terminei de cuidar de Otto e preparei o chá. Servi três canecas de lata, dei uma a Otto, pus outra diante do Manco e fiquei com a terceira.

E agora? Eu não tinha mais nenhuma tarefa para me distrair. Nenhum lugar para me sentar a não ser àquela mesa. Ah, merda!

O Manco tirou a máscara. Ergueu a caneca de lata...

Eu não conseguia desviar o olhar.

Ele tinha o rosto de um morto, de uma múmia malpreservada. Os olhos estavam vivos e eram malignos, porém logo abaixo de um deles havia um pedaço de pele que tinha apodrecido. Abaixo do nariz, no canto direito da boca, uma grande parte do lábio estava faltando, revelando a gengiva e dentes amarelados.

O Manco bebericou o chá, me encarou e sorriu.

Eu quase me mijei todo.

Fui até a janela. Havia alguma luz lá fora e a neve estava diminuindo, mas eu não conseguia ver a pedra.

Passos de botas soaram na escada. Elmo e Corvo entraram de supetão.

— Ei, Chagas — grunhiu Elmo. — Como diabos você se livrou...? — As palavras dele sumiram quando ele reconheceu o Manco.

Corvo me lançou um olhar questionador. O Manco se virou. Eu dei de ombros quando ele ficou de costas para mim. Corvo foi para o canto, começando a tirar as roupas molhadas.

Elmo captou a ideia. Ele foi para o outro lado e começou a se despir junto ao fogo.

— Caramba, é muito bom tirar essas roupas. Como está, Otto?

— Tem chá fresco — falei.

— Tá doendo tudo, Elmo — respondeu Otto.

O Manco espiou cada um de nós e também Caolho e Duende, que nem tinham se mexido.

— Então o Apanhador de Almas trouxe a elite da Companhia Negra. — A voz dele era um sussurro, mas preencheu o aposento. — Onde ele está?

Corvo o ignorou. Vestiu calças secas, sentou-se ao lado de Otto, conferiu meu trabalho.

— Ótima sutura, Chagas.

— Eu tenho muitas oportunidades de praticar com essa tropa.

Elmo deu de ombros em resposta ao Manco. Esvaziou a xícara, serviu chá para todos e então encheu a chaleira com uma das jarras. Plantou uma bota nas costelas de Caolho enquanto o Manco olhava furioso para Corvo.

— Você! — exclamou o Manco. — Não esqueci o que você fez em Opala. Nem durante a campanha em Forsberg.

Corvo se sentou de costas para a parede. Pegou uma das facas mais assustadoras e começou a limpar as unhas. Sorriu para o Manco, com zombaria no olhar.

Será que nada assustava aquele homem?

— O que vocês fizeram com o dinheiro? Não era do Apanhador de Almas. A Dama o deu a mim.

Eu extraí coragem da atitude desafiadora de Corvo.

— Você não deveria estar em Olmo? A Dama mandou você sair do Saliente.

A raiva distorceu aquele rosto horrendo. Uma cicatriz lhe descia pela testa e pela bochecha esquerda. Ela se destacou. Supostamente, ela continuava até o lado esquerdo do peito dele. O golpe havia sido dado pela própria Rosa Branca.

O Manco se levantou.

— Você tem um baralho, Elmo? — perguntou o maldito Corvo. — A mesa está livre.

O Manco fez uma careta. O nível de tensão estava subindo rapidamente.

— Quero aquele dinheiro — exclamou ele. — É meu. Suas escolhas são cooperar ou não. Acho que vocês não vão gostar da segunda opção.

— Se você o quer, então vá buscá-lo — retrucou Corvo. — Pegue Rasgo. Corte-lhe a cabeça. Leve-a até a pedra. Isso deveria ser fácil para o Manco. Rasgo é só um bandido. Que chance ele poderia ter contra o Manco?

Achei que o Tomado iria explodir. Mas não o fez. Por um instante, ficou confuso.

Manco não ficou surpreso por muito tempo.

— Muito bem, se vocês preferem o jeito mais difícil... — O sorriso dele era largo e cruel.

A tensão estava à beira do ponto de explosão.

Uma sombra se moveu na porta aberta. Uma silhueta magra e sombria surgiu, fitando as costas do Manco. Suspirei de alívio.

O Manco girou. Por um momento o ar pareceu crepitar entre os Tomados.

Pelo canto do olho percebi que Duende estava se sentando. Os dedos dele dançavam em ritmos complexos. Caolho, virado para a parede, sussurrava para o colchonete. Corvo inverteu a faca para se preparar para um arremesso. Elmo segurou a chaleira, pronto para atirar água fervente.

Não havia nenhum projétil a meu alcance. O que diabos eu poderia fazer para ajudar? Uma crônica posterior à pancadaria, se eu sobrevivesse?

O Apanhador de Almas fez um pequeno gesto, e contornou o Manco, alojando-se na cadeira de costume. Ele usou a ponta do pé para puxar uma das cadeiras da mesa para perto e botou os pés nela. Encarou o Manco, com os dedos unidos diante da boca.

— A Dama mandou uma mensagem, para o caso de eu esbarrar com você. Ela quer vê-lo. — O Apanhador de Almas usou apenas uma voz. Uma voz dura de mulher. — Ela quer lhe perguntar sobre a revolta em Olmo.

O Manco estremeceu. Uma das mãos, estendida sobre a mesa, estava com um tique nervoso.

— Revolta? Em Olmo?

— Os rebeldes atacaram o palácio e o quartel.

O rosto desfigurado do Manco ficou pálido. O tique da mão se intensificou.

— Ela quer saber por que você não estava lá para rechaçá-los — continuou o Apanhador de Almas.

O Manco ficou conosco por mais três segundos. Neste tempo, o rosto dele ficou ainda mais grotesco. Eu raramente vi um medo tão nu. Então ele girou e fugiu.

Corvo atirou a faca. Ela ficou presa no batente. O Manco nem percebeu.

O Apanhador de Almas riu. Não era a risada dos primeiros dias, mas uma gargalhada profunda, áspera, sólida, vingativa. Ele se levantou e se virou à janela.

— Ah, alguém reivindicou nossa recompensa? Quando isso aconteceu?

Elmo mascarou sua reação indo fechar a porta.

— Jogue minha faca, Elmo — pediu Corvo.

Eu me aproximei do Apanhador de Almas e olhei para fora. A neve tinha parado de cair. A pedra estava visível. Fria, baça, recoberta com 3 centímetros de brancura.

— Eu não sei. — Torci para ter soado sincero. — Nevou bastante a noite inteira. Na última vez que olhei, antes *de ele* ter aparecido, não conseguia ver nada. Talvez seja melhor eu ir até lá.

— Não se dê ao trabalho. — Ele ajeitou a cadeira para que pudesse vigiar a praça. Mais tarde, depois de ter aceitado e tomado o chá que Elmo serviu, virou-se de costas para esconder o rosto e comentou: — Rasgo eliminado. Os ratos dele em pânico. E, mais doce de tudo, o Manco humilhado novamente. Não foi um mau trabalho.

— Era verdade? — indaguei. — A revolta em Olmo?

— Cada palavra — disse, numa voz brincalhona e feérica. — É de se perguntar como os rebeldes sabiam que o Manco estava fora. E como o Metamorfo foi informado dos problemas a tempo de aparecer e esmagar a revolta antes que ela desse em alguma coisa. — Outra pausa. — Sem dúvida, o Manco vai ponderar sobre essas questões enquanto estiver se recuperando. — Ele riu outra vez, mais suave e sombriamente.

Elmo e eu preparamos o café da manhã para não ficarmos desocupados. Otto geralmente cuidava das refeições, então tínhamos uma desculpa para alterar nossa rotina.

— Não há mais motivo para vocês ficarem aqui. As preces de seu Capitão foram atendidas — comentou o Apanhador de Almas, depois de algum tempo.

— Podemos ir? — perguntou Elmo.

— E por que vocês ficariam aqui?

Caolho tinha motivos. Nós o ignoramos.

— Comecem a fazer as malas após o café da manhã — decidiu Elmo.

— Vocês vão viajar com este tempo? — argumentou Caolho.

— O Capitão nos quer de volta.

Levei um prato de ovos mexidos ao Apanhador de Almas. Não sei por quê. Ele raramente comia, e quase nunca o café da manhã. Mas ele aceitou, virando-se de costas.

Olhei pela janela. A turba tinha descoberto a novidade. Alguém havia limpado a neve do rosto de Rasgo. Os olhos dele estavam abertos, parecendo vigiar. Estranho.

Homens lutavam debaixo da mesa, disputando as moedas que deixamos para trás. A multidão se remexia como vermes num cadáver pútrido.

— Alguém deveria honrá-lo — murmurei. — Ele foi um tremendo oponente.

— Você tem seus Anais — respondeu o Apanhador de Almas. — Só um conquistador se dá ao trabalho de honrar um inimigo caído.

Eu estava a caminho de meu próprio prato, então. Perguntei-me o que ele queria dizer, mas uma refeição quente era mais importante naquele momento.

Os outros estavam todos no estábulo, exceto eu e Otto. Iam buscar a carroça para o soldado ferido. Eu dei algo a ele para que aguentasse os trancos que viriam.

Eles estavam demorando bastante. Elmo queria arrumar uma cobertura para proteger Otto do mau tempo. Eu jogava paciência enquanto esperava.

— Ela é *muito* bonita, Chagas — disse o Apanhador de Almas, do nada. — Jovem. Viçosa. Estonteante. Com um coração de aço. O Manco é um cãozinho fofo, em comparação. Reze para que ela nunca perceba que você existe.

O Apanhador de Almas fitava pela janela. Eu queria lhe fazer perguntas, mas nenhuma me ocorreu no momento. Merda. Eu realmente desperdicei uma chance ali.

Qual era a cor do cabelo dela? Dos olhos? Como ela sorria? Tudo isso significava muito para mim, quando eu não tinha como saber.

O Apanhador de Almas se levantou e vestiu o manto.

— Só pelo Manco já valeu a pena — afirmou. Parou à porta e me cravou um olhar. — Você, Elmo e Corvo. Façam um brinde a mim. Escutaram?

E então se foi.

Elmo chegou um minuto depois. Pegamos Otto e partimos de volta a Meystrikt. Meus nervos ficaram em frangalhos por um bom tempo.

Capítulo Quatro

SUSSURRO

A quela foi a batalha que nos proporcionou o maior ganho pelo menor esforço, de todas que eu consigo lembrar. Foi pura sorte que transcorreu completamente a nosso favor. Foi um desastre para os rebeldes.

Tudo aconteceu porque estávamos em fuga do Saliente, onde as defesas da Dama tinham desmoronado quase da noite para o dia. Levávamos conosco 500 ou 600 soldados do exército imperial que tinham perdido suas unidades. Pensando na velocidade, o Capitão havia escolhido cortar direto pela Floresta da Nuvem até Lordes em vez de seguir a longa estrada sul que a contornava.

Um batalhão da força principal dos rebeldes vinha um ou dois dias atrás de nós. Poderíamos ter nos virado e enfrentado os inimigos, mas o Capitão preferiu despistá-los. Eu gostava da forma como ele pensava. A luta ao redor de Rosas tinha sido brutal. Milhares morreram. Com tantos soldados extras se juntando à Companhia, eu estava perdendo homens por pura falta de tempo para tratá-los.

Nossas ordens eram para nos apresentar ao Rastejante em Lordes. O Apanhador de Almas achava que Lordes seria o alvo da próxima investida rebelde. Cansados do jeito que estávamos, esperávamos ver mais combate amargo antes que o inverno reduzisse o ritmo da guerra.

— Chagas, olhe aqui!

Branquelo foi correndo até onde eu estava sentado com o Capitão, Calado e mais um ou dois outros. Ele carregava uma mulher nua jogada sobre o ombro. Ela poderia ser atraente se não tivesse sido tão completamente abusada.

— Nada mal, Branquelo, nada mal — comentei e voltei a meu diário.

Atrás do Branquelo os urros e gritos continuavam. Os homens colhiam os frutos da vitória.

— São bárbaros — observou o Capitão, sem rancor.

— Temos que deixá-los soltos às vezes — eu o lembrei. — Melhor aqui do que com o povo de Lordes.

O Capitão concordou com relutância. Ele não tinha muito estômago para pilhagem e estupros, por mais que fizessem parte de nossos negócios. Acho que ele é, secretamente, um romântico, pelo menos quando mulheres estão envolvidas.

— Elas pediram por isso, pegando em armas — afirmei, tentando animá-lo um pouco.

— Há quanto tempo isso tudo vem acontecendo, Chagas? — perguntou-me ele, lúgubre. — Parece que há uma eternidade, não é? Você consegue se lembrar de quando ainda não era soldado? Qual é o objetivo disto? Por que estamos aqui? Vencemos batalha atrás de batalha, mas a Dama está perdendo a guerra. Por que eles simplesmente não encerram tudo isso e vão para casa?

Ele estava parcialmente correto. Desde Forsberg tinha sido uma retirada atrás de outra, ainda que estivéssemos indo bem. O Saliente havia ficado em segurança até Metamorfo e o Manco se meterem na história.

Nossa última retirada nos trouxera até ali, onde esbarramos com esta base rebelde. Presumimos que era o principal centro de treinamento e preparo para a campanha contra o Rastejante. Felizmente, vimos os rebeldes antes que eles nos vissem. Cercamos o lugar e atacamos antes do amanhecer. Estávamos em severa desvantagem numérica, mas os rebeldes não lutaram muito. A maioria era de voluntários verdes. O mais espantoso era a presença de um regimento de amazonas.

Já tínhamos ouvido falar nelas, é claro. Havia várias no leste, em volta de Ferrugem, onde o combate é mais violento e contínuo do que aqui. Este era nosso primeiro contato. Deixou os homens desdenhosos de mulheres guerreiras, apesar de elas terem lutado melhor que os compatriotas do sexo oposto.

A fumaça começou a ser soprada em nossa direção. Os homens estavam incendiando os alojamentos e prédios do comando.

— Chagas, vá garantir que esses idiotas não vão tacar fogo na floresta inteira — murmurou o Capitão.

Eu me levantei, peguei minha bolsa e fui na direção do estardalhaço.

Havia corpos por todos os lados. Os idiotas provavelmente se sentiram completamente seguros. Não tinham erguido uma paliçada sequer ou cavado trincheiras ao redor do acampamento. Burros. É a primeira coisa que você faz, mesmo quando *sabe* que não há inimigo algum num raio de 100 quilômetros. Você bota um telhado sobre a cabeça mais tarde. Antes molhado que morto.

Eu deveria estar acostumado a isto. Já estou com a Companhia há muito tempo. E, de fato, me incomoda menos do que antes. Pus uma armadura de aço sobre meus pontos fracos morais. Mas ainda tento evitar olhar para as piores partes.

Você, que vem depois de mim, escrevinhando estes Anais, já deve ter percebido que evito retratar a completa verdade sobre este nosso bando de canalhas. Você sabe que eles são malévolos, violentos e ignorantes. São bárbaros completos, vivendo suas fantasias mais cruéis, com o comportamento suavizado apenas pela presença de alguns homens decentes. Eu não costumo mostrar tal lado porque esses homens são meus irmãos, minha família, e me ensinaram a não falar mal dos parentes. As lições mais antigas são as últimas a morrer.

Corvo ri quando lê meus registros.

— Água com açúcar — ele brinca, então ameaça tomar os Anais e escrever as histórias da maneira como as vê acontecer.

Corvo durão. Zombando de mim. E quem foi que vagueou pelo acampamento, detendo os homens que estavam se divertindo com um pouco de tortura? Quem tinha uma menina de 10 anos em seu rastro como uma velha mula de carga? Não era o Chagas, irmãos. Não o Chagas. O Chagas não é um romântico. Essa é uma paixão reservada ao Capitão e ao Corvo.

Naturalmente, o Corvo se tornou o melhor amigo do Capitão. Eles se sentam juntos como duas rochas, conversando dos mesmos assuntos que os penedos conversam. Estavam contentes em simplesmente compartilhar da companhia um do outro.

Elmo liderava os incendiários. Eles eram homens mais velhos da Companhia que já tinham saciado suas ânsias menos intensas da carne. Aqueles que ainda estavam atracados às damas eram quase todos nossos jovens novatos do exército.

Os soldados da Dama tinham lutado bravamente contra os rebeldes em Rosas, mas o inimigo fora forte demais. Metade do Círculo dos Dezoito se reuniu para nos atacar lá. Nós tínhamos apenas o Manco e o Metamorfo a nosso lado. Esses dois passaram mais tempo tentando sabotar um ao outro do que ajudando a repelir o Círculo. O resultado foi o fracasso. A derrota mais humilhante que a Dama sofreu numa década.

O Círculo se mantém unido a maior parte do tempo. Eles não gastam mais energia abusando um do outro do que gastam contra os inimigos.

— Ei! Chagas! — chamou Caolho. — Venha se divertir!

Ele jogou uma tocha acesa pela porta de um alojamento, que imediatamente explodiu. As pesadas venezianas de carvalho das janelas voaram. Uma língua de chamas envolveu Caolho, que saiu correndo, os cabelos desgrenhados fumegando sob a aba de seu esquisito chapéu molengo. Eu derrubei o feiticeiro e usei o chapéu para apagar as chamas em seus cabelos.

— Tudo bem, tudo bem — resmungou ele. — Não precisa se divertir tanto.

Incapaz de conter um sorriso, ajudei Caolho a se levantar.

— Você está bem?

— Chamuscado — respondeu, assumindo aquele ar de falsa dignidade que os gatos adotam depois de algum ato particularmente atrapalhado. Algo do tipo "Era isso mesmo que eu queria fazer o tempo todo".

O fogo rugia. Pedaços de sapé subiam e dançavam sobre o prédio.

— O Capitão me mandou aqui para evitar que vocês palhaços comecem um incêndio florestal — observei.

Foi então que Duende chegou, contornando o prédio flamejante. Sua boca larga estava aberta num sorriso maroto.

Caolho viu a cara do outro e berrou.

— Seu cabeça de verme! Você armou para mim! — Lançou um uivo de arrepiar e começou a dançar. O rugido das chamas se aprofundou, tornando-se rítmico. Logo tive a impressão de ver algo saltitando dentre as chamas detrás das janelas.

Duende também viu. Seu sorrisinho desapareceu. O gorducho engoliu seco, empalideceu e começou uma dancinha própria. Duende e Caolho uivavam, crocitavam e praticamente ignoraram um ao outro.

Um cocho de água descarregou seu conteúdo, que voou num arco pelo ar e atingiu as chamas. A água de um barril fez o mesmo em seguida. O rugido do fogo enfraqueceu.

Caolho saltitou até Duende e o cutucou, tentando quebrar sua concentração. Duende se esquivou, pulou, crocitou e continuou dançando. Mais água atingiu o fogo.

— Mas que dupla!

Eu me virei. Elmo tinha vindo assistir.

— Que dupla mesmo — concordei.

Criando confusão, brigas e reclamações, eles poderiam ser uma alegoria dos feiticeiros mais poderosos do ramo. Exceto que o conflito daqueles dois não era intenso e completo, como aquele entre Metamorfo e Manco. Quando você sopra a névoa, descobre que esses dois são amigos. Não há amigos dentre os Tomados.

— Tenho algo a lhe mostrar — disse Elmo. Não falou mais nada. Concordei com a cabeça e o segui.

Duende e Caolho continuaram a peleja. Duende parecia estar ganhando. Parei de me preocupar com o fogo.

— Você já descobriu como ler esses rabiscos nortistas? — indagou Elmo. Ele tinha me levado ao prédio que parecia ser o quartel-general do acampamento inteiro. Indicou uma montanha de papéis que seus homens haviam empilhado no chão, evidentemente como isca para um novo incêndio.

— Acho que consigo decifrar.

— Pensei que você poderia encontrar algo nessa tralha.

Escolhi uma folha aleatoriamente. Era uma cópia de uma ordem instruindo um batalhão específico da força principal rebelde a se infiltrar em Lordes e desaparecer escondido nas casas de simpatizantes locais até que fossem chamados a atacar os defensores de Lordes pelas costas. Estava assinado *Sussurro*. Uma lista de contatos estava anexada.

— Minha nossa! — exclamei, subitamente sem fôlego. Aquele pedaço de papel solitário entregava meia dúzia de segredos rebeldes, e implicava em vários outros. — Minha nossa!

Peguei outro. Assim como o primeiro, eram ordens para uma unidade específica. Assim como o primeiro, era uma janela para penetrarmos no coração da estratégia rebelde atual.

— Chame o Capitão — pedi a Elmo. — Chame o Duende, o Caolho, o Tenente e quem mais deveria...

Eu provavelmente estava com uma cara muito esquisita. Elmo tinha uma expressão estranha, nervosa, quando me interrompeu.

— O que, com mil demônios, é isso, Chagas?

— Todas as ordens e planos para a campanha contra Lordes, a estratégia de batalha completa. — Mas isso não era o principal. O mais importante eu iria guardar para o próprio Capitão. — E corra com isso. Os minutos podem ser vitais. E mande todo mundo parar de queimar coisas. Merda, mande todo mundo parar. Achamos o pote de ouro. Não taquem fogo nele.

Elmo saiu batendo a porta. Ouvi seus berros desaparecendo ao longe. Um bom sargento, o Elmo. Ele não perde tempo fazendo perguntas. Grunhindo, sentei-me no chão e comecei a examinar os documentos.

A porta rangeu. Não ergui o olhar. Estava febril, olhando os documentos tão rápido quanto conseguia arrancá-los do monte, e distribuindo-os em pilhas menores. Botas lamacentas surgiram no limite de meu campo de visão.

— Você consegue ler estes papéis, Corvo? — Eu tinha reconhecido seu passo.

— Se eu consigo? Claro.

— Então me ajude a ver o que temos aqui.

Corvo se sentou à minha frente, do outro lado da pilha, que praticamente nos impedia de ver um ao outro. Lindinha se posicionou atrás dele, onde não o atrapalharia, mas permanecendo à sombra da proteção que Corvo lhe proporcionava. Seus olhos calados e mortiços ainda refletiam os horrores daquela vila tão distante.

De várias maneiras, Corvo é um paradigma da Companhia. A diferença entre ele e o resto de nós é o fato de ele ser um pouco mais de tudo, um pouco de exagero. Talvez, sendo o recém-chegado, o único irmão do norte, ele fosse um símbolo de nossa vida a serviço da Dama. As agonias morais dele se tornaram nossas agonias morais. A recusa silenciosa dele em uivar e bater no peito perante a adversidade também é nossa. Preferimos falar com a voz metálica de nossas armas.

Chega. Por que se aventurar no significado de tudo? Elmo tinha achado o veio de ouro. Cabia a mim e Corvo escavar as pepitas.

Duende e Caolho apareceram. Nenhum dos dois sabia ler o alfabeto nortista. Eles começaram a se divertir mandando sombras sem origem perseguir umas às outras pelas paredes. Corvo olhou feio para os dois. As palhaçadas e briguinhas incessantes dos dois podem ser cansativas quando se tem preocupações sérias.

Os dois olharam para Corvo, pararam com a brincadeira e se sentaram silenciosamente, como crianças que tinham levado uma bronca. Corvo tem esse dom, essa energia, esse impacto de personalidade, capaz de fazer homens mais perigosos que ele estremecerem ao vento sombrio e gélido que ele soprava.

O Capitão chegou, acompanhado por Elmo e Calado. Pela porta eu vi vários outros homens desocupados. Engraçado como eles sempre sabem quando há algo interessante acontecendo.

— O que temos aí, Chagas? — indagou o Capitão.

Concluí que ele já teria extraído tudo que podia de Elmo, então fui direto ao ponto.

— Estas ordens — indiquei uma das pilhas. — Todos estes relatórios — mostrei outra. — Tudo assinado por Sussurro. Estamos chutando as alfaces na horta particular de Sussurro. — Minha voz soava extremamente aguda.

Por um instante ninguém disse nada. Duende soltou alguns guinchos quando Manso e os outros sargentos chegaram apressados. Finalmente, o Capitão perguntou a Corvo:

— É isso mesmo?

Corvo confirmou com a cabeça.

— Julgando pelos documentos, ela esteve aqui várias vezes desde o começo da primavera.

O Capitão juntou as mãos e começou a andar de um lado para o outro. Ele parecia um velho monge cansado a caminho das preces noturnas.

Sussurro é a mais famosa de todos os generais rebeldes. Sua genialidade teimosa tinha mantido o front oriental sólido apesar dos melhores esforços dos Dez. Ela também é a mais perigosa do Círculo dos Dezoito. É conhecida pelo grau de detalhamento das campanhas que planeja. Numa guerra em que frequentemente se tem a impressão de que o caos armado governa os dois lados, as forças de Sussurro se destacam por sua sólida organização, disciplina e clareza de propósito.

— Ela supostamente estaria comandando o exército rebelde em Ferrugem, correto? — indagou o Capitão.

A luta por Ferrugem já durava três anos. Os rumores davam conta de centenas de quilômetros quadrados de terra devastada. Durante o inverno passado, os dois lados foram forçados a comer os próprios mortos para sobreviver.

Confirmei com a cabeça. A pergunta do Capitão era retórica. Ele estava pensando em voz alta.

— E Ferrugem tem sido um campo de massacre há anos. Sussurro não fraqueja. A Dama não recua. Mas, se Sussurro está vindo para cá, então o Círculo decidiu deixar Ferrugem cair.

— Significa que estão passando de uma estratégia oriental para uma setentrional — acrescentei. — O oeste está prostrado. Os aliados da Dama governam os mares ao sul. O norte vem sendo ignorado desde que as fronteiras do império alcançaram as grandes florestas ao norte de Forsberg. Foi no norte que os rebeldes conquistaram seus sucessos mais espetaculares.

O Tenente observou:

— Eles têm a vantagem, com Forsberg tomada, o Saliente conquistado, Rosas destruída e Centeio cercado. Há tropas rebeldes de elite a caminho de Desejo e Jane. Serão detidas, mas o Círculo já sabe disso. Então estão dançando outra música e indo na direção de Lordes. Se Lordes cair, eles estarão à beira da Planície dos Ventos. Atravesse a Planície dos Ventos, suba a Escada das Lágrimas e de lá se descortina Talismã, a 150 quilômetros.

Continuei examinando e separando papéis.

— Elmo, talvez fosse bom você dar uma olhada por aí e ver se consegue achar algo mais. Ela pode ter escondido algumas coisas.

— Use Caolho, Duende e Calado — sugeriu Corvo. — Mais chance de achar segredos.

O Capitão aprovou a proposta.

— Encerre essa confusão toda lá fora — disse ele ao Tenente. — Carpa, você e Manso vão preparar os homens para a partida. Pederneira, dobre a guarda do perímetro.

— Senhor? — perguntou Manso.

— Você não quer estar aqui quando Sussurro voltar, quer? Duende, volte aqui. Entre em contato com o Apanhador de Almas. Estas informações vão direto ao topo. Agora.

Duende fez uma careta horrível, então foi até o canto e começou a murmurar para si mesmo. Era uma feitiçariazinha silenciosa... no começo.

O Capitão continuou.

— Chagas, você e Corvo empacotam esses documentos quando terminarem. Vamos levar tudo.

— Talvez seja melhor separar o mais importante para o Apanhador — comentei. — Algumas destas coisas vão exigir atenção imediata se nós quisermos aproveitá-las. Digo, teremos que agir antes que Sussurro possa espalhar as notícias.

Ele me interrompeu.

— Certo. Vou mandar uma carroça. Não enrole. — O Capitão parecia meio carrancudo ao sair.

Um novo grau de terror permeou os gritos e berros lá fora. Estiquei minhas pernas doloridas e fui até a porta. As tropas estavam arrebanhando os rebeldes até o campo de treinamento. Os prisioneiros entenderam a súbita ansiedade da Companhia em encerrar tudo e partir. Eles acharam que estavam prestes a morrer minutos antes de a salvação chegar.

Balançando a cabeça, continuei a minha leitura. Corvo me olhou de um jeito que poderia significar que compartilhava minha dor. Por outro lado, poderia ter exibido desprezo por minha fraqueza. É difícil saber, com Corvo.

Caolho chegou correndo, foi até mim e largou uma braçada de volumes embrulhados em oleado. Torrões de terra úmida ainda estavam grudados a eles.

— Você estava certo. Escavamos esses aqui atrás dos alojamentos dela.

Duende soltou um longo berro agudo, tão arrepiante quanto a voz de uma coruja quando você está sozinho na floresta à meia-noite. Caolho correu para ajudá-lo.

São momentos assim que me fazem duvidar da suposta inimizade deles.

— Ele está na Torre — gemeu Duende. — Está com a Dama. Eu vejo pelos olhos dele... os olhos... os olhos... As trevas! Oh, Deus, as trevas! Não! Oh, Deus, não! — As palavras dele se distorceram num grito de puro terror, que se reduziu novamente: — O Olho. Eu vejo o Olho. Está fitando através de mim.

Corvo e eu trocamos olhares e franzimos os cenhos. Não sabíamos do que ele estava falando.

Duende parecia estar regredindo até a infância.

— Faz ele parar de me olhar. Faz ele parar, eu fui bom. Faz ele ir embora.

Caolho estava ajoelhado junto a Duende.

— Está tudo bem. Está tudo bem. Não é real. Vai ficar tudo bem.

Troquei olhares com Corvo. Ele se virou, fazendo gestos para Lindinha.

— Mandei ela buscar o Capitão.

Lindinha partiu relutante. Corvo pegou outra folha da pilha e voltou a ler. Frio como rocha, o Corvo.

Duende gritou por mais um tempo, então ficou quieto como a morte. Eu me virei de súbito. Caolho ergueu a mão para indicar que eu não era necessário. Duende tinha terminado de mandar a mensagem.

Duende relaxou lentamente. O terror deixou o rosto dele. Sua cor melhorou. Eu me ajoelhei, toquei a carótida dele. O coração martelava, mas estava desacelerando.

— Fico surpreso de ele não ter morrido desta vez — comentei. — Já foi tão ruim assim antes?

— Não. — Caolho largou a mão de Duende. — Melhor não usarmos ele da próxima vez.

— É progressivo?

Meu ramo margeia as beiradas sombrias do deles, mas só de leve. Eu não sabia dizer.

— Não. Ele vai precisar de algum tempo para recuperar a autoconfiança. Parece que pegou o Apanhador de Almas bem no coração da Torre. Acho que isso deixaria qualquer um abalado.

— Perante a presença da Dama! — exclamei.

Não conseguia conter minha empolgação. Duende tinha visto o interior da Torre! Pode ter visto a Dama! Apenas os Dez que Foram Tomados já saíram da Torre um dia. A imaginação popular preenche seu interior de mil possibilidades horrendas. E eu tinha uma testemunha viva!

— Deixe ele em paz, Chagas. Ele vai contar quando estiver pronto. — Havia uma nota de dureza na voz de Caolho.

Eles riam de minhas pequenas fantasias, diziam que eu tinha me apaixonado por uma assombração. Talvez estivessem certos. Às vezes, meu interesse me assusta também. Está chegando ao ponto de uma obsessão.

Por um instante esqueci meu dever para com Duende. Por um momento ele deixou de ser um homem, um irmão, um velho amigo. Tinha se tornado uma fonte de informações. Então, envergonhado, me recolhi a meus papéis.

O Capitão chegou, confuso, arrastado por uma Lindinha determinada.

— Ah, entendo, ele fez contato. — Ele observou Duende. — Já disse alguma coisa? Não? Acorde-o, Caolho.

Caolho começou a reclamar, pensou melhor e chacoalhou Duende de leve. O feiticeiro demorou a acordar. O sono era quase tão profundo quanto um transe.

— Foi difícil? — perguntou-me o Capitão.

Eu contei. Ele grunhiu

— A carroça está chegando. Um de vocês comece a empacotar.

Comecei a arrumar minhas pilhas.

— Um de vocês quer dizer Corvo, Chagas. Você fica aqui de plantão. Duende não parece muito bem.

Ele não parecia mesmo. Tinha empalidecido outra vez. A respiração estava cada vez mais rasa e rápida, ficando ofegante.

— Dê um tapa nele, Caolho — aconselhei. — Ele pode estar achando que ainda está lá.

O tapa resolveu. Duende abriu os olhos cheios de pânico. Reconheceu Caolho, estremeceu, respirou fundo e guinchou.

— Eu tive que voltar para isto? Depois daquilo?

Mas a voz dele entregou a mentira daquele protesto. O alívio era denso o suficiente para se cortar com uma faca.

— Duende está bem — concluí. — Ele consegue reclamar.

O Capitão se agachou. Não disse nada. Duende iria falar quando estivesse pronto.

O feiticeiro levou vários minutos para se recompor e então falou:

— O Apanhador de Almas mandou a gente dar o fora daqui. Rápido. Ele vai nos encontrar no caminho de Lordes.

— Só isso?

Sempre é só isso, mas o Capitão insiste em esperar por mais. O jogo não parece valer a pena quando você vê o que Duende tem de aguentar por ele.

Eu fitei o feiticeiro. Era uma baita tentação. Ele me olhou de volta.

— Mais tarde, Chagas. Me dê um tempo para arrumar essas coisas em minha cabeça.

Eu concordei e disse:

— Um chazinho de ervas vai te animar um pouco.

— Ah, não. Você não vai me dar aquele mijo de rato do Caolho.

— Não é o dele. É o meu.

Medi uma quantidade suficiente para uma dose forte, entreguei a Caolho, fechei meu kit e voltei aos papéis assim que a carroça parou lá fora.

Enquanto carregava minha primeira leva, percebi que os homens estavam no estágio dos golpes de misericórdia no campo de treino. O Capitão não estava para brincadeiras. Ele queria colocar o máximo de distância entre si e o acampamento antes que Sussurro voltasse.

Não posso culpá-lo. A reputação dela é absolutamente vil.

Não mexi nos pacotes de oleado até estarmos viajando novamente. Eu me sentei ao lado do condutor e abri o primeiro, tentando futilmente ignorar o chacoalhar selvagem do veículo sem molas.

Li os pacotes duas vezes, ficando cada vez mais nervoso.

Um dilema real. Deveria contar ao Capitão o que tinha acabado de descobrir? Deveria contar a Caolho ou Corvo? Todos eles ficariam interessados. Deveria guardar tudo para o Apanhador de Almas? Sem dúvida, ele iria preferir isso. Minha pergunta era se aquela informação se localizava dentro ou fora de minhas obrigações para com a Companhia. Eu precisava de um conselheiro.

Pulei da carroça e deixei a coluna passar por mim até Calado aparecer. Ele era responsável pela guarda do centro. Caolho estava na ponta e Duende na retaguarda. Cada um deles valia um pelotão de batedores.

Calado me olhou do alto do cavalão negro que cavalga quando está de mau humor. Ele fez cara feia. De todos os nossos magos, ele é o que chega mais perto do que se poderia chamar de mau. Porém, como tantos de nós, ele ladra mais do que morde.

— Eu tô com um problema — falei. — Um problemão. Você é o melhor ouvinte. — Eu olhei em volta. — Não quero que ninguém mais escute isto.

Calado concordou. Ele fez gestos complicados e fluidos, rápidos demais para acompanhar. Subitamente, eu não conseguia ouvir mais nada além de 1,5 metro de distância. É espantoso quantos sons você não percebe ouvir até que eles somem. Contei a Calado o que tinha encontrado.

É difícil abalar Calado. Ele tinha visto e ouvido de tudo. Mas pareceu apropriadamente espantado desta vez.

Por um momento, achei que ele iria dizer alguma coisa.

— Você acha que devo contar ao Apanhador de Almas?

Aceno afirmativo e vigoroso com a cabeça. Muito bem. Não tinha duvidado disso. A novidade era grande demais para a Companhia. Ela nos consumiria por dentro se tentássemos guardá-la conosco.

— E quanto ao Capitão? Caolho? Alguns dos outros?

Calado demorou mais a responder, com menos decisão. O conselho foi uma negativa. Com algumas perguntas e a intuição que se desenvolve após uma longa exposição, entendi que o Apanhador de Almas iria querer dar a notícia apenas a quem precisasse saber.

— Certo, então — respondi. — Obrigado. — Comecei a trotar coluna acima. Quando saí da vista de Calado, perguntei a um dos homens: — Você viu o Corvo?

— Lá na frente, com o Capitão.

Fazia sentido. Voltei a trotar.

Depois de um momento de reflexão, tinha decidido obter um seguro. Corvo era a melhor apólice que eu poderia imaginar.

— Você lê alguma das velhas línguas? — indaguei a ele.

Estava difícil conversar ali. Ele e o Capitão estavam montados, e Lindinha vinha logo atrás. A mula dela insistia em tentar pisar em meus calcanhares.

— Algumas. Tudo parte de uma educação clássica. Por quê?

Corri alguns passos à frente.

— Vamos jantar ensopado de mula se você não tomar cuidado, animal.

— Eu juro que a besta fez uma careta. Voltei a falar com Corvo. — Alguns dos papéis não são recentes. Aqueles que Caolho escavou.

— Então não são importantes, são?

Dei de ombros e segui ao lado dele, escolhendo minhas palavras com cuidado.

— Nunca se sabe. A Dama e os Dez, eles têm um longo passado.

Soltei um ganido, girei e corri para trás, segurando meu ombro onde a mula tinha me mordiscado. O animal parecia inocente, mas o sorriso de Lindinha era de um diabrete.

Quase valeu a pena a dor, apenas para vê-la sorrir. Ela o fazia muito raramente.

Cortei a coluna e fui ficando para trás até emparelhar com Elmo.

— Tem alguma coisa errada, Chagas? — perguntou ele.

— Hum? Não, está tudo bem.

— Você parece assustado.

Eu *estava* assustado. Eu havia levantado a tampa da caixinha só um pouco, apenas para ver o que tinha lá dentro, e descobri que era sordidez. Eu não conseguiria esquecer as coisas que lera.

Quando vi Corvo novamente, o rosto dele estava acinzentado como o meu. Talvez mais. Caminhamos juntos enquanto ele resumiu o que tinha descoberto nos documentos que eu não sabia ler.

— Alguns daqueles papéis pertenciam ao mago Bomanz — contou ele.

— Outros datam da Dominação. Alguns são TelleKurre. Só os Dez ainda usam essa língua.

— Bomanz? — perguntei.

— Isso. O cara que acordou a Dama. Sussurro pôs as mãos nos documentos secretos dele, de alguma forma.

— Ah!

— De fato. Sim. Ah!

Nós nos separamos, cada um sozinho com os próprios medos.

O Apanhador de Almas chegou sorrateiramente. Vestia roupas parecidas com as nossas, e não seus couros costumeiros. Misturou-se à coluna sem chamar atenção. Quanto tempo ele esteve entre nós eu não sei. Percebi a presença dele assim que deixávamos a floresta, após três dias de 18 horas de marcha pesada. Eu colocava um pé diante do outro, dolorido, murmurando que estava ficando velho, quando uma suave voz feminina perguntou:

— Como vai você hoje, médico? — Ela soava melodiosa com divertimento.

Se eu estivesse menos exausto naquele momento poderia ter pulado 3 metros, berrando. Naquele estado, porém, apenas dei o passo seguinte, virei a cabeça e murmurei:

— Finalmente apareceu, hein? — A apatia profunda era a ordem do dia.

Uma onda de alívio chegaria depois, mas naquele instante meu cérebro estava tão lento quanto meu corpo. Depois de passar tanto tempo em fuga, era difícil botar a adrenalina em ação. O mundo não continha mais qualquer terror ou animação súbitos.

O Apanhador de Almas marchava a meu lado, acompanhando cada passo, olhando ocasionalmente para mim. Eu não conseguia ver seu rosto, mas sentia seu divertimento.

O alívio chegou, enfim, e foi seguido por uma onda de espanto perante minha própria temeridade. Eu tinha retrucado como se o Apanhador fosse um dos rapazes. Era a hora de o relâmpago me atingir.

— Então, por que não damos uma olhada naqueles documentos? — perguntou ele. Parecia muito animado. Eu o levei até a carroça. Subimos a bordo. O condutor nos lançou um olhar esbugalhado, então se concentrou em olhar para a frente, tremendo e tentando se tornar surdo.

Fui direto aos pacotes que tinham sido enterrados, e tentei escapar.

— Fique — ordenou ele. — Eles não precisam saber de minha chegada ainda. — O Apanhador percebeu meu medo e riu como uma garotinha. — Você não corre perigo, Chagas. De fato, a Dama lhe mandou um agradecimento pessoal. — Ele riu novamente. — Ela queria saber tudo sobre você, Chagas. Tudo. Você conquistou a imaginação dela também.

Outra martelada de medo. Ninguém quer chamar a atenção da Dama.

O Apanhador se divertia com meu sofrimento.

— Ela poderá lhe conceder uma entrevista, Chagas. Ah, céus! Você está tão pálido. Bem, não é obrigatória. Vamos ao trabalho, então.

Nunca vi alguém ler tão rápido. O Apanhador devorou os velhos documentos e a seguir os novos.

— Vocês não conseguiram ler isto tudo — afirmou ele. Usou a voz feminina de negócios.

— Não.

— Nem eu. Alguns só poderão ser decifrados pela Dama.

Estranho, pensei. Esperava mais entusiasmo. O confisco dos documentos representava uma vitória para ele, que teve a sabedoria de se alistar na Companhia Negra.

— O quanto vocês entenderam?

Falei dos planos rebeldes para uma ofensiva contra Lordes e sobre o que a presença de Sussurro implicava.

Ele riu.

153

— Os documentos antigos, Chagas. Fale-me dos documentos antigos.

Eu estava suando. Quanto mais suave e gentil ele ficava, mais eu sentia que precisava temer.

— O velho mago. Aquele que acordou todos vocês. Alguns desses papéis eram dele. — Merda. Eu sabia que tinha falado demais antes de terminar. Corvo era o único homem na Companhia capaz de identificar de quem tinham sido os papéis de Bomanz.

O Apanhador de Almas riu e me deu um tapa camarada no ombro.

— Eu pensei a mesma coisa, Chagas. Não tinha certeza, mas pensei a mesma coisa. Não achei que você fosse resistir e deixar de contar a Corvo.

Eu não respondi. Queria mentir, mas ele *sabia*.

— Não há outro jeito de você ter descoberto. Você comentou com ele as referências ao nome verdadeiro do Manco e, então, ele teve que ler tudo que podia, certo?

Mesmo assim, continuei em paz. Era verdade, mesmo que meus motivos não tivessem sido inteiramente generosos. Corvo tinha suas dívidas a cobrar, mas o Manco queria *todos nós*.

O segredo mais violentamente guardado de qualquer feiticeiro, é claro, é seu verdadeiro nome. Um inimigo armado com isso pode golpear, atravessando qualquer magia ou ilusão, e atingir o centro da alma.

— Você só pôde estimar a magnitude do que encontrou, Chagas. Assim como eu. Mas as consequências são previsíveis. O maior desastre militar de todos, para os rebeldes, e muitos tremores e estremecimentos dentre os Dez. — Ele bateu em meu ombro de novo. — Você fez de mim a segunda pessoa mais poderosa do império. A Dama sabe os verdadeiros nomes de todos nós. Agora eu sei outros três, e recuperei o meu próprio.

Não era de se admirar que ele estivesse efusivo. Esquivou-se de uma flecha que não sabia que estava vindo e teve a sorte de conseguir uma enorme vantagem sobre o Manco ao mesmo tempo. Tinha esbarrado no pote de poder no fim do arco-íris.

— Mas Sussurro...

— Sussurro precisa sumir. — A voz que ele usou era profunda e gélida. Era a voz de um assassino, uma voz acostumada a pronunciar sentenças de morte. — Sussurro tem que morrer rápido. Senão não teremos nada a ganhar.

— E se ela contou a mais alguém?

— Ela não contou. Ah, não. Eu conheço Sussurro. Lutei contra ela em Ferrugem antes de a Dama me mandar a Berílio. Lutei contra ela em Andros. Eu a persegui por entre os menires falantes do Vale do Medo. Eu conheço Sussurro. Ela é um gênio, mas é solitária. Se vivesse durante a primeira era, o Dominador a teria tomado. Sussurro serve à Rosa Branca, mas o coração dela é negro como as noites do inferno.

— O Círculo inteiro me parece ser assim.

O Apanhador riu.

— Sim. Cada um deles é um hipócrita. Mas não há nenhum como Sussurro. Isto é incrível, Chagas. Como ela conseguiu descobrir tantos segredos? Como conseguiu *meu* nome? Eu o tinha escondido perfeitamente. Eu a admiro. De verdade. Que esperta. Que audácia. Um ataque por Lordes, através da Planície dos Ventos, subindo a Escada das Lágrimas. Incrível. Impossível. E teria dado certo, não fosse pelo advento da Companhia Negra, e você. Será recompensado. Eu lhe garanto. Mas já chega. Tenho trabalho a fazer. Rastejante precisa destas informações. A Dama tem que ver estes papéis.

— Espero que você esteja certo — resmunguei. — Vamos arrebentar, e depois descansar. Estou exausto. Estamos ralando e lutando há um ano.

Comentário imbecil, Chagas. Senti a frieza do cenho franzido dentro daquele morrião. Há quanto tempo o Apanhador de Almas estaria ralando e lutando? Uma era.

— Pode ir, agora — disse-me ele. — Falarei com você e Corvo mais tarde. — Voz fria, gélida. Dei no pé imediatamente.

Tudo estava acabado em Lordes quando chegamos lá. Rastejante tinha se movido rápido e golpeado forte. Não dava para ir a lugar algum sem se deparar com rebeldes pendurados em árvores e postes. A Companhia entrou no quartel esperando um inverno quieto e tedioso, e uma primavera empregada em perseguir restos de rebeldes de volta das grandes florestas setentrionais.

Ah, foi uma doce ilusão enquanto durou.

— Tonk! — exclamei, batendo as cinco cartas reais que recebi. — Ahá! O dobro, gente. O dobro. Podem pagar.

Caolho grunhiu, rosnou e empurrou as moedas na mesa. Corvo riu. Até mesmo Duende se animou o suficiente para sorrir. Caolho não tinha vencido uma rodada a manhã inteira, mesmo quando trapaceou.

— Obrigado, cavalheiros. Obrigado. Pode dar as cartas, Caolho.

— O que você está fazendo, Chagas? Hein? Como você está fazendo?

— A mão é mais rápida que o olho — sugeriu Elmo.

— Levando uma vida saudável, Caolho. Uma vida saudável.

O Tenente irrompeu pela porta, com o rosto transfigurado numa carranca feroz.

— Corvo. Chagas. O Capitão quer ver vocês. Agora. — Ele esquadrinhou todos os jogos de cartas. — Seus degenerados.

Caolho fungou, então abriu um sorriso pálido. O Tenente é um jogador ainda pior que ele.

Olhei para Corvo. O Capitão era seu amiguinho. Mas ele apenas deu de ombros, jogando as cartas na mesa. Enchi os bolsos com meus ganhos e o segui até o gabinete do Capitão.

O Apanhador de Almas estava lá. Nós não o víamos desde aquele dia no limite da floresta. Eu tinha torcido para que ele ficasse ocupado demais para vir falar conosco. Olhei o Capitão, tentando prever nosso futuro por seu rosto. Vi que ele não estava feliz.

Se o Capitão não estava feliz, então eu também não estava.

— Sentem-se — mandou. Duas cadeiras nos esperavam. Ele andou de um lado para o outro, nervoso. Finalmente, continuou: — Temos ordens para nos movermos. Vieram direto de Talismã. Nós e a brigada de Rastejante inteira. — O Capitão indicou o Apanhador de Almas com um gesto, passando a explicação a ele.

O Apanhador de Almas parecia perdido em pensamentos. Quase inaudível, ele finalmente perguntou:

— Quão bom você é com o arco, Corvo?

— Razoável. Nenhum campeão.

— Melhor que razoável — retrucou o Capitão. — Bom mesmo.

— E você, Chagas?

— Eu era bom. Não puxo uma corda há anos.

— Pratique um pouco. — O Apanhador começou a andar também. O gabinete era pequeno. Eu esperava uma colisão muito em breve. Depois de um minuto, o Apanhador de Almas continuou: — Houve novos acontecimentos. Tentamos pegar Sussurro no acampamento dela. Nós a perdemos por instantes. Ela farejou a armadilha. Ainda está lá fora, se escondendo. A Dama está mandando tropas de todos os lados.

Isso explicava o comentário do Capitão. Mas não explicava por que eu deveria melhorar minha habilidade com o arco.

— Pelo que podemos dizer — continuou o Apanhador de Almas —, os rebeldes não sabem o que aconteceu. Por enquanto. Sussurro ainda não teve coragem de informá-los de seu fracasso. É uma mulher orgulhosa. Parece que pretende se recuperar primeiro.

— Com o quê? — indagou Corvo. — Ela não conseguiria montar um pelotão.

— Com memórias. Memórias do material que vocês encontraram enterrado. Não acreditamos que ela sabe que nós o temos. Ela não chegou perto de sua base antes que o Manco nos denunciasse e ela fugisse para a floresta. Só nós quatro e a Dama sabemos dos documentos.

Corvo e eu balançamos a cabeça. Agora entendíamos a ansiedade do Apanhador. Sussurro sabia seu verdadeiro nome. Ele estava com um alvo pintado nas costas.

— O que você quer conosco? — inquiriu Corvo, desconfiado.

Ele temia que o Apanhador pensasse que nós tivéssemos decifrado o nome. Chegara a sugerir que matássemos o Tomado antes que ele nos matasse. Os Dez não são imortais, nem invulneráveis, mas são bem difíceis de alcançar. Eu não queria, jamais, ter que atacar um deles.

— Temos uma missão especial, nós três.

Corvo e eu nos entreolhamos. Será que estava nos levando a uma armadilha?

— Capitão — disse o Apanhador —, você se importaria em nos dar licença por um minuto?

O Capitão saiu lentamente pela porta. Essa interpretação de urso dele é só um pequeno espetáculo. Não acredito que ele tenha percebido que nós já sacamos isso há anos. Ele continua insistindo, tentando nos impressionar.

— Não vou levar vocês dois para longe, para matá-los em silêncio — afirmou o Apanhador de Almas. — Não, Corvo, não acho que vocês conseguiram decifrar meu verdadeiro nome.

Assustador. Abaixei minha cabeça. Corvo sacou uma faca num gesto floreado. Começou a limpar as unhas já imaculadas.

— O acontecimento chave foi o seguinte: Sussurro subornou o Manco depois que o fizemos de tolo no episódio Rasgo.

— Isso explica o que aconteceu no Saliente — deixei escapar. — Nós o tínhamos em nossas mãos. Tudo desmoronou da noite para o dia. E Manco foi um merda na batalha de Rosas.

Corvo concordou.

— Rosas foi culpa dele. Mas ninguém achou que fosse traição. Afinal, ele é um dos Dez.

— Exato — disse o Apanhador. — Explica muitas coisas. Mas o Saliente e Rosas foram ontem. Nosso interesse agora é o amanhã. É nos livrar de Sussurro antes que ela nos presenteie com mais um desastre.

Corvo olhou para o Apanhador, depois para mim, cuidou de sua manicure inútil. Eu também não estava acreditando muito na história do Tomado. Nós, meros mortais, não somos nada além de joguetes e ferramentas para eles. Os Dez são o tipo de gente que exuma os ossos da avó para ganhar pontos com a Dama.

— Esta é nossa chance contra Sussurro — explicou o Apanhador de Almas. — Sabemos que ela concordou em se encontrar com o Manco amanhã...

— Como? — inquiriu Corvo.

— *Eu* não sei. A Dama *me* contou. O Manco não sabe que sabemos dele, mas sabe que não vai mais durar muito tempo. Ele provavelmente vai tentar fazer um acordo para que o Círculo o proteja. Sabe que, se não fizer isso, está morto. O que a Dama quer é que os dois morram juntos para que o Círculo pense que ela estava se entregando ao Manco, ao invés do contrário.

— Não vai colar — resmungou Corvo.

— Eles vão acreditar.

— Então nós vamos apagar o cara — concluí. — Eu e o Corvo. Com arcos. E como vamos encontrar os dois?

O Apanhador não iria pessoalmente, não importava o quanto ele falasse. Tanto o Manco quanto Sussurro sentiriam a presença dele muito antes de ele estar perto o bastante para disparar uma flecha.

— O Manco estará com as forças avançando pela floresta. Como não sabe que é suspeito, não se esconderá do Olho da Dama. Espera que os movimentos dele sejam considerados parte da busca. A Dama vai informar a localização dele a mim. Eu colocarei vocês na pista dele. Quando os dois se encontrarem, vocês os atacam.

— Claro — zombou Corvo. — Claro. Vai ser como faca quente na manteiga. — Ele atirou a faca, que se cravou fundo na esquadria da janela. Corvo saiu pisando forte.

A proposta me pareceu igualmente ruim. Fitei o Apanhador de Almas e debati comigo mesmo por uns dois segundos antes de deixar que o medo me empurrasse no rastro de Corvo.

A última imagem que vi do Apanhador foi uma pessoa cansada, mergulhada em infelicidade. Acho que é difícil para eles viver com a própria reputação. Todo mundo quer ser amado.

Eu estava escrevendo uma de minhas historinhas de fantasia sobre a Dama enquanto Corvo sistematicamente cravava flechas num pano vermelho preso num alvo de palha. Eu tive dificuldade em atingir a palha em minha primeira rodada, quanto mais o pano. Corvo parecia ser incapaz de errar.

Desta vez eu estava considerando a infância dela. É algo que gosto de analisar em qualquer vilão. Que nós e reviravoltas ocorreram no fio que atava a criatura em Talismã à garotinha que já foi um dia? Considere as crianças pequenas. Poucas delas não são fofas, adoráveis e preciosas, doces como mel batido na manteiga. Então, de onde vêm as pessoas ruins? Eu ando por nossos alojamentos e me pergunto como um bebezinho risonho e curioso pode ter se tornado um Três Dedos, um Fanfarrão ou um Calado.

Garotinhas são duas vezes mais doces e inocentes que meninos. Não conheço uma cultura que não as defina assim.

Então, de onde vem uma Dama? Ou, enfim, uma Sussurro? Eu estava especulando sobre essa questão em minha última história.

Duende se sentou a meu lado. Leu o que eu tinha escrito.

— Eu acho que não — comentou. — Eu acho que ela tomou uma decisão consciente desde o início.

Eu me virei lentamente para ele, profundamente ciente de que o Apanhador de Almas estava parado alguns metros atrás de mim, observando as flechas voarem.

— Eu não acho realmente que foi assim, Duende. É só... Bem, você sabe. Se quer entender algo, você constrói de um jeito que consegue compreender.

— Todos fazemos isso. No dia a dia é chamado de inventar desculpas.

É verdade, as motivações reais e cruas são amargas demais para engolirmos. Quando as pessoas alcançam minha idade, elas já ocultaram suas motivações com tanta frequência e habilidade que perderam completamente o contato com elas.

Percebi uma sombra em meu colo. Ergui os olhos. O Apanhador de Almas estendeu a mão, me convidando para assumir minha vez de treinar com o arco. Corvo tinha recuperado as flechas e estava parado, esperando que eu ficasse em posição.

Minhas três primeiras flechas se cravaram no pano.

— Que tal? — exclamei, me virando para fazer uma mesura.

O Apanhador de Almas estava lendo minha fantasia. Ele me fitou.

— Sério, Chagas! Não foi nada assim. Você não sabia que ela assassinou a irmã gêmea aos 14 anos?

Ratos com garras de gelo subiam por minha espinha. Eu girei de volta e disparei uma flecha. Ela foi parar bem longe, à direita do alvo. Lancei mais algumas, e não consegui nada além de irritar os pombos ao fundo.

O Apanhador pegou o arco.

— Seus nervos estão péssimos, Chagas. — Num borrão de movimento ele cravou três flechas num círculo com menos de 3 centímetros. — Continue treinando. Você estará sob uma pressão muito maior lá fora. — Ele me devolveu o arco. — O segredo é a concentração. Finja que está numa cirurgia.

Fingir que eu estava numa cirurgia. Certo. Eu já tinha executado uns belos trabalhos de emergência nos campos de batalha. Certo. Mas isto era diferente.

A boa e velha desculpa. Sim, mas... Isto é diferente.

Eu me acalmei o suficiente para acertar o alvo com o resto das setas. Depois de recuperá-las, dei o lugar a Corvo.

Duende me entregou minha redação. Irritado, amassei minha fábula.

— Precisa de alguma coisa para os nervos? — perguntou Duende.

— Sim. As raspas de ferro ou seja lá o que for que o Corvo come. — Minha autoestima estava bem abalada.

— Use isto.

Duende me ofereceu uma pequena estrela de seis pontas pendurada numa correntinha. No centro havia uma cabeça de medusa em azeviche.

— Um amuleto?

— Sim. Achamos que você iria precisar disto amanhã.

— Amanhã? — Ninguém deveria saber o que iria acontecer.

— Temos olhos, Chagas. Esta é a Companhia. Talvez a gente não saiba exatamente o quê, mas sempre percebemos quando alguma coisa vai acontecer.

— É. Acho que sim. Obrigado, Duende.

— Eu, Caolho e Calado, todos nós trabalhamos nisto.

— Obrigado. E quanto ao Corvo?

Quando alguém faz um gesto daqueles, eu me sinto mais confortável mudando de assunto.

— Corvo não precisa de um. Ele é o próprio amuleto. Sente-se. Vamos conversar.

— Eu não posso contar o que vai ser.

— Eu sei. Achei que você iria querer ouvir sobre a Torre. — Duende não tinha falado da visita ainda. Eu já tinha desistido.

— Muito bem. Conte-me. — Fitei Corvo. Flechas e mais flechas se cravavam no pano.

— Você não vai anotar?

— Ah, sim. — Preparei papel e pena. Os homens ficam tremendamente impressionados pelo fato de eu manter estes Anais. A única imortalidade para eles é aqui. — Ainda bem que não aceitei a aposta.

— Com quem?

— Corvo queria botar dinheiro em nossa mira.

Duende fungou.

— Você está ficando esperto demais para cair num truque velho desses? Prepare a pena. — Ele começou a história.

Duende não acrescentou muita coisa aos rumores que eu tinha ouvido aqui e ali. Descreveu o lugar que havia visto como um aposento grande, como uma caixa onde venta muito, escuro e poeirento. Mais ou menos o que eu esperava da Torre. Ou de qualquer castelo.

— Como ela era?

Essa era a parte mais intrigante do quebra-cabeça. Eu tinha uma imagem mental de uma bela mulher de cabelos negros, sem idade definida, com uma presença sexual que atinge os mortais com o impacto de uma clava. O Apanhador de Almas me dissera que ela era bonita, mas eu não tinha nenhuma corroboração exterior.

— Não sei, não lembro.

— Como assim, você não lembra? Como pode ter esquecido?

— Não fique irritado, Chagas. Não consigo lembrar. Ela estava ali, na minha frente, então... tudo que eu podia ver era aquele olho gigante amarelo que ficava maior e maior e maior, e que me atravessava, vendo cada segredo que já tive um dia. É tudo que me lembro. Ainda tenho pesadelos com aquele olho.

Suspirei, frustrado.

— Pois é, eu deveria ter esperado isso. Sabe, eu acho que ela poderia muito bem passar por aqui e ninguém saberia que era ela.

— Eu penso que é isso mesmo que a Dama quer, Chagas. Se tudo mais realmente desmoronar, do jeito que parecia que ia acontecer antes de você encontrar os papéis, ela pode simplesmente ir embora. Apenas os Dez podem identificá-la, e ela daria algum jeito neles.

Duvido que fosse assim tão simples. Pessoas como a Dama têm dificuldades de assumir um papel menor. Príncipes depostos continuam agindo como príncipes.

— Obrigado por se dar ao trabalho de me contar, Duende.

— Sem problema. Eu não tinha ninguém mais para contar. O único motivo para eu ter demorado é que isso me atormentava muito.

Corvo terminou de buscar as flechas. Ele veio até nós e disse a Duende:

— Por que você não vai botar uma barata no colchonete do Caolho ou coisa assim? Temos trabalho a fazer. — Ele estava nervoso com minha mira inconstante.

Tínhamos de depender um do outro. Se qualquer um dos dois errasse, nós provavelmente morreríamos antes que uma segunda flecha pudesse ser lançada. Eu não queria pensar nisso.

Porém, pensar nisso melhorou minha concentração. Acertei quase todas as flechas no pano na segunda vez.

Foi um tremendo pé no saco fazer aquilo, logo na noite de véspera dos perigos que aguardavam a mim e ao Corvo, mas o Capitão se recusou a abandonar uma tradição de quase trezentos anos. Ele também se recusou a ouvir os protestos quanto à nossa convocação pelo Apanhador de Almas, ou as exigências relativas ao conhecimento adicional que ele obviamente possuía. Afinal, eu entendia o que o Apanhador queria que fizéssemos, e também o motivo, mas não via o menor sentido em sua exigência de que eu e Corvo executássemos a missão. O fato de o Capitão apoiá-lo me deixava ainda mais confuso.

— Por que motivo, Chagas? — inquiriu finalmente o Capitão. — Porque eu lhe dei uma ordem, esse é o motivo. Agora saia daqui e faça sua leitura.

Uma vez por mês, à noite, a Companhia inteira se reúne para que o Analista possa ler algo escrito pelos predecessores. As leituras supostamente têm o objetivo de colocar os homens em contato com a história e as tradições da tropa, que se estendem por séculos passados e milhares de quilômetros.

Coloquei minha seleção num pódio improvisado e comecei com a fórmula de costume.

— Boa noite, irmãos. Uma leitura dos Anais da Companhia Negra, última das Companhias Livres de Khatovar. Esta noite lerei uma parte do livro de Kette, registrado no início do segundo século da Companhia pelos analistas Lees, Agrip, Holm e Palha. A Companhia servia o Deus-Dor de Cho'n Delor naquele tempo. Naquela época a Companhia realmente era negra.

"O trecho de hoje é do Analista Palha. Diz respeito ao papel da Companhia nos eventos relativos à Queda de Cho'n Delor."

Comecei a ler, refletindo comigo mesmo que a Companhia já serviu muitas causas perdidas.

A era de Cho'n Delor continha várias semelhanças com nossa época atual. Porém, então, com mais de 6 mil homens, a Companhia estava numa posição muito melhor para traçar o próprio destino.

Perdi a noção completamente. O velho Palha era infernal com a pena. Eu li por três horas, delirando como um profeta louco, e prendi a atenção deles como que por um feitiço. Eles me aplaudiram com muito entusiasmo quando terminei. Retirei-me do pódio com a sensação de que minha missão nesta vida tinha sido cumprida.

O preço físico e mental de meu espetáculo histriônico me atingiu quando entrei em meu alojamento. Sendo um semioficial, eu tinha direito a um cubículo só meu. Cambaleei direto até ele.

Corvo me esperava. Estava sentado em meu catre fazendo algo artístico com uma flecha. A haste tinha uma faixa de prata em volta. Ele parecia gravar alguma coisa nela. Se eu não estivesse exausto, poderia ter ficado curioso.

— Você foi espetacular — disse-me Corvo. — Até eu senti.

— Hein?

— Você me fez entender o que significava ser um irmão da Companhia Negra naqueles tempos.

— E ainda significa para alguns.

— Sim. E mais. Você os tocou.

— É. Claro. O que está fazendo?

— Preparando uma flecha para o Manco. Com o nome verdadeiro dele. O Apanhador me deu.

— Ah! — A exaustão me impediu de perguntar mais. — E o que você queria?

— Você me fez sentir alguma coisa pela primeira vez desde que minha mulher e seus amantes tentaram me assassinar e roubar meus direitos e títulos. — Ele se levantou, fechou um olho e fitou ao longo do comprimento da flecha. — Obrigado, Chagas. Por alguns momentos eu me senti humano de novo. — Ele saiu.

Desabei no catre e fechei os olhos, lembrando de quando Corvo estrangulou a mulher e pegou a aliança de casamento, tudo isso sem dizer uma palavra. Ele tinha me revelado mais naquela curta e rápida frase do que em todos os outros dias desde que nós nos conhecemos. Estranho.

Adormeci refletindo que Corvo tinha acertado as contas com todo mundo, menos com a fonte principal de seu sofrimento. O Manco havia sido intocável porque era um dos homens da Dama. Não mais.

Corvo ansiava pelo dia seguinte. Eu me perguntei o que ele iria sonhar naquela noite. E se ele teria algum propósito na vida depois de matar o Manco. Um homem não pode viver só de ódio. Por que ele se daria ao trabalho de sobreviver ao que viria amanhã?

Talvez essa fosse a mensagem que ele tentou me passar.

Eu estava assustado. Um cara pensando assim poderia agir de forma um pouco espetacular demais, um pouco perigosa demais para aqueles ao seu redor.

Uma mão apertou meu ombro.

— Está na hora, Chagas. — O próprio Capitão estava nos acordando.

— É. Já acordei. — Eu não tinha dormido bem.

— O Apanhador está pronto para ir.

Ainda estava escuro lá fora.

— Que horas?

— Quase 4. Ele quer sair antes da alvorada.

— Ah!

— Chagas? Tome cuidado. Quero você de volta.

— Certo, Capitão. Você sabe que não me arrisco. Capitão? Por que eu e Corvo, afinal? — Talvez ele fosse me contar agora.

— Segundo o Apanhador, a Dama chama isso de recompensa.

— É mesmo? Que recompensa. — Tateei em busca das minhas botas enquanto ele ia até a porta. — Capitão? Obrigado.

— Claro. — Ele sabia que eu queria dizer "Obrigado por se importar".

Corvo meteu a cabeça pela porta enquanto eu amarrava meu gibão.

— Está pronto?

— Só um minuto. Está frio lá fora?

— Gelado.

— Levo um casaco?

— Não seria ruim. Cota de malha? — Ele tocou meu peito.

— É.

Vesti meu casaco, peguei o arco, bati com ele em minha palma. Por um instante o amuleto de Duende gelou em meu esterno. Torci para que ele funcionasse.

Corvo sorriu.

— Eu também.

O Apanhador de Almas estava esperando no pátio onde tínhamos praticado com o arco. Havia uma aura de luz lançada do refeitório da Companhia. Os padeiros já estavam trabalhando. O Apanhador estava de pé, rijo como em posição de sentido, com um volume sob o braço esquerdo. Olhava para a Floresta da Nuvem. Vestia apenas couro e o morrião. Ao contrário de alguns dos Tomados, ele raramente levava armas. Prefere contar apenas com as habilidades milagrosas.

Estava falando sozinho. Coisas estranhas.

— Quero ver ele morrendo. Estou esperando 400 anos. Não podemos chegar perto. Ele vai nos farejar. Ponha todo Poder de lado. Ah! Arriscado demais.

Um coro completo de vozes participou. Era particularmente assustador quando duas falavam ao mesmo tempo.

Corvo e eu nos entreolhamos. Ele deu de ombros. O Apanhador não o espantava. Mas, por outro lado, ele cresceu nos domínios da Dama. Já viu todos os Tomados. O Apanhador de Almas é supostamente um dos menos bizarros.

Ouvimos por alguns minutos. Ele não ficou nem um pouco mais são. Finalmente, Corvo grunhiu.

— Senhor? Estamos prontos. — Ele soou um tanto abalado.

Eu era incapaz de falar. Só conseguia pensar no arco, na flecha e no trabalho que esperavam que eu executasse. Ensaiei o puxar, soltar e o voo da flecha repetidamente. Inconscientemente, mexi no presente de Duende. Repeti o gesto com frequência.

O Apanhador de Almas tremeu como um cachorro molhado e se recompôs. Sem nos olhar, fez um gesto e disse:

— Vamos. — E saiu andando.

Corvo se virou.

— Lindinha — gritou ele. — Volte para dentro como mandei. Agora.

— E como ela vai ouvir você? — perguntei, olhando a menina que nos observava de uma porta à sombra.

— Ela não vai. Mas o Capitão vai. Volte para dentro!

Ele gesticulou violentamente. O Capitão apareceu rapidamente. Lindinha sumiu. Seguimos o Apanhador de Almas. Corvo resmungava consigo mesmo. Ele se preocupava com a criança.

O Apanhador de Almas começou a andar mais rápido depois que saímos do complexo. Deixamos Lordes, atravessamos campos, sem jamais olhar para trás. Ele nos levou a um grande bosque distante da muralha, a uma clareira no coração do bosque. Ali, à beira de um córrego, jazia um tapete esfarrapado esticado numa grosseira armação de madeira, com mais ou menos 30 centímetros de altura, 1,80 metro de largura e 2,40 metro de comprimento. O Apanhador de Almas disse alguma coisa. O tapete estremeceu, ondulou um pouco e se esticou bem.

— Corvo, você senta aqui. — O Apanhador indicou o canto direito mais próximo de nós. — Chagas, você fica aqui. — Ele indicou o canto esquerdo.

Corvo colocou cuidadosamente o pé no tapete, parecendo surpreso quando o chão não desabou.

— Sente-se. — O Apanhador de Almas posicionou Corvo de um jeito específico, com as pernas cruzadas e as armas deitadas a seu lado, perto da beira do tapete. Fez o mesmo comigo. Fiquei surpreso ao ver que o tapete era rígido. Era como sentar no tampo de uma mesa. — É imperativo que vocês não se mexam — instruiu o Apanhador, assumindo uma posição à nossa frente, centralizado 30 centímetros adiante da linha central do tapete. — Se não permanecermos equilibrados, vamos cair, entenderam?

Eu não entendi, mas imitei Corvo quando ele disse sim.

— Prontos?

Corvo concordou novamente. Eu acho que ele já sabia o que iria acontecer. Fui pego de surpresa.

O Apanhador de Almas estendeu as mãos com as palmas para cima, disse algumas palavras estranhas, ergueu as mãos lentamente. Levei um susto e me inclinei. O chão estava se afastando.

— Fique quieto! — rosnou Corvo. — Está tentando nos matar?

Estávamos a apenas 2 metros do chão. Eu me endireitei e enrijeci, mas virei a cabeça um pouco, o suficiente para ver um movimento na mata.

Sim. Lindinha. Com a boca escancarada de espanto. Olhei para a frente, agarrei meu arco com tanta força que achei que iria deixar minhas impressões marcadas em baixo-relevo na madeira. Desejei ousar tocar o amuleto.

— Corvo, você deixou tudo preparado para Lindinha? No caso de, você sabe...

— O Capitão vai cuidar dela.

— Eu me esqueci de passar os Anais para alguém.

— Não seja tão otimista — retrucou ele, sarcástico.

Eu tremia incontrolavelmente.

O Apanhador de Almas fez alguma coisa. Começamos a planar sobre as copas das árvores. Ar frio sussurrava ao passar por nós. Dei uma olhada sobre a borda. Estávamos a uns bons cinco andares de altura, e subindo.

As estrelas giraram acima quando o Apanhador mudou o curso. O vento aumentou até que parecíamos estar voando contra um vendaval. Inclinei-me cada vez mais para a frente, com medo de ser empurrado para fora. Não havia nada atrás de mim a não ser dezenas de metros e aquela parada súbita. Meus dedos doíam enquanto agarravam o arco.

Eu descobri uma coisa, disse a mim mesmo. Como o Apanhador consegue aparecer tão rápido, sendo que está sempre tão distante da ação quando entramos em contato.

Foi uma viagem silenciosa. O Apanhador ficou ocupado fazendo seja lá o que for que precisa fazer para manter a montaria no ar. Corvo se isolou em si mesmo. Assim como eu, que estava absurdamente assustado. Meu estômago parecia revoltado. Não sei como estava Corvo.

As estrelas começaram a sumir. O horizonte oriental se iluminou. A terra se materializou sob nós. Arrisquei uma espiada. Estávamos sobre a Floresta da Nuvem. Um pouco mais de luz. O Apanhador grunhiu, fitou o leste, depois, as distâncias à frente. Pareceu ouvir por um momento, e então balançou a cabeça.

O tapete ergueu o nariz. Subimos. O solo balançou e encolheu até parecer um mapa. O ar ficou ainda mais frio. Meu estômago continuava rebelde.

Bem à nossa esquerda, vi uma cicatriz negra na floresta. Era o acampamento que tínhamos destruído. Então entramos numa nuvem e o Apanhador reduziu nossa velocidade.

— Vamos ficar à deriva algum tempo — afirmou o Apanhador. — Estamos a quase 50 quilômetros ao sul do Manco. Ele cavalga para longe de nós. Estamos nos aproximando rápido. Quando estivermos quase no ponto em que ele poderá me detectar, vamos descer. — Ele usou a voz de mulher de negócios.

Eu comecei a dizer alguma coisa, mas ele se irritou:

— Cale-se, Chagas. Não me distraia.

Ficamos naquela nuvem, invisíveis e incapazes de ver algo, por mais duas horas. Então o Apanhador falou:

— Hora de descer. Segurem a armação e não soltem. Isto vai ser meio desagradável.

O fundo caiu. Descemos como uma pedra desaba do alto de um penhasco. O tapete começou a girar lentamente, de modo que a floresta parecia se torcer abaixo de nós. Então passou a deslizar para a frente e para trás como uma pena caindo. Cada vez que se inclinava para o meu lado, eu achava que ia escorregar pela beirada.

Um bom grito poderia ter ajudado, mas você não quer fazer isso diante de personagens como o Corvo e o Apanhador de Almas.

A floresta se aproximava cada vez mais. Logo eu pude distinguir árvores individuais... quando ousei olhar. Nós íamos morrer. Eu sabia que íamos atravessar a copa das árvores e desabar 15 metros até o chão.

O Apanhador disse alguma coisa. Não entendi. Ele estava falando com o tapete, de qualquer forma. O balanço e o giro pararam gradualmente. Nossa descida desacelerou. O tapete baixou a parte dianteira um pouco e começou a planar para a frente. Finalmente, o Apanhador nos levou abaixo da copa das árvores, pelo corredor sobre um rio. Avançamos 1 ou 2 metros acima da água, e o Apanhador gargalhava enquanto os pássaros se espalhavam em pânico.

Ele nos pousou numa clareira ao lado do rio.

— Saiam e se estiquem — instruiu ele. Depois que nos espreguiçamos, ele continuou. — O Manco está a 6,5 quilômetros ao norte daqui. Já chegou ao ponto de encontro. Vocês vão continuar sem mim. Ele vai me detectar se eu chegar mais perto. Entreguem-me seus distintivos. Ele pode detectá-los também.

Corvo concordou com a cabeça, entregou o distintivo, encordoou o arco, encaixou uma flecha, puxou a corda, relaxou. Fiz o mesmo. Isso acalmou meus nervos.

Eu estava tão grato de me encontrar no solo de novo que quase beijei o chão.

— O tronco do grande carvalho. — Corvo apontou o outro lado do rio. Disparou. A flecha acertou alguns centímetros para o lado do centro. Eu respirei fundo e fiz a mesma coisa. Minha seta atingiu o tronco um pouco mais perto do meio. — Você deveria ter aceitado minha aposta — comentou ele. Então disse ao Apanhador: — Estamos prontos.

— Vamos precisar de instruções mais específicas de como chegar lá — acrescentei.

— Sigam a margem do rio. Há muitas trilhas de animais. O caminho não deve ser difícil. Não há pressa, de qualquer maneira. Sussurro ainda deve levar algumas horas para chegar.

— O rio vai para oeste — observei.

— Ele faz uma volta. Sigam-no por uns 5 quilômetros, então virem um ponto a oeste do norte e continuem reto pela mata. — O Apanhador se agachou e limpou folhas e gravetos do chão nu, usando um galho para desenhar um mapa. — Se vocês chegarem a esta curva do rio, passaram do ponto.

Então o Apanhador ficou paralisado. Por alguns minutos ouviu algo que só ele poderia escutar. Então voltou.

— A Dama falou que vocês verão que estão próximos quando alcançarem um bosque de enormes pinheiros. Era o lugar sagrado de um povo que morreu antes da Dominação. O Manco está esperando no centro do bosque.

— Entendido — disse Corvo.

— Você vai esperar aqui? — perguntei.

— Não tema, Chagas.

Respirei fundo mais uma vez.

— Vamos lá, Corvo.

— Um segundo, Chagas — pediu o Apanhador. Tirou alguma coisa de sua trouxa. Era uma flecha. — Use isto.

Olhei a seta desconfiado, e, então, coloquei-a em minha aljava.

Corvo insistiu em tomar a dianteira. Eu não discuti. Era um garoto da cidade antes de me juntar à Companhia. Não consigo me sentir confortável em florestas. Especialmente naquelas do tamanho da Floresta da Nuvem. É silenciosa demais. Solitária demais. Muito fácil de se perder. Pelos primeiros 3 quilômetros eu me preocupei mais em encontrar o caminho de volta do que com a missão à nossa frente. Passei um bom tempo memorizando pontos de referência.

Corvo não disse nada por uma hora. Eu, por minha vez, estava ocupado pensando. Não me incomodei.

Ele ergueu a mão. Eu parei.

— Já é o bastante, eu acho — comentou ele. — Vamos por aquela direção agora.

— Hum.

— Vamos descansar. — Ele se ajeitou numa enorme raiz, com as costas no tronco. — Você está incrivelmente calado hoje, Chagas.

— Muitas coisas na minha cabeça.

— É. — Ele sorriu. — Como, por exemplo, que tipo de recompensa vamos receber?

— Entre outras coisas. — Puxei a flecha que o Apanhador tinha me dado. — Você viu isto?

— Uma ponta cega? — Ele a tocou. — Quase mole. Que diabos?

— Exato. Quer dizer que não devo matá-la.

Não havia dúvidas de quem atiraria contra quem. O Manco era do Corvo, sem discussão.

— Talvez. Mas eu não vou me matar tentando capturá-la viva.

— Nem eu. É isso que está me incomodando. Além de dez outras coisas, como, por exemplo, por que a Dama *realmente* nos escolheu, e por que ela quer Sussurro viva... Ah, ao inferno com tudo isso. Vou acabar com úlceras.

— Pronto?

— Acho que sim.

Deixamos a margem do rio. O caminho ficou mais difícil, mas logo cruzamos um barranco baixo e alcançamos a orla dos pinheiros. Não havia muita mata crescendo entre eles. Pouca luz solar chegava ali embaixo, por entre os galhos. Corvo parou para urinar.

— Não vai dar para fazer isto depois — explicou.

Ele estava certo. Você não quer ter esse tipo de problema quando está numa emboscada a uma pedrada de distância de um Tomado hostil.

Eu estava ficando trêmulo. Corvo pôs a mão em meu ombro.

— Vamos ficar bem — prometeu ele. Mas nem ele mesmo acreditava nisso. A mão dele também tremia.

Pus a mão dentro do gibão e toquei o amuleto de Duende. Isso ajudou.

Corvo ergueu uma sobrancelha. Eu fiz um sinal de positivo. Voltamos a andar. Eu mastigava um pedaço de carne-seca, empregando assim parte de minha energia nervosa. Não falamos mais.

Havia ruínas entre as árvores. Corvo examinou os glifos marcados nas pedras. Deu de ombros. Não significavam nada para ele.

Então chegamos às grandes árvores, as avós daquelas pelas quais tínhamos passado. Erguiam-se a dezenas de metros de altura e tinham troncos grossos como a envergadura de dois homens. Aqui e ali o sol cravava lanças de luz por entre os galhos. O ar estava carregado de odores de resina. O silêncio era opressor. Avançamos um passo de cada vez, tomando cuidado para que nossos pés não alertassem quem estivesse adiante.

Meu nervosismo alcançou o ápice e começou a diminuir. Era tarde demais para correr ou mudar de ideia. Meu cérebro cancelou todas as emoções. Isso geralmente só acontecia quando eu era forçado a tratar feridos enquanto as pessoas se matavam ao meu redor.

Corvo sinalizou uma parada. Concordei. Tinha ouvido também. Um cavalo fungando. Corvo indicou por gestos que eu deveria ficar parado. Ele se esgueirou para a nossa esquerda, mantendo-se abaixado, desaparecendo detrás de uma árvore a 15 metros.

Ele reapareceu um minuto depois, me chamando com um aceno. Fui até ele, que me guiou até um ponto de onde eu podia olhar uma área aberta. O Manco e seu cavalo estavam lá.

A clareira tinha, talvez, uns 20 metros de comprimento por 15 de largura. Um amontoado de rochas se erguia no centro. O Manco estava sentado numa das pedras caídas, encostado em outra. Parecia dormir. Um dos cantos da clareira estava ocupado pelo tronco de uma das gigantescas árvores caídas, aparentemente há pouco tempo. Não exibia muitos sinais de desgaste.

Corvo tocou o dorso de minha mão. Apontou. Queria se deslocar.

Eu não queria realmente me mover, agora que tínhamos o Manco à vista. Mas Corvo estava com a razão. O sol baixava diante de nós. Quanto mais ficássemos ali, pior ficaria a luz. No fim, estaria contra nossos olhos.

Mudamos de lugar com cuidado excessivo. É claro. Um erro e estaríamos mortos. Quando Corvo olhou para trás, vi suor em suas têmporas.

Corvo parou. Apontou. Sorriu. Eu me esgueirei até ele, que apontou de novo.

Havia outra árvore caída adiante. Esta tinha mais ou menos 1 metro de diâmetro. Era perfeita para nossos fins. Grande o bastante para nos esconder, baixa o bastante para atirarmos. Encontramos um lugar de onde tínhamos uma perfeita área de tiro até o centro da clareira.

A luz ali também era boa. Vários feixes de luz rompiam como lanças a copa das árvores e iluminavam a maior parte da clareira. Havia um pouco de poeira no ar, pólen, talvez, o que ressaltava os fachos. Estudei a clareira por vários minutos, gravando a imagem em minha mente. Então me sentei detrás do tronco e fingi que era uma pedra. Corvo assumiu a vigília.

Pareceu que semanas se passaram antes que alguma coisa acontecesse.

Corvo cutucou meu ombro. Ergui o olhar. Ele fez um movimento de andar com dois dedos. O Manco estava de pé, vagueando. Eu me ergui cautelosamente, espiei.

O Manco circundou a pilha de rochas algumas vezes, arrastando a perna ruim, e então se sentou novamente. Pegou um graveto e o partiu em pedaços menores, jogando cada um em algum alvo que só ele podia ver. Quando o graveto acabou, ele catou um punhado de pinhas pequenas e as atirou preguiçosamente. A própria imagem de um homem fazendo hora.

Eu me perguntei por que ele tinha vindo a cavalo. Podia se locomover rapidamente, se quisesse. Supus que havia sido por que ele já estava por perto. Então me preocupei com a possibilidade de os soldados dele também estarem.

O Manco se levantou e deu a volta novamente, recolhendo pinhas e as jogando no enorme tronco caído do outro lado da clareira. Merda, eu queria que a gente pudesse matá-lo de uma vez e cair fora.

O cavalo do Manco ergueu a cabeça de repente. O animal relinchou. Corvo e eu nos encolhemos, nos achatamos entre as sombras e agulhas de pinheiro. Da clareira, uma tensão crepitante irradiava.

Um instante depois ouvi cascos esmagando folhas. Prendi a respiração. Com o canto do olho, vi de relance um cavalo branco vindo em meio às árvores. Sussurro? Será que ela nos veria?

Sim e não. Graças a quaisquer deuses que existam, sim e não. Ela passou a 15 metros, sem nos perceber.

O Manco disse alguma coisa. Sussurro respondeu numa voz melodiosa que não se encaixava de forma alguma aquela mulher larga, dura e feiosa que vi passar. Ela soava como uma linda menina de 17 anos, mas tinha a aparência de alguém de 45 anos que já dera três voltas ao mundo.

Corvo me cutucou de leve.

Eu me levantei com a mesma velocidade de uma flor desabrochando, com medo que eles ouvissem meus tendões estalando. Espiamos por sobre o tronco caído. Sussurro desmontou e tomou uma das mãos do Manco entre as dela.

A situação não poderia ser mais perfeita. Estávamos à sombra, e eles estavam parados num trecho iluminado pelo sol. Poeira dourada cintilava ao redor dos dois. Nossos alvos restringiam os movimentos um do outro, pois estavam de mãos dadas.

Tinha que ser agora. Nós dois sabíamos disso, nós dois puxamos nossas cordas. Nós dois tínhamos flechas adicionais seguras junto às armas, prontas para serem encaixadas.

— Agora — disse Corvo.

Meus nervos não me incomodaram até minha flecha estar no ar. Então fiquei gelado e trêmulo.

A flecha de Corvo se cravou debaixo do braço esquerdo do Manco. O Tomado fez um barulho como um rato sendo pisoteado. Caiu para longe de Sussurro.

Minha flecha acertou a têmpora dela. Sussurro vestia um capacete de couro, mas eu tinha confiança de que o impacto a derrubaria. Ela girou para longe do Manco.

Corvo lançou uma segunda seta, eu me atrapalhei com a minha. Larguei o arco e saltei por sobre o tronco. A terceira flecha de Corvo assobiou sobre mim.

Sussurro estava de joelhos quando eu cheguei. Eu a chutei na cabeça, girando para encarar o Manco. As flechas de Corvo tinham acertado o alvo, mas nem mesmo a seta especial havia encerrado a história do Tomado. Ele estava começando a rosnar um feitiço com a garganta cheia de sangue. Eu o chutei também.

Então Corvo estava comigo. Voltei a Sussurro.

A vaca era durona como sua reputação dizia. Tonta como estava, ela tentava se levantar, tentava sacar a espada, tentava pronunciar um feitiço. Bati na cabeça dela de novo, me livrando de sua espada.

— Eu não trouxe corda — exclamei, surpreso. — Você trouxe corda, Corvo?

— Não. — Ele ficou ali parado encarando o Manco. A surrada máscara de couro do Tomado tinha escorregado para o lado. Ele tentava endireitá-la para poder ver quem éramos nós.

— E como diabos eu vou amarrá-la?

— Melhor se preocupar em amordaçá-la primeiro. — Corvo ajudou o Manco com a máscara, exibindo aquele sorriso incrivelmente cruel que ele exibe quando está prestes a cortar uma garganta especial.

Puxei minha faca e cortei as roupas de Sussurro. Ela me enfrentou. Fui obrigado a ficar derrubando a mulher. Finalmente, tinha tiras de farrapos para amarrá-la e para meter-lhe na boca. Arrastei Sussurro até a pilha de pedras, deixei-a encostada e fui ver como Corvo estava se saindo.

Ele tinha arrancado a máscara do Manco, expondo a desolação do rosto do Tomado.

— O que você está fazendo? — indaguei. Ele amarrava o Manco. Perguntei-me por que ele estava se dando ao trabalho de fazer aquilo.

— Eu estava pensando que talvez não tenha talento para lidar com isto. — Corvo ficou de cócoras e deu tapinhas no rosto do Manco, que irradiava ódio. — Você me conhece, Chagas. Sou um velho manso, simplesmente o mataria e me daria por satisfeito. Mas ele merece sofrer mais. O Apanhador tem mais experiência com essas coisas. — Corvo sorriu maldosamente.

O Manco tentou forçar as amarras. Apesar das três flechas, ele parecia ter a força de sempre. Até mesmo vigor. As setas certamente não o atrapalhavam.

Corvo lhe deu tapinhas de novo.

— Ei, amigão. Vou lhe dar um conselho de camarada. Não foi isso que você me disse antes que Aurora e os amigos dela me atacassem naquele lugar aonde você me mandou? Um conselho? É. Toma cuidado com o Apanhador de Almas. Ele conseguiu seu nome verdadeiro. Um cara como aquele, nunca se sabe o que será capaz de fazer.

— Pega leve com a arrogância, Corvo — comentei. — Fique de olho no cara. Ele está fazendo alguma coisa com os dedos. — O Manco remexia os dedos ritmicamente.

— Certo! — gritou Corvo, rindo. Ele pegou a espada que eu tirara de Sussurro e cortou alguns dedos das mãos do Manco.

Corvo me enche o saco por eu não contar toda a verdade nestes Anais. Algum dia, talvez, ele lerá isto aqui e se arrependerá. Mas, honestamente, ele não foi gente boa naquele dia.

Eu tive um problema semelhante com Sussurro. Escolhi uma solução diferente. Cortei o cabelo dela e o usei para amarrar os dedos.

Corvo atormentou o Manco até que eu não pudesse mais aguentar.

— Já chega, Corvo. Por que você não dá um tempo e fica de guarda?

Ele não tinha recebido nenhuma instrução específica do que fazer depois que capturássemos Sussurro, mas supus que a Dama avisaria ao Apanhador, que então viria até nós. Eu e Corvo teríamos apenas que manter as coisas sob controle até o Tomado chegar.

O tapete mágico do Apanhador de Almas desceu do céu meia hora depois que eu afastei Corvo do Manco. Pousou a 1 ou 2 metros de nossos prisioneiros. O Apanhador saltou, se espreguiçou e olhou Sussurro. Ele suspirou e fez um comentário.

— Não é algo bonito de se ver, Sussurro. — Aquela voz de mulher de negócios. — Mas também isso você nunca foi. Sim. Meu amigo Chagas encontrou os pacotes enterrados.

Os olhos frios e duros de Sussurro me procuraram. Receberam a informação com um impacto selvagem. Em vez de encarar de volta, eu me movi. Não corrigi o Apanhador de Almas.

Ele se virou para o Manco e balançou a cabeça tristemente.

— Não, isto não é pessoal. Você gastou todo o seu crédito. *Ela* deu a ordem.

O Manco enrijeceu.

— Por que você não o matou? — perguntou o Apanhador a Corvo, que estava sentado no tronco da árvore caída maior, com o arco no colo, olhando para a terra.

Ele não respondeu.

— Ele achou que você poderia pensar em algo melhor — expliquei.

O Apanhador riu.

— Eu pensei nisso a caminho. Nada parecia adequado. Vou usar o mesmo truque do Corvo. Falei com Metamorfo. Ele está vindo. — O Apanhador olhou o Manco. — Você está com problemas, não está? — E então para mim: — Era de se pensar que um homem velho assim teria adquirido alguma sabedoria na vida. — Finalmente, para Corvo: — Corvo, ele era a recompensa da Dama para você.

— Fico agradecido — resmungou Corvo.

Eu já tinha chegado a essa conclusão. Mas eu também deveria ganhar alguma coisa daquela situação, e não tinha visto nada que pudesse chegar remotamente perto de realizar qualquer sonho meu.

Apanhador fez o truque de leitura de mentes.

— Sua recompensa mudou, acho. Ainda não foi entregue. Relaxe, Chagas. Vamos ficar aqui um bom tempo ainda.

Eu me sentei ao lado de Corvo. Não falamos. Não havia nada que eu quisesse dizer, e ele estava perdido em algum lugar dentro de si mesmo. Como disse, um homem não pode viver apenas de ódio.

O Apanhador de Almas conferiu as amarras de nossos prisioneiros, arrastou a armação do tapete até as sombras e então se empoleirou na pilha de pedras.

Metamorfo chegou 20 minutos depois, grande, feio, sujo e fedorento como sempre. Deu uma olhada no Manco, conversou com o Apanhador, rosnou para o Manco por meio minuto e, por fim, montou novamente no tapete voador e foi embora.

— Ele passou a honra também. Ninguém quer a responsabilidade final — explicou o Apanhador.

— A quem ele poderia passá-la? — perguntei-me. O Manco não tinha mais nenhum inimigo importante.

O Apanhador deu de ombros e voltou à pilha de rochas. Murmurou em uma dúzia de vozes, se retraindo, quase diminuindo. Acho que ele estava tão feliz em ficar ali quanto eu.

O tempo passou lentamente. As faixas de luz do sol ficaram cada vez mais inclinadas. Uma de cada vez, elas se apagaram. Comecei a me perguntar se as suspeitas de Corvo não estariam corretas. Seríamos presas fáceis após o crepúsculo. Os Tomados não precisam do sol para ver.

Fitei o Corvo. O que estaria se passando dentro da cabeça dele? O rosto de meu camarada era um vazio moroso. Era a expressão que ele exibia ao jogar cartas.

Pulei do tronco e fiquei vagueando, seguindo o padrão estabelecido pelo Manco. Não havia mais nada a fazer. Taquei uma pinha num nó do tronco que eu e Corvo tínhamos usado como cobertura... E o nó se esquivou! Saí correndo desabalado para a espada ensanguentada de Sussurro antes de entender completamente o que tinha visto.

— O que foi? — perguntou o Apanhador quando parei.

— Estirei um músculo, acho — improvisei. — Ia relaxar com algumas corridas, mas alguma coisa aconteceu em minha perna. — Massageei a batata da perna direita. Ele pareceu satisfeito. Dei uma olhada de relance ao tronco, mas não vi nada.

Mas eu sabia que Calado estava lá. Estaria lá se fosse necessário.

Calado. Como diabos ele havia chegado ali? Do mesmo jeito que o resto de nós? Será que ele tinha truques dos quais ninguém suspeitava?

Depois de fazer algum drama necessário, manquei até Corvo. Tentei explicar a ele com gestos que teríamos ajuda se a coisa ficasse feia, mas a mensagem não foi captada. Ele estava retraído demais.

Estava escuro. Havia uma meia-lua no céu, cutucando a clareira com algumas listras fracas de prata. O Apanhador permaneceu na pilha de rochas. Eu e Corvo ficamos no tronco. Meu traseiro doía. Meus nervos estavam em frangalhos. Eu estava cansado, faminto e assustado. Já havia passado de meu limite, mas não tinha coragem de dizê-lo.

Corvo saiu da fossa subitamente. Ele avaliou a situação e perguntou:

— O que diabos estamos fazendo?

O Apanhador de Almas acordou.

— Esperando. Não deve demorar muito mais tempo.

— Esperando o quê? — inquiri. Consigo ser corajoso quando tenho Corvo a meu lado. O Apanhador de Almas olhou em minha direção. Fiquei ciente de uma movimentação sobrenatural no bosque atrás de mim, e de Corvo se preparando para agir. — Esperando o quê? — repeti, fracamente.

— Por mim, médico. — Senti a respiração de quem falou em meu cangote.

Pulei quase até o Apanhador, e não parei até alcançar a espada de Sussurro. O Apanhador riu. Eu me perguntei se ele teria percebido que minha perna havia melhorado. Dei uma olhada melhor no tronco. Nada.

Uma luz gloriosa irrompeu sobre o tronco de onde eu tinha pulado. Não vi Corvo. Ele havia sumido. Agarrei a espada de Sussurro e resolvi acertar uns golpes no Apanhador.

A luz flutuou sobre a árvore gigantesca caída e pousou diante do Apanhador. Era brilhante demais para ser possível encarar por muito tempo. Iluminou a clareira inteira.

O Apanhador se ajoelhou. Foi então que eu entendi.

A Dama! A glória flamejante era a Dama. Nós estivéramos esperando pela Dama! Fitei a luz até meus olhos doerem. E caí de joelho também. Ofereci a espada de Sussurro com as mãos, como um cavaleiro prestando homenagem ao rei. A Dama!

Seria essa a minha recompensa? Finalmente conhecê-la? Aquela coisa que tinha me chamado desde Talismã se torceu, me preencheu, e por um tolo instante fiquei completamente apaixonado. Mas não podia vê-La. Eu queria ver como Ela era.

A Dama tinha o mesmo poder que eu achava tão desconcertante no Apanhador.

— Não desta vez, Chagas — disse ela. — Mas em breve, acho.

Ela tocou minha mão. Os dedos Dela me queimaram como o primeiro toque sexual de minha primeira amante. Você se lembra daquele instante apressado, atordoante e furioso de excitação?

— A recompensa virá mais tarde. Desta vez você terá permissão de testemunhar um ritual que não é visto há quinhentos anos. — Ela se moveu. — Isso deve ser muito desconfortável. Levante-se.

Eu me ergui, recuei. O Apanhador de Almas ficou em posição de sentido, observando a luz. A intensidade diminuía, e eu pude encará-la sem dor. A luz flutuou ao redor da pilha de rochas até nossos prisioneiros, ficando menos intensa até que fui capaz de discernir uma silhueta feminina dentro dela.

A Dama fitou o Manco por um longo tempo. O Manco olhou de volta. O rosto dele estava inexpressivo. Ele se encontrava além da esperança ou do desespero.

— Você me serviu bem por algum tempo — afirmou a Dama. — E sua traição ajudou mais do que feriu. Não sou desprovida de misericórdia. — Ela brilhou mais forte para um dos lados. Uma sombra se reduziu. Lá estava Corvo, com arco e flecha nas mãos. — Ele é seu, Corvo.

Eu me virei para o Manco. O Tomado demonstrou empolgação e uma estranha esperança. Não que achasse que fosse sobreviver, é claro, mas que morreria de forma rápida e simples, sem sofrimento.

— Não — respondeu Corvo. E nada mais. Apenas uma recusa direta.

A Dama meditou.

— Que pena, Manco. — Ela se arqueou para trás e gritou algo aos céus.

O Manco se debateu violentamente. A mordaça voou de sua boca. As amarras dos tornozelos se partiram. O Tomado se levantou, tentando correr, tentando dizer algum feitiço que pudesse protegê-lo. O homem correu 10 metros quando mil cobras flamejantes vieram da noite e o atacaram.

Cobriram o corpo do Tomado. Entraram em sua boca e em seu nariz, em seus olhos e nos ouvidos. Elas entraram do jeito fácil e saíram pelas costas, peito e barriga. Manco gritou. E gritou. E gritou. E a mesma vitalidade terrível que tinha superado a letalidade das flechas de Corvo o manteve vivo durante o castigo.

Eu vomitei a carne-seca que havia sido minha única refeição naquele dia.

O Manco ficou um longo tempo gritando, e não morreu. Por fim, a Dama se cansou e mandou as serpentes embora. Ela teceu um casulo sussurrante ao redor do Tomado, e gritou outra série de sons. Uma imensa libélula luminescente mergulhou do céu, catou o casulo e partiu voando na direção de Talismã.

— Ele me proverá anos de divertimento — afirmou a Dama, lançando um olhar ao Apanhador de Almas, para que a lição não fosse perdida.

O Apanhador não tinha se mexido até então. Continuou imóvel.

— Chagas, o que você está prestes a testemunhar permanece apenas em raras memórias. Até mesmo a maioria de meus campeões já esqueceu.

Do que diabos ela estaria falando?

Ela olhou para baixo. Sussurro estremeceu.

— Não, não é isso, de forma alguma — declarou a Dama. — Você foi uma inimiga tão espetacular que vou recompensá-la. — Uma risada estranha. — Há uma vaga aberta nos Tomados.

Então era isso. A flecha sem ponta, as circunstâncias estranhas que nos trouxeram a este momento ficaram claras. A Dama tinha decidido que Sussurro substituiria o Manco.

Quando? Exatamente quando ela tomou essa decisão? O Manco já estava em maus lençóis há um ano, sofrendo seguidas humilhações. Teria ela as orquestrado? Acho que sim. Uma pista aqui, uma dica ali, um fiapo de fofoca e uma lembrança perdida... O Apanhador participara de tudo, usando a Companhia. Talvez soubesse de tudo desde o momento que alistou nossa força. Certamente nosso encontro com Corvo não fora acidental. Ah, ela era uma vaca cruel, maldosa, pérfida e calculista.

Mas todos sabiam disso. Essa era sua história. A Dama tinha despossuído o próprio marido. Assassinado a irmã, se é que posso acreditar no Apanhador. Então, por que eu estava desapontado e surpreso?

Dei uma olhada no Apanhador. Ele não tinha se movido, mas havia uma mudança sutil em sua postura. Ele estava chocado com a surpresa.

— Sim — disse-lhe a Dama. — Você achou que apenas o Dominador poderia Tomar. — Uma risada suave. — Você estava errado. Passe a notícia a todos que ainda pensam em ressuscitar meu marido.

O Apanhador se moveu um pouco. Não fui capaz de interpretar o significado disso, mas a Dama pareceu satisfeita. Ela se voltou para Sussurro novamente.

A general rebelde estava ainda mais aterrorizada que o Manco. Ela iria se transformar naquilo que mais odiava, e não poderia fazer nada.

A Dama se ajoelhou e começou a sussurrar para ela.

Eu assisti, e ainda não sei o que aconteceu. Sequer posso descrever a Dama, assim como Duende não conseguiu, apesar de ter ficado perto dela a noite inteira. Ou talvez por várias noites. O tempo tem uma qualidade surreal. Perdemos alguns dias em algum lugar. Mas eu realmente a vi *e* testemunhei o ritual que converteu um de nossos inimigos mais perigosos em um dos nossos.

Lembro de uma coisa com a clareza de fio de navalha. Um enorme olho amarelo. O mesmo olho que tinha destroçado Duende. Ele veio e fitou a mim, Corvo e Sussurro.

Não fiquei devastado como Duende. Talvez eu seja menos sensível. Ou apenas mais ignorante. Mas foi ruim. Como eu disse, alguns dias desapareceram.

Aquele olho não é infalível. Ele não funciona bem com memórias de curto prazo. A Dama continuou sem saber da presença de Calado.

Do resto, tenho apenas relances, a maioria ocupada pelos gritos de Sussurro. Houve um momento em que a clareira se encheu de demônios dançantes, todos brilhando com uma maldade interior. Eles lutaram pelo privilégio de montar Sussurro. Houve um momento em que Sussurro encarou o olho. Um momento em que, eu acho, Sussurro morreu e foi ressuscitada, morreu e foi ressuscitada até ficar íntima com a morte. Houve momentos em que ela foi torturada. E mais uma sessão com o olho.

Os fragmentos que retive sugerem que ela foi morta, estilhaçada, revivida e remontada como uma escrava devotada. Lembro de seu voto de lealdade à Dama. A voz de Sussurro escorria com um anseio covarde de agradar.

Muito tempo depois de ter acabado, eu acordei confuso, perdido e aterrorizado. Levei um tempo para recuperar o controle. A confusão era parte do modo protetor como a Dama agia. O que eu não lembrasse não poderia ser usado contra ela.

Que bela recompensa.

Ela havia ido embora. Assim como Sussurro. Mas o Apanhador de Almas tinha ficado, andando de um lado para o outro na clareira, murmurando em dúzias de vozes frenéticas. Ele se calou assim que tentei me sentar. Encarou-me, com a cabeça projetada para a frente, desconfiado.

Grunhi, tentei levantar, caí para trás. Rastejei e me recostei numa das pedras. O Apanhador me trouxe um cantil. Bebi desajeitado.

— Você poderá comer quando se recompuser — disse ele.

O comentário me alertou para a fome desesperadora que eu sentia. Quanto tempo tinha se passado?

— O que aconteceu?

— O que você lembra?

— Não muito. Sussurro foi Tomada?

— Vai substituir o Manco. A Dama a levou para o front oriental. O conhecimento que ela tem do outro lado vai fazer as coisas andarem por lá.

Tentei me livrar da confusão.

— Achei que eles estivessem passando a uma estratégia setentrional.

— E estão. Assim que seu amigo se recuperar, teremos de voltar a Lordes. — Numa voz suave e feminina, ele admitiu: — Eu não conhecia Sussurro tão bem quanto achava. Ela contou aos outros o que aconteceu a seu acampamento. E, dessa vez, o Círculo reagiu rapidamente. Eles evitaram as picuinhas de costume. Sentiram cheiro de sangue. Aceitaram as perdas e deixaram que nos distraíssemos enquanto iniciavam as manobras. Mantiveram-nas muito bem-escondidas. Agora o exército de Calejado está indo a Lordes. Nossas forças ainda estão espalhadas pela floresta. Ela virou a armadilha contra nós.

Não queria ouvir aquilo. Um ano de más notícias tinha sido suficiente. Por que um de nossos golpes não podia permanecer sólido?

— Ela se sacrificou de propósito?

— Não. Ela queria que a perseguíssemos pela mata, ganhando tempo para o Círculo. Sussurro não sabia que a Dama estava ciente do Manco. Achei que eu conhecesse minha inimiga, mas estava errado. Vamos nos beneficiar, mais tarde, porém a coisa vai ser difícil até Sussurro endireitar o leste.

Tentei me levantar, não consegui.

— Vá com calma — sugeriu ele. — A primeira vez com o Olho é sempre difícil. Acha que consegue comer alguma coisa?

— Arraste um daqueles cavalos até aqui.

— Melhor não exagerar.

— Está muito ruim? — Eu não sabia bem sobre o que estava perguntando. O Apanhador presumiu que eu me referia à situação estratégica.

— O exército de Calejado é maior que qualquer um que já enfrentamos aqui no norte. E é só um dos grupos que se aproxima. Se o Rastejante não chegar a Lordes primeiro, vamos perder a cidade e o reino. O que pode dar a eles o impulso necessário para nos expulsar de vez do norte. Nossas forças em Desejo, Jane, Vinha e em outros lugares não estão preparadas para uma campanha séria. O norte era uma preocupação secundária até agora.

— Mas... depois de tudo o que passamos? Estamos piores agora do que quando perdemos Rosas? Merda! Isso não é justo. — Eu estava farto de retiradas.

— Não se preocupe, Chagas. Se Lordes cair, vamos detê-los na Escada das Lágrimas. Vamos contê-los ali enquanto Sussurro bota pra quebrar. Eles não poderão ignorá-la para sempre. Se o leste desabar, a rebelião morrerá. O leste é a força deles. — O Apanhador soava como alguém tentando se convencer de algo. Tinha passado por essas oscilações antes, nos últimos dias da Dominação.

Enterrei minha cabeça nas mãos, resmungando.

— Achei que tínhamos dado uma surra neles. — Por que diabos deixamos Berílio?

O Apanhador cutucou Corvo com a ponta da bota. Corvo não se mexeu.

— Vamos lá! — reclamou o Apanhador. — Precisam de mim em Lordes! Rastejante e eu talvez tenhamos de manter a cidade sozinhos.

— Por que, então, você não nos deixou aqui se a situação é tão crítica?

Ele enrolou, tagarelou e tentou me distrair, e antes que terminasse fiquei com a suspeita de que o Tomado tinha um senso de honra, de dever para com aqueles que aceitassem sua proteção. O Apanhador jamais admitiria isso, contudo. Nunca. Tal característica não se encaixa com a imagem dos Tomados.

Pensei em outra jornada pelo céu. Pensei muito. Sou tão preguiçoso quanto qualquer soldado, mas não aguentaria outro voo. Não agora. Não me sentindo como me sentia.

— Eu certamente cairia fora. Não há porque você ficar por aqui. Não vamos estar prontos antes de alguns dias. Raios, podemos ir embora andando. — Pensei na floresta. Andar também não me parecia nada atraente. — Devolva nossos distintivos. Assim você poderá nos achar de novo, e nos buscar, se tiver tempo.

O Apanhador reclamou. Debatemos a questão. Insisti que estava muito abalado, que Corvo estaria muito abalado.

Ele parecia ansioso em partir. Deixou que eu o convencesse. Descarregou o tapete, que tinha ido a algum lugar enquanto eu estive inconsciente, e embarcou.

— Vejo vocês em alguns dias.

O tapete subiu mais rápido do que quando eu e Corvo estivemos a bordo. E então sumiu. Arrastei-me até as coisas que ele tinha deixado para trás.

— Seu maldito — eu ri. O protesto fora falso. Havia deixado comida, nossas armas que estavam em Lordes e todos os apetrechos e equipamentos necessários para sobrevivermos. Não era um mau chefe, para um dos Tomados. — Ei, Calado! Cadê você?

O feiticeiro apareceu na clareira. Ele olhou para mim, para Corvo, para os suprimentos e não disse nada. Claro que não. Era Calado.

Parecia bem cansado.

— Não dormiu o bastante? — indaguei. Ele confirmou com um aceno de cabeça. — Viu o que aconteceu aqui? — Outra confirmação. — Espero que você lembre melhor que eu. — Ele balançou a cabeça negativamente. Merda. Então vai tudo ser registrado nos Anais de forma vaga.

É uma maneira estranha de se ter uma conversa, um homem falando e o outro balançando a cabeça. Tentar decifrar as informações pode ser incrivelmente difícil. Eu deveria estudar os sinais que Corvo aprendeu com Lindinha. Calado é o segundo melhor amigo dela. Seria interessante, pelo menos para bisbilhotar suas conversas.

— Vamos ver o que podemos fazer por Corvo — sugeri.

Corvo estava dormindo o sono dos justos. Ele não acordou por horas. Usei esse tempo para interrogar Calado.

O Capitão o tinha enviado. Calado viera a cavalo. De fato, estava a caminho antes que Corvo e eu tivéssemos sido convocados para nossa entrevista com o Apanhador de Almas. Cavalgara arduamente, dia e noite. Alcançou a clareira alguns momentos antes de eu vê-lo.

Perguntei como ele soubera aonde ir, imaginando que o Capitão teria extraído sutilmente informações suficientes do Apanhador para botar Calado em nossa pista; uma atitude muito de acordo com o estilo do Capitão. Calado admitiu que não sabia bem para onde iria, exceto de maneira vaga, até chegarmos à área. Então ele me rastreou pelo amuleto que Duende me dera.

Duendezinho malandro. Ele não deixou transparecer qualquer pista. Aliás, isso foi ótimo. O olho teria descoberto isso.

— Você acha que poderia ter feito alguma coisa caso nós realmente precisássemos de ajuda? — perguntei.

Calado sorriu, deu de ombros, foi até a pilha de rochas e se sentou. Estava farto do jogo de perguntas. De toda a Companhia, ele era o menos interessado na imagem que apresentaria aos Anais. Calado não se importa se as pessoas gostam dele ou o odeiam, não liga para onde esteve ou aonde vai. Às vezes me pergunto se ele se importa em viver ou morrer, me pergunto o que o faz ficar. Ele deve ter alguma conexão com a Companhia.

Corvo finalmente acordou. Cuidamos dele e o alimentamos e, finalmente, parecendo três mendigos, juntamos os cavalos de Sussurro e do Manco e partimos para Lordes. Viajamos sem entusiasmo, sabendo que nosso destino era outro campo de batalha, outra terra de homens mortos.

Não conseguimos nos aproximar. Os rebeldes de Calejado tinham cercado a cidade, fortificada e cercada por um fosso duplo. Uma terrível nuvem negra escondia a cidade propriamente dita. Relâmpagos cruéis mordiam-lhe as bordas, duelando com o poder dos Dezoito. Calejado não viera sozinho.

O Círculo parecia determinado a vingar Sussurro.

— O Apanhador e o Rastejante estão jogando pesado — comentou Corvo, após um embate particularmente violento. — Sugiro que fujamos para o sul e esperemos por lá. Se abandonarem Lordes, vamos nos reencontrar com eles enquanto correrem para a Planície dos Ventos. — O rosto de Corvo se retorceu horrivelmente. Ele não se animava com aquela ideia. Conhecia a Planície dos Ventos.

Então para o sul nós fomos, nos reunindo a outros fugitivos. Passamos 12 dias escondidos, esperando. Corvo organizou os outros em algo que lembrava uma unidade militar. Passei o tempo escrevendo e pensando em Sussurro, me perguntando o quanto ela influenciaria o front oriental. Os raros relances que tive de Lordes me convenceram de que ela era a última esperança real para o nosso lado.

Os rumores diziam que os rebeldes estavam aplicando a mesma pressão em outros lugares. A Dama supostamente teve de transferir o Enforcado e o Roedor de Ossos do leste, para fortalecer a resistência. Um dos boatos afirmava que Metamorfo fora morto nos combates em Centeio.

Eu me preocupei com a Companhia. Nossos irmãos tinham entrado em Lordes antes da chegada de Calejado.

Nenhum homem tomba sem que eu conte sua história. Como eu poderia fazer isso a 32 quilômetros? Quantos detalhes seriam perdidos nas narrativas orais que eu teria de recolher após o ocorrido? Quantos homens morrerão sem que suas mortes sejam observadas por alguém?

Mas eu passava a maior parte do tempo pensando no Manco e na Dama. E agonizando.

Não creio que eu vá escrever mais fantasias fofas e românticas sobre nossa empregadora. Cheguei perto demais dela. Não estou mais apaixonado.

Sou um homem assombrado. Assombrado pelos gritos do Manco. Assombrado pela risada da Dama. Assombrado por minha suspeita de que estamos protegendo a causa de algo que merece ser varrido da face da Terra. Assombrado pela convicção de que aqueles dedicados à causa da erradicação da Dama são pouco melhores que ela.

Sou assombrado pelo conhecimento cristalino de que, no fim, o mal sempre triunfa.

Ah, céus! Problemas. Há uma feia nuvem negra subindo os morros a nordeste. Todos estão correndo, pegando em armas e selando cavalos. Corvo está gritando para que eu mexa meu traseiro...

Capítulo Cinco

CALEJADO

O vento uivava e lançava rajadas de poeira e areia contras nossas costas. Nós batíamos em retirada em direção a ele, andando de ré, com a tempestade poeirenta entrando em cada fenda na armadura e nas roupas, combinando-se com o suor para criar uma lama fétida e salgada. O ar era quente e seco, sugando a umidade rapidamente, deixando a lama seca em torrões. Todos tinham lábios rachados e inchados e línguas que pareciam almofadas mofadas, se engasgavam com a areia que se acumulava nas bocas.

A Arauto da Tormenta havia se empolgado. Nós sofríamos quase tanto quanto os rebeldes. A visibilidade mal chegava a 12 metros. Eu praticamente não via os homens à minha direita e esquerda, e só dois sujeitos na linha da retaguarda, andando de costas diante de mim. Saber que nossos inimigos teriam de vir atrás de nós encarando o vento não me animou muito.

Os homens na outra linha subitamente se espalharam, usando os arcos. Coisas altas surgiram em meio à poeira rodopiante, mantos de sombras girando em volta delas, batendo como amplas asas. Puxei a corda e disparei uma flecha, certo de que erraria o alvo.

Não errei. Um cavaleiro jogou as mãos para o ar. O animal girou e correu a favor do vento, perseguindo companheiros sem cavalos.

Eles nos pressionavam sem trégua, mantendo proximidade, tentando nos pegar antes que escapássemos da Planície dos Ventos e alcançássemos a Escada das Lágrimas, um lugar mais fácil de defender. Queriam ver cada um de nós estirado sob o sol inclemente do deserto, morto e saqueado.

Passo atrás. Passo atrás. Lento demais. Mas não havia escolha. Se lhes déssemos as costas, eles nos enxameariam. Temos que fazê-los pagar por cada aproximação, intimidar completamente a exuberância deles.

O presente da Arauto da Tormenta era nossa melhor armadura. A Planície dos Ventos é selvagem e áspera nas melhores ocasiões; plana, deserta, seca, desabitada, um lugar onde tempestades de areia são comuns. Mas o lugar nunca vira uma como esta, que continuava hora após hora, dia após dia, se reduzindo apenas nas horas de escuridão. Tornava a Planície dos Ventos um lugar impossível para qualquer ser vivo. E era a única coisa que mantinha a Companhia viva.

Havia 3 mil homens na Companhia agora, recuando diante da maré inexorável que inundara Lordes. Nossa pequena irmandade, ao se recusar a ceder, se tornara o núcleo ao qual os fugitivos do desastre se anexaram, depois que o Capitão conseguiu romper as linhas de cerco. Tínhamos nos tornado o cérebro e os nervos desta sombra fugitiva de um exército. A Dama mandou pessoalmente ordens a todos os oficiais imperiais que deferissem ao Capitão. Somente a Companhia produzira qualquer sinal de sucesso durante a campanha setentrional.

Alguém saiu da poeira, gemeu atrás de mim e cutucou meu ombro. Girei. Não era hora ainda de sair da linha.

Corvo me encarou. O Capitão descobrira onde eu estava.

A cabeça de Corvo inteira estava embrulhada em trapos. Fechei os olhos, erguendo uma das mãos para bloquear a areia. Ele gritou algo como "Ocapaquecê". Balancei a cabeça. Ele apontou para trás, me agarrou e gritou na minha orelha.

— O Capitão quer você.

Claro que queria. Acenei em concordância, entreguei arco e flechas, me inclinei contra o vento e a poeira. Armas eram raras. As flechas que eu dera a Corvo eram setas disparadas pelos rebeldes e catadas após caírem erráticas dentro do vendaval marrom.

Andar andar andar. Areia batendo no alto da minha cabeça enquanto eu avançava com o queixo no peito, encolhido, com olhos semicerrados. Não queria voltar. O Capitão não ia me dizer nada que eu quisesse ouvir.

Um arbusto enorme veio girando e pulando em minha direção. Quase me derrubou. Eu ri. Tínhamos Metamorfo conosco. Os rebeldes gastariam muitas flechas quando aquele arbusto alcançasse as linhas deles. A vantagem numérica deles era de dez a 15 para cada um de nós, mas os números não reduziam o medo que sentiam dos Tomados.

Pisei forte, avançando contra as presas do vento até que tive certeza de ter ido longe demais ou me perdido. Era sempre assim. Assim que eu decidi desistir, lá estava ela, a milagrosa ilha de paz. Eu entrei nela, cambaleando com a súbita falta de vento. Meus ouvidos rugiram, se recusando a acreditar na quietude.

Trinta carroções seguiam numa formação apertada dentro da calmaria, roda com roda. A maioria estava lotada com baixas. Mil homens cercavam os carroções, avançando teimosamente para o sul. Eles olhavam para o chão e temiam a vez deles de assumir a linha. Não havia conversas, nem troca de gracejos. Tinham visto retiradas demais. Seguiam o Capitão apenas porque ele prometia uma chance de sobrevivência.

— Chagas! Aqui! — O Tenente me chamou do flanco extremo direito da formação.

O Capitão parecia um urso naturalmente ranzinza que tinha sido acordado prematuramente de sua hibernação. O grisalho em suas têmporas se movia enquanto ele mastigava as palavras antes de cuspi-las. O rosto dele pendia, os olhos eram poços escuros. A voz soava infinitamente cansada.

— Pensei que tinha mandado você ficar por aqui.

— Era meu turno...

— Você não tem um turno, Chagas. Deixe-me ver se consigo colocar em palavras simples o bastante para você. Temos 3 mil homens. Estamos em contato contínuo com os Rebeldes. Temos um curandeiro de meia-tigela e um único médico de verdade para cuidar desses rapazes. Caolho precisa gastar metade da energia dele para ajudar a manter este domo de tranquilidade. O que nos deixa apenas você para carregar o fardo médico. O que significa que você não se arrisca lá fora na linha. Por qualquer razão que seja.

Fitei o espaço vazio acima do ombro esquerdo dele, fazendo uma cara feia para a areia que girava ao redor da área protegida.

— Você está me entendendo, Chagas? Estou sendo claro? Aprecio sua devoção aos Anais, sua determinação de conhecer a ação de perto, mas...

Confirmei com a cabeça, olhei os carroções e seus tristes fardos. Tantos feridos e tão pouco que eu poderia fazer por eles. O Capitão não via o sentimento de inutilidade que isso causava. Eu só podia costurá-los, rezar e deixar os moribundos confortáveis até que eles se fossem, e aí nós nos livrávamos deles e abríamos espaço para os recém-chegados.

Muitos dos que perdemos poderiam ter sido salvos se eu tivesse tido tempo, ajuda qualificada e um lugar decente para realizar cirurgias. Por que eu ia até a frente de batalha? Porque lá eu poderia fazer alguma coisa. Eu podia ferir nossos algozes.

— Chagas — rosnou o Capitão. — Tenho a impressão de que você não está ouvindo.

— Sim, senhor. Entendido, senhor. Vou ficar aqui e cuidar de minha costura.

— Não fique tão deprimido. — Ele tocou em meu ombro. — O Apanhador falou que vamos alcançar a Escada das Lágrimas amanhã. Então poderemos fazer o que quisermos. Dar uma lição em Calejado.

Calejado tinha se tornado o general sênior dos rebeldes.

— Ele disse também como vamos conseguir isso, quando eles têm um zilhão de homens para cada um dos nossos?

O Capitão amarrou a cara. Fez sua dancinha de urso enquanto pensava em uma resposta reconfortante.

Três mil homens exaustos e derrotados rechaçando a horda do Calejado, eufórica por vitória? Altamente improvável. Nem mesmo com três dos Dez que Foram Tomados ajudando.

— É, achei que não — zombei.

— Esse não é seu departamento, é? O Apanhador não fica duvidando de seus procedimentos cirúrgicos, fica? Então, por que questionar a estratégia geral?

Sorri.

— A lei oral de todos os exércitos, Capitão. Os escalões mais baixos têm o privilégio de questionar a sanidade e a competência dos comandantes. É a argamassa que mantém um exército unido.

O Capitão me olhou do alto de sua baixa estatura, larga circunferência e debaixo das sobrancelhas farfalhudas.

— Que mantém um exército unido, é? E você sabe o que mantém um exército em movimento?

— O quê?

— Caras como eu chutando os traseiros de caras como você quando começam a filosofar. Se é que você me entende.

— Creio que sim, senhor. — Saí dali, peguei meu kit no carroção onde o tinha guardado e fui trabalhar. Havia poucas baixas novas.

A ambição rebelde estava se corroendo perante o assalto sem fim da Arauto da Tormenta.

Eu estava de bobeira, esperando por um chamado, quando vi Elmo saindo da tempestade. Fazia dias que não o via. Ele foi até o Capitão. Eu me juntei a eles.

— ... contornou nossa direita — dizia ele. — Talvez tentando alcançar a Escada primeiro.

Elmo me deu uma olhada, ergueu uma das mãos em saudação. Ela tremia. O sargento estava pálido de cansaço. Como o Capitão, ele descansou muito pouco desde que entramos na Planície dos Ventos.

— Tire uma companhia da reserva. Ataque-os no flanco — respondeu o Capitão. — Acerte-os com força e velocidade. Não estarão esperando por isso. Vai abalá-los. Obrigá-los a imaginar o que estamos aprontando.

— Sim, senhor. — Elmo se virou e partiu.

— Elmo?

— Senhor?

— Tome cuidado. Poupe sua energia. Vamos seguir em frente esta noite.

Os olhos torturados de Elmo falaram tudo. Mas ele não questionou as ordens. Ele é um bom soldado. E, como eu, ele sabia que as ordens tinham vindo de acima do Capitão. Talvez da própria Torre.

Até então, a noite trouxera uma trégua tácita. Os rigores dos dias deixaram ambos os exércitos indispostos a dar um passo desnecessário à noite. Não houve nenhum contato noturno.

Mesmo aquelas horas de refresco, quando a tempestade dormia, não eram suficientes para impedir os exércitos de marchar, com as bundas caindo nos calcanhares. Agora nossos grão-lordes queriam um esforço adicional, na esperança de ganhar alguma vantagem tática. Alcançar a Escada à noite, se entrincheirar, levar os rebeldes nos atacarem em meio à tempestade perpétua. Fazia sentido. Mas era o tipo de manobra ordenada por um general de sua poltrona a 5 mil quilômetros do front.

— Ouviu isso? — indagou o Capitão.

— Sim. Parece idiota.

— Eu concordo com os Tomados, Chagas. A jornada vai ser mais fácil para nós e mais difícil para os Rebeldes. Você já tratou todos os feridos?

— Sim.

— Então fique fora do caminho. Vá pegar uma carona, cochilar um pouco.

Eu me afastei, amaldiçoando a má sorte que nos tomara a maioria dos cavalos. Deuses, andar estava ficando chato.

Não aceitei o conselho do Capitão, porém, embora fosse bom. Eu estava agitado demais para descansar. A perspectiva de uma noite de marcha tinha me abalado.

Vagueei, procurando velhos amigos. A Companhia tinha se espalhado pelo grupo, como representantes da vontade do Capitão. Havia alguns homens que eu não via desde Lordes. Não sabia se ainda estavam vivos.

Só consegui encontrar Duende, Caolho e Calado. E, naquele dia, Duende e Caolho estavam tão comunicativos quanto Calado. O que dizia muito sobre nosso moral.

Eles avançavam teimosamente, com olhos na terra seca, raramente fazendo algum gesto ou murmurando alguma coisa, com a intenção de preservar a integridade de nossa bolha de tranquilidade. Eu emparelhei com eles. Finalmente, tentei quebrar o gelo com um "Oi".

Duende grunhiu. Caolho me lançou um olhar malvado por alguns segundos. Calado não reconheceu minha existência.

— O Capitão falou que vamos marchar a noite toda — contei. Eu tinha que deixar alguém tão infeliz quanto eu.

O olhar de Duende me perguntava por que eu contaria tal mentira. Caolho murmurou alguma coisa sobre transformar o desgraçado num sapo.

— O desgraçado que você terá de transformar é o Apanhador de Almas — afirmei, arrogante. Ele me lançou outro olhar cruel.

— Talvez eu treine em você, Chagas.

Caolho não gostou da marcha noturna, então Duende imediatamente aprovou o gênio do autor da ideia. Mas o entusiasmo dele foi tão ralo que Caolho nem se deu ao trabalho de morder a isca.

Resolvi tentar de novo.

— Vocês estão com uma cara tão ruim quanto meu humor.

Nenhuma reação. Nem mesmo uma olhada.

— Então tá. — Baixei a cabeça, continuei andando, tentei me livrar das preocupações.

Vieram me buscar para cuidar dos feridos de Elmo. Havia uma dúzia, e foi só isso. Os rebeldes não tinham mais aquela energia de "fazer ou morrer".

As trevas chegaram mais cedo sob a tempestade. Continuamos cuidando de nossas vidas. Nos afastamos um pouco dos rebeldes, montamos um acampamento com fogueiras feitas com qualquer arbusto seco que pudéssemos encontrar. Só que, desta vez, foi apenas um descanso rápido, até as estrelas surgirem. Elas nos fitaram com zombaria ao cintilar, dizendo que nosso suor e sangue significavam nada diante dos olhos do tempo. Nada do que fazíamos seria lembrado em mil anos.

Tais pensamentos infectavam a todos. Nenhum de nós ainda tinha qualquer ideal ou sede de glória sobrando. Queríamos apenas chegar a algum lugar, deitar e esquecer a guerra.

Mas a guerra não nos esquecia. O Capitão esperou até achar que os rebeldes estariam convencidos de que iríamos permanecer acampados pelo resto da noite, e então reiniciou a marcha, agora numa coluna esfarrapada que serpenteava lentamente pela vastidão iluminada pelo luar.

Horas se passaram e parecia que não chegávamos a lugar algum. A paisagem nunca mudava. Eu olhava para trás ocasionalmente, conferindo a tempestade renovada que a Arauto lançava sobre o acampamento rebelde. Relâmpagos riscavam e tremeluziam dessa vez. Era mais furiosa que qualquer coisa que eles já tivessem enfrentado até então.

A sombria Escada das Lágrimas se materializou tão lentamente que eu levei uma hora para perceber que não era um bando de nuvens baixas no horizonte. As estrelas começaram a sumir e o leste a se iluminar antes que a terra começasse a subir.

A Escada das Lágrimas é uma cordilheira selvagem, acidentada, praticamente intransitável, a não ser pela única passagem íngreme que inspirou o nome da serra. O terreno se ergue gradualmente até alcançar platôs e penhascos súbitos e altíssimos de arenito vermelho que se estendem nas duas direções por centenas de quilômetros. Ao sol da manhã, pareciam as muralhas desgastadas da fortaleza de um gigante.

A coluna entrou num cânion abarrotado de rochas e parou enquanto se abria um caminho para os carroções. Eu me arrastei até o alto de um penhasco e observei a tempestade. Ela vinha em nossa direção.

Será que passaríamos antes que Calejado nos alcançasse?

O bloqueio era um desabamento recente que cobria apenas 400 metros de estrada. Do outro lado ficava a rota usada pelas caravanas antes que a guerra interrompesse o comércio.

Encarei a tempestade outra vez. Calejado avançava velozmente. Acho que a raiva o impelia. Não estava disposto a desistir. Nós matáramos o cunhado dele, e tínhamos possibilitado que a prima dele fosse Tomada...

Um movimento a oeste chamou minha atenção. Um grupo furioso de tempestades trovejantes ia em direção a Calejado, estrondando e brigando entre si. Uma nuvem-tornado ganhou vida e se lançou contra a tempestade de areia. Os Tomados jogam pesado.

Calejado era teimoso. Ele continuava avançando contra tudo.

— Ei, Chagas! — gritou alguém. — Vamos.

Olhei para baixo. Os carroções tinham passado pelo pior. Hora de continuar.

Lá na planície as tempestades trovejantes lançaram outro tornado. Quase senti pena dos homens de Calejado.

Logo após eu me reunir à coluna o chão tremeu. O penhasco onde eu subira estremeceu, grunhiu, desabou e se esparramou na estrada. Mais um presentinho para Calejado.

Chegamos a nosso ponto de parada logo antes do anoitecer. Uma região decente, afinal! Árvores de verdade. Um riacho gorgolejante. Aqueles que ainda tinham alguma força começaram a cavar trincheiras ou a cozinhar. O resto caiu onde parou. O Capitão não pressionou. O melhor remédio naquele momento era simplesmente a liberdade para descansar.

Eu dormi como uma pedra.

Caolho me acordou na hora do galo.

— Vamos trabalhar — disse ele. — O Capitão quer um hospital montado. — Ele fez uma careta. Parece uma ameixa seca nos melhores momentos. — Supostamente, vamos receber ajuda de Talismã.

Grunhi, gemi, praguejei e me levantei. Todos os meus músculos estavam duros. Todos os ossos doíam.

— Na próxima vez que estivermos num lugar suficientemente civilizado para ter uma taverna, me lembre de oferecer um brinde à paz eterna — resmunguei. — Caolho, estou pronto para me aposentar.

— E quem não está? Mas você é o Analista, Chagas. Está sempre esfregando as tradições em nossa cara. Você sabe que só tem dois jeitos de sair enquanto estivermos sob este contrato. Morto ou enterrado. Meta uma gororoba por essa goela chorosa e, então, mãos à obra. Tenho coisas mais importantes a fazer do que brincar de enfermeira.

— Nossa, quanta alegria esta manhã, hein?

— Estou feliz como uma garotinha.

Caolho continuou resmungando enquanto eu tentava me arrumar o suficiente para parecer um soldado e um médico.

O acampamento estava ganhando vida. Homens comiam e se lavavam, tirando o deserto acumulado nos próprios corpos. Eles praguejavam, resmungavam e reclamavam. Alguns até falavam com outros. A recuperação tinha começado.

Sargentos e oficiais estavam conferindo o terreno do declive, buscando as posições fortes mais fáceis de defender. Aqui, então, era o ponto onde os Tomados queriam estabelecer a defesa.

Era um bom lugar. Fazia parte da passagem que dava o nome à Escada, uma subida de 360 metros com vista para um labirinto de cânions. A velha estrada serpenteava de um lado para o outro na encosta em curvas incontáveis, de modo que ao longe ela parecia uma escada completamente torta.

Caolho e eu recrutamos 12 homens e começamos a mover os feridos até um bosque calmo consideravelmente acima do futuro campo de batalha. Passamos uma hora deixando-os confortáveis e nos preparando para o que viria.

— O que é isso? — inquiriu Caolho subitamente.

Eu prestei atenção. O barulho dos preparativos tinha cessado.

— Tem alguma coisa acontecendo — comentei.

— Que gênio — retrucou o feiticeiro. — Deve ser o pessoal de Talismã.

— Vamos dar uma olhada.

Saí do bosque e desci até o posto de comando do Capitão. Os recém-chegados se tornaram uma presença óbvia assim que deixei as árvores.

Eu diria que havia mil deles, metade soldados da guarda pessoal da Dama em uniformes brilhantes, o resto aparentemente estivadores. A fila de carroções era mais empolgante que os reforços.

— Vai ter festa esta noite — gritei para Caolho, que me seguia. Ele deu uma olhada nos carroções e sorriu. Sorrisos de puro prazer, vindos dele, eram mais comuns apenas que chifres em cavalos. Certamente merecem ser registrados nestes Anais.

Com o batalhão da guarda viera o Tomado conhecido como Enforcado. Era absurdamente alto e magro. A cabeça era torcida para um dos lados. O pescoço estava inchado e roxo da pressão de um laço de forca. O rosto se mantinha paralisado na expressão inchada de alguém estrangulado. Imagino que ele tenha grandes dificuldades para falar.

Era o quinto dos Tomados que eu via, depois do Apanhador de Almas, o Manco, Metamorfo e Sussurro. Não cheguei a encontrar o Rastejante em Lordes, e ainda não tinha visto a Arauto da Tormenta, apesar da proximidade. O Enforcado era diferente. Os outros geralmente usavam alguma coisa para esconder a cabeça e o rosto. Exceto Sussurro, tinham passado eras enterrados. O túmulo não foi generoso com eles.

O Apanhador de Almas e Metamorfo estavam lá para receber o Enforcado. O Capitão estava por perto, de costas para eles, ouvindo o comandante da guarda da Dama. Eu me aproximei, na esperança de conseguir bisbilhotar.

O comandante estava mal-humorado porque teria de se colocar à disposição do Capitão. Nenhum dos oficiais do exército regular gostava de receber ordens de um mercenário recém-chegado d'além-mar.

Cheguei mais perto dos Tomados e descobri que não entendia uma palavra da conversa deles, pois estavam falando TelleKurre, uma língua que tinha morrido com a queda da Dominação.

Uma mão tocou a minha, de leve. Assustado, olhei para baixo e me deparei com os olhos castanhos de Lindinha, que eu não via há dias. Ela fez gestos rápidos com os dedos. Eu tinha começado a aprender os sinais. Ela queria me mostrar alguma coisa.

A menina me levou até a barraca de Corvo, que não ficava longe da do Capitão. Ela entrou e voltou com uma boneca de madeira. Um trabalho carinhoso tinha sido investido em sua criação. Não conseguia imaginar quantas horas Corvo tinha gasto no brinquedo. Não conseguia imaginar como ele havia conseguido esse tempo.

Lindinha passou a fazer sinais mais lentamente para que eu tivesse mais facilidade em acompanhar. Eu ainda não era muito habilidoso. Ela me contou que Corvo fizera a boneca, como eu adivinhara, e que agora estava costurando um guarda-roupa. Lindinha achava que possuía um grande tesouro. Ao lembrar da vila onde nós a encontramos, eu tinha certeza de que aquele era o melhor brinquedo que ela já possuíra.

Era também um objeto revelador, quando se pensa em Corvo, que passa uma imagem tão amargurada, fria e silenciosa, e que parece ser capaz de usar uma faca apenas para fins sinistros.

Lindinha e eu conversamos por vários minutos. Os pensamentos dela são maravilhosamente diretos, um contraste refrescante num mundo tão cheio de gente maliciosa, prevaricadora, imprevisível e manipuladora.

Outra mão apertou meu ombro, transmitindo algo entre raiva e companheirismo.

— O Capitão está procurando você, Chagas.

Os olhos escuros de Corvo cintilaram como obsidianas sob uma lua crescente. Ele fingiu que a boneca era invisível. Corvo *gosta* de passar uma imagem de durão, percebi.

— Certo — respondi, me despedindo com as mãos.

Gostava de aprender com Lindinha. Ela gostava de me ensinar. Acho que assim ela se sentia útil, importante. O Capitão considerava mandar todos aprenderem a linguagem de sinais dela. Seria um suplemento valioso a nossos sinais de batalha tradicionais, porém inadequados.

O Capitão me olhou muito feio quando cheguei, mas me poupou de um sermão.

— Seus novos ajudantes e suprimentos estão ali adiante. Mostre a eles aonde ir.

— Sim, senhor.

A responsabilidade o estava afetando. O Capitão nunca tinha comandado tantos homens, nem enfrentado condições tão adversas, com ordens tão absurdas diante de um futuro tão incerto. Do ponto de vista dele, parecia que seríamos sacrificados para ganhar tempo.

Nós da Companhia não somos lutadores entusiasmados. Mas a Escada das Lágrimas não poderia ser defendida com truques.

Parecia que o fim tinha chegado.

Ninguém iria cantar canções em nossa memória. Somos a última das Companhias Livres de Khatovar. Nossas tradições e memórias vivem apenas nestes Anais. Somos nossos próprios pranteadores.

É a Companhia contra o mundo. Sempre foi assim, sempre será assim.

O socorro que me foi enviado pela Dama consistia em dois cirurgiões de campo de batalha qualificados e uma dúzia de alunos com variados graus de habilidade, além de vários carroções carregados de suprimentos médicos. Eu estava grato. Agora tinha uma chance de salvar alguns homens.

Levei os recém-chegados até meu bosque, expliquei como trabalhava e os deixei cuidar dos pacientes, saindo dali.

Eu estava inquieto. Não gostava do que estava acontecendo com a Companhia. Tinha adquirido muitos novos seguidores e novas responsabilidades. A velha intimidade já era. Antigamente, eu via todos os homens, todos os dias. Agora tinha alguns que eu não via desde o fracasso em Lordes. Não sabia se estavam mortos, vivos ou cativos. Eu estava quase neuroticamente preocupado com a possibilidade de alguns irmãos terem sido perdidos e que eles seriam esquecidos.

A Companhia é nossa família. A irmandade é o que a mantém viva. Hoje, com todos esses novos rostos nortistas, a principal força mantendo a Companhia unida é um esforço desesperado dos irmãos em recuperar a velha intimidade. O esforço desprendido nessa tentativa marca todos os rostos.

Fui até um dos postos avançados de vigilância, com vista para a queda do riacho aos cânions. Lá, bem lá embaixo, jazia um pequeno poço reluzente. Um fio de água saía dele, correndo para a Planície dos Ventos. Ele não completaria sua jornada. Esquadrinhei as fileiras caóticas de torres e penhascos de arenito. Nuvens tempestuosas com espadas relampejantes estrondavam e massacravam as terras ermas, me lembrando de que os problemas não estavam distantes.

Calejado estava chegando, apesar da fúria da Arauto da Tormenta. Ele faria contato no dia seguinte, calculei. Eu me perguntei o quanto os temporais o tinham ferido. Não o bastante, certamente.

Espiei uma monstruosidade marrom descendo a estrada que ziguezagueava. Metamorfo, indo praticar seus terrores especiais. Ele poderia entrar no acampamento rebelde como um deles, praticar magias venenosas nas panelas e caldeirões e encher a água potável deles com doenças. O Tomado poderia se tornar a sombra nas trevas que todos os homens temem, matando um de cada vez, deixando apenas restos mutilados para encher os sobreviventes de terror. Eu o invejei ao mesmo tempo em que o odiava.

As estrelas cintilavam acima da fogueira, que tinha ficado fraca enquanto eu e alguns outros veteranos jogávamos Tonk. Eu estava vencendo por pouco.

— Vou pular fora enquanto estou ganhando. Alguém quer meu lugar? — perguntei. Estiquei as pernas doloridas e me afastei, me recostando num tronco e olhando o céu. As estrelas pareciam felizes e amistosas.

O ar estava frio, fresco e parado. O campo estava silencioso. Grilos e pássaros noturnos cantavam suas canções tranquilizadoras. O mundo estava em paz. Era difícil acreditar que aquele lugar logo se tornaria um campo de batalha. Eu me remexi até ficar confortável, procurando estrelas cadentes. Estava determinado a aproveitar o momento. Poderia ser meu último instante de paz na terra.

A fogueira estalava e crepitava. Alguém conseguiu reunir ambição suficiente para colocar um pouco mais de madeira. O fogo se animou, lançando fumaça de pinheiro em minha direção, e criou sombras que dançavam nos rostos atentos dos jogadores. Caolho estava com lábios tensos, pois perdia. A bocarra de sapo do Duende se abria num sorriso inconsciente.

Calado estava ilegível, como sempre. Elmo pensava muito, fazendo uma careta ao calcular probabilidades. Fanfarrão estava mais azedo que de costume. Era bom ver Fanfarrão de novo. Temia que o tivéssemos perdido em Lordes.

Um mísero meteoro foi a única coisa a riscar o céu. Desisti, fechei os olhos, escutei meu coração batendo. *Calejado está chegando. Calejado está chegando*, ele dizia. Martelava um rufar de tambor, mimetizando a marcha de legiões que avançavam.

Corvo se sentou a meu lado.

— Noite tranquila — observou ele.

— A calma antes da tempestade — respondi. — O que está rolando com os todo-poderosos?

— Muitas discussões. O Capitão, o Apanhador e o cara novo estão deixando eles tagarelarem. Deixando que desabafem. Quem está ganhando?

— Duende.

— Caolho não está tirando cartas do fundo do baralho?

— Nunca o flagramos.

— Ouvi isso — resmungou Caolho. — Um dia desses, Corvo...

— Eu sei. Zap. Sou um sapo-príncipe. Chagas, você já subiu o morro depois que escureceu?

— Não. Por quê?

— Alguma coisa estranha no leste. Parece um cometa.

Meu coração deu um pequeno salto. Fiz as contas rapidamente.

— Você provavelmente está certo. Já está na hora. — Eu me levantei. Corvo também. Subimos o morro.

Todos os eventos importantes da saga da Dama e do marido dela foram pressagiados por um cometa. Incontáveis profetas rebeldes previram que ela iria cair quando um cometa estivesse no céu. Mas a profecia mais perigosa deles dizia respeito à criança que seria a reencarnação da Rosa Branca. O Círculo está gastando muita energia na busca dessa criança.

Corvo me levou a uma altitude de onde se podia ver as estrelas baixas no oriente. De fato, havia algo como uma ponta de lança prateada cavalgando o céu por lá. Olhei por um longo tempo antes de comentar.

— Parece apontar para Talismã.

— Foi o que pensei. — Ficou calado por algum tempo. — Não sou muito ligado a profecias, Chagas. Elas soam muito como superstição. Mas isso aí me deixa nervoso.

— Você ouviu essas profecias a vida inteira. Eu ficaria surpreso se elas *não* tivessem mexido com você.

Corvo grunhiu, insatisfeito.

— O Enforcado trouxe notícias do leste. Sussurro tomou Ferrugem.

— Ótimas notícias. Mas que ótimas notícias — comentei, com sarcasmo considerável.

— Ela tomou Ferrugem *e* cercou o exército de Adorno. É possível que o leste inteiro seja nosso no próximo verão.

Observamos o cânion. Algumas das unidades avançadas de Calejado tinham alcançado o sopé do zigue-zague. Arauto da Tormenta cessou seu longo assalto para poder se preparar e aguardar a tentativa de Calejado de romper nossas linhas.

— Então tudo se resume a nós — murmurei. — Temos de detê-los aqui, ou então a coisa toda ruirá por causa de um ataque sorrateiro pela porta dos fundos.

— Talvez. Mas não descarte a Dama mesmo se nós falharmos. Os rebeldes ainda não A enfrentaram. E todos eles sabem disso, sem exceção. Cada légua que avançam na direção da Torre provocará neles um pavor maior ainda. O próprio medo os derrotará, a menos que encontrem a criança da profecia.

— Talvez.

Ficamos olhando o cometa. Estava ainda muito, muito distante, quase indetectável. Ficaria ali por um longo tempo. Grandes batalhas seriam travadas antes que ele partisse.

Fiz uma careta.

— Talvez você não devesse ter me mostrado o cometa. Agora sonharei com essa coisa maldita.

Corvo me exibiu um raro sorriso.

— Sonhe com uma vitória para nós — sugeriu ele.

Eu sonhei um pouco em voz alta, ali mesmo.

— Temos o terreno elevado a nosso favor. Calejado terá que trazer seus homens por quase 400 metros de estrada em zigue-zague e aclive. Serão presas fáceis quando chegarem aqui.

— Puro otimismo, Chagas. Vou me recolher. Boa sorte amanhã.

— Pra você também — respondi.

Corvo ficaria no ponto mais feroz da batalha. O Capitão o tinha escolhido para comandar um batalhão de soldados veteranos do exército regular. Eles conteriam um flanco, varrendo a estrada com saraivadas de flechas.

Sonhei, mas meus sonhos não foram o que eu esperava. Uma coisa dourada bruxuleante veio, flutuou acima de mim, reluzindo como distantes bancos de estrelas. Eu não sabia bem se estava acordado ou dormindo, e nenhuma das duas opções teria sido satisfatória. Vou chamar de sonho porque isso me soa mais confortavelmente. Não gosto de pensar que a Dama teria tido tanto interesse por mim assim.

Foi culpa minha. Todos aqueles romances que eu escrevera sobre ela tinham germinado no solo fértil de minha imaginação. Tanta presunção, meus sonhos. A própria Dama mandando Seu espírito para confortar um soldado tolo, cansado e silenciosamente assustado? Em nome dos céus, por quê?

Aquele reluzir veio e pairou sobre mim, transmitindo pensamentos reconfortantes temperados por um fio de divertimento.

Não tema, meu fiel. A Escada das Lágrimas não é a Tranca do Império. Pode ser quebrada sem dano. O que quer que aconteça, meus fiéis permanecerão em segurança. A Escada é só mais uma parada na estrada que levará os rebeldes à destruição.

Houve mais, tudo de uma natureza curiosamente pessoal. Minhas fantasias mais selvagens estavam sendo refletidas de volta para mim. No fim, apenas por um instante, um rosto espiou além do brilho dourado. Era o rosto feminino mais lindo que já vi, mesmo que agora eu não consiga recordá-lo.

Na manhã seguinte contei o sonho a Caolho enquanto eu fazia a ronda, acordando meu hospital. Ele me olhou e deu de ombros.

— Imaginação demais, Chagas. — Caolho estava distraído, ansioso para terminar as tarefas médicas e cair fora. Ele odiava aquele serviço.

Após botar o trabalho em dia, vagueei em direção ao acampamento principal. Minha cabeça doía e meu humor estava péssimo. O ar fresco e seco da montanha não era tão revigorante quanto deveria.

Descobri que o humor dos homens estava tão ruim quanto o meu. Abaixo, as forças de Calejado avançavam.

Para se vencer é preciso uma certeza profunda de que, não importando quão ruim as coisas pareçam, uma estrada para a vitória se abrirá. A Companhia carregou tal convicção através do fracasso em Lordes. Sempre encontramos uma forma de reagir contra os rebeldes, mesmo quando os exércitos da Dama estavam batendo em retirada. Agora, porém, a convicção começou a ceder.

Forsberg, Rosas, Lordes e uma dúzia de outras vitórias menores. Parte de perder é o oposto de vencer. Estávamos assombrados por um medo secreto de que, apesar das óbvias vantagens do terreno e do reforço dos Tomados, alguma coisa daria errado.

Talvez eles tivessem preparado tudo sozinhos. Talvez o Capitão estivesse por trás de tudo, ou mesmo o Apanhador de Almas. Possivelmente, tudo aconteceu naturalmente, como essas coisas costumavam acontecer...

Caolho tinha descido o morro comigo, amargurado, mal-humorado, resmungando consigo mesmo e procurando briga. O caminho dele cruzou com o de Duende.

Duende, sempre preguiçoso, havia acabado de se arrastar para fora do saco de dormir. Tinha uma bacia de água, e estava se lavando. É um sujeitinho meticuloso. Caolho o viu e percebeu uma chance de punir alguém com seu mau humor. Murmurou uma sequência de palavras estranhas e se enfiou numa coreografia esquisita que parecia meio balé e meio uma dança de guerra primitiva.

A água de Duende mudou.

Senti o cheiro a 6 metros. Tinha se tornado um marrom maligno. Bolotas verdes enojantes boiavam na superfície. Até a *textura* era nojenta.

Duende se levantou com uma dignidade magnífica e se virou. Olhou no olho do adversário, que sorria maldosamente, por vários segundos. Então se curvou numa mesura. Ao levantar a cabeça, exibia aquele enorme sorriso de sapo. Abriu a boca e soltou o uivo mais pavoroso e estremecedor que eu jamais escutara.

Eles estavam determinados, e ai de quem se metesse no meio. Sombras se espalhavam ao redor de Caolho, se remexendo no chão como mil serpentes velozes. Fantasmas dançavam, rastejando de debaixo de pedras, saltando de árvores, pulando de arbustos. Eles guinchavam, uivavam, riam e perseguiam as cobras de sombra do Caolho.

Os fantasmas tinham 60 centímetros e lembravam muito miniaturas do Caolho, com caras duplamente feias, e traseiros como os de fêmeas de babuíno no cio. O que eles faziam com as cobras sombrias que capturavam, o bom-senso me impede de contar.

Caolho, cujo plano fora frustrado, saltou no ar. Praguejou, gritou, espumou pela boca. Para nós, veteranos, que já testemunháramos essas batalhas de chapeleiros loucos antes, era óbvio que Duende havia se mantido preparado, esperando que Caolho começasse alguma coisa.

Desta vez, contudo, Caolho tinha mais de uma seta para disparar.

Ele baniu as cobras. As pedras, os arbustos e as árvores que haviam arrotado as criaturas de Duende agora vomitavam gigantescos besouros rola-bosta de cor verde brilhante. Os besourões saltaram nos monstrinhos do Duende, os enrolaram e empurraram, rolando até a beira do penhasco.

Desnecessário dizer que todos os uivos e gritos atraíram uma audiência. Nós, veteranos, ríamos, há muito familiarizados com o duelo sem fim. A risada se espalhou pelos outros, assim que perceberam que aquilo não era feitiçaria desgovernada.

Os fantasmas de bunda vermelha de Duende brotaram raízes e se recusaram a ser empurrados. Cresceram e se tornaram enormes plantas carnívoras babonas, dignas de habitarem as mais terríveis selvas de pesadelo. Clique, claque, crunch — por todo o declive as carapaças foram esmagadas naquelas mandíbulas vegetais. Aquela sensação de dar calafrios e ranger os dentes que você tem ao pisar numa barata gigantesca deslizou pelos declives, ampliado mil vezes, gerando uma onda de tremores. Por um momento até Caolho ficou parado.

Dei uma olhada em volta. O Capitão tinha vindo assistir. Ele deixou escapar um sorriso satisfeito. Era uma gema preciosa, aquele sorriso, mais raro que ovos de pássaro-roca. Os companheiros dele, oficiais do exército e capitães da Guarda, pareciam confusos.

Alguém parou a meu lado numa distância íntima, de camarada. Dei uma olhada de esguelha e me vi ombro a ombro com o Apanhador de Almas. Ou ombro a cotovelo. O Tomado não é muito alto.

— Divertido, não é? — comentou ele em uma de suas mil vozes.

Concordei nervoso com a cabeça.

Caolho tremeu todo, pulou bem alto novamente, uivou e gemeu, e então caiu chutando e se debatendo como um homem doente.

Os besouros sobreviventes se reuniram, zip-zap, clique-claque, em duas pilhas que se mexiam, estalando as mandíbulas furiosamente, ralando um contra o outro quitinosamente. Névoa marrom se ergueu das pilhas em grossos rolos, retorcendo-se e se juntando, transformando-se numa cortina que escondia os insetos frenéticos. A fumaça se contraiu em glóbulos que quicaram, cada vez mais alto após cada contato com a terra. Não desceram mais e passaram a flutuar na brisa, fazendo brotar dedos nodosos.

Tínhamos ali réplicas das mãos duras e calosas de Caolho cem vezes ampliadas. As mãos se puseram a catar ervas daninhas pelo jardim monstruoso de Duende, arrancando as plantas pelas raízes, amarrando os caules em elegantes e complicados nós de marinheiro, formando uma trança cada vez mais longa.

— Eles têm mais talento do que era de se suspeitar — observou o Apanhador. — Mas tão desperdiçado em frivolidades!

— Não sei não — fiz um gesto. O espetáculo tinha um efeito revigorante no moral. Sentindo o lampejo de ousadia que me acometia às vezes, sugeri: — Essa é uma feitiçaria que eles podem apreciar, ao contrário das magias opressivas e amargas dos Tomados.

O morrião negro do Apanhador me fitou por alguns segundos e imaginei chamas ardendo por detrás das fendas estreitas. Então uma risadinha de garotinha escapou.

— Você tem razão. Estamos tão cheios de trevas e ruína, desespero e terror, que infectamos exércitos inteiros. É fácil esquecer o quadro geral de emoções da vida.

Que estranho, pensei. Eis aqui um Tomado com uma brecha na armadura, um Apanhador de Almas afastando um dos véus que ocultam seu eu secreto. O analista em mim sentiu o cheiro de uma história e começou a latir.

O Apanhador mudou de assunto como se tivesse lido meus pensamentos.

— Você recebeu uma visita na noite passada?

O cão-analista dentro de mim cessou os latidos.

— Tive um sonho estranho com a Dama.

O Apanhador riu, um ribombo grave. Aquela troca constante de vozes pode abalar até o mais impassível dos homens. E me colocava na defensiva. Mesmo a camaradagem vinda do Tomado me perturbava.

— Acho que ela favorece você, Chagas. Alguma coisinha em sua pessoa capturou a imaginação dela assim como ela capturou a sua. O que ela lhe disse?

Alguma coisa profunda me disse para tomar cuidado. A pergunta do Apanhador tinha sido calorosa e casual, porém havia uma intensidade oculta que traía sua verdadeira importância.

— Só algumas coisas reconfortantes — respondi. — Algo sobre a Escada das Lágrimas não ser tão importante assim nos planos dela. Mas foi só um sonho.

— É claro. — Ele parecia satisfeito. — Só um sonho. — Mas era a voz feminina que ele usava nos momentos mais sérios.

Os homens diziam "Oh" e "Ah". Eu me virei para conferir o progresso da batalha.

As plantas carnívoras de Duende tinham sido transformadas em uma imensa água-viva. As mãos mulatas estavam capturadas nos tentáculos, tentando se libertar. E sobre o penhasco, observando, flutuava uma imensa cara rosada, barbada, cercada por cabelos ruivos emaranhados. Um dos olhos estava meio fechado, sonolento, por uma cicatriz lívida. Franzi o cenho, confuso.

— O que é aquilo? — Eu sabia que não era coisa de Duende ou Caolho, e me perguntei se Calado teria se juntado à brincadeira, só para dar uma lição neles.

O Apanhador de Almas fez um barulho que lembrava fielmente o grasnado agonizante de um pássaro.

— Calejado — exclamou, e se voltou para o Capitão, berrando. — Às armas. Aí vêm eles.

Em segundos os homens estavam voando para suas posições. Os últimos restos da batalha entre Caolho e Duende se tornaram farrapos nevoentos que flutuaram ao vento, subindo até a cara medonha de Calejado, dando a ela um caso sério de acne onde a tocavam. Um peteleco fofo, pensei, mas não tentem enfrentá-lo de frente, rapazes. Ele não está para brincadeiras.

A resposta à nossa correria foi o soar de muitos berrantes e cornetas, e um resmungar de tambores que ecoou nos cânions como trovões distantes.

Os rebeldes nos provocaram o dia todo, mas era óbvio que não estavam investindo a sério, que apenas cutucavam o vespeiro para ver o que aconteceria. Eles sabiam muito bem o quão difícil era atacar a Escada.

Tudo isso indicava que Calejado tinha algum truque brutal na manga.

No geral, porém, as escaramuças melhoraram o moral. Os homens começaram a acreditar que havia uma chance de aguentarmos.

Apesar de o cometa flutuar entre as estrelas, e da galáxia de fogueiras que salpicava a Escada abaixo, aquela noite denunciou minha sensação de que a Escada era o coração da guerra. Eu me sentei num promontório com vista para o inimigo, com os joelhos no queixo, ruminando as últimas notícias do leste. Sussurro agora montava um cerco a Geada, depois de ter massacrado o exército de Adorno e derrotado Mariposa e Evasão no meio dos menires falantes do Vale do Medo. O leste parecia ser um desastre muito maior para os rebeldes do que o norte para nós.

As coisas poderiam ficar piores aqui. Mariposa, Evasão e Protelo tinham se juntado a Calejado. Havia outros dos Dezoito lá embaixo, ainda não identificados. Nossos inimigos sentiam cheiro de sangue.

Eu nunca vira as auroras setentrionais, apesar de terem me dito que, se tivéssemos ficado em Remo e Avença tempo suficiente para passar o inverno, teríamos visto alguns relances. As histórias que eu ouvira sobre essas luzes suaves e vistosas me fazem pensar que elas são a única comparação possível com o que aconteceu sobre os cânions, enquanto as fogueiras rebeldes se reduziram. Longas, longas e estreitas tiras de luz tênue serpenteavam até as estrelas, tremeluzindo e ondulando como algas numa correnteza fraca. Cor-de-rosa delicados, verdes, amarelos e azuis, todos tons muito belos. Uma frase me veio à mente, um nome ancestral. As Guerras Pastel.

A Companhia lutou nas Guerras Pastel há muito, muito tempo. Tentei lembrar o que os Anais diziam sobre os conflitos. Nem tudo veio à tona, mas recordei o suficiente para ficar assustado. Corri até o complexo dos oficiais, procurando o Apanhador de Almas.

Eu o encontrei e contei o que eu tinha lembrado, e ele agradeceu por minha preocupação, mas afirmou que não só conhecia as Guerras Pastel, mas que também estava ciente das luzes que a cabala rebelde lançava. Não havia motivo para se preocupar. O ataque fora antecipado, e o Enforcado estava aqui para abortá-lo.

— Acomode-se, Chagas. Duende e Caolho montaram a cena deles, agora é a vez dos Dez. — Ele transpirava uma confiança tão forte quanto maligna, de modo que concluí que os rebeldes tinham caído em alguma armadilha dos Tomados.

Fiz o que ele sugeriu, voltando até meu solitário posto de vigia. Pelo caminho passei por um acampamento acordado pelo espetáculo crescente. Um murmúrio de temor corria por todos os lados, subindo e caindo como os ruídos de uma praia distante.

As faixas coloridas agora estavam mais fortes e havia um frenesi nos movimentos delas que sugeriam vontades conflitantes. Talvez o Apanhador tivesse razão. Talvez isso não passasse de uma exibição para as tropas, no fim.

Alcancei minha elevação. O fundo do cânion não cintilava mais. Era um mar de tinta lá embaixo, em nada diminuído pelo brilho dos estandartes luminosos. Mas mesmo que nada pudesse ser visto, muito podia ser ouvido. A acústica daquela terra era notável.

Calejado avançava. Apenas o marchar do exército dele inteiro poderia gerar tanto alvoroço metálico.

Ele e seus capangas estavam confiantes.

Uma bandeira de luz verde suave flutuou pela noite, esvoaçou preguiçosamente, como uma fita de papel fino numa corrente ascendente. Foi se apagando ao se erguer, e se desintegrou em fagulhas moribundas bem no alto.

Tentei imaginar o que a teria cortado. Calejado ou o Enforcado? Isso seria um bom ou um mau sinal?

Era um embate sutil, quase impossível de acompanhar. Era como observar esgrimistas habilidosos num confronto. Você não conseguia ver todos os movimentos, a não ser que fosse um expert também. Duende e Caolho tinham lutado como dois bárbaros com espadas gigantescas, em termos comparativos.

Pouco a pouco a aurora colorida morreu. Tinha que ser coisa do Enforcado. Os estandartes de luz libertos não nos fizeram mal.

O alvoroço abaixo se aproximou.

Onde estava a Arauto da Tormenta? Não ouvíamos notícias dela já havia um tempo. Aquele parecia o momento ideal para presentear os rebeldes com um clima inclemente.

O Apanhador, também, parecia estar mantendo a cabeça baixa. Durante todo o tempo em que permanecemos a serviço da Dama, não testemunhamos ele fazendo nada de muito dramático. Seria ele menos poderoso do que dizia sua reputação, ou, talvez, estaria se poupando para algum extremo que só ele antevia?

Alguma novidade aconteceu lá embaixo. As paredes do cânion começaram a incandescer em tiras e pontos, num vermelho muito profundo que mal era perceptível inicialmente. O vermelho foi ficando mais brilhante. Só depois que pedaços começaram a pingar e escorrer eu percebi a corrente de ar quente subindo o penhasco.

— Pelos deuses — murmurei, espantado. Era um feito digno de minhas expectativas dos Tomados.

As rochas começaram a grunhir e rugir à medida que a pedra derretida escorria, deixando as encostas sem suporte. Houve gritos ao fundo, os gritos de homens sem esperança que veem o fim chegando e nada podem fazer para detê-lo ou escapar dele. Os homens de Calejado estavam sendo cozidos e esmagados.

Eles estavam no caldeirão da bruxa, certamente, mas algo me deixou inquieto mesmo assim. Parecia haver poucos gritos para uma força do tamanho do exército de Calejado.

Em alguns pontos a rocha ficou tão quente que se incendiou. O cânion expelia uma corrente ascendente furiosa. O vento uivava por sobre o martelar das pedras que caíam. A luz se tornou forte o suficiente para revelar as forças rebeldes que subiam a estrada.

Eram muito poucos, eu pensei... Então uma figura solitária em outro promontório chamou minha atenção. Um dos Tomados, que não pude identificar sob a luz incerta e inquieta. Ele balançava a cabeça em aprovação enquanto observava os percalços do inimigo.

A ruborização, o derretimento, o desabamento e o fogo se espalharam até que a paisagem inteira estava riscada de vermelho e marcada com poças borbulhantes.

Uma gota de água caiu em meu rosto. Olhei para cima, assustado, e um segundo pingo gordo atingiu meu nariz.

As estrelas tinham desaparecido. As barrigas esponjosas de obesas nuvens cinzentas corriam acima, quase baixas o suficiente para serem tocadas, espalhafatosamente coloridas pelo inferno abaixo.

As barrigas das nuvens se abriram sobre o cânion. Pego no centro da tempestade, quase caí de joelhos. Lá embaixo a situação era ainda mais selvagem.

A chuva atingiu pedra derretida. O rugido do vapor era ensurdecedor. Multicolorido, ele subia aos céus. A beiradinha que eu toquei, ao correr em fuga, era quente o bastante para avermelhar partes da pele.

Os pobres idiotas rebeldes, pensei. Cozidos como lagostas...

Eu estivera insatisfeito por uma falta de espetáculo da parte dos Tomados? Não mais. Tive dificuldade em manter meu jantar no estômago enquanto refletia o cálculo cruel e frio que tinha sido feito no planejamento de tudo aquilo.

Sofri uma daquelas crises de consciência familiar a qualquer mercenário e que poucas pessoas fora da profissão entendem. Meu trabalho é derrotar os inimigos de meu empregador. Geralmente, de qualquer maneira que for possível. E os deuses sabem que a Companhia já serviu alguns vilões de coração demoníaco. Mas havia alguma coisa *errada* com o que estava acontecendo lá embaixo. Em retrospecto, penso que todos sentimos o mesmo. Talvez venha de um senso de solidariedade tolo pelos camaradas soldados que morriam sem uma oportunidade de se defender.

Nós *temos* um senso de honra na Companhia.

O rugido do temporal e do vapor diminuiu. Voltei a meu posto de vigia. Exceto por algumas pequenas áreas, o cânion estava escuro. Procurei o Tomado que eu vira mais cedo. Não estava mais lá.

Acima, o cometa surgiu de detrás das últimas nuvens, maculando o céu noturno como um pequeno sorriso zombeteiro. Tinha uma dobra distinta na cauda. Sobre o horizonte serrilhado a lua deu uma espiada cautelosa nesta terra torturada.

Cornetas ecoaram naquela direção, vozes minúsculas tingidas claramente de pânico. Deram lugar ao som distante e abafado de uma batalha, um alarido que cresceu rapidamente. A luta soava pesada e confusa. Parti para meu hospital improvisado, certo de que haveria trabalho para mim em breve. Por algum motivo eu não estava particularmente espantado ou chateado.

Mensageiros zuniram por mim, correndo para todos os lados com propósitos claros. O Capitão fizera isso com esses soldados perdidos. Tinha restaurado o senso de ordem e disciplina deles.

Algo passou por sobre minha cabeça. Um homem sentado em um retângulo escuro cruzou o luar, fazendo uma curva na direção do alarido. O Apanhador de Almas em seu tapete voador.

Uma casca violeta brilhante o envolveu, num clarão. O tapete balançou violentamente, deslizando de lado por uns 10 metros. A luz enfraqueceu, se encolheu sobre ele e sumiu, me deixando com a vista turva. Dei de ombros e segui subindo o morro.

As primeiras baixas chegaram ao hospital antes de mim. De certa forma, fiquei satisfeito. Isso indicava eficiência e cabeças frias em combate. O Capitão tinha feito milagres.

O estardalhaço de companhias se movendo pelas trevas confirmou minha suspeita de que aquilo era mais do que um ataque inconveniente por homens que raramente se arriscavam na escuridão. (A noite pertence à Dama.) De alguma maneira, tínhamos sido flanqueados.

— Já estava na hora de você mostrar sua cara feia — grunhiu Caolho.
— Aqui, cirurgia. Já os botei para montar as luzes.

Eu me lavei e comecei a trabalhar. O pessoal da Dama se juntou a mim, e me ajudaram heroicamente. Pela primeira vez desde que aceitáramos o contrato, senti que estava fazendo algum bem real aos feridos.

Mas estes não paravam de chegar. O alarido não parava de crescer. Logo ficou evidente que o ataque dos rebeldes pelo cânion não havia sido nada além de uma finta. Todo aquele drama pomposo não tivera qualquer propósito.

A aurora coloria o céu quando ergui o olhar e me deparei com um Apanhador de Almas esfarrapado me encarando. Ele parecia ter sido assado em fogo baixo, regado a alguma coisa azulada, esverdeada e muito ruim. Rescendia a fumaça.

— Comece a carregar seus carroções, Chagas — ordenou ele na voz de mulher de negócios. — O Capitão vai lhe mandar alguns ajudantes.

Todos os transportes, inclusive aqueles que vieram do sul, estavam estacionados acima de meu hospital a céu aberto. Olhei na direção deles. Um sujeito alto, magro e de pescoço torto estava insistindo com os carregadores para que atrelassem os cavalos.

— A batalha está indo mal? — perguntei. — Pegaram vocês de surpresa, não foi?

O Apanhador ignorou meu último comentário.

— Alcançamos quase todos os nossos objetivos. Resta apenas uma tarefa a ser cumprida. — A voz escolhida era grave, sonora e lenta, a voz de um orador. — A batalha pode pender para qualquer lado, é cedo demais para saber. Seu Capitão deu consistência a essa gentalha. Mas, para evitar que uma derrota o alcance, bote seus homens para se mexer.

Alguns carroções já desciam em nossa direção. Dei de ombros, transmiti as ordens, encontrei o próximo ferido que precisava de minha atenção. Enquanto eu trabalhava, perguntei ao Apanhador:

— Se a luta está equilibrada, então você não deveria estar por lá, surrando os rebeldes?

— Estou cumprindo as ordens da Dama, Chagas. Nossos objetivos estão quase cumpridos. Protelo e Mariposa estão mortos. Evasão está gravemente ferido. O Metamorfo teve sucesso em seu engodo. Não há nada mais a fazer além de privar os rebeldes de seu general.

Fiquei confuso. Pensamentos divergentes encontraram o caminho até minha língua e se traíram.

— Mas não deveríamos tentar quebrá-los aqui? — E: — Esta campanha setentrional custou caro ao Círculo. Primeiro Rasgo, depois Sussurro. Agora Protelo e Mariposa.

— Com Evasão e Calejado prestes a cair. Sim. Eles nos derrotaram repetidamente, e cada vitória lhes custou uma parte do coração da própria força. — Ele olhou para baixo, para um pequeno pelotão que vinha até nós. Corvo os liderava. O Apanhador se virou para as carroças estacionadas. O Enforcado parou de gesticular e assumiu uma pose de quem escuta.

— Sussurro penetrou as muralhas de Geada — continuou o Apanhador de repente. — O Rastejante superou os traiçoeiros menires do Vale do Medo e se aproxima dos subúrbios de Baque. O Sem-Rosto está no Vale agora, avançando contra Celeiros. Dizem que Quinhão cometeu suicídio ontem à noite em Ade, para evitar ser capturado pelo Roedor de Ossos. As coisas não são o desastre que parecem, Chagas.

O cacete que não são, eu pensei. Isso é no leste. Nós estamos aqui. Eu não iria me empolgar com vitórias a um quarto do mundo de distância. Aqui estamos sendo surrados, e se os rebeldes romperem as defesas e chegarem a Talismã, nada do que foi feito no leste vai ter importância.

Corvo parou o grupo e veio até mim sozinho.

— O que você quer que eles façam?

Presumi que o Capitão o tivesse enviado, então tinha certeza de que o Capitão ordenara a retirada. Ele não entraria no jogo do Apanhador.

— Ponha os que foram tratados nos carroções. — Os carregadores estavam se arrumando numa bela linha. — Mande uns 12 feridos que podem andar em cada carroção. Eu, Caolho e os outros vamos continuar cortando e costurando. O que foi?

Corvo estava com um olhar estranho. Eu não gostava disso. Ele se virou para o Apanhador. Fiz o mesmo.

— Eu ainda não contei a ele — disse o Apanhador.

— Contou o quê? — Eu sabia que não iria gostar quando ouvisse. Eles estavam com um cheiro de nervosismo. Um fedor de más notícias.

Corvo sorriu. Não um sorriso feliz, mas um certo tipo de ritual macabro.

— Você e eu, nós fomos recrutados de novo, Chagas.

— O quê? Fala sério! De novo não! — Eu ainda sofria tremores ao lembrar de quando ajudei a capturar Manco e Sussurro.

— Você tem experiência prática — afirmou o Apanhador.

Continuei balançando a cabeça.

— Eu tenho que ir, então você também tem, Chagas — grunhiu Corvo. — Além do mais, você vai querer registrar nos Anais como derrotou mais dos Dezoito do que qualquer um dos Tomados.

— Droga, o que vocês pensam que eu sou? Um caçador de recompensas? Não. Sou um médico. Os Anais e o combate são incidentais.

— Este é o homem que o Capitão teve que mandar arrastarem da frente de batalha quando atravessamos a Planície dos Ventos — Corvo comentou com o Apanhador. Os olhos dele estavam apertados, as bochechas, tensas. Ele também não queria ir. Estava demonstrando o ressentimento ao me criticar.

— Não há opção, Chagas — disse o Apanhador de Almas numa voz de criança. — A Dama escolheu você. — Ele tentou suavizar minha decepção, acrescentando: — Ela recompensa bem aqueles que a agradam. E você caiu nas graças dela.

Eu me condenei por meu recente romantismo. Aquele Chagas que viera ao norte, tão completamente fascinado pela misteriosa Dama, era outro homem. Um garotinho, cheio da ignorância tola da juventude. É. Às vezes você mente para si mesmo para conseguir seguir em frente.

— Não vamos sozinhos desta vez, Chagas — explicou o Apanhador. — Teremos ajuda do Pescoço Torto, do Metamorfo e da Arauto da Tormenta.

— Precisamos da gangue inteira só para pescar um bandido, é? — comentei, azedo.

O Apanhador não mordeu a isca. Ele nunca morde.

— O tapete está ali. Pegue suas armas e venha se juntar a mim. — Ele foi embora.

Descontei minha ira em meus ajudantes, de forma completamente injusta. Finalmente, quando Caolho estava prestes a explodir, Corvo fez um comentário:

— Não seja um babaca, Chagas. Temos trabalho a fazer, então vamos fazê-lo.

Eu pedi desculpas a todos e segui até onde o Apanhador me esperava.

— Subam — comandou o Apanhador, mostrando nossos lugares. Corvo e eu assumimos as mesmas posições da vez anterior. O Apanhador nos entregou pedaços de corda. — Amarrem-se bem. A viagem poderá ser difícil. Não quero que vocês caiam. E fiquem com uma faca à mão, para cortar a corda quando chegarmos lá.

Meu coração bateu mais forte. Para falar a verdade, eu estava empolgado para voar de novo. Momentos do voo anterior me assombravam com sua alegria e beleza. Há um sentimento glorioso de liberdade lá no alto, com o vento frio e as águias.

O Apanhador amarrou até a si mesmo. Mau sinal.

— Prontos? — Sem esperar por uma resposta, ele começou a murmurar. O tapete balançou de leve e flutuou, como penas numa brisa.

Superamos as copas das árvores. A madeira da armação acertou meu traseiro. Meu estômago se revirou. O ar chicoteava a meu redor. Meu chapéu voou, tentei pegá-lo, mas não consegui. O tapete se inclinou precariamente. Subitamente eu estava olhando para o solo, que se afastava rapidamente. Corvo me segurou. Nós dois teríamos caído se não estivéssemos amarrados.

Sobrevoamos os cânions, que pareciam um labirinto louco visto do alto. As massas de rebeldes eram como formigas guerreiras marchando.

Dei uma olhada no céu à nossa volta, que também era maravilhoso daquela perspectiva. Não havia águias pairando, apenas abutres. O Apanhador passou em disparada bem pelo meio de uma revoada, espalhando-os.

Outro tapete passou perto e se afastou até virar um pontinho no horizonte. Levava o Enforcado e dois soldados imperiais fortemente armados.

— Onde está a Arauto da Tormenta? — indaguei.

O Apanhador esticou um braço. Apertando os olhos, discerni um ponto no azul sobre o deserto.

Flutuamos até que comecei a me perguntar o que iria acontecer. Estudar o progresso dos rebeldes logo me cansou. Eles estavam avançando rápido demais.

— Preparem-se — gritou o Apanhador por sobre o ombro.

Agarrei minhas cordas, antecipando algo muito assustador.

— Agora.

O fundo caiu. E continuou caindo. Mergulhamos cada vez mais e mais e mais. O ar berrava. A terra girava, se retorcia e se lançava para cima. Os pontos distantes da Arauto e do Enforcado também mergulharam. Tornaram-se mais distintos enquanto nos inclinávamos na mesma direção.

Zunimos pelo lugar onde nossos irmãos lutavam para conter a inundação rebelde. Continuamos descendo, num planar menos íngreme, rolando, girando e derrapando para não bater em torres brutalmente erodidas de arenito. Eu poderia ter tocado algumas delas ao passar.

Um pequeno prado surgiu adiante. Nossa velocidade foi reduzida drasticamente, até que pairamos.

— Ele está ali — sussurrou o Apanhador.

Deslizamos mais alguns metros à frente, espiando detrás de um pilar de pedra.

O prado, outrora verde, tinha sido revirado pela passagem de cavalos e homens. Uma dúzia de carroções e carregadores permanecia ali. O Apanhador praguejou em voz baixa.

Uma sombra voou de dentre as agulhas rochosas à nossa esquerda. *Flash!* O trovão estremeceu o cânion. Terra foi lançada ao ar, homens gritaram, cambalearam e buscaram suas armas.

Outra sombra surgiu, vinda de outra direção. Não sei o que o Enforcado fez, mas os rebeldes começaram a segurar as gargantas, sufocando.

Um homem gigantesco se livrou da magia e cambaleou até um enorme cavalo preto amarrado a uma cerca no lado oposto do prado. O Apanhador avançou com nosso tapete velozmente. A armação bateu no solo.

— Fora! — comandou ele enquanto quicávamos, e pegou uma espada.

Corvo e eu nos levantamos e seguimos o Apanhador com pernas trêmulas. O Tomado se atirou contra os carregadores que sufocavam e despejou toda sua fúria neles, com a espada espirrando sangue. Corvo e eu contribuímos com o massacre, espero que com menos entusiasmo.

— O que diabos vocês estão fazendo aqui? — berrava o Apanhador para as vítimas. — Era para ele estar sozinho.

Os outros tapetes voltaram e baixaram perto do homem fugitivo. Os Tomados e seus capangas o perseguiram com pernas vacilantes. Ele saltou para as costas do cavalo e cortou a corda com um golpe brutal. Eu o encarei. Não esperava que o Calejado fosse tão intimidador. Era tão feio quanto a aparição que surgira durante a luta de Duende com Caolho.

O Apanhador matou o último dos carregadores rebeldes.

— Vamos! — ordenou.

Seguimos nos calcanhares do Apanhador enquanto ele corria atrás de Calejado. Eu me perguntei por que não tive o bom-senso de ficar para trás.

O general rebelde parou de fugir. Ele matou um dos soldados imperiais, que tinha se adiantado do resto, soltou uma grande gargalhada e uivou algo ininteligível. O ar crepitou com a iminência de magia.

Um clarão violeta envolveu os três Tomados, mais intensamente do que ontem à noite com o Apanhador. Eles pararam de súbito. Era uma feitiçaria incrivelmente potente. Paralisou completamente os três. Calejado voltou a atenção ao resto de nós.

O segundo imperial o alcançou. Calejado golpeou com a imensa espada, vencendo a guarda do soldado. O cavalo andou devagar para a frente ao comando de Calejado, cuidadosamente evitando pisar no homem caído. Calejado olhou para os Tomados e xingou o animal, golpeando o ar para os lados.

O cavalo continuou andando lentamente. Calejado socou-lhe o pescoço selvagemente e uivou. A mão dele não conseguia se libertar da crina. O grito de raiva se tornou um urro de desespero. Tentou usar a lâmina contra o cavalo, não conseguiu feri-lo, então imediatamente a jogou contra os Tomados. A luz violeta que os cercava começou a enfraquecer.

Corvo estava a dois passos de Calejado, e eu, três passos mais atrás. Os homens da Arauto estavam perto, aproximando-se pelo outro lado.

Corvo atacou, com um golpe forte e cortante para cima. A ponta da espada atingiu a barriga de Calejado e rebateu. Cota de malha? O enorme punho de Calejado socou e acertou a têmpora de Corvo, que cambaleou um passo atrás e caiu.

Sem pensar eu mudei a mira e cutilei contra a mão de Calejado. Nós dois berramos quando o aço mordeu osso e o escarlate fluiu.

Saltei sobre Corvo, parei, girei. Os soldados da Arauto massacravam Calejado como açougueiros. A boca dele estava aberta. O rosto marcado pela cicatriz se contorcia enquanto ele se concentrava em ignorar a dor e usava os poderes para se salvar. Os Tomados estavam fora da luta. Ele enfrentava três homens comuns. Mas tudo isso só foi registrado mais tarde.

Eu não consegui ver nada além do cavalo de Calejado. O animal derretia... Não. Não derretia. Mudava.

Eu comecei a rir. O grande general rebelde estava montado nas costas de Metamorfo.

Minha risada virou uma gargalhada insana.

Meu chilique me custou a oportunidade de participar da morte de um campeão. Os dois soldados da Arauto cortaram Calejado em pedaços enquanto Metamorfo o segurava e controlava. Estava completamente morto antes que eu recuperasse meu autocontrole.

O Enforcado, também, perdeu o fim da história. Ele estava ocupado morrendo. A grande espada que Calejado atirou estava cravada em sua testa. O Apanhador de Almas e a Arauto da Tormenta foram em sua direção.

Metamorfo completou sua transformação numa enorme e gorda criatura fétida, oleosa e pelada que, apesar de ser bípede, não parecia mais humana do que o cavalo que ele interpretara. Chutou os restos de Calejado e tremelicou de alegria, como se o truque mortal tivesse sido a melhor piada do século.

Então ele viu o Enforcado. A banha estremeceu. Ele correu até o outro Tomado, com incoerências borbulhando nos lábios.

Pescoço Torto arrancava a espada do crânio. Ele queria dizer alguma coisa, mas não conseguiu. O Apanhador e a Arauto não fizeram nada para ajudar.

Fitei a Arauto. Que coisinha mínima ela era. Eu me ajoelhei para conferir a pulsação de Corvo. Ela não era maior que uma criança. Como poderia um ser tão diminuto reunir tamanha ira?

Metamorfo foi até os colegas, com a raiva inflando os músculos sob a gordura dos ombros peludos. Ele parou, encarou Apanhador e Arauto com uma postura tensa. Nada foi dito, mas parecia que o destino do Enforcado estava sendo decidido. Metamorfo queria ajudar. Os outros, não.

Curioso. Metamorfo é aliado do Apanhador. Por que esse conflito súbito?

Por que ousar enfrentar a fúria da Dama? Ela não ficaria feliz se o Enforcado morresse.

A pulsação de Corvo era fraca, mas se estabilizou. Eu respirei um pouco melhor.

Os soldados da Arauto se aproximaram dos Tomados, espiando as costas nojentas do Metamorfo.

O Apanhador trocou olhares com a Arauto. A mulher fez um gesto de consentimento. O Apanhador girou. As fendas na máscara fulguraram em vermelho-lava.

Subitamente, não havia mais o Apanhador. Havia uma nuvem de trevas com 3 metros de altura e 4 metros de largura, negra como o interior de um saco de carvão, mais grossa que o nevoeiro mais espesso. A nuvem saltava mais rápido que o bote de uma serpente. Houve um único guincho de surpresa, como de um camundongo, e então um silêncio sinistro e duradouro. Depois de todos os rugidos e lutas, a calmaria era mortalmente nefasta.

Chacoalhei Corvo violentamente. Ele não reagiu.

Metamorfo e Arauto estavam de pé sobre o Enforcado, me encarando. Eu queria gritar, correr, me enfiar no chão e me esconder. Eu era um mágico, capaz de ler os pensamentos deles. Eu sabia demais.

O terror me paralisou.

A fumaça de carvão sumiu tão rapidamente quanto tinha aparecido. O Apanhador de Almas surgiu entre os soldados. Ambos desabaram lentamente, com a majestade de velhos pinheiros.

Bati em Corvo. Ele grunhiu. As pálpebras tremularam e eu vi um relance de pupila. Estava dilatada. Concussão. Merda!

O Apanhador olhou para os cúmplices. Então, lentamente, virou-se para mim.

Os três Tomados se aproximaram. Ao fundo, o Enforcado continuava morrendo. Isso acontecia de forma bem barulhenta. Eu não o ouvia, porém. Levantei-me, de joelhos trêmulos, e encarei meu destino.

Não era para acabar assim, pensei. Isto não está certo.

Os três ficaram parados ali, encarando.

Eu encarei de volta. Nada mais que pudesse fazer.

Bravo, Chagas. Corajoso o bastante para, ao menos, encarar a Morte nos olhos.

— Você não viu nada, viu? — perguntou baixinho o Apanhador. Lagartos gélidos corriam por minha espinha. Aquela era a voz de um dos soldados, agora mortos, que tinham massacrado Calejado.

Balancei minha cabeça.

— Você estava ocupado demais enfrentando Calejado, e depois ficou cuidando de Corvo.

Concordei fracamente. Meus joelhos eram gelatina. Não fosse por isso, eu teria saído correndo dali. Por mais estúpido que isso tivesse sido.

— Leve Corvo ao tapete da Arauto. — O Apanhador apontou.

Empurrando, sussurrando, implorando, eu ajudei Corvo a andar. Ele não tinha a menor ideia de onde estava ou o que fazia. Mas me deixou guiá-lo.

Eu estava preocupado. Não conseguia encontrar nenhum estrago óbvio, mas ele não estava agindo normalmente.

— Leve-o direto a meu hospital — instruí. Não consegui olhar nos olhos da Arauto nem alcancei a inflexão que eu queria. Minhas palavras soaram como uma súplica.

O Apanhador me chamou até o tapete dele. Fui com todo o entusiasmo de um porco chegando ao abatedouro. Ele poderia estar jogando algum jogo. Uma queda do tapete seria uma cura permanente para quaisquer dúvidas que tivesse de minha habilidade em guardar segredo.

O Apanhador me seguiu, jogou a espada ensanguentada a bordo, se posicionou. O tapete flutuou e avançou lentamente para a grande batalha da Escada.

Olhei para trás, para os vultos imóveis no prado, incomodado por sentimentos indefinidos de vergonha. Aquilo não fora certo... Mas, por outro lado, o que eu poderia ter feito?

Alguma coisa dourada, alguma coisa como aquela névoa pálida no círculo mais distante do céu da meia-noite, moveu-se à sombra de uma das torres de arenito.

Meu coração quase parou.

O Capitão atraiu o exército rebelde, decapitado e cada vez mais fraco, para uma armadilha. Um grande massacre se seguiu. Só nossos números inferiores e o puro cansaço impediram que a Companhia jogasse os rebeldes da montanha. A complacência dos Tomados também não ajudou. Um batalhão recém-chegado, um ataque de feitiçaria, poderiam ter nos conquistado o dia.

Tratei Corvo no caminho, depois de colocá-lo no último carroção que partia para o sul. Ele continuaria estranho e distante por dias. Cuidar de Lindinha virou automaticamente uma tarefa minha. A criança foi uma ótima distração da depressão de mais uma retirada.

Talvez aquela fosse a forma como ela recompensava Corvo pela generosidade dele.

— Este é nosso último recuo — prometeu o Capitão.

Ele jamais chamaria de retirada, mas não tinha a cara de pau de dizer que aquilo era um avanço à retaguarda, ação retrógrada ou nenhuma dessas bobagens. Ele não mencionou o fato de que qualquer outra retirada viria após o fim. A queda de Talismã marcaria a data de morte do Império da Dama. E, muito provavelmente, encerraria estes Anais, exterminando a história da Companhia.

Descanse em paz, última das irmandades guerreiras. Vocês foi um lar e uma família para mim...

Recebemos notícias que não conseguiram nos alcançar na Escada das Lágrimas. Falavam de outros exércitos rebeldes avançando do norte usando rotas mais ocidentais que nossa linha de retirada. A lista de cidades perdidas era longa e desanimadora, mesmo considerando o exagero dos narradores. Soldados vencidos sempre superestimam a força dos inimigos. Isso massageia egos desconfiados da própria inferioridade.

Caminhando com Elmo pelo longo declive que ia para o sul, em direção às férteis planícies ao norte de Talismã, fiz uma sugestão:

— Em um momento que os Tomados não estiverem por perto, que tal você insinuar ao Capitão que pode ser uma ideia sábia ele começar a desassociar a Companhia do Apanhador de Almas?

Elmo me encarou, confuso. Meus velhos companheiros andavam fazendo isso, ultimamente. Desde a queda de Calejado, eu andava mal-humorado, taciturno e pouco comunicativo. Não que eu fosse uma cachoeira de alegria nos melhores momentos, é claro. A pressão estava esmagando meu ânimo. Neguei a mim mesmo minha tradicional válvula de escape, os Anais, por medo de que o Apanhador de Almas de alguma forma detectasse o que eu tinha escrito.

— Talvez seja melhor para nós se não formos associados demais a ele — acrescentei.

— O que aconteceu lá fora?

Todo mundo já sabia a versão básica. Calejado fora morto. Enforcado havia tombado. Corvo e eu, os únicos soldados a sair vivos dali. A Companhia inteira tinha uma sede insaciável por detalhes.

— Não posso lhe contar, mas diga isso a ele. Quando nenhum dos Tomados estiver próximo.

Elmo fez as contas e chegou a uma conclusão não muito distante do alvo.

— Muito bem, Chagas. Farei isso. Cuide-se.

E cuidado eu teria. Se o Destino permitisse.

Foi nesse dia que recebemos notícias das vitórias no leste. As fortalezas rebeldes caíam tão rápido quanto as tropas da Dama conseguiam marchar.

Foi também nesse dia que ouvimos que todos os quatro exércitos rebeldes ocidentais e setentrionais tinham parado para descansar, recrutar e se reequipar para um ataque contra Talismã. Não restava nada entre eles e a Torre. Isto é, nada além da Companhia Negra e seus homens derrotados.

O grande cometa está no céu, aquele porta-voz maligno de todas as grandes mudanças de sina.

O fim está chegando.

Estamos nos retirando, ainda, em direção a nosso último encontro com o Destino.

Preciso registrar um incidente final na narrativa de nossa batalha contra Calejado. Ocorreu a três dias a norte da Torre, e consistiu em outro sonho como aquele que vivenciei no alto da Escada. O mesmo sonho dourado, que pode não ter sido sonho coisa nenhuma, me prometeu que "Meus fiéis não precisam temer". Novamente me permitiu um olhar de relance naquele rosto de parar o coração. E então se foi, e o medo retornou, nem um pouco reduzido.

Os dias se passaram. Os quilômetros se seguiram. O grande e feio bloco da Torre pairava sobre o horizonte. E o cometa ficou mais brilhante no céu noturno.

Capítulo Seis

DAMA

As terras lentamente se tornaram de um verde prateado. A alvorada lançava traços escarlate na cidade murada. Lampejos dourados salpicavam as muralhas, onde o sol tocava o orvalho. A névoa começou a deslizar para as ravinas. Trombetas soaram a vigia matinal. O Tenente protegeu os olhos, estreitando-os. Grunhiu desgostoso, lançando um olhar a Caolho. O homenzinho balançou a cabeça.

— Está na hora, Duende — anunciou o Tenente por sobre o ombro.

Homens começaram a se mover na mata. Duende ajoelhou-se a meu lado, espiando as terras agrárias. Ele e quatro outros homens estavam disfarçados de mulheres pobres da cidade, com as cabeças embrulhadas em xales. Carregavam jarras de barro balançando em varas de madeira, e tinham as armas ocultas nas roupas.

— Vão. O portão está aberto — comandou o Tenente.

Eles partiram, seguindo o limite da mata morro abaixo.

— Caramba, é bom fazer este tipo de coisa de novo — comentei.

O Tenente sorriu. Ele não tinha sorrido muito desde que deixamos Berílio.

Abaixo, as cinco falsas mulheres avançaram pelas sombras até a fonte ao lado da estrada da cidade. Já havia algumas locais chegando para pegar água.

Não esperávamos nenhuma dificuldade em passar pelos guardas do portão. A cidade estava lotada de estranhos, refugiados e seguidores de acampamentos rebeldes. Nossos inimigos não tinham motivo para crer que a Dama atacaria tão longe de Talismã. Esta cidade não tinha importância alguma para a guerra.

Exceto que dois dos Dezoito, conhecedores das estratégias rebeldes, estavam ali alojados.

Tínhamos espreitado naquela floresta por três dias, vigiando. Pluma e Jornada, recentemente promovidos ao Círculo, estavam em lua de mel ali antes de se juntar ao ataque contra Talismã ao sul.

Três dias. Três dias sem acender fogueiras nas noites gélidas, de comida fria em todas as refeições. Três dias miseráveis. E ainda assim nosso moral estava em seu ponto mais alto em vários anos.

— Acho que vamos conseguir — comentei.

O Tenente fez um gesto. Vários homens saíram na retaguarda dos disfarçados.

— Quem quer que tenha pensado nisto, sabia o que estava fazendo — opinou Caolho. Ele estava empolgado.

Todos estávamos. Era uma chance de fazer o que fazíamos melhor. Por cinquenta dias tínhamos executado trabalho manual brutal, preparando Talismã para a ofensiva rebelde, e por cinquenta noites agonizamos com a batalha vindoura.

Mais cinco homens se esgueiraram morro abaixo.

— Um grupo de mulheres saindo agora — disse Caolho. A tensão aumentou.

Mulheres passaram a caminho da nascente. O fluxo continuaria o dia inteiro, a menos que o interrompêssemos. Não havia fonte de água dentro das muralhas.

Meu estômago se contraiu. Nossos infiltradores tinham começado a subir o morro.

— Fiquem preparados — comandou o Tenente.

— Relaxem um pouco — sugeri. O exercício sempre ajuda a liberar a energia nervosa.

Não importa há quanto tempo você é um soldado, o medo sempre aumenta com a aproximação do combate. Sempre há o temor de que a sua vez tenha chegado. Caolho entra toda vez em ação certo de que o destino riscou o nome dele da lista.

Os infiltradores trocaram cumprimentos em falsete com as mulheres da vila. Chegaram ao portão sem serem descobertos. O local era guardado por um único miliciano, um sapateiro ocupado martelando pregos no salto de uma bota. A alabarda estava a 3 metros de distância.

Duende correu para fora. Bateu as mãos acima da cabeça. Um estalo reverberou pelo campo. O feiticeiro colocou os braços à altura dos ombros, de palmas para cima. Um arco-íris se abriu entre as mãos dele.

— Sempre inventando firulas — resmungou Caolho.

Duende fez uma dancinha.

A patrulha avançou. As mulheres na fonte gritaram e se espalharam. Lobos saltando num rebanho, pensei. Corremos muito. Minha mochila chocava-se contra meus rins. Depois de 200 metros tropecei em meu arco. Homens mais jovens começaram a me ultrapassar.

Alcancei o portão incapaz de chicotear uma velhinha. Para minha sorte, as velhinhas estavam de bobeira. Os soldados varreram a cidade. Não houve resistência.

Nós, que iríamos enfrentar Pluma e Jornada, continuamos correndo pela minúscula cidadela interior. As defesas ali eram igualmente péssimas. O Tenente e eu seguimos Caolho, Calado e Duende forte adentro.

Não encontramos resistência abaixo do último andar. Lá, inacreditavelmente, os pombinhos ainda dormiam, abraçados. Caolho se livrou dos guardas com uma ilusão aterrorizante. Duende e Calado arrombaram a porta do ninho de amor.

Entramos de assalto. Mesmo sonolentos, surpresos e assustados, eles nos deram trabalho. Machucaram vários dos nossos até conseguirmos amordaçá-los e atar suas mãos.

O Tenente fez um discurso para os dois.

— Temos que levar vocês de volta vivos. Isso não quer dizer que não podemos machucá-los. Fiquem quietos, obedeçam às ordens e vão ficar bem.

Eu, de certa forma, esperei que ele fizesse caretas, enrolasse o bigode e pontuasse as frases com uma risada maléfica. O Tenente estava brincando, assumindo o papel de vilão que os rebeldes insistem que desempenhamos.

Pluma e Jornada nos criariam o máximo de problemas possível. Eles sabiam que a Dama não nos mandara levá-los para o chá.

Na metade do caminho de volta, ainda em território inimigo. Deitados de bruços no alto de um morro, estudando um acampamento inimigo.

— Grande — observei. — Vinte e cinco, 30 mil homens — Era um dos seis acampamentos num arco ao norte e oeste de Talismã.

— Se ficarem parados assim por muito mais tempo, terão problemas — afirmou o Tenente.

Eles deveriam ter atacado logo após a Escada das Lágrimas, mas a perda de Calejado, Evasão, Mariposa e Protelo tinha lançado os capitães menores numa luta pelo comando supremo. A ofensiva rebelde havia perdido impulso. A Dama recuperara o equilíbrio.

Suas patrulhas ofensivas agora perturbavam os mateiros rebeldes que procuravam comida para os soldados, exterminavam colaboradores, faziam reconhecimento, destruíam qualquer coisa que pudesse ser útil para o inimigo. Apesar dos números imensamente superiores, a postura dos rebeldes estava se tornando defensiva. Cada dia passado num acampamento minava o impulso psicológico deles.

Dois meses antes, nosso moral era mais baixo que bunda de cobra. Agora estava ascendente. Se conseguíssemos voltar, ele decolaria. Nosso golpe iria atordoar o movimento rebelde.

Se conseguíssemos voltar.

Ficamos deitados imóveis no granito íngreme e coberto de líquens e folhas mortas. O riacho abaixo ria de nosso problema. Sombras de árvores nuas nos cobriam. Feitiços de baixa potência de Caolho e seus colegas nos camuflavam ainda mais. O cheiro de medo e de cavalos suados enchia minhas narinas. Da estrada acima vinham as vozes de cavaleiros rebeldes. Eu não entendia a língua deles, mas sabia que estavam discutindo.

Acarpetada com folhas e gravetos não perturbados por viajantes, a estrada parecera desprovida de patrulhas. O cansaço superou nossa cautela. Decidíramos segui-la. Então fizemos uma curva e nos deparamos com a patrulha rebelde do outro lado do vale para onde o riacho abaixo fluía.

Eles amaldiçoavam nosso desaparecimento. Vários deles desmontaram e urinaram nas margens.

Pluma começou a se debater.

Merda, gritei por dentro. Merda! Merda! Eu sabia!

Os rebeldes matraquearam e se alinharam à beira da estrada.

Soquei a têmpora da mulher. Duende bateu nela do outro lado. Calado, pensando rápido, teceu um feitiço com dedos ágeis como tentáculos que dançavam diante de seu próprio peito.

Um arbusto esfarrapado tremeu. Um texugo gordo e velho correu bamboleando até a margem e atravessou o riacho, sumindo num denso monte de choupos. O animal evocado por Calado distraiu nossos perseguidores.

Praguejando, os rebeldes jogaram pedras. Elas fizeram um estardalhaço de louça se partindo ao atingirem os pedregulhos do riacho. Os soldados pisotearam pela área, dizendo um ao outro que tínhamos que estar por ali. Não poderíamos ter ido muito longe a pé. A lógica poderia destruir os melhores esforços de nossos magos.

Eu sentia um medo do tipo que fazia os joelhos baterem, as mãos tremerem, as tripas se contraírem. Tinha sido formado ao longo de muitas situações difíceis das quais escapei por pouco. A superstição me dizia que eu já estava desafiando a sorte.

E lá se ia aquela baforada de moral recuperado. O medo implacável mostrava a mentira que aquilo fora. Sob a pátina da empolgação, eu mantinha a atitude derrotista que trouxera da Escada das Lágrimas. Minha guerra estava acabada, perdida. Tudo que eu queria fazer era correr.

Jornada pareceu que ia criar problemas também. Lancei um olhar horrendo a ele. O sujeito desistiu.

Uma brisa agitou as folhas mortas. O suor em meu corpo gelou. Meu medo resfriou um pouco.

A patrulha montou novamente. Ainda reclamando, cavalgaram até a estrada. Observei quando eles entraram no campo de visão na curva que a estrada fazia para o leste com o cânion. Vestiam tabardos escarlates sobre cota de malha das boas. Os capacetes e as armas eram de excelente qualidade. Os rebeldes estavam ficando prósperos. Haviam começado como uma turba equipada com ferramentas.

— A gente podia ter matado eles — disse alguém.

— Idiota! — ralhou o Tenente. — Agora eles não sabem bem quem viram. Se tivéssemos lutado, eles saberiam.

Não queríamos que os rebeldes detectassem nossa presença tão perto de casa. Não teríamos espaço para manobras.

O homem que reclamou era um dos perdidos que tínhamos acumulado na longa retirada.

— Irmão, é melhor você aprender uma coisa se quiser ficar conosco. Nós só lutamos quando não temos escolha. Alguns de nós também teriam se machucado, sabia?

Ele grunhiu.

— Saíram de vista — anunciou o Tenente. — Vamos embora. — Ele assumiu a ponta, seguiu para os morros acidentados além da campina. Eu resmunguei. Mato novamente.

Todos os meus músculos doíam. A exaustão ameaçava me trair. O homem não foi feito para marchas sem fim, da aurora ao crepúsculo, com 30 quilos nas costas.

— Pensou rápido mesmo lá atrás, hein? — comentei com Calado.

Ele aceitou o elogio com um dar de ombros, sem dizer nada. Como sempre.

— Eles estão voltando — gritaram da retaguarda.

Nós estávamos esparramados no flanco de uma colina gramada. A Torre se erguia acima do horizonte ao sul. O cubo de basalto era intimidador, mesmo a 15 quilômetros, cercado por aquele cenário implausível. A emoção evocada pela fortaleza exigia uma terra devastada e flamejante, ou, na melhor das hipóteses, uma região presa em um inverno eterno. No entanto, aquele era um país de vastas pastagens verdes, colinas suaves salpicadas de fazendinhas nas encostas austrais. Árvores bordeavam os riachos fundos e lentos que serpenteavam entre elas.

Mais perto da Torre a paisagem era menos bucólica, mas jamais refletia o panorama tenebroso que os propagandistas rebeldes espalhavam ao redor do bastião da Dama. Nada de enxofre e planícies desertas. Nenhuma criatura bizarra e malévola pisoteando ossos humanos. Nada de nuvens negras em tormento e um estrondo constante no céu.

— Nenhuma patrulha à vista. Chagas, Caolho, façam seu trabalho — disse o Tenente.

Eu encordoei meu arco. Duende trouxe três flechas preparadas. Cada uma tinha uma bola azul maleável na ponta. Caolho salpicou uma com poeira cinzenta e me entregou. Mirei no sol e a deixei voar.

Um fogo azul brilhante demais para se olhar fulgurou e mergulhou no vale abaixo. Então um segundo clarão, e um terceiro. As bolas de fogo desceram numa coluna arrumada, parecendo mais flutuar para baixo do que cair.

— Agora esperamos — guinchou Duende, se atirando na grama alta.

— E torcemos para que os nossos amigos cheguem primeiro.

Quaisquer rebeldes próximos certamente viriam investigar o sinal. Porém, tínhamos que pedir ajuda. Não poderíamos penetrar o cordão rebelde despercebidos.

— Abaixem-se! — exclamou o Tenente. O capim era alto o bastante para ocultar uma pessoa deitada. — Terceiro esquadrão, assuma a vigia.

Homens reclamaram e afirmaram que era a vez de outro esquadrão. Mas eles ocuparam as posições de sentinela só com aquela reclamação mínima e obrigatória. Estavam de bom humor. Não tínhamos despistado os idiotas nas colinas? Quem poderia nos deter agora?

Usei minha mochila como travesseiro e observei as montanhas de nuvens flutuando em imponentes legiões. Era um dia claro, lindo como um de primavera.

Meu olhar baixou à Torre. Meu humor obscureceu. As coisas iriam se acelerar. A captura de Pluma e Jornada faria os rebeldes agirem. Aqueles dois certamente revelariam segredos. Não havia como esconder ou mentir quando a Dama fazia uma pergunta.

Ouvi um ruído no mato, virei a cabeça, dei de cara com uma cobra. Ela tinha cara de gente. Comecei a gritar, então reconheci o sorriso tolo.

Caolho. Sua cara feia em miniatura, mas com ambos os olhos e sem um chapéu molengo em cima. A cobra deu uma risadinha, piscou e deslizou por sobre meu peito.

— Lá vamos nós de novo — murmurei, e me sentei para assistir.

Houve uma luta súbita e violenta no mato. Mais adiante, Duende apareceu com aquele sorriso escroto dele. O mato se remexeu. Animais do tamanho de coelhos perto de mim, carregando pedaços de cobra nos ensanguentados dentes finos como agulhas. Mangustos artesanais, presumi.

Duende tinha antecipado a jogada de Caolho mais uma vez.

Caolho uivou e saltou, praguejando. O chapéu dele girava. Fumaça lhe saía das ventas. Quando gritou, fogo emergia de sua boca.

Duende saltitou como um canibal logo antes de eles servirem a vítima da vez. Fez círculos com os dedos indicadores. Anéis de um laranja pálido cintilaram no ar. O feiticeiro os lançou contra Caolho, e os anéis envolveram o homenzinho negro. Duende emitiu os sons de uma foca. Os círculos se apertaram.

Caolho fez barulhos estranhos e afastou os círculos. Fez gestos de jogar alguma coisa com as duas mãos. Bolas marrons voaram contra Duende. Elas explodiram, liberando nuvens de borboletas que voaram direto contra os olhos do feiticeiro. Este deu um salto mortal para trás, correu pelo mato como um camundongo fugindo de uma coruja e lançou um contrafeitiço.

Do ar brotaram flores. Cada botão tinha uma boca. Cada boca tinha presas de morsa. As flores cravaram os dentes nas borboletas, e mastigaram-lhe os corpos de forma complacente. Duende caiu de tanto rir.

Caolho praguejou uma fita cerúlea que lhe saiu da boca, com letras argênteas que proclamavam a opinião que ele tinha de Duende.

— Já chega! — trovejou o Tenente tardiamente. — Não quero que vocês chamem atenção.

— Tarde demais, Tenente — afirmou alguém. — Olhe lá embaixo.

Soldados vinham em nossa direção. Soldados vestindo vermelho, com a Rosa Branca estampada nos tabardos. Nós nos atiramos no mato como esquilos em seus buracos.

Um burburinho correu pela encosta. A maioria ameaçava Caolho com destinos horrendos. Uma minoria incluía Duende, por ter participado dos traidores fogos de artifício.

Trombetas soaram. Os rebeldes se dispersaram para um ataque contra nossa colina.

O ar gemeu em tormento. Uma sombra zuniu por sobre o alto do morro, ondulando sobre o mato ao vento.

— Um Tomado — murmurei, e me ergui pelo instante necessário para ver um tapete guinando para o vale. — Apanhador de Almas? — Eu não tinha certeza. Àquela distância, poderia ser qualquer um dos Tomados.

O tapete mergulhou numa massa de flechas inimigas. Uma névoa verde-limão o envolvia e deixava um rastro, e por um momento me lembrou o cometa que iluminava o mundo. A névoa verde se desfez em fios. Alguns filamentos foram pegos pela brisa e flutuaram em nossa direção.

Olhei para cima. O cometa se erguia no horizonte como o fantasma da cimitarra de um deus. Ele já estava há tanto tempo no céu que nem o notávamos mais. Eu me perguntei se os rebeldes tinham se tornado igualmente indiferentes. Para eles, aquele era um dos grandes sinais da vitória iminente.

Homens gritaram. O tapete tinha sobrevoado a linha rebelde e agora flutuava como penugem ao vento logo além do alcance dos arcos. Os fios cor de limão estavam tão espalhados que mal eram visíveis. Os gritos vinham dos homens que foram tocados por eles. Horrendos ferimentos verdes se abriam onde quer que eles encostassem.

O Tenente percebeu que alguns dos filamentos seguiam em nossa direção.

— Vamos sair daqui, homens. Só por precaução. — Ele apontou contra o vento. Os fios teriam de flutuar para o lado para nos pegar.

Nós nos esgueiramos talvez uns 300 metros. Retorcidos, os fios se arrastaram pelo ar, vindo no nosso rastro. Eles estavam nos perseguindo. O Tomado observou atento, ignorando os rebeldes.

— O maldito quer nos matar! — explodi.

O terror transformou nossas pernas em gelatina. Por que um dos Tomados iria querer nos transformar em vítimas de um acidente?

Se aquele *fosse* o Apanhador... Mas o Apanhador era nosso mentor. Nosso chefe. Vestíamos os distintivos dele. Ele não iria...

O tapete começou a se mover tão violentamente que o passageiro quase caiu. Lançou-se contra a floresta mais próxima, sumindo. O fio perdeu a vontade e desceu, desaparecendo no mato.

— Que diabos...?

— Cacete!

Eu girei. Uma vasta sombra veio até nós, crescente, enquanto um tapete gigantesco descia. Rostos espiavam por sobre as bordas. Ficamos paralisados, com armas preparadas.

— O Uivador — disse eu, e meu palpite foi confirmado por um grito como o de um lobo desafiando a lua.

O tapete pousou.

— Embarquem, seus idiotas. Vamos lá, mexam-se.

Eu ri, com a tensão se esvaindo. Era o Capitão. Ele dançava como um urso nervoso na beira do tapete. Outros de nossos irmãos o acompanhavam. Joguei minha mochila a bordo e aceitei a mão que me ofereceram.

— Corvo. Vocês apareceram na hora certa.

— Você vai desejar que tivéssemos deixado vocês aí.

— Hein?

— O Capitão vai explicar.

O último homem subir a bordo. O Capitão olhou feio para Pluma e Jornada, então marchou pelo tapete, distribuindo os homens igualmente. No fundo, imóvel, rejeitado por todos, sentava-se um vulto do tamanho de uma criança, oculto em camadas de gaze índigo. Uivava em intervalos aleatórios. Eu estremeci.

— Do que você está falando?

— O Capitão vai explicar — repetiu ele.

— Certo. Como vai Lindinha?

— Vai bem.

Muito falador, meu amigo Corvo.

O Capitão sentou-se a meu lado.

— Más notícias, Chagas — anunciou.

— É? — Preparei meu bom e velho sarcasmo. — Pode me falar logo. Eu aguento.

— Cara durão — observou Corvo.

— Sou mesmo. Como pregos no café da manhã. Surro tigres apenas com as mãos.

O Capitão balançou a cabeça.

— Mantenha o senso de humor. A Dama quer ver você. Pessoalmente.

Meu estômago despencou várias dezenas de metros.

— Merda — sussurrei. — Ah, diabos.

— É.

— O que eu fiz?

— Você sabe melhor que eu.

Minha mente se lançou numa correria como uma rataria fugindo de um gato. Em segundos eu estava encharcado de suor.

— Não deve ser tão ruim assim — comentou Corvo. — Ela foi quase polida.

— Foi um pedido — concordou o Capitão.

— Claro que foi.

— Se ela tivesse algum problema, você simplesmente desapareceria — afirmou Corvo.

Eu não me senti mais tranquilo.

— Todos aqueles romances que você escreveu — comentou o Capitão.

— Agora ela está apaixonada por você também.

Eles nunca esqueciam, nunca me deixavam em paz. Eu não escrevia nenhum daqueles romances há meses.

— E qual é o assunto?

— Ela não disse.

O silêncio reinou o resto da viagem. Eles se sentaram a meu lado e tentaram me confortar com a tradicional solidariedade da Companhia. Assim que chegamos a nosso acampamento o Capitão abordou outro assunto.

— A Dama ordenou que a Companhia se reforçasse, chegando a mil homens novamente. Podemos alistar voluntários do grupo que trouxemos do norte.

— Ótima notícia, ótimas notícias.

Isso *era* causa real para comemoração. Pela primeira vez em dois séculos nós iríamos crescer. Muitos dos perdidos ficariam felizes em trocar seus votos aos Tomados pelos votos à Companhia. Estávamos em alta junto à Dama. Tínhamos moral. E, sendo mercenários, tínhamos muito mais autonomia que qualquer outra tropa a serviço Dela.

Não consegui me empolgar, porém. Não com a Dama me esperando.

O tapete pousou. Nossos irmãos nos cercaram, ansiosos para saber como tínhamos ido. Mentiras e ameaças falsas foram atiradas dos dois lados.

— Você fica a bordo, Chagas — instruiu o Capitão. — Duende, Caolho, Calado, vocês também. — Ele indicou os prisioneiros. — Entreguem a mercadoria.

Enquanto os outros homens desciam, Lindinha veio saltitando da multidão. Corvo gritou para ela, mas é claro que ela não poderia ouvir. A menina subiu a bordo, trazendo a boneca que Corvo tinha feito. O brinquedo estava vestido com lindas roupas com incríveis detalhes miniaturizados. Ela me entregou a boneca e começou a tagarelar em linguagem de sinais.

235

Corvo gritou de novo. Tentei interromper Lindinha, mas ela estava determinada a me contar sobre o guarda-roupa da boneca. Algumas pessoas poderiam acreditar que ela era retardada, ficando tão empolgada com tais coisas naquela idade. Lindinha não é retardada. Ela tem uma mente afiadíssima. Sabia muito bem o que fazia ao subir no tapete. Estava aproveitando uma chance de voar.

— Querida — falei, tanto em voz alta quanto com os dedos. — Você precisa saltar. Nós vamos...

Corvo urrou de raiva quando o Uivador decolou. Caolho, Duende e Calado olharam feio para o Tomado. Ele uivou. O tapete continuou subindo.

— Sente-se — disse eu a Lindinha.

Ela o fez, não muito longe de Pluma. Tinha esquecido a boneca, e queria saber de nossa aventura. Eu contei tudo, pois isso me manteve ocupado. A menina passou mais tempo olhando por sobre a beirada do que prestando atenção em mim, porém não perdeu nenhuma parte. Quando terminamos, ela olhou para Pluma e Jornada com o sentimento de pena de um adulto. Não estava preocupada com minha visita à Dama, mas mesmo assim me deu um abraço de despedida reconfortante.

O tapete do Uivador se afastou do topo da Torre. Acenei debilmente. Lindinha me soprou um beijo. Duende deu tapinhas no próprio peito. Toquei o amuleto que ele me dera em Lordes. Era um pequeno conforto.

Guardas imperiais ataram Pluma e Jornada a liteiras.

— E eu? — indaguei, trêmulo.

— Você esperará aqui — respondeu um capitão. Ele ficou parado, enquanto os outros partiram. Tentou bater papo comigo, mas eu não estava no clima.

Fui até a beira da Torre, vislumbrando o vasto projeto de engenharia sendo desenvolvido pelos exércitos da Dama.

Na época da construção da Torre, enormes rochedos de basalto tinham sido importados. Moldados ali mesmo, eles haviam sido empilhados e fundidos no gigantesco bloco de pedra. Os restos, fragmentos, blocos partidos durante a moldagem, rochedos considerados inutilizáveis, tinham sido abandonados, espalhados ao redor da Torre numa vasta confusão, mais eficiente que qualquer fosso. Estendia-se 1 quilômetro e meio por todos os lados da fortaleza.

Ao norte, porém, uma seção triangular côncava permanecia limpa de destroços. Era o único caminho terrestre até a Torre. Naquele arco, as forças da Dama se preparavam para a ofensiva rebelde.

Ninguém lá embaixo acreditava que seu trabalho seria determinante no resultado da batalha. O cometa estava no céu. Mas todos os homens trabalhavam porque a labuta oferecia um alívio ao medo.

Os dois lados internos do triângulo agora se erguiam, encontrando o amontoado de rochas. Uma paliçada de troncos fechava o lado externo. Nossos acampamentos ficavam atrás dela. Mais além dos acampamentos havia uma trincheira com 9 metros de profundidade e 9 metros de largura. Cem metros depois havia outra trincheira, e 100 metros depois desta, uma terceira, ainda sendo escavada.

A terra removida tinha sido levada para perto da Torre e despejada atrás de uma muralha de contenção de 4 metros, feita de troncos, que se estendia por toda a largura do triângulo. Dessa elevação, homens poderiam disparar flechas e outros projéteis nos inimigos que atacassem nossa infantaria no solo.

Cem metros mais atrás ficava outra muralha de contenção, oferecendo outra elevação de 4 metros. A Dama pretendia organizar as forças em três exércitos distintos, um em cada nível, e forçar os rebeldes a lutar três batalhas em sequência.

Uma pirâmide de terra estava sendo montada 60 metros atrás da muralha de contenção final. Já tinha 20 metros de altura, com os lados num declive de uns 35 graus.

Um toque obsessivo de arrumação caracterizava tudo aquilo. A planície, escavada em vários lugares, ficara nivelada como uma mesa. A área toda recebeu grama. Nossos animais mantinham tudo bem-cortado, como um gramado decorativo. Caminhos de pedra corriam por todos os lados, e ai do soldado que saísse deles sem ordens.

Abaixo, no nível do meio, arqueiros atiravam no chão entre as trincheiras mais próximas. Enquanto disparavam, os oficiais ajustavam a posição dos suportes de onde os homens pegavam as flechas.

No terraço superior a Guarda se ocupava das balistas, calculando trajetórias de tiro e chances de sobrevivência, mirando em alvos mais distantes. Carroças lotadas de munição aguardavam ao lado de cada arma.

Como o gramado e os caminhos de pedra, os preparativos indicavam uma obsessão com a ordem.

No nível mais baixo, os trabalhadores começaram a demolir pequenas seções da muralha de contenção. Curioso.

Percebi um tapete se aproximando e me virei para observar. Pousou no telhado. Quatro soldados enrijecidos, trêmulos e queimados pelo vento saltaram. Um cabo os levou a algum lugar.

Os exércitos do leste voltavam à Torre, na esperança de chegar antes do ataque rebelde, mas com parcas possibilidades de sucesso. Os Tomados voavam dia e noite trazendo quantos soldados podiam.

Homens gritaram abaixo. Eu me virei para olhar e... Ergui um braço. Bum! O impacto me atirou 3 metros para trás, girando. Meu guia deu um berro. O telhado da Torre me atingiu. Homens gritaram e correram até mim.

Rolei, tentando me levantar, escorreguei numa poça de sangue. Sangue! Meu sangue! Espirrou do lado interno de meu braço esquerdo. Fitei o ferimento com olhos baços e espantados. Que diabos...?

— Deite-se — ordenou o capitão da Guarda. — Vamos. — Ele me deu um belo tapa. — Rápido, me diga o que fazer.

— Torniquete — grasnei. — Amarre alguma coisa em volta. Pare o sangramento.

O capitão arrancou o cinto. Ótimo, boa ideia. Um dos melhores torniquetes que há. Tentei me sentar, para aconselhá-lo enquanto ele trabalhava.

— Segurem-no deitado — ordenou a vários passantes. — Foster, o que aconteceu?

— Uma das armas caiu do nível superior. Ela disparou quando bateu no chão. Estão correndo como galinhas lá embaixo.

— Não foi acidente — exclamei. — Alguém tentou me matar. — Ficando cada vez mais confuso, eu só conseguia pensar nos fios verdes voando contra o vento. — Por quê?

— Se você me contar, nós dois saberemos, amigo. Vocês aí, tragam uma liteira. — Ele apertou mais o cinto. — Vai ficar tudo bem, amigo. Vamos entregar você a um curandeiro num minuto.

— Artéria perfurada — eu disse. — É complicado.

Meus ouvidos zuniam. O mundo começou a girar lentamente, ficando frio. Choque. Quanto sangue eu perdera? O capitão tinha agido rápido o bastante. Tempo de sobra. Se o curandeiro não fosse um açougueiro...

O capitão pegou um cabo pelo braço.

— Vá descobrir o que aconteceu lá embaixo. Não aceite nenhuma resposta mentirosa.

A liteira chegou. Eles me puseram dentro dela, então a ergueram e eu desmaiei. Acordei numa pequena sala de cirurgia, sendo atendido por um homem que era tanto feiticeiro quanto médico.

— Um trabalho melhor do que eu poderia ter feito — cumprimentei-o, depois que ele terminou.

— Está doendo?

— Não.

— Vai doer como o inferno daqui a pouco.

— Eu sei. — Quantas vezes eu não tinha dito a mesma coisa?

O capitão da Guarda chegou.

— Está tudo bem?

— Acabei — respondeu o cirurgião. Virou-se para mim e acrescentou: — Nada de trabalho. Nada de atividade. Nada de sexo. Você sabe como é.

— Sei. Tipoia?

Ele confirmou com a cabeça.

— Vamos amarrar seu braço ao torso por alguns dias, também.

O capitão estava ansioso.

— Descobriu o que aconteceu? — indaguei.

— Não muito. A equipe da balista não sabia explicar. Ela simplesmente escapou deles. Talvez você tenha tido sorte. — Ele lembrava do que eu disse sobre alguém ter tentado me matar.

Toquei o amuleto que Duende me dera.

— Talvez.

— Odeio fazer isto — disse ele. — Mas tenho de levar você a sua entrevista.

Medo.

— Qual é o assunto?

— Você deve saber melhor que eu.

— Mas eu não sei. — Eu tinha uma suspeita remota, mas a afastei de meus pensamentos.

Parecia haver duas Torres, uma encapsulando a outra. A externa era a sede do Império, ocupada pelos funcionários da Dama. A interna era tão intimidadora a eles quanto a nós de fora, ocupava um terço do volume total, e tinha apenas uma entrada. Poucos a usavam.

A entrada estava aberta quando chegamos. Não havia guardas. Suponho que eram desnecessários. Eu deveria ter estado mais assustado, mas me encontrava tonto demais.

— Eu vou esperar aqui — anunciou o capitão.

Ele tinha me colocado numa cadeira de rodas, que empurrou pela entrada. Lá fui eu, com os olhos cerrados e o coração trovejando.

A porta se fechou. A cadeira seguiu por um longo caminho, fazendo várias curvas. Não sei o que a impelia. Recusei-me a olhar. Então ela parou. Eu esperei. Nada aconteceu. A curiosidade me venceu. Pisquei.

Ela está parada na Torre, olhando para o norte. As mãos delicadas estão unidas diante Dela. Uma brisa suave penetra Sua janela. Toca a seda crepuscular de Seus cabelos. Lágrimas de diamante cintilam na curva gentil de Seu rosto.

Minhas próprias palavras, escritas há mais de um ano, voltaram. Era aquela cena, daquele romance, nos mínimos detalhes. Em detalhes que eu havia imaginado, mas jamais escrevera. Como se a fantasia completa tivesse sido arrancada de minha mente e recebido o sopro da vida.

Não acreditei naquilo por um segundo que fosse, claro. Eu estava nas profundezas da Torre. Não havia janelas naquela construção tenebrosa.

Ela se virou. Então eu vi o que todos os homens veem nos sonhos. Perfeição. Ela não tinha de falar para que eu conhecesse sua voz, o ritmo da fala, a respiração entre as frases. Ela não precisou se mover para que eu soubesse os maneirismos dela, a forma como andava, o jeito curioso como levava a mão esquerda à garganta quando ria. Eu a conhecera desde a adolescência.

Em segundos entendi o que as velhas histórias queriam dizer quando falavam da presença avassaladora da Dama. O próprio Dominador deve ter balançado no vento quente da esposa.

Ela me abalou, mas não me arrebatou. Mesmo que metade de mim desejasse, o resto recordou os anos que eu passara perto de Caolho e Duende. Onde há magia, nada é o que parece. Beleza, sim, mas é só uma camada de açúcar.

Ela me estudou com a mesma intensidade com a qual eu a estudava.

— Então nós nos reencontramos — afirmou, finalmente. A voz era tudo que eu esperava, e mais. Tinha humor, também.

— De fato — respondi roucamente.

— Você está assustado.

— Claro que estou. — Talvez um tolo tivesse negado. Talvez.

— Você foi ferido. — A Dama se aproximou. Eu confirmei, meu coração acelerando. — Eu não submeteria você a isto se não fosse importante.

Concordei, abalado demais para falar, completamente confuso. Esta era a Dama, a vilã das eras, a Sombra viva. Era a viúva-negra no coração da teia de trevas, uma semideusa do mal. O que poderia ser tão importante a ponto de ela notar alguém como eu?

Novamente, tive suspeitas que eu não admitiria a mim mesmo. Meus momentos de reunião decisiva com pessoas importantes não eram numerosos.

— Alguém tentou matar você. Quem?

— Eu não sei. — Tomado ao vento. Filamentos verdes.

— Por quê?

— Eu não sei.

— Você sabe. Ainda que ache que não. — Aquela voz perfeita estava recheada de lâminas afiadas.

Eu tinha ido esperando o pior, mas, enlevado pelo sonho, deixara minhas defesas caírem.

O ar zumbia. Um brilho amarelado se formou acima dela. A Dama se aproximou, ficando enevoada, exceto por aquele rosto, aquele amarelo. O rosto se expandiu, vasto, intenso, chegando mais perto. O amarelo preencheu o universo. Eu não via nada exceto o olho.

O Olho! Lembrei do Olho na Floresta da Nuvem. Tentei cobrir o rosto com o braço. Não conseguia me mover. Acho que gritei. Merda, eu tenho certeza de que gritei.

Houve perguntas que eu não escutei. Respostas passaram como pergaminhos em minha mente, em arco-íris de pensamento, como gotículas de óleo se espalhando em água plácida e cristalina. Eu não tinha mais segredos.

Nenhum segredo. Nenhum pensamento que já tive permaneceu oculto.

O terror se debatia em mim como serpentes assustadas. Eu havia escrito aqueles romances ridículos, verdade, mas também tinha minhas dúvidas e repulsas. Uma vilã tão malévola quanto a Dama iria me destruir por ter pensamentos sediciosos...

Incorreto. Ela estava segura quanto à força da própria maldade. Não precisava esmagar os questionamentos e dúvidas dos lacaios. Era capaz de rir de nossas consciências e moralidades.

Isto não era uma repetição do encontro na floresta. Eu não perdi minhas memórias. Simplesmente não ouvi as perguntas da Dama. Elas poderiam ser deduzidas a partir de minhas respostas sobre meus contatos com os Tomados.

A Dama estava caçando alguma coisa que eu comecei a suspeitar na Escada das Lágrimas. Eu tinha me deparado com a armadilha mais letal que jamais se fechara; os Tomados sendo uma mandíbula, a Dama, a outra.

Trevas. E despertar.

Ela está parada na Torre, olhando para o norte... Lágrimas de diamante cintilam em Seu rosto.

Uma fagulha de Chagas permanecia livre da intimidação.

— Foi aqui que surgi.

A Dama me encarou, sorriu. Deu um passo e me tocou com os dedos mais doces que uma mulher já possuiu.

Todo o medo se esvaiu.

Toda treva se fechou de novo.

Corredores passavam por mim enquanto eu acordava. O capitão da Guarda me empurrava na cadeira.

— Como você está? — perguntou.

Eu me avaliei.

— Bem o bastante. Aonde você está me levando?

— À porta da frente. Ela mandou liberar você.

Fácil assim? Hum. Toquei meu ferimento. Curado. Balancei a cabeça. Coisas assim não aconteciam comigo.

Parei no lugar do acidente com a balista. Não havia nada para se ver e ninguém para interrogar. Desci ao nível intermediário e visitei uma das equipes que escavavam. Tinham ordens de instalar um cubículo com 4 metros de largura e 6 de comprimento. Não faziam ideia do motivo.

Esquadrinhei a muralha de contenção. Doze desses cubículos estavam sendo construídos.

Os homens me fitaram atentos quando entrei mancando no acampamento. Engasgaram-se com perguntas que não poderiam fazer, com a preocupação que não poderiam demonstrar. Apenas Lindinha se negou a participar desse tradicional jogo. Ela apertou minha mão e me deu um enorme sorriso. Os dedinhos dançavam.

Lindinha me perguntou aquilo que o machismo proibia aos homens.

— Mais devagar — pedi a ela.

Eu ainda não era tão habilidoso para acompanhar tudo que ela dizia com sinais. Mesmo assim, a alegria da menina era evidente. Eu tinha um enorme sorriso quando percebi que havia alguém em meu caminho. Ergui o olhar. Corvo.

— Capitão quer te ver — disse ele. Parecia calmo.

— Faz sentido.

Eu me despedi com sinais e fui andando lentamente até o quartel-general. Não sentia urgência. Nenhum mero mortal poderia me intimidar agora.

Olhei para trás. Corvo tinha passado o braço pelos ombros de Lindinha, possessivo, parecendo confuso.

O Capitão ignorou o teatrinho de sempre e não grunhiu. Caolho era a única outra pessoa presente e ele, também, estava interessado apenas em negócios.

— Temos problemas? — perguntou o Capitão.

— Como assim?

— O que aconteceu nas colinas. Não foi acidente, né? A Dama convoca você e meia hora depois um dos Tomados fica doido. E então houve seu acidente na Torre. Você ficou gravemente ferido e ninguém sabe explicar como.

— A lógica insiste numa conexão — observou Caolho.

— Ontem ouvimos que você estava morrendo — acrescentou o Capitão. — Hoje você está bem. Magia?

— Ontem? — O tempo tinha escapado de mim novamente. Empurrei a lona da barraca para o lado e fitei a Torre. — Mais uma noite na colina das fadas.

— Foi um acidente? — inquiriu Caolho.

— Não foi acidental.

A Dama pensava que não.

— Capitão, faz sentido.

— Alguém tentou esfaquear Corvo ontem à noite — contou o Capitão. — Lindinha o botou para correr.

— Corvo? Lindinha?

— Alguma coisa a acordou. Ela bateu na cabeça do sujeito com a boneca. Quem quer que fosse, fugiu.

— Bizarro.

— Certamente — concordou Caolho. — Por que Corvo continuaria dormindo e uma garota surda acordaria? Corvo consegue ouvir o movimento de um mosquito. Cheira a feitiçaria. Feitiçaria da tosca. A criança não deveria ter acordado.

— Corvo. Você. Tomados — interveio o Capitão. — A Dama. Tentativas de assassinato. Uma entrevista na Torre. Você tem a resposta. Desembuche.

Minha relutância era evidente.

— Você disse a Elmo que nós deveríamos nos dissociar do Apanhador. Como assim? O Apanhador nos trata bem. O que aconteceu quando vocês mataram Calejado? Espalhe as notícias, então não adiantará nada matar você.

Bom argumento. Só que eu gosto de ter certeza antes de sair falando.

— Acho que há uma trama contra a Dama. O Apanhador de Almas e a Arauto da Tormenta podem estar envolvidos. — Relatei os detalhes da queda de Calejado e de quando Sussurro foi Tomada. — Metamorfo ficou muito chateado porque eles deixaram o Enforcado morrer, e não acho que o Manco fizesse parte de coisa alguma. Ele foi vítima de uma armação, e foi manipulado habilidosamente. A Dama também. Talvez o Manco e o Enforcado estivessem do lado dela.

Caolho parecia pensativo.

— Você tem certeza de que o Apanhador está metido nisso?

— Não tenho certeza de nada. Não ficaria surpreso com coisa alguma, também. Desde Berílio eu acho que ele estava nos usando.

O Capitão concordou com a cabeça.

— Definitivamente. Eu mandei Caolho preparar um amuleto que vai avisar você se algum dos Tomados chegar muito perto. Não que isso vá ajudar muito. Não acho que você será incomodado de novo, contudo. Os rebeldes estão se mexendo. Isso será a primeira preocupação de todos.

Uma cadeia lógica relampejou em uma conclusão. Os dados estiveram ali o tempo todo. Precisavam apenas de um empurrãozinho para se encaixarem.

— Acho que eu sei o motivo disso tudo. É porque a Dama é uma usurpadora.

— Um dos rapazes mascarados quer ferrar com ela como ela ferrou com o velho? — indagou Caolho.

— Não. Eles querem trazer o Dominador de volta.

— Hein?

— Ele ainda está lá no norte, debaixo da terra. A Dama simplesmente o impediu de voltar quando o mago Bomanz lhe abriu o caminho. Ele poderia estar em contato com os Tomados que lhe são fiéis. Bomanz provou que é possível se comunicar com aqueles que estão enterrados lá. O Dominador poderia até estar orientando alguns dos membros do Círculo. Calejado era um vilão tão horrendo quanto qualquer um dos Tomados.

Caolho ponderou, e então profetizou:

— A batalha será perdida. A Dama será derrubada. Os Tomados leais a ela serão derrotados e as tropas leais, exterminadas. Mas eles levarão os rebeldes mais idealistas consigo, o que significará, essencialmente, uma derrota para a Rosa Branca.

Concordei.

— O cometa está no céu, mas os rebeldes ainda não encontraram sua criança mística.

— É. Você provavelmente acertou na mosca quando disse que o Dominador pode estar influenciando o Círculo. É.

— E no caos que se seguirá, enquanto eles estiverem brigando pelos despojos, lá vem o demônio — concluí.

— Então, onde nos encaixamos? — indagou o Capitão.

— A pergunta — respondi — é como vamos sair desta.

Tapetes voadores enxameavam a Torre como moscas num cadáver. Os exércitos de Sussurro, do Uivador, do Sem-Nome, do Roedor de Ossos e do Devora-Lua estavam de oito a 12 dias de distância, convergindo. As tropas orientais chegavam pelo ar.

O portão na paliçada estava sempre movimentado com as idas e vindas dos grupos que assediavam os rebeldes. Nossos inimigos tinham levado os acampamentos a 8 quilômetros da Torre. Alguns soldados da Companhia realizavam esporadicamente um raide noturno, auxiliados por Duende, Caolho e Calado, mas o esforço parecia inútil. A diferença numérica era brutal demais para que táticas de guerrilha tivessem efeitos substanciais. Eu me perguntava por que a Dama queria manter os rebeldes alvoroçados.

As obras estavam completas. Os obstáculos, preparados. Armadilhas, posicionadas. Restava pouco a fazer além de esperar.

Seis dias tinham se passado desde nosso retorno com Pluma e Jornada. Eu imaginara que a captura deles provocaria o ataque dos rebeldes, mas eles ainda enrolavam. Caolho pensava que eles ainda tinham esperanças de encontrar a Rosa Branca no último minuto.

Restava apenas o sorteio. Três dos Tomados, com seus respectivos exércitos, defenderiam cada nível. Rumores indicavam que a própria Dama comandaria as forças posicionadas na pirâmide.

Ninguém queria ficar na linha de frente. Independentemente dos rumos que a batalha tomasse, essas tropas sofreriam muito. Por isso a questão seria decidida na loteria.

Não houve mais atentados contra Corvo e eu. Nosso antagonista estava cobrindo os rastros de algum outro jeito. Tarde demais para nos apagar, eu já vira a Dama.

O clima geral mudou. Os escaramuçadores que retornavam começaram a parecer mais abatidos, mais desesperados. Os inimigos estavam mudando os acampamentos novamente.

Um mensageiro veio ver o Capitão, que, por sua vez, reuniu os oficiais.

— Começou. A Dama convocou os Tomados para o sorteio. — A expressão dele era estranha, e o ingrediente principal era o espanto. — Temos ordens especiais. Vindas da própria Dama.

Murmúrio-sussurro-fofoca-resmungo, todos estávamos abalados. Ela andava nos passando todos os serviços difíceis. Imaginei que teríamos de ancorar a primeira linha de defesa contra as tropas de elite dos rebeldes.

— Temos de levantar acampamento e nos reunir na pirâmide. — Centenas de perguntas zumbiam como vespas. O Capitão continuou: — Ela nos quer como guarda-costas.

— A Guarda não vai gostar disso — comentei.

Eles não gostavam da gente de qualquer forma, pois tiveram de se submeter às ordens do Capitão na Escada das Lágrimas.

— Acha que eles vão criar problemas para ela, Chagas? Senhores, a patroa mandou a gente ir. Então nós vamos. Quem quiser conversar sobre o assunto, que o faça enquanto ajuda a desmontar o acampamento. Sem que os homens escutem.

Para as tropas essas eram ótimas notícias. Não só estaríamos atrás da pior parte do combate, como teríamos a chance de recuar para a Torre.

Eu tinha assim tanta certeza de nossa ruína? Meu negativismo espelhava uma atitude geral? Seria este um exército derrotado antes do primeiro golpe?

O cometa estava no céu.

Considerando o fenômeno enquanto nos mudávamos, ao mesmo tempo que os animais eram levados para dentro da Torre, eu entendi por que os rebeldes tinham parado. Eles tinham esperanças de encontrar a Rosa Branca no último minuto, é claro. E também esperavam pelo momento em que o cometa alcançaria um aspecto mais auspicioso, quando estivesse no ponto mais próximo de sua trajetória.

Grunhi para mim mesmo.

Corvo, andando a meu lado, carregando o fardo do próprio equipamento e uma mala pertencente a Lindinha, grunhiu de volta:

— Hum?

— Eles não encontraram a criança mágica. As coisas não vão todas acontecer do jeito que eles querem.

Corvo me encarou de forma estranha, quase desconfiada.

— Ainda — disse ele enfim. — Ainda.

Houve um grande clamor quando a cavalaria rebelde atirou lanças contra as sentinelas nas paliçadas. Corvo nem olhou para trás. Era só uma sondagem das defesas.

Tínhamos uma vista incrível da pirâmide, mesmo que estivesse um pouco lotado lá em cima.

— Espero que a gente não fique preso aqui muito tempo — declarei. E então: — Vai ser um inferno tratar das baixas.

Os rebeldes tinham avançado os acampamentos para um raio de 800 metros da primeira barreira. Os campos todos se misturavam num só. Havia escaramuças constantes na paliçada. A maior parte de nossas tropas havia assumido posições nos terraços.

As forças do primeiro nível consistiam daqueles que serviram no norte, encorpadas com tropas de guarnições de cidades abandonadas aos rebeldes. Havia 9 mil deles, alocados em três divisões. O centro fora designado à Arauto da Tormenta. Se eu estivesse no comando, eu a teria posto na pirâmide, disparando ciclones.

As alas eram comandadas por Devora-Lua e Roedor de Ossos, dois Tomados que eu jamais encontrara.

Seis mil homens ocupavam o segundo nível, também organizado em três divisões. A maioria era de arqueiros dos exércitos orientais. Eram durões, e muito menos inseguros que os homens abaixo. Os comandantes, da esquerda para a direita, eram: o Sem-Rosto, ou Sem-Nome; o Uivador e o Rastejante. Incontáveis cavaletes de flechas tinham sido fornecidos a eles. Eu me perguntei o que seria deles se o inimigo rompesse a primeira linha.

O terceiro nível era protegido pela Guarda com as balistas, Sussurro à esquerda, com 1.500 veteranos do próprio exército oriental, e Metamorfo à direita, com mil soldados do sul e norte. No meio, abaixo da pirâmide, o Apanhador de Almas comandava a Guarda e os aliados das Cidades Preciosas. Tinha 2.500 homens.

Por fim, na pirâmide, estava a Companhia Negra, com mil homens, bandeiras brilhantes, estandartes bravos e armas à mão.

Então, eram mais ou menos 21 mil homens, contra mais de dez vezes essa quantidade. Números não são sempre determinantes. Os Anais registram vários momentos em que a Companhia foi contra as probabilidades. Mas não assim. Tudo era estático demais. Não havia espaço para retiradas ou manobras, e um avanço estava fora de questão.

Os rebeldes começaram a agir para valer. Os defensores da paliçada recuaram rapidamente, desmantelando as pontes de tábuas que cruzavam as três trincheiras. Os rebeldes não perseguiram. Em vez disso, começaram a demolir o muro de troncos.

— Eles parecem tão metódicos quanto a Dama — comentei com Elmo.

— É. Vão usar a madeira para cruzar as trincheiras.

Ele estava errado, mas não sabíamos disso naquele momento.

— Sete dias até a chegada dos exércitos orientais — murmurei ao pôr do sol, olhando de volta ao volume imenso e sombrio da Torre. A Dama não tinha saído para o início da batalha.

— Acho que uns nove ou dez — argumentou Elmo. — Eles querem chegar aqui todos juntos.

— É. Eu deveria ter pensado nisso.

Comemos comida fria e dormimos no chão. De manhã, acordamos com o zurro das trombetas rebeldes.

As formações inimigas se estendiam até onde a vista alcançava. Uma linha de manteletes começou a avançar, imensos escudos construídos com a madeira de nossa paliçada. Formavam uma muralha móvel que se estendia por toda a largura do triângulo. As balistas pesadas começaram a cantar. Grandes trabucos de contrapeso, um tipo imenso de catapulta, lançavam pedras e bolas de fogo. O dano que provocaram foi irrelevante.

Sapadores rebeldes começaram a fazer pontes na primeira trincheira, usando lenha trazida dos acampamentos. As fundações dessas pontes eram enormes vigas, com 15 metros de comprimento, imunes a projéteis. Era necessário usar guindastes para posicioná-las. Os sapadores precisavam se expor enquanto montavam e operavam os aparelhos. Engenhos de cerco da Guarda, bem-posicionados, faziam com que isso custasse caro.

No local da paliçada desmontada, os engenheiros rebeldes montavam torres com rodas de onde arqueiros poderiam atirar e rampas com rodas para serem empurradas até o primeiro nível. Carpinteiros faziam escadas. Não vi nenhuma artilharia. Acho que eles pretendiam nos inundar com soldados assim que tivessem cruzado as trincheiras.

O Tenente entendia bem de engenharia de cerco. Fui falar com ele.

— Como eles vão trazer aquelas rampas e torres até aqui?

— Vão preencher as trincheiras.

O Tenente acertou. Assim que conseguiram completar as pontes da primeira fossa e começaram a trazer os manteletes para o outro lado, carroças e carroções apareceram, transportando terra e pedras. Carregadores e bestas de carga foram massacrados. Os corpos ajudaram no aterramento.

Os sapadores avançaram à segunda trincheira e montaram os guindastes. O Círculo não forneceu suporte armado. O Arauto da Tormenta mandou arqueiros à beira da última trincheira. A Guarda manteve as balistas lançando fogo pesado. Os sapadores sofreram pesadas baixas. O comando inimigo simplesmente mandou mais homens.

Os rebeldes começaram a atravessar a segunda trincheira com os manteletes uma hora antes do meio-dia. Carroças e carroções a cruzaram também, levando enchimento.

Os sapadores se depararam com um fogo devastador ao avançar até a última trincheira. Os arqueiros no segundo nível lançavam as flechas bem alto, e elas caíam quase na vertical. Os trabucos ajustaram a pontaria, explodindo os manteletes em lenha de fogueira e palitos de dente. Os rebeldes, porém, continuaram avançando. No flanco do Devora-Lua, eles conseguiram baixar um conjunto de vigas até a margem oposta.

Devora-Lua atacou, cruzando com uma tropa escolhida a dedo. O assalto foi tão feroz que fez os sapadores recuarem de volta ao outro lado da segunda trincheira. Destruiu o equipamento deles e atacou novamente.

Então o comando rebelde mandou uma coluna forte de infantaria pesada. Devora-Lua recuou, deixando as pontes da segunda trincheira arruinadas.

Inexoravelmente, os rebeldes refizeram as pontes e avançaram até a última trincheira sob a proteção de soldados. Os atiradores da Arauto recuaram. As flechas do segundo nível caíram como flocos numa nevasca pesada de inverno, constantes e igualmente distribuídas. O massacre era espetacular. Tropas rebeldes eram despejadas no caldeirão da bruxa. Um rio de feridos fluía para fora. Na última trincheira, os sapadores decidiram se abrigar atrás dos manteletes, rezando para que não fossem despedaçados pela Guarda.

Esse era o cenário enquanto o sol se punha, lançando longas sombras no campo ensanguentado. Estimo que os rebeldes tenham perdido 10 mil homens sem nos levar ao combate.

Ao longo daquele dia, nem os Tomados nem o Círculo usaram seus poderes. A Dama não deixou a Torre.

Menos um dia de espera pelos exércitos do leste.

As hostilidades se encerraram com o crepúsculo. Comemos. Os rebeldes trouxeram outro turno para continuar o trabalho. Os recém-chegados se arriscaram com a empolgação que os predecessores tinham perdido. A estratégia era óbvia. Eles revezariam tropas descansadas e nos desgastariam.

As trevas eram a hora dos Tomados. A passividade deles acabou.

Pude ver pouco, no começo, então não tenho certeza de quem fez o quê. Metamorfo, suspeito, mudou de forma e se lançou contra o território inimigo.

As estrelas começaram a sumir com a chegada súbita de nuvens tempestuosas. Ar frio correu pela terra. O vento se ergueu, uivou. Cavalgando as correntes de ar, chegou uma horda de coisas com asas coriáceas, serpentes voadoras do tamanho do braço de um homem. O sibilar delas soava mais alto que o tumulto do vendaval. Trovões ribombavam e relâmpagos brotavam, cravando as obras inimigas com suas lanças. Os clarões revelavam o avanço ponderoso de gigantes das vastidões rochosas. Eles atiravam rochas como crianças jogando bolas. Um deles catou a viga de um ponto e a usou como clava, esmagando torres de cerco e rampas. À luz traiçoeira, eles pareciam ser feitos de pedra, destroços basálticos reunidos numa paródia grotesca e gigante da forma humana.

A terra estremeceu. Partes da planície brilharam com um verde biliar. Vermes alaranjados radiantes e ensanguentados de 3 metros serpenteavam por entre nossos inimigos. Os céus se abriram e despejaram chuva e enxofre ardente.

A noite vomitou mais horrores. Sapos assassinos. Insetos matadores. Um brilho iniciante de magma, como na Escada das Lágrimas. E tudo isso em apenas alguns minutos. Uma vez que o Círculo reagia, os terrores se desfaziam, embora alguns levassem horas para serem neutralizados. Eles nunca tomavam a ofensiva. Os Tomados eram fortes demais.

Por volta da meia-noite tudo estava calmo. Os rebeldes tinham desistido de tudo, exceto o aterramento da trincheira mais distante. A tempestade havia se tornado uma chuva constante. Deixava os rebeldes infelizes, mas não lhes feria. Eu me deitei junto a meus companheiros e adormeci pensando como era bom que nossa parte do mundo estivesse seca.

Alvorada. A primeira visão que tivemos do trabalho dos Tomados. Morte por todos os lados. Cadáveres horrivelmente mutilados. Os rebeldes trabalharam até meio-dia para limpar a área, depois reiniciaram o ataque contra as trincheiras.

O Capitão recebeu uma mensagem da Torre e nos reuniu.

— Fiquei sabendo que perdemos Metamorfo ontem à noite. — Ele me lançou um olhar carregado de significado. — A circunstâncias foram questionáveis. Recebemos ordens de ficar em alerta. Isso quer dizer você, Caolho. E vocês, Duende e Calado. Gritem à Torre se virem qualquer coisa suspeita. Entenderam? — Eles concordaram com a cabeça.

Metamorfo morto. Deve ter dado trabalho.

— Os rebeldes perderam alguém importante? — indaguei.

— Suíças. Cordoeiro. Tamarasque. Mas eles podem ser substituídos. Metamorfo, não.

Rumores se espalhavam. As mortes dos membros do Círculo tinham sido causadas por alguma fera felina tão rápida e forte que nem os poderes das vítimas haviam ajudado. Várias dezenas de altos oficiais rebeldes tombaram também.

Os homens se lembraram de uma besta similar em Berílio. Houve sussurros. O Apanhador tinha trazido o forvalaka no navio. Será que estaria empregando o monstro contra os rebeldes?

Achei que não. O ataque se encaixava no estilo do Metamorfo. Ele amava se infiltrar nos acampamentos inimigos...

Caolho vagueava com uma expressão pensativa, tão absorto que esbarrava nas coisas. Uma hora ele parou e socou um presunto pendurado numa das recém-erguidas barracas de cozinha.

Ele tinha entendido. Como o Apanhador mandara o forvalaka ao Bastião para massacrar a família inteira do Síndico e, como consequência, havia ganhado o controle da cidade por meio de uma marionete, sem gastar nenhum dos recursos da Dama. O Apanhador e o Metamorfo eram amigos naquela época, não eram?

Caolho tinha descoberto quem matara o irmão dele, mas tarde demais para se vingar.

Ele voltou e bateu no presunto várias vezes naquele dia.

Eu me juntei a Corvo e Lindinha mais tarde. Estavam observando a ação. Conferi as tropas de Metamorfo. O estandarte tinha sido substituído.

— Corvo, aquela ali não é a bandeira de Jalena?

— É. — Ele cuspiu.

— Metamorfo não era um cara mau. Para um Tomado.

— Nenhum deles é. Para um Tomado. Desde que você não se meta no caminho deles. — Corvo cuspiu de novo e olhou para a Torre. — O que está acontecendo lá dentro, Chagas?

— Hein? — Ele estava sendo tão polido quanto tinha sido desde nosso retorno do campo.

— Qual é o motivo de todo este espetáculo? Por que ela está fazendo as coisas assim?

Eu não entendia bem o que ele estava me perguntando.

— Não sei. Ela não me faz confidências.

Corvo fez uma cara feia.

— Não? — Como se não acreditasse em mim! E então deu de ombros. — Seria interessante descobrir.

— Sem dúvida.

Observei Lindinha. Ela estava extraordinariamente intrigada pelo ataque. Fazia uma torrente de perguntas a Corvo. Não eram questões simples, e sim algo que se esperaria de um general aprendiz, um príncipe, alguém que um dia assumirá o comando.

— Não seria melhor se ela estivesse num lugar mais seguro? — perguntei. — Quero dizer...

— Onde? — retrucou Corvo. — Que lugar pode ser mais seguro do que a meu lado? — A voz dele era agressiva, os olhos estreitados de desconfiança. Espantado, eu abandonei o assunto.

Será que ele estava com ciúmes de minha nova amizade com Lindinha? Eu não sei. Tudo em Corvo é estranho.

Pedaços da trincheira mais distante tinham sumido. Alguns pontos da trincheira do meio foram aterrados e socados. Os rebeldes haviam movido as torres e rampas restantes para o limite extremo de nossa artilharia. Novas torres eram erguidas. Novos manteletes surgiram por todos os lados. Homens se escondiam detrás de cada um deles.

Enfrentando barragens inclementes, sapadores rebeldes construíram pontes sobre a trincheira final. Contra-ataques os atrasavam repetidamente, mas eles continuavam vindo. Completaram a oitava ponte três horas após o meio-dia.

Vastas formações de infantaria avançaram. Enxamearam pelas pontes, desafiando as presas da tempestade de flechas. Chocaram-se contra nossa primeira linha aleatoriamente, saraivando nossas forças como granizo, morrendo contra uma parede de lanças, escudos e espadas. Cadáveres se empilhavam. Nossos arqueiros ameaçavam encher as fossas ao redor das pontes. E, ainda assim, eles vinham.

Reconheci alguns estandartes vistos em Rosas e Lordes. As unidades de elite estavam chegando.

As tropas cruzaram as pontes e entraram em formação, avançando em boa ordem, pressionando intensamente nosso centro. Atrás deles, uma segunda linha se formou, mais forte, mais funda, mais larga. Quando esta se solidificou, os oficiais a moveram adiante alguns metros e mandaram os homens se ajoelharem detrás dos escudos.

Sapadores atravessaram com os manteletes, juntando-os em algo como uma paliçada. Nossa artilharia mais pesada se concentrou neles. Atrás do fosso, hordas corriam para ocupar pontos determinados.

Mesmo que nossos homens no nível inferior fossem os menos capazes (suspeito que o sorteio tivesse sido armado), eles repeliram a elite rebelde. O sucesso lhes concedeu apenas um descanso rápido. A turba seguinte atacou.

Nossa linha rachou. Poderia ter sido rompida se eles tivessem para onde fugir. Tinham o hábito de correr, mas estavam presos naquele momento, sem chance de escalar a parede de contenção.

Aquela onda recuou. Devora-Lua contra-atacou e afastou o inimigo diante de si. Destruiu a maior parte dos manteletes deles e ameaçou as pontes por um curto período. Fiquei impressionado com a agressividade do Tomado.

Era tarde. A Dama não havia aparecido. Imagino que ela não tivesse duvidado de que iríamos aguentar. O inimigo lançou um último assalto, uma onda humana que chegou com um sussurro que sobrepujou nossos homens. Em alguns pontos os rebeldes alcançaram a muralha de contenção e tentaram escalá-la ou desmantelá-la. Mas nossos homens não cederam. A chuva incessante de flechas quebrou a determinação rebelde.

Eles se retiraram. Unidades novas se juntaram atrás dos manteletes. Uma paz temporária se estabeleceu. O campo era dos sapadores inimigos.

— Seis dias — eu disse a ninguém em particular. — Não acho que vamos aguentar.

A primeira linha não deveria sobreviver ao dia seguinte. A horda assaltaria o segundo nível. Nossos arqueiros eram letais nessa função, mas eu duvidava que fossem muito bons em combate corpo a corpo. Além disso, uma vez engajados em curto alcance, eles não poderiam mais ferir os inimigos que se aproximavam. As torres rebeldes, então, fariam a eles o que nossos homens estiveram fazendo até então.

Cortamos uma trincheira estreita perto da retaguarda do topo da pirâmide. Nos servia de latrina. O Capitão me flagrou em meu momento mais deselegante.

— Eles precisam de você no primeiro nível, Chagas. Leve Caolho e sua equipe.

— O quê?

— Você é um médico, não é?

— Ah!

Que bobagem a minha. Eu deveria ter adivinhado que não continuaria sendo apenas um observador.

O resto da Companhia desceu também, para executar outras tarefas.

Descer não era problema, mesmo que o tráfego fosse pesado nas rampas temporárias. Homens do nível superior e do alto da pirâmide carregavam munição até os arqueiros (a Dama deve ter acumulado flechas por gerações), e traziam cadáveres e feridos para cima.

— Seria uma boa hora de nos surpreender — comentei com Caolho. — Aí seria só correr pelas rampas.

— Eles estão ocupados demais fazendo as mesmas coisas que nós.

Passamos a 3 metros do Apanhador de Almas. Ergui uma das mãos num cumprimento hesitante. Ele fez o mesmo após uma pausa, e tive a impressão de que ele estava espantado.

Nós descemos e descemos até o território da Arauto da Tormenta.

Aquilo lá era um inferno. Todos os campos de batalha são, mas eu nunca vira nada assim. Homens caídos por toda parte. Muitos eram rebeldes que nossos soldados não tiveram energia para finalizar. Até mesmo os soldados que vinham do alto apenas os chutavam para o lado para poder recolher nossos feridos. Dez metros adiante, soldados rebeldes recolhiam os próprios feridos enquanto ignoravam os nossos.

— É como algo saído dos velhos Anais — comentei com Caolho. — Talvez a batalha de Rasgante.

— Rasgante não foi tão sangrenta assim.

— Hum.

Ele estivera lá. Caolho estava na Companhia há muito tempo.

Encontrei um oficial e perguntei onde eu deveria trabalhar. Ele sugeriu que seríamos mais úteis ao Roedor de Ossos.

No caminho, passamos desconfortavelmente perto da Arauto da Tormenta, e o amuleto de Caolho ardeu em meu pulso.

— Amiga sua? — indagou Caolho com sarcasmo.

— O quê?

— A velha assombração te olhou muito esquisito.

Eu estremeci. Fios verdes. Vento controlado. Poderia ter sido a Arauto da Tormenta.

O Roedor de Ossos era grande, maior que Metamorfo, com 2 metros e meio de altura e 270 quilos de puro músculo férreo. O sujeito era tão forte que chegava a ser grotesco. Tinha uma boca de crocodilo, e dizem que ele comia os inimigos nos velhos tempos. Algumas das histórias antigas também o chamavam de Esmaga-Ossos, por conta da força física.

Enquanto eu olhava fixamente o Tomado, um de seus tenentes mandou que fôssemos ao extremo flanco direito, onde o combate tinha sido tão leve que nenhuma equipe médica fora designada.

Encontramos o comandante de batalhão apropriado.

— Montem tudo aqui — disse ele. — Mandarei trazer os homens até vocês. — Ele parecia amargurado.

— Ele era comandante de companhia esta manhã — explicou um dos assistentes dele. — O combate de hoje foi muito duro com os oficiais. — Quando você tem baixas pesadas no pessoal de comando, isso significa que eles estão liderando na linha de frente para impedir que os soldados cedam.

Caolho e eu começamos a tratar os feridos.

— Achei que a coisa aqui tinha sido fácil.

— Isso é um conceito relativo.

Ele nos encarou com dureza. Nós ousávamos falar em "fácil" depois de termos passado o dia de bobeira na pirâmide.

A medicina à luz de tochas é muito divertida. Ao todo, nós tratamos várias centenas de soldados. Sempre que eu fazia uma pausa para aliviar a dor e rigidez das mãos e dos ombros, olhava para o céu, perplexo. Eu esperara que os Tomados dessem outro espetáculo nesta noite.

O Roedor de Ossos veio até nosso hospital improvisado, nu da cintura para cima, sem máscara, parecendo um lutador supercrescido. Não disse nada. Tentamos ignorá-lo. Seus olhinhos porcinos permaneceram apertados enquanto nos vigiavam.

Caolho e eu estávamos trabalhando no mesmo homem, em lados opostos. O feiticeiro parou subitamente, erguendo a cabeça como um cavalo espantado. Arregalou os olhos e olhou em volta com urgência.

— O que foi? — indaguei.

— Eu não... Estranho. Passou. Por um segundo... Deixa pra lá.

Fiquei de olho nele. Caolho estava assustado. Mais assustado do que seria de se esperar da presença de um dos Tomados. Olhei de soslaio para o Roedor de Ossos. Ele também vigiava Caolho.

O feiticeiro fez aquilo de novo mais tarde, enquanto atendíamos pacientes diferentes. Ergui o olhar. Atrás dele, ao nível da cintura, percebi o brilho de olhos. Um calafrio percorreu minha espinha.

Caolho observou as trevas, cada vez mais nervoso. Quando terminou de tratar o paciente, limpou as mãos e foi para perto do Roedor de Ossos.

Uma fera urrou. Uma silhueta negra se lançou ao círculo de luz, vindo em minha direção.

— Forvalaka! — exclamei, e me atirei para o lado. A besta passou por cima de mim, com uma das garras rasgando meu gibão.

O Roedor de Ossos alcançou o ponto de impacto da fera ao mesmo tempo que ela. Caolho lançou um feitiço que cegou o monstro, a mim e a todos os outros. Ouvi o forvalaka rugir. Fúria virou agonia. Minha visão voltou. O Roedor de Ossos estava com a fera presa num abraço mortal, o braço direito esmagando a traqueia dela e o esquerdo, as costelas. Ela arranhava o ar inutilmente. Diz-se que ela tem a força de 12 leopardos, mas, nos braços do Roedor de Ossos, estava indefesa. O Tomado riu e mordeu um pedaço do ombro esquerdo do animal.

Caolho cambaleou para mim.

— A gente deveria ter levado esse cara conosco lá em Berílio — comentei. Minha voz tremeu.

Caolho estava tão assustado que engasgou. Não riu. Eu também não tinha muito humor naquele momento, honestamente. Foi um sarcasmo de reflexo. Humor negro.

Trombetas encheram a noite com seus gritos. Homens acorreram às suas posições. O estardalhaço de armas abafou o estrangulamento do forvalaka.

Caolho pegou meu braço.

— Vamos sair daqui — rogou. — Venha.

Fiquei hipnotizado pela luta. O leopardo tentava se transformar. Tinha uma aparência vagamente feminina.

— Vamos! — Caolho praguejava impetuosamente. — Aquela coisa veio atrás de você, sabia? Foi enviada. Vamos sair antes que ela escape.

O forvalaka possuía uma energia infinita, apesar da imensa selvageria e força do Roedor de Ossos. O Tomado havia destruído o ombro esquerdo dele com os dentes.

Caolho tinha razão. Do outro lado os rebeldes estavam se animando. O combate poderia se reiniciar. Hora de sair dali, pelos dois motivos. Peguei minhas coisas e caí fora.

Passamos tanto pela Arauto da Tormenta quanto pelo Apanhador de Almas no caminho de volta, e bati uma continência zombeteira para cada um. Fui motivado não sei por que bravata ousada. Um deles, eu tinha certeza, iniciara o ataque. Nenhum dos dois reagiu.

Minha reação não aconteceu até eu estar em segurança no topo da pirâmide, com a Companhia, sem nada mais para fazer além de pensar no que poderia ter acontecido. Então comecei a tremer tanto que Caolho teve de me dar uma de minhas próprias misturas para dormir.

Alguma coisa visitou meus sonhos. Já era uma velha amiga. Brilho dourado e rosto bonito. Como antes: "Meus Fiéis não precisam temer."

Havia uma nesga de luz no leste quando o efeito da bebida passou. Acordei menos assustado, mas nem um pouco confiante. Três vezes eles tentaram. Qualquer um tão determinado a me matar encontraria um jeito. Independentemente do que a Dama dissesse.

Caolho apareceu quase imediatamente.

— Tudo bem com você?

— É. Tudo.

— Você perdeu um baita espetáculo.

Ergui uma sobrancelha.

— O Círculo e os Tomados caíram na porrada depois que você apagou. Só pararam agora há pouco. As coisas foram bem feias desta vez. O Roedor de Ossos e a Arauto da Tormenta rodaram. Parece que um matou o outro. Venha cá, quero lhe mostrar uma coisa.

Resmungando, eu o segui.

— Os rebeldes apanharam muito?

— Tem várias versões por aí. Mas eles apanharam bastante. Pelo menos quatro deles empacotaram. — Caolho parou na beirada dianteira da pirâmide e fez um gesto dramático.

— O que foi?

— Você tá cego? Eu sou caolho e vejo melhor que você?

— Me dá uma dica.

— Procure uma crucificação.

— Ah! — Sabendo disso, não tive dificuldades em encontrar a cruz plantada perto do posto de comando da Arauto da Tormenta. — Muito bem, e daí?

— É seu amigo. O forvalaka.

— Meu?

— Nosso? — Uma expressão deliciosamente maligna surgiu no rosto de Caolho. — Fim de uma longa história, Chagas. Quem quer que tenha matado Tom-Tom, eu vivi para ver ele ou ela alcançar um fim horrível.

— É. — À nossa esquerda, Corvo e Lindinha observavam os rebeldes avançando. Os dedos deles moviam-se rápido demais. Estavam longe demais para que eu pudesse pescar muita coisa. Era como bisbilhotar uma conversa numa língua que você só tem uma familiaridade passageira. Um monte de blá-blá-blá. — O que está incomodando Corvo ultimamente?

— Como assim?

— Ele não faz ou fala nada com ninguém além de Lindinha. Nem fica mais de conversa com o Capitão. Não participou de nenhum jogo de Tonk desde que trouxemos Pluma e Jornada. Fica todo irritado quando alguém tenta ser legal com Lindinha. Alguma coisa aconteceu enquanto estávamos fora?

Caolho deu de ombros.

— Eu estava com você, Chagas, lembra? Ninguém disse nada. Mas agora que você mencionou, sim, ele está esquisito. — O homenzinho riu. — Esquisito para o Corvo.

Esquadrinhei os preparativos rebeldes. Pareciam desanimados e desorganizados. Mesmo assim, apesar da fúria da noite passada, eles tinham terminado de aterrar as duas trincheiras mais distantes. Os esforços inimigos no fosso mais próximo havia lhes rendido meia dúzia de pontos de cruzamento.

Nossas forças do segundo e terceiro níveis pareciam mais frágeis. Perguntei por quê.

— A Dama mandou um pessoal descer ao primeiro nível. Especialmente vindos do topo.

A maioria era das divisões do Apanhador de Almas, percebi. As forças dele pareciam ridículas.

— Acha que vão romper nossa linha hoje?

Caolho deu de ombros.

— Se continuarem teimosos como estavam. Mas veja bem. Eles não estão mais empolgados. Descobriram que não vai ser fácil. Fizemos com que eles começassem a questionar. A lembrar da velha assombração na Torre. Ela ainda nem saiu. Talvez eles estejam ficando preocupados.

Suspeitei que era mais por conta das baixas no Círculo do que por uma trepidação crescente entre os soldados. A estrutura de comando rebelde devia estar um caos. Qualquer exército fraqueja quando ninguém sabe quem está no comando.

Mesmo assim, quatro horas após a alvorada, eles começaram a morrer pela causa. Nossa linha de frente se preparou. O Uivador e o Sem-Rosto tinham substituído a Arauto da Tormenta e o Roedor de Ossos, deixando o segundo nível para o Rastejante.

A luta tinha passado a acontecer de acordo com uma fórmula. A horda avançava como uma onda para dentro da bocarra da avalanche de flechas, cruzava as pontes, se escondia detrás de manteletes, escorria em volta destes para golpear nossa primeira linha. Eles continuavam vindo, uma torrente sem fim. Milhares caíram antes de alcançar o inimigo. Muitos que conseguiram chegar lutavam por apenas alguns instantes e então se afastavam, às vezes ajudando camaradas feridos, mais frequentemente apenas fugindo da zona de perigo. Os oficiais não tinham qualquer controle.

A linha reforçada, portanto, se aguentou por mais tempo, e com mais força de vontade do que eu antecipara. Mesmo assim, o peso da quantidade de inimigos e da fadiga acumulada acabou cobrando seu preço. Buracos surgiram. Tropas inimigas alcançaram a muralha de contenção. Os Tomados organizaram contra-ataques, e a maioria não conseguiu o impulso necessário para seguir adiante. Aqui e ali, soldados de vontade mais fraca tentavam fugir para o nível mais alto. O Rastejante distribuiu esquadrões ao longo da borda. Eles jogavam os fugitivos de volta. A resistência se fortaleceu.

Porém, agora os rebeldes sentiam cheiro de vitória. Ficaram mais entusiasmados.

As rampas e torres distantes começaram a avançar. Moviam-se lentamente, alguns metros por minuto. Uma das torres tombou ao bater num aterro malnivelado, esmagando uma rampa e várias dezenas de homens. As máquinas restantes continuaram. A Guarda redirecionou as armas mais pesadas, lançando bolas de fogo.

Uma das torres se incendiou. E então outra. Uma rampa parou, em chamas, mas os outros engenhos seguiram em frente, alcançando a segunda trincheira.

As balistas mais leves mudaram de alvo também, destroçando os milhares de homens que puxavam os engenhos.

Na trincheira mais próxima os sapadores continuavam aterrando e nivelando. E caindo vítimas de nossos arqueiros. Eram os mais corajosos dentre nossos inimigos.

A estrela dos rebeldes se erguia. Eles superaram o começo fraco e se tornaram tão ferozes quanto antes. Nosso primeiro nível se fraturou em grupos cada vez menores, girando e rodopiando. Os homens que Rastejante espalhara para evitar que nossos soldados fugissem agora batalhavam com rebeldes temerários que escalavam a muralha de contenção. Em um ponto, tropas rebeldes arrancaram alguns dos troncos e tentaram escavar uma ladeira de acesso.

Era o meio da tarde. Os rebeldes ainda tinham horas de luz do sol. Comecei a tremer.

Caolho, que eu não via desde o começo da batalha, apareceu de novo.

— Notícias da Torre — anunciou ele. — O Círculo perdeu mais seis membros ontem à noite. Ou seja, eles têm apenas uns oito sobrando. Provavelmente, nenhum deles já fazia parte do Círculo quando viemos para o norte.

— Não é estranho que tenham começado devagar hoje.

Caolho espiou a luta.

— Não parece estar indo muito bem, parece?

— Nem um pouco.

— Acho que é por isso que ela está saindo — disse ele. Eu me virei. — É. Ela está a caminho. Pessoalmente.

Frio. Frio-frio-frio. Eu não sei por quê. Então ouvi o Capitão gritando, o Tenente, Manso, Elmo, Corvo e sei lá mais quem, todo mundo gritando para que entrássemos em formação. O tempo de ficar de bobeira tinha acabado. Eu me retirei para meu hospital, que era um grupo de barracas nos fundos, infelizmente recebendo os ventos aromáticos que vinham da latrina.

— Inspeção rápida — eu disse a Caolho. — Vou ver se está tudo nos conformes.

A Dama veio a cavalo, pela rampa que subia de perto da entrada da Torre. Ela cavalgava uma besta criada para essa função. Era enorme e espirituosa, um ruão lustroso que parecia uma concepção artística da perfeição equina. Ela estava muito elegante, vestindo vermelho com brocado dourado, lenços brancos, joias de ouro e prata e alguns detalhes em preto. Parecia uma mulher rica como as que se via nas ruas de Opala. Os cabelos da Dama eram mais negros que a meia-noite e escorriam de debaixo de um elegante chapéu tricorne branco de renda, enfeitado com plumas brancas de avestruz. Uma rede de pérolas mantinham as madeixas presas. Ela parecia não ter mais de 20 anos. O silêncio marcava sua passagem. Homens ficavam boquiabertos. Não vi sinal de medo em lugar algum.

Os companheiros da Dama eram mais adequados à imagem dela. De altura média, todos trajando preto, com rostos ocultos por tule preto, montados em cavalos negros com arreios e selas negras, eram parecidos com a figura popular dos Tomados. Um deles levava uma longa lança negra com ponta de aço negro, o outro, uma enorme trombeta prateada. Eles cavalgavam um de cada lado, exatamente 1 metro atrás da Dama.

Ela me honrou com um doce sorriso ao passar. Seus olhos cintilavam com humor e convite.

— Ela ainda ama você — zombou Caolho.

Eu estremeci.

— É disso que tenho medo.

A Dama atravessou a Companhia, direto até o Capitão, e falou com ele por meio minuto. Ele não demonstrou emoção, cara a cara com aquele velho demônio. Nada abala o Capitão quando ele assume a máscara de comandante de ferro.

Elmo veio correndo.

— E aí, amigo, como vai você? — perguntei. Eu já não o via há alguns dias.

— Ela quer você.

Eu disse algo como "glug". Muito inteligente.

— Eu sei o que você quer dizer. Já tivemos o bastante. Mas o que se pode fazer? Arranje um cavalo.

— Um cavalo? Por quê? Onde?

— Só estou lhe passando a mensagem, Chagas. Não me pergunte. Falando no diabo.

Um jovem soldado, vestindo as cores do Uivador, apareceu sobre a beirada do fundo da pirâmide. Ele conduzia alguns cavalos. Elmo trotou até o rapaz. Depois de uma breve conversa, o sargento me chamou. Relutante, me juntei a ele.

— Pode escolher, Chagas.

Peguei uma égua castanha com belas linhas e docilidade aparente e montei. Era bom estar numa sela. Já fazia algum tempo.

— Deseje-me sorte, Elmo. — Eu queria soar tranquilo, mas o que saiu foi um guincho.

— Com certeza. — E assim que comecei a me afastar: — Quem mandou escrever aquelas historinhas?

— Dá um tempo, hein? — Eu me perguntei, por um momento, o quanto a arte afeta a vida. *Será* que eu tinha provocado aquilo a mim mesmo?

A Dama não olhou para trás quando me aproximei. Porém, fez um pequeno gesto. O cavaleiro à sua direita se afastou, me dando espaço. Eu entendi o recado, parei e me concentrei no panorama em vez de olhar para ela. Percebi que a Dama tinha achado isso divertido.

A situação piorara nos minutos em que estive afastado. Soldados rebeldes tinham conquistado vários pontos de acesso ao segundo nível. No primeiro, nossas formações foram estilhaçadas. O Uivador havia cedido e estava deixando os soldados ajudarem os aliados que tentassem subir a muralha de contenção. As tropas de Sussurro, no terceiro nível, começaram a usar os arcos pela primeira vez.

As rampas de assalto estavam quase no fosso mais próximo. As grandes torres tinham parado. Mais da metade estava fora de ação. As restantes foram ocupadas, mas se encontravam tão longe que os arqueiros nelas não causavam qualquer dano. Agradeça aos céus pelas pequenas graças.

Os Tomados no primeiro nível estavam usando seus poderes, mas corriam tanto perigo que tinham pouca chance de empregá-los de forma eficaz.

— Quero que você veja isto, Analista — disse a Dama.

— Hã? — Outra pérola de sagacidade da Companhia.

— O que está para acontecer. Para que seja corretamente registrado em pelo menos um lugar.

Espiei a Dama de soslaio. Ela exibia um sorrisinho provocador. Voltei minha atenção ao combate. O que ela fazia comigo, apenas sentada ali, em meio à fúria do fim do mundo, era mais assustador que a perspectiva de morrer em batalha. Estou velho demais para ferver como um adolescente tarado.

A Dama estalou os dedos.

O cavaleiro à esquerda dela ergueu a trombeta de prata e afastou o véu do rosto para poder soprar o instrumento. Era Pluma! Meu olhar voltou a Dama. Ela piscou.

Tomados. Pluma e Jornada tinham sido Tomados, como acontecera com Sussurro. Todo o poder e potência deles estavam à disposição da Dama... Minha mente corria pelo fato. Implicações, implicações. Velhos Tomados tombando, novos Tomados avançando para substituí-los.

A trombeta soou, uma nota doce como um anjo convocando as hostes celestiais. Não era alta, mas reverberou por toda parte, como se viesse do próprio céu. A luta cessou completamente. Todos os olhares se voltaram à pirâmide.

A Dama estalou os dedos. O outro cavaleiro — Jornada, eu presumo — ergueu a lança bem alto e deixou a ponta cair.

A muralha de contenção mais distante explodiu em 12 pontos diferentes. Um trombetear bestial preencheu o silêncio. Mesmo antes de vê-los irromper, eu entendi e ri.

— Elefantes! — Eu não via elefantes de guerra desde meu primeiro ano com a Companhia. — Onde você conseguiu elefantes?

265

Os olhos da Dama cintilaram. Ela não respondeu.

A resposta era óbvia. No além-mar. Com os aliados dela nas Cidades Preciosas. Como ela havia conseguido trazê-los até aqui sem que fossem percebidos, e então mantê-los escondidos, ah, esse era o mistério.

Era uma surpresa deliciosa para jogar na cara dos Rebeldes no momento de seu triunfo aparente. Ninguém naquelas regiões jamais vira elefantes de guerra, muito menos sabia como enfrentá-los.

Os grandes paquidermes cinzentos se lançaram contra a horda rebelde. Seus condutores se divertiram muito, investindo com as bestas de um lado ao outro, pisoteando Rebeldes às centenas, destroçando completamente o moral. Eles arrancaram os manteletes. Atravessaram as pontes e foram atrás dos engenhos de cerco, derrubando-os, um de cada vez.

Havia 24 das feras, duas para cada esconderijo. Tinham sido equipadas com armadura, e os condutores estavam engaiolados em metal, porém aqui e ali uma lança ou flecha aleatória encontrava uma brecha, matando um condutor ou irritando a fera o suficiente para enfurecê-la. Elefantes sem dono perdiam o interesse pela luta. Os animais feridos enlouqueciam, causando mais dano que os elefantes controlados.

A Dama fez outro gesto. Jornada sinalizou de novo. As tropas baixaram as rampas que haviam sido usadas para levar munição para baixo e feridos para cima. As tropas do terceiro nível, com exceção da Guarda, desceram marchando, entraram em formação e lançaram um ataque contra o caos. Considerando os números, aquilo parecia loucura. Mas, levando em conta a virada violenta da maré, o moral era mais importante.

Sussurro na ala esquerda, Apanhador no centro, o velho e gordo Lorde Jalena à direita. Tambores martelando. Eles avançaram, detidos apenas pela tarefa de massacrar os milhares em pânico. Os rebeldes tinham medo de não fugir, porém também tinham medo de correr em direção aos elefantes em fúria que estavam entre eles e o acampamento. Não fizeram quase nada para se defender.

Tudo limpo até o primeiro fosso. Devora-Lua, o Uivador e o Sem-Rosto organizaram os sobreviventes das próprias tropas, xingando e os incitando pelo medo a avançar, a incendiar todos os engenhos e construções inimigas.

Os atacantes alcançaram o segundo fosso, contornando e passando por cima das torres e rampas abandonadas, seguindo em frente pela trilha sangrenta dos elefantes. Agora havia chamas nas máquinas, enquanto os homens do primeiro nível chegavam. Os atacantes avançaram contra a trincheira mais distante. O campo inteiro estava acarpetado de cadáveres inimigos. Mortos em números como eu jamais vira antes.

O Círculo, ou o que restava dele, finalmente se recuperou o suficiente para tentar usar seus poderes contra as feras. Conquistaram alguns sucessos, antes de serem neutralizados pelos Tomados. Daí em diante, passaram a depender dos homens em campo.

Como sempre, os rebeldes tinham os números. Um a um, os elefantes caíram. Os inimigos se acumularam diante da linha de ataque. Não tínhamos tropas de reserva. Soldados novos vinham em socorro dos acampamentos rebeldes, sem entusiasmo, mas fortes o suficiente para interromperem nosso avanço. Uma retirada se fez necessária.

A Dama comandou o recuo por meio de Jornada.

— Muito bom — murmurei. — Muito bom, de fato. — Nossos homens retornavam às suas posições, afundando em cansaço. A noite não estava longe. Tínhamos sobrevivido mais um dia. — Mas e agora? Aqueles idiotas não vão desistir enquanto o cometa estiver no céu. E disparamos nossa última seta.

A Dama sorriu.

— Registre tudo da maneira que viu, Analista. — A Dama e seus companheiros se retiraram.

— O que faço com este cavalo? — resmunguei.

Houve outra batalha de poderes naquela noite, mas eu a perdi. Não sei para qual lado o desastre foi maior. Perdemos Devora-Lua, o Sem-Rosto e o Rastejador. Apenas o Rastejador caiu perante ação inimiga. Os outros foram vítimas da vendeta dentre os Tomados.

Um mensageiro veio não mais que uma hora após o crepúsculo. Eu estava preparando minha equipe para descer, depois de alimentá-los. Elmo veio me transmitir a mensagem novamente.

— Torre, Chagas. Sua namorada quer você. Leve o arco.

Existe um limite para o quanto você pode temer alguém, até mesmo a Dama. Resignado, perguntei:

— Por que um arco?

Ele deu de ombros.

— Flechas também?

— Não mencionaram nada quanto a isso. Não parece inteligente.

— Você provavelmente tem razão. Caolho, o hospital é seu.

Hora de ver o lado bom. Pelo menos eu não passaria a noite amputando membros, suturando cortes e tranquilizando rapazes que não viveriam mais uma semana. Servir com os Tomados proporciona aos soldados uma melhor chance de sobrevivência aos ferimentos, mas a gangrena e a peritonite ainda cobravam seu preço.

Desci a longa rampa e fui até o portão negro. A Torre se erguia sobre mim como algo saído de um mito, lavada na luz prateada do cometa. Teria o Círculo estragado tudo? Esperado demais? Será que o cometa deixaria de ser um auspício favorável depois que começasse a se afastar?

Quão perto estavam os exércitos do oriente? Não o suficiente. Mas nossa estratégia não parecia ser baseada em ganhar tempo. Se fosse esse o plano, teríamos marchado para a Torre e fechado a porta. Ou não?

Eu hesitei. Relutância natural. Toquei o amuleto que Duende me dera há tanto tempo, o amuleto que Caolho tinha me dado mais recentemente. Não me reconfortaram muito. Olhei para a pirâmide e achei ter visto uma silhueta parruda no alto. O Capitão? Ergui uma mão. A silhueta fez o mesmo. Animado, eu me virei.

O portão parecia ser a boca da noite, mas um passo adiante me levou a um corredor largo e iluminado. Fedia aos cavalos e gado que tinham sido levados para dentro há tanto tempo.

Um soldado me esperava.

— Você é o Chagas? — Confirmei com a cabeça. — Siga-me.

Ele não era da Guarda, mas um jovem soldado raso do exército do Uivador. Parecia perplexo. Aqui e ali, vi mais deles. Entendi. O Uivador tinha passado noites transportando tropas enquanto o resto dos Tomados lutava contra o Círculo e entre eles mesmos. Nenhum daqueles homens estivera no campo de batalha.

Quantos deles haveria ali? Que outras surpresas escondia a Torre?

Entrei na parte interna pelo portal que tinha usado antes. O soldado parou no mesmo lugar que o capitão da Guarda se posicionara da última vez. Ele me desejou sorte numa voz pálida e trêmula. Eu agradeci com um guincho desafinado.

A Dama não fez joguinhos. Pelo menos, nada espalhafatoso. E eu não caí em meu papel de garoto obcecado por sexo. Estávamos ali para negócios.

Ela me fez sentar a uma mesa de madeira escura, com meu arco diante de mim.

— Eu tenho um problema.

Eu apenas a encarei. A Dama continuou.

— Os rumores já correm soltos lá fora, não correm? Sobre o que está acontecendo entre os Tomados?

Eu confirmei com a cabeça e respondi:

— Desta vez não é como quando o Manco virou a casaca. Eles estão se massacrando. Os homens não querem ser pegos no fogo cruzado.

— Meu marido não está morto. Você sabe disso. Ele está por trás de tudo. Já está acordando há algum tempo. Muito lentamente, mas o suficiente para alcançar alguns membros do Círculo. O bastante para tocar as mulheres dentre os Tomados. Elas farão qualquer coisa por ele. Vadias. Eu as vigio tão de perto quanto posso, mas não sou infalível. Elas conseguem se safar. Esta batalha... não é o que parece. O exército rebelde foi trazido aqui por membros do Círculo sob a influência de meu marido. Os idiotas. Eles acharam que poderiam *usá-lo* para me derrotar e conquistar o poder para si mesmos. Estão todos mortos, agora, mas aquilo que eles iniciaram persiste. Não estou enfrentando a Rosa Branca, Analista, embora uma vitória por causa dessas bobagens poderia surgir disto tudo no fim das contas. Estou enfrentando o velho escravagista, o Dominador. E, se eu perder, perderei o mundo.

Mulher astuta. Ela não assumiu o papel de donzela em perigo. Jogou de igual para igual, e isso conquistou muito mais minha simpatia. Ela sabia que eu conhecia o Dominador tão bem quanto qualquer pessoa comum viva. Sabia que eu provavelmente o temia mais do que a ela, pois quem tem mais medo de uma mulher do que de um homem?

— Eu conheço você, Analista. Abri sua alma e espiei dentro dela. Você luta por mim porque sua Companhia aceitou um contrato que cumprirá até o amargo fim, porque os personagens principais dela acreditam que a Companhia teve sua honra manchada em Berílio. E isso apesar de a maioria de vocês achar que serve o Mal.

"O Mal é relativo, Analista. Não se pode pendurar uma placa nele. Não se pode tocá-lo ou cortá-lo com uma espada. O Mal depende de como você se posiciona, apontando o dedo. E você, agora, graças a seu juramento, está do lado oposto ao Dominador. Para você, ele é o Mal."

A Dama perambulou por um momento, talvez antecipando uma resposta. Eu não lhe dei nenhuma. Ela tinha resumido minha própria filosofia.

— Esse mal tentou matá-lo três vezes, médico. Duas por medo de seu conhecimento, uma por medo de seu futuro.

Isso me despertou.

— Meu futuro?

— Os Tomados às vezes têm lampejo do futuro. Talvez esta conversa tenha sido profetizada.

Com isso a Dama me deixou espantado. Fiquei ali, sentado, com cara de idiota.

A Dama deixou a sala por um instante e voltou trazendo uma aljava de flechas, derramando-as na mesa. Eram negras e pesadas, com pontas de prata, com letras inscritas quase ilegíveis. Enquanto eu as examinava, a Dama tomou meu arco, e o trocou por outro, com peso e contração idênticos. Formava um lindo conjunto com as flechas. Lindo demais para ser usado como arma.

— Leve isto consigo, sempre — disse ela.

— Eu terei de usá-los?

— É possível. Amanhã o assunto será encerrado, de um jeito ou de outro. Os rebeldes foram massacrados, porém ainda possuem grandes reservas de soldados. Minha estratégia poderá não funcionar. Se eu falhar, meu marido vencerá. Não os rebeldes, não a Rosa Branca, mas o Dominador, aquela besta horrenda que jaz inquieta no próprio túmulo...

Eu evitei o olhar dela e fitei as armas, me perguntando o que deveria dizer, e não ouvir, o que deveria fazer com aquelas ferramentas de morte, e se eu seria capaz de fazê-lo quando a hora chegasse.

Ela sabia o que eu pensava.

— Você saberá o momento. E fará o que achar que for certo.

Ergui o olhar, franzindo o cenho, desejando... Mesmo sabendo o que ela era, desejando. Talvez meus irmãos idiotas estivessem certos.

Ela sorriu, estendeu uma daquelas mãos perfeitas demais, tomou meus dedos...

Perdi a noção do tempo. Acho. Não me lembro de nada ter acontecido. Porém minha mente ficou embaçada por um momento, e quando se desembaçou, a Dama segurava minha mão ainda, sorrindo.

— Hora de ir, soldado. Descanse bem.

Levantei-me como um zumbi e cambaleei até a porta, com a distinta impressão de que tinha perdido alguma coisa. Não olhei para trás. Não era capaz.

Saí para a noite além da Torre e imediatamente percebi que havia me separado do tempo outra vez. As estrelas tinham se movido no céu. O cometa estava baixo. Descanse bem? As horas de descanso estavam quase no fim.

Era calmo ali fora, fresco, com grilos cantando. Grilos, quem poderia acreditar? Fitei as armas que ela me dera. Quando eu tinha encordoado o arco? Por que levava uma flecha preparada? Não me lembrava de tê-las apanhado da mesa... Por um instante de pavor achei que estava enlouquecendo. A canção dos grilos me trouxe de volta.

Olhei para a pirâmide. Alguém estava no topo, vigiando. Ergui a mão. Ele respondeu. Elmo, pelo jeito de se mover. O bom e velho Elmo.

Duas horas até o amanhecer. Eu poderia cochilar um pouco, se não me demorasse.

Depois de subir um quarto da rampa, tive uma sensação estranha. Na metade do caminho eu percebi o que era. O amuleto de Caolho! Meu pulso estava ardendo! Um Tomado! Perigo!

Uma nuvem de trevas se lançou da noite, vinda de alguma imperfeição na lateral da pirâmide. Abriu-se como a vela de um navio, espalmada, e veio na minha direção. Reagi da única maneira que me restava. Com uma flecha.

Minha seta atravessou o lençol de escuridão. Um longo uivo me cercou, mais cheio de surpresa que de raiva, mais desespero que agonia. O lençol de trevas se despedaçou. Algo com forma de homem correu pela encosta. Eu observei a coisa fugindo, sem jamais pensar em disparar outra flecha, mesmo que tivesse preparado outra no arco. Perplexo, continuei minha subida.

— O que aconteceu? — inquiriu Elmo quando cheguei ao topo.

— Eu não sei — respondi. — Honestamente, não faço a menor ideia de que merda aconteceu esta noite.

Ele me deu um olhar de avaliação.

— Você parece bem exausto. Vá descansar.

— Estou precisando — admiti. — Passe a notícia ao Capitão. Ela disse que o dia é amanhã. Vitória ou derrota. — De grande ajuda as notícias seriam. Mas achei que ele iria querer saber.

— É. Eles fizeram alguma coisa com você lá dentro?

— Não sei. Acho que não.

Elmo queria conversar mais, apesar de ter me mandado descansar. Eu o afastei gentilmente, fui até uma das minhas barracas no hospital e me encolhi num canto como um animal ferido se escondendo na toca. Eu tinha sido tocado, de alguma forma, mesmo que não pudesse dar um nome ao que acontecera. Precisava de tempo para me recuperar. Provavelmente, mais tempo do que me concederiam.

Mandaram Duende me acordar. Eu estava com meu costumeiro charme matinal, ameaçando ódio eterno a qualquer imbecil que viesse interromper meus sonhos. Não que eles não merecessem ser interrompidos. Eram imundos. Eu fazia coisas indizíveis a duas garotas que não podiam ter mais de 12 anos, de um modo que elas gostavam. São repulsivas essas sombras que se esgueiram na mente.

Por mais revoltantes que meus sonhos fossem, eu não queria me levantar. Meu saco de dormir estava bem quentinho.

— Você quer que eu jogue pesado? — perguntou Duende. — Escute aqui, Chagas. Sua namorada está saindo. O Capitão quer você de pé para recebê-la.

— É. Certo. — Catei minhas botas com uma das mãos, abri a barraca com a outra. — Que horas são, merda? — grunhi. — Parece que o sol já nasceu há horas.

— Isso mesmo. Elmo achou que você precisava descansar. Disse que você passou por maus bocados ontem à noite.

Resmunguei e me recompus apressadamente. Considerei a ideia de me lavar, mas Duende me levou para outro lado.

— Prepare seu equipamento de batalha. Os rebeldes estão vindo para cá.

Ouvi tambores ao longe. Os rebeldes não tinham usado tambores antes. Perguntei sobre isso.

Duende deu de ombros. Estava pálido. Acho que ele ouviu minha mensagem ao Capitão. Vitória ou derrota. Hoje.

— Eles elegeram um novo conselho.

Duende começou a tagarelar, como os homens fazem quando estão assustados, me contando a história da briga entre os Tomados naquela noite, e de como os rebeldes sofreram. Não ouvi nada animador. Duende me ajudou a vestir as parcas peças de armadura que eu tinha. Eu não vestia nada além de uma camisa de cota de malha desde as lutas ao redor de Rosas. Recolhi as armas que a Dama me deu e saí para uma das manhãs mais gloriosas que já vi.

— Um dia incrível para se morrer — comentei.

— É.

— Quanto tempo até ela chegar aqui?

O Capitão ia querer que todos estivessem em suas devidas posições quando a Dama aparecesse. Ele gostava de apresentar uma imagem de ordem e eficiência.

— Ela vai chegar quando ela chegar. Temos apenas uma mensagem dizendo que a Dama vai sair.

— Hum. — Examinei o topo da pirâmide. Os homens cuidavam das tarefas, se preparando para o combate. Ninguém parecia com pressa. — Vou dar uma volta.

Duende não disse nada. Apenas me seguiu, com o rosto pálido, numa careta preocupada. Seus olhos se moviam constantemente, vigiando tudo. Pela tensão nos ombros do feiticeiro e pela forma como ele se movia, percebi que tinha um feitiço pronto para quando fosse necessário utilizá-lo. Foi só depois de ele me seguir por algum tempo que percebi que Duende era meu guarda-costas.

Fiquei tão feliz quanto irritado. Feliz porque as pessoas se importavam o bastante para cuidar de mim, irritado pela situação abominável em que eu estava metido. Olhei para minhas mãos. Inconscientemente, eu tinha encordoado o arco e segurava uma flecha. Parte de mim estava em alerta máximo também.

Todos olharam as armas, mas ninguém perguntou nada. Suspeito que as histórias já deviam estar correndo pela Companhia. Estranho que meus camaradas não tivessem me interrogado e conferido os rumores.

Os rebeldes organizaram as forças cuidadosamente, metodicamente, além do alcance de nossas armas. Seja lá quem tivesse assumido o comando, havia restaurado a disciplina. E construído uma nova armada completa de engenhos de guerra durante a noite.

Nossas forças abandonaram o nível inferior. Tudo que restava lá embaixo era um crucifixo com uma figura se contorcendo nele... Se contorcendo. Depois de tudo que sofrera, incluindo ser pregado naquela cruz, o forvalaka ainda vivia!

As tropas tinham sido reorganizadas. Os arqueiros estavam no terceiro nível agora, e Sussurro comandava o terraço inteiro. Os aliados, sobreviventes do primeiro nível, soldados do Apanhador e quem mais tivesse sobrado, estavam no segundo nível. O Apanhador cuidava do centro, Lorde Jalena, da direita, e o Uivador, da esquerda. Um esforço fora feito para restaurar a muralha de contenção, mas ela continuava em péssimo estado. Seria um obstáculo fácil.

Caolho se juntou a nós.

— Vocês ouviram as últimas?

Ergui uma sobrancelha.

— Estão dizendo que acharam a criança Rosa Branca.

— Questionável — respondi, depois de pensar um pouco.

— Com certeza. A Torre mandou dizer que ela é falsa. Apenas um truque para animar as tropas.

— Também acho. Estou surpreso por eles não terem pensado nisso antes.

— Falando no diabo — guinchou Duende, apontando.

Tive que procurar por um momento até achar o brilho suave que avançava por entre os espaços que separavam as divisões inimigas. Ele envolvia uma criança num enorme cavalo branco, levando um estandarte vermelho com o brasão com a rosa branca.

— Não estão sequer montando um espetáculo decente! — reclamou Caolho. — Aquele cara montado no baio está criando a luz.

Minhas tripas tinham dado um nó de medo que aquela fosse a criança verdadeira, afinal. Olhei minhas mãos, me perguntando se aquela criança seria o alvo determinado pela Dama. Mas não. Não tive nenhum impulso de lançar uma flecha naquela direção. Não que eu pudesse tê-la disparado a metade da distância.

Vi Corvo e Lindinha de relance, no lado oposto da pirâmide, com as mãos se movendo frenéticas. Fui até eles.

Corvo nos viu quando estávamos a 6 metros. Fitou minhas armas. Seu rosto se endureceu. Uma faca surgiu na mão dele, e Corvo começou a limpar as unhas.

Eu tropecei, de tão espantado que fiquei. Aquela coisa da faca era um tique. Só acontecia quando Corvo estava estressado. Por que comigo? Eu não era o inimigo.

Meti o arco e a flecha sob o braço esquerdo e cumprimentei Lindinha. Ela deu um grande sorriso, um abraço rápido. *Ela* não tinha nada contra mim. A menina perguntou se poderia ver o arco. Deixei que ela olhasse, mas não o soltei. Não conseguia.

Corvo estava tão inquieto quanto um homem sentado numa fogueira.

— Qual é o seu problema? — inquiri. — Você anda agindo como se o resto de nós fosse contagioso. — O comportamento dele me magoava. Nós passamos por algumas coisas sinistras juntos, Corvo e eu. Ele não tinha o direito de se voltar contra mim.

Corvo estreitou a boca até ela se tornar um ponto. Cavoucou sob as unhas até parecer estar se machucando.

— Então?

— Não me pressione, Chagas.

Cocei as costas de Lindinha com a mão direita enquanto ela se apoiava em mim. A mão esquerda segurava o arco. Meus nós dos dedos ficaram brancos como gelo velho. Eu estava pronto para bater no cara. Tirem aquele faca dele e eu teria uma chance. É um desgraçado durão, mas eu tive alguns anos para me endurecer também.

Lindinha parecia ignorar a tensão entre nós.

Duende se meteu. Ele encarou Corvo, com uma postura tão beligerante quanto a minha.

— Você está com problemas, Corvo. Acho que seria melhor termos uma reunião com o Capitão.

Corvo ficou espantado. Ele percebeu, por um momento ao menos, que estava fazendo inimigos. É difícil pra caramba deixar Duende furioso. Furioso de verdade, não como ele fica com Caolho.

Alguma coisa morreu detrás dos olhos de Corvo. Ele indicou meu arco.

— Ele é um servo da Dama — acusou.

Eu fiquei mais espantado do que bravo.

— Não é verdade — retruquei. — Mas e se fosse?

Ele ficou agitado. Lançava olhares de relance para Lindinha, encostada em mim. Ele queria afastá-la, mas não conseguia dar uma ordem em palavras aceitáveis.

— Primeiro puxou o saco do Apanhador de Almas o tempo todo. Agora, a Dama. O que você está fazendo, Chagas? Quem você está vendendo?

— O quê?

Só a presença de Lindinha me impediu de partir para cima dele.

— Já chega — ordenou Duende. A voz dele era dura, sem a menor nota de agudez. — Vou usar minha posição de oficial para acabar com isso. Com todo mundo. Aqui. Agora. Vamos até o Capitão discutir este assunto. Ou então vamos revogar sua entrada para a Companhia, Corvo. Chagas tem razão. Você tem sido um babaca completo ultimamente. Não precisamos disso. Já temos problemas suficientes lá fora. — Duende cravou o dedo na direção dos rebeldes.

Eles responderam com trombetas.

Não houve debate com o Capitão.

Era óbvio que alguém novo estava no comando. As divisões inimigas avançaram em fileiras cerradas, lentamente, com os escudos arrumados numa formação organizada de tartaruga, bloqueando a maior parte de nossas flechas. Sussurro ajustou a tática rapidamente, concentrando o fogo da Guarda em uma formação de cada vez, fazendo os arqueiros esperarem até que as armas pesadas rompessem a tartaruga. Eficaz, mas não o bastante.

As torres de cerco e as rampas se aproximaram tão rápido quanto os homens conseguiam puxá-las. A Guarda fez o melhor possível, mas só conseguiu destruir algumas. Sussurro estava num dilema. Tinha que escolher os alvos. Ela decidiu se concentrar em quebrar tartarugas.

As torres chegaram mais perto desta vez. Os arqueiros rebeldes conseguiam atirar em nossos homens. Isso significava que nossos arqueiros poderiam atirar neles, e eles tinham melhor pontaria.

Os inimigos cruzaram o fosso mais próximo, encontrando uma chuva quase impenetrável de projéteis lançados dos dois níveis. Só quando alcançaram a muralha de contenção eles deixaram a formação e se dirigiram aos pontos fracos, onde tiveram pouco sucesso.

Então eles atacaram em todos os lugares ao mesmo tempo. As rampas chegavam, lentamente. Homens com escadas acorriam à frente.

Os Tomados não pouparam forças. Atiraram tudo que podiam. Magos rebeldes os enfrentaram o tempo todo e, apesar do dano que tinham sofrido, conseguiram neutralizar os Tomados quase completamente. Sussurro não participou. Estava ocupada demais.

A Dama e seus companheiros chegaram. Fui chamado outra vez. Montei meu cavalo e me juntei a ela, com o arco no colo.

Eles vieram em ondas. Ocasionalmente, eu dava uma olhada na Dama. Ela continuava uma rainha gélida, completamente sem expressão.

Os rebeldes conquistaram pontos de acesso por toda parte. Arrancaram pedaços inteiros da muralha. Homens com pás deslocavam a terra, construindo ladeiras naturais. As rampas de madeira continuavam avançando, mas demorariam a chegar.

Havia uma única ilha de paz lá fora, ao redor do forvalaka crucificado. Os atacantes passavam bem longe dele.

As tropas do Lorde Jalena começaram a fraquejar. Dava para ver a ameaça de um colapso mesmo antes de os homens lançarem olhares para a muralha de contenção atrás deles.

A Dama fez um gesto. Jornada esporeou o cavalo, que cavalgou pirâmide abaixo. Ele passou pelos homens de Sussurro e se posicionou na beirada do terraço, atrás da divisão de Jalena. O Tomado ergueu a lança, que fulgurou. Não sei por quê, mas as tropas de Jalena se encorajaram, se solidificaram e começaram a rechaçar os rebeldes.

A Dama fez outro gesto, à esquerda. Pluma se lançou pela encosta como um demônio, soprando a trombeta. O chamado argênteo abafou o soar das cornetas rebeldes. Ela atravessou as tropas do terceiro nível e saltou com o cavalo da muralha. A queda teria matado qualquer montaria que eu já vira, mas esta aterrissou pesadamente, recuperou o equilíbrio, empinou e relinchou em triunfo enquanto Pluma tocava o instrumento. Assim como à direita, as tropas se entusiasmaram e começaram a forçar o inimigo para trás.

Uma pequena silhueta azulada escalou a muralha e disparou à retaguarda, contornando a base da pirâmide e correndo até a Torre. O Uivador. Franzi o cenho, intrigado. Teria ele sido substituído?

Nosso centro se tornou o foco da batalha, com o Apanhador lutando bravamente para manter a linha de tropas.

Ouvi barulhos e me virei, vendo que o Capitão tinha se aproximado pelo outro lado da Dama. Ele estava montado. Olhei para trás. Vários cavalos tinham sido trazidos. Fitei pela longa encosta íngreme até a estreiteza do terceiro nível e meu coração se apertou. Ela não estaria planejando uma carga de cavalaria, estaria?

Pluma e Jornada eram um excelente remédio, mas não o bastante. Eles endureceram a resistência apenas até as rampas rebeldes chegarem.

O segundo nível se foi. Mais lentamente do que eu esperava, mas se foi. Não mais do que mil homens escaparam. Olhei para a Dama. O rosto dela permanecia gelado, entretanto eu senti que ela não estava desagradada.

Sussurro despejou flechas na massa abaixo. Guardas dispararam balistas à queima-roupa.

Uma sombra passou sobre a pirâmide. Olhei para cima. O tapete do Uivador sobrevoou o inimigo. Homens ajoelhados na beira largavam bolas do tamanho de crânios. Os projéteis despencavam na massa rebelde sem efeito visível. O tapete foi lentamente na direção do acampamento inimigo, despejando os objetos inúteis.

Os rebeldes levaram uma hora para estabelecer cabeças de ponte sólidas no terceiro nível, e mais outra hora para trazer homens suficientes para pressionar o ataque. Sussurro, Pluma, Jornada e o Apanhador os massacraram sem piedade. As tropas recém-chegadas tinham que escalar montes de cadáveres dos companheiros para alcançar o topo.

O Uivador continuou com seu bombardeio de bolas até o acampamento rebelde. Duvidei que houvesse alguém por lá. Estavam todos no triângulo, esperando a vez de nos atacar.

A falsa Rosa Branca estava montada em seu cavalo, na segunda trincheira, brilhando, cercada pelo novo conselho rebelde. Eles permaneciam imóveis, agindo apenas quando um dos Tomados usava seus poderes. Contudo, não tinham feito nada com relação ao Uivador. Aparentemente, não havia nada que pudessem fazer.

Dei uma olhada no Capitão, que andara aprontando alguma coisa... Estava alinhando cavaleiros ao longo da frente da pirâmide. Nós *iríamos* atacar pela encosta abaixo! Que idiotice!

Uma voz interior me disse: "Meus fiéis não precisam temer." Encarei a Dama. Ela me devolveu o olhar friamente, com realeza. Eu me voltei para a batalha.

Não demoraria muito tempo. Nossas tropas tinham posto os arcos de lado, abandonado as armas pesadas. Estavam se preparando para o pior. Na planície, a horda inteira estava em movimento, mas bem devagar, de maneira irresoluta, ao que parecia. Este era o momento em que eles deveriam estar correndo sem parar, nos atolando e irrompendo na Torre antes que o portão pudesse ser fechado...

O Uivador voltou como um meteoro do acampamento inimigo, movendo-se dez vezes mais rápido que qualquer cavalo. Observei o enorme tapete passar por nós, incapaz de conter meu espanto. Por um instante ele ocultou o cometa e seguiu em frente, até a Torre. Um uivo estranho desceu lentamente, diferente de qualquer grito do Uivador que eu já ouvira. O tapete mergulhou um pouco, tentou desacelerar, mas se chocou com a Torre alguns metros abaixo do topo.

— Meu Deus — murmurei, observando a coisa se desmantelar, assistindo aos homens despencando 150 metros até o chão. — Meu Deus.

— Então o Uivador morreu, ou perdeu a consciência. O próprio tapete começou a se desfazer.

Eu me voltei para a Dama, que também estivera observando. A expressão dela não se alterou nem um pouco. Suavemente, com uma voz que só eu ouvi, ela disse:

— Você *vai* usar o arco.

Estremeci. E por um segundo imagens relampejaram em minha mente, centenas delas, rápido demais para que eu pudesse captar qualquer uma delas. Eu parecia puxar a corda do arco...

Ela estava furiosa. Furiosa, com tamanha ira, que me fez tremer só de contemplá-la, mesmo sabendo que não era direcionada a mim. O objeto daquela raiva não era difícil de determinar. A morte do Uivador não fora causada por uma ação do inimigo. Havia apenas um Tomado que poderia ser responsável. O Apanhador de Almas. Nosso antigo mentor. Aquele que nos usara em tantas outras tramas.

A Dama murmurou algo. Não sei se ouvi direito. Parecia algo como "Eu dei todas as chances a ela".

— Não éramos parte disso — sussurrei.

— Venha.

A Dama esporeou o cavalo. Ele saltou da beirada. Eu lancei um olhar desesperado ao Capitão e a segui.

Ela desceu a encosta com a mesma velocidade de Pluma. Minha montaria parecia determinada a acompanhar o passo.

Atiramo-nos contra uma ilha de homens que berravam. Estava centralizada numa fonte de fios verdes que subiam em ebulição e se espalhavam com o vento, matando rebeldes e aliados sem distinção. A Dama não se desviou.

O Apanhador de Almas já estava em fuga. Amigos e inimigos se esforçavam para sair do caminho dele. A morte o cercava. O Tomado correu até Jornada, saltou, derrubou-o do cavalo, montou o animal, saltou para o segundo nível, passou pelos inimigos, desceu à planície e disparou.

A Dama seguiu a trilha que ele rasgara, com os cabelos negros esvoaçando. Eu permaneci em seu rastro, absolutamente assombrado, mas incapaz de interromper o que estava fazendo. Alcançamos a planície 300 metros atrás do Apanhador de Almas. A Dama esporeou a montaria. A minha acompanhou. Eu tinha certeza que um ou os dois animais iriam tropeçar nos equipamentos abandonados ou cadáveres. Porém os dois, e o do Apanhador também, pisavam tão firme quanto cavalos numa pista.

O Apanhador correu diretamente ao acampamento inimigo e o atravessou. Nós o seguimos. No campo aberto mais além, começamos a nos aproximar dele. Aquelas bestas, todas as três, eram incansáveis como máquinas. Os quilômetros ficaram para trás. Ganhávamos 50 metros a cada quilômetro e meio. Segurei o arco com força e me agarrei ao pesadelo. Nunca fora religioso, mas naquele momento me senti tentado a rezar.

Ela era implacável como a morte, minha Dama. Tive pena do Apanhador de Almas quando ela o alcançasse.

O Apanhador de Almas corria por uma estrada que rodeava um dos vales a oeste de Talismã. Estávamos perto do lugar onde tínhamos descansado no alto de uma colina e onde encontramos o fio verde. Pensei em como havíamos cavalgado em meio àquilo, no campo de batalha em Talismã. Uma fonte daquela coisa, e ela não nos tocara.

O que estava acontecendo lá atrás? Seria isso alguma trama para deixar nosso povo à mercê dos rebeldes? Tinha ficado claro, perto do fim, que a estratégia da Dama envolvia destruição máxima. Que ela queria que apenas uma pequena minoria dos dois lados sobrevivesse. Estava fazendo a faxina. Restava-lhe apenas um inimigo dentre os Tomados. O Apanhador de Almas. O Apanhador, que fora quase bom para mim. Que tinha salvado minha vida pelo menos uma vez, na Escada das Lágrimas, quando a Arauto da Tormenta queria matar Corvo e a mim. O Apanhador, o único Tomado a falar comigo como um homem, a me contar algumas coisas sobre os velhos tempos, a saciar minha curiosidade infinita...

O que diabos eu estaria fazendo, numa cavalgada infernal com a Dama, caçando uma coisa que poderia me engolir sem piscar?

O Apanhador contornou o flanco de um morro e então, quando vencemos o mesmo obstáculo segundos depois, ele tinha desaparecido. A Dama reduziu o passo por um momento, virando a cabeça lentamente, então puxou as rédeas, virando-se na direção das florestas que margeavam a estrada. Ela parou ao alcançar as primeiras árvores. Meu cavalo parou ao lado do dela.

A Dama se jogou de cima da montaria. Fiz o mesmo, sem pensar. Quando me levantei, o animal dela estava desabando e o meu estava morto, de pé em pernas rijas. Ambos tinham queimaduras negras do tamanho de punhos nas gargantas.

A Dama apontou e começou a andar. Agachado, com a flecha no arco, eu a segui. Avancei cuidadosamente, silenciosamente, deslizando pela mata como uma raposa.

Ela parou, se agachou, apontou. Olhei na direção de seu braço. Lampejo, lampejo, dois segundos de imagens rápidas. Elas pararam. Vi um vulto a talvez uns 15 metros, de costas para nós, ajoelhado, fazendo alguma coisa rapidamente. Não havia tempo para as questões morais que eu debatera na cavalgada até aqui. Aquela criatura tinha atentado várias vezes contra minha vida. Minha flecha estava no ar antes que eu percebesse o que estava fazendo.

Acertou a cabeça do vulto. A pessoa caiu para a frente. Fiquei boquiaberto por um segundo, e então expirei longamente. Tão fácil...

A Dama deu três passos rápidos, franzindo o cenho. Houve um ruído rápido à nossa direita. Alguma coisa farfalhou na mata. A Dama girou e correu para o campo aberto, dando um tapa em meu braço ao passar.

Em segundos estávamos na estrada. Outra flecha em meu arco. O braço da Dama erguido, apontando... Uma silhueta quadrada escapando da mata 15 metros adiante. Uma figura fez um gesto como se jogasse algo em nossa direção. Cambaleei sob o impacto de um golpe cuja origem não era visível. Teias de aranha pareciam se desenhar diante de meus olhos, borrando minha visão. Vagamente, senti que a Dama fez um gesto. As teias desapareceram. Eu me senti completo. Ela apontou para o tapete que começou a se mover e se afastar.

Puxei e soltei, sem esperanças de acertar um alvo em movimento àquela distância.

Não acertei, mas apenas porque o tapete guinou violentamente para baixo e para o lado enquanto a flecha voava. Meu projétil rasgou o ar a centímetros da cabeça do condutor.

A Dama fez algo. O ar zumbiu. De algum lugar indefinido veio uma libélula gigante, como aquela que eu vira na Floresta da Nuvem. O animal disparou contra o tapete, acertando. O tapete girou, virou, se debateu. O condutor caiu livre, despencando com um grito desesperado. Lancei outra flecha no instante que o homem acertou o chão. Ele estremeceu por um momento, ficou parado. E então estávamos junto a ele.

A Dama arrancou o morrião negro de nossa vítima. E praguejou. Baixinho, com firmeza, ela praguejou como um sargento sênior.

— O que foi? — perguntei finalmente. O homem morto era o bastante para me satisfazer.

— Não é ela. — A Dama girou, olhou a floresta. Seu rosto permaneceu imóvel por vários segundos. Então ela se virou para o tapete à deriva. Finalmente se voltou para a floresta. — Vá ver se aquele outro era uma mulher. Veja se o cavalo está lá. — A Dama começou a fazer gestos de "venha cá" para o tapete do Apanhador.

Fiz o que me mandaram, com a cabeça em ebulição. O Apanhador era uma mulher, então? Astuta, ainda por cima. Toda preparada para ser perseguida até aqui, pela própria Dama.

O medo aumentou enquanto eu me esgueirava pela floresta, lento, silencioso. O Apanhador tinha jogado com todos, e de uma forma muito mais eficaz do que a própria Dama antecipara. O que viria em seguida, então? Houve tantos atentados contra minha vida... Não seria este o momento de encerrar qualquer que fosse a ameaça que eu representava?

Entretanto, nada aconteceu. Exceto que eu alcancei o cadáver na floresta, arranquei um morrião negro e me deparei com um rapaz bonito dentro. Medo, raiva e frustração me dominaram. Chutei o garoto. Muito útil, ferir carne morta.

O chilique não durou. Comecei a olhar em volta, procurando o acampamento no qual os substitutos esperaram. Eles já estavam ali há algum tempo, e planejavam ficar mais. Tinham suprimentos para um mês.

Um grande pacote chamou minha atenção. Cortei os barbantes que amarravam a embalagem e espiei o conteúdo. Papéis. Uma resma que deveria pesar uns 40 quilos. A curiosidade me venceu.

Dei uma olhada apressada, mas como não vi nada ameaçador fucei um pouco mais fundo. E imediatamente percebi o que tinha em mãos. Aquilo era parte da papelada que havíamos encontrado na Floresta da Nuvem.

O que os documentos estariam fazendo aqui? Eu pensava que Apanhador tinha entregado tudo à Dama. Ah! Trama e contratrama. Talvez ele *tivesse* entregado parte deles, mas ficou com alguns que poderiam ser úteis mais tarde. Talvez estivéssemos tão colados no Apanhador que ele não teve tempo de recolher...

Talvez ele voltasse. Olhei em volta, assustado outra vez.

Nada se mexeu.

Onde estava ele?

Ela, eu lembrei a mim mesmo. O Apanhador era uma "delas".

Olhei em volta, atrás de pistas da partida da Tomada, e logo descobri marcas de ferradura que rumavam para as profundezas da mata. Alguns passos além do acampamento, as pegadas alcançavam uma trilha estreita. Eu me agachei, espiando por um corredor de floresta decorado com partículas douradas que flutuavam nas colunas de sol. Tentei me animar a seguir em frente.

Venha, disse uma voz em minha mente. *Venha*.

A Dama. Aliviado em não ter mais que seguir a trilha, dei meia-volta.

— Era um homem — anunciei ao me aproximar da Dama.

— Foi o que pensei. — A Dama trouxe o tapete sob uma das mãos, estendido e flutuando a 60 centímetros do solo. — Suba a bordo.

Engoli em seco e fiz o que me foi ordenado. Era como entrar num bote quando se está em água profunda. Quase caí duas vezes.

— Ele... digo, *ela*... continuou montada e seguiu a trilha floresta adentro — relatei enquanto ela subia a bordo.

— Em qual direção?

— Sul.

O tapete subiu velozmente. Os cavalos mortos sumiram abaixo. Começamos a pairar sobre a floresta. Meu estômago se comportava como se eu tivesse bebido vários galões de vinho na noite anterior.

A Dama praguejou em voz baixa.

— A vaca. Ela enganou todos nós. Incluindo meu marido — declarou ela em voz alta.

Eu não disse nada. Estava me perguntando se mencionaria os papéis ou não. A Dama ficaria interessada. Mas eu também estava curioso, e se os mencionasse agora jamais teria uma chance de espiá-los.

— Aposto que era isso que ela estava fazendo. Se livrando dos outros Tomados, fingindo ser tudo uma parte da trama deles. Então teria sido minha vez. Por fim, ela simplesmente deixaria o Dominador enterrado. Ela ficaria com tudo, e seria capaz de mantê-lo aprisionado. O Dominador não pode escapar sem ajuda. — A Dama estava mais pensando alto do que conversando comigo. — E eu não percebi os sinais. Ou os ignorei. Estava tudo ali, o tempo todo. Vaca astuta. Vai queimar por isso.

Começamos a cair. Eu quase botei para fora o pouco que restava em meu estômago. Descemos até um vale mais fundo que o resto da área, mesmo que as colinas dos dois lados não tivessem mais que 60 metros de altura. Reduzimos a velocidade.

— Flecha — comandou a Dama. Eu tinha esquecido de preparar mais uma.

Seguimos o vale por um quilômetro e meio, mais ou menos, e então encosta acima até flutuarmos ao lado de um rochedo sedimentar. Ali pairamos, encostados à pedra. Havia um forte vento frio. Estávamos longe da Torre, numa região onde o domínio do inverno era completo. Eu tremia sem parar.

— Segure-se — foi o único e suave aviso que tive.

O tapete disparou. Quatrocentos metros mais adiante havia uma silhueta abraçada ao pescoço de um cavalo que cavalgava. O tapete desceu mais ainda, e então estávamos voando loucamente a menos de 1 metro de altura.

A Apanhadora nos viu. Ela estendeu uma das mãos num gesto de proteção. Estávamos quase em cima dela. Disparei a flecha.

O tapete bateu em mim quando a Dama tentou fazê-lo subir, esforçando-se para desviar do cavalo e do cavaleiro. Não subimos o bastante. O choque estremeceu o tapete. Partes da armação racharam, se partiram. Giramos. Eu me agarrei desesperadamente enquanto céu e terra redemoinhavam a meu redor. Houve mais um impacto quando acertamos o solo, e giramos mais e mais ao capotar. Eu me lancei para longe.

Levantei-me num instante, desequilibrado, e botei outra flecha no arco. A égua da Tomada estava caída, com a perna quebrada. A Apanhadora estava ao lado dela, de quatro, atordoada. Uma ponta de flecha prateada emergia da cintura dela, me incriminando.

Lancei minha flecha. E outra. E mais outra, lembrando-me da terrível vitalidade do Manco na Floresta da Nuvem, depois que Corvo o abatera com uma seta que portava o verdadeiro nome do Tomado. Ainda com medo, saquei minha espada depois de usar a última flecha. Investi. Não sei como ainda estava com a arma, depois de tudo que tinha acontecido. Alcancei a Apanhadora, ergui a lâmina bem alto, ataquei brutalmente com as duas mãos. Foi o golpe mais violento e pavoroso que dei na minha vida. A cabeça da Apanhadora de Almas rolou para longe. O protetor facial do morrião negro se abriu. Um rosto de mulher me encarava com olhos acusadores. Era quase idêntica em aparência àquela que me trouxera até ali.

Os olhos da Apanhadora se focalizaram em mim. Os lábios tentaram formar palavras. Fiquei ali, paralisado, me perguntando o que diabos tudo aquilo significava. E a vida se esvaiu da Apanhadora antes que eu pudesse captar a mensagem que ela tentava me transmitir.

Eu voltaria àquele momento 10 mil vezes, tentando ler aqueles lábios moribundos.

A Dama veio até o meu lado, arrastando uma perna. A força do hábito fez que eu me virasse e me abaixasse para dar uma olhada.

— Está quebrada — afirmou a Dama. — Deixe para lá, isso pode esperar.

A respiração dela era rápida e superficial. Por um momento achei que fosse por causa da dor, porém percebi que a Dama olhava a cabeça. Ela começou a rir.

Fitei o rosto no chão, tão parecido com o daquela mulher, e então olhei para a Dama. Ela pousou a mão em meu ombro, apoiando parte do próprio peso em mim. Eu me levantei cuidadosamente, passando o braço por trás dela.

— Eu jamais gostei dessa vaca — afirmou a Dama. — Mesmo quando éramos crianças... — Ela me lançou um olhar cauteloso e se calou. A vivacidade deixou-lhe o rosto. Tornou-se a senhora gélida novamente.

Se algum dia houve alguma fagulha de amor por ela em mim, como acusavam meus irmãos, ela se apagou de vez. Vi claramente o que os rebeldes queriam destruir; aquela parte do movimento que era partidário da Rosa Branca de verdade, e não apenas marionetes do Dominador, o monstro que tinha criado esta mulher e que agora queria vê-la destruída para implementar sua própria forma de terror no mundo outra vez. Naquele momento, eu teria depositado a cabeça dela ao lado da irmã com alegria.

Segunda vez, se é que eu poderia acreditar na Apanhadora. Segunda irmã. Aquilo não merecia lealdade.

Há limites para a sorte, para o poder de um indivíduo, para o quanto alguém ousa resistir. Não tive coragem de seguir meu próprio impulso. Mais tarde, talvez. O Capitão tinha cometido um erro aceitando trabalhar para a Apanhadora de Almas. Seria minha posição privilegiada adequada para convencê-lo de que deveríamos deixar aquele serviço, com base no argumento de que nosso contrato havia se encerrado com a morte da Apanhadora?

Eu duvidava. Seria necessário uma batalha, no mínimo. Especialmente se, como eu suspeitava, ele tivesse ajudado o Síndico em Berílio. A existência da Companhia não parecia estar ameaçada, presumindo que sobrevivêssemos à batalha. Ele não consideraria outra traição. No conflito moral, o Capitão consideraria esse o mal maior.

Ainda havia uma Companhia? A batalha de Talismã não teria se encerrado apenas porque a Dama e eu havíamos nos ausentado. O que teria acontecido enquanto estávamos perseguindo a Tomada renegada?

Olhei para o sol, surpreso em perceber que pouco mais de uma hora tinha se passado.

A Dama se lembrou de Talismã também.

— O tapete, médico — disse ela. — É melhor voltarmos.

Ajudei a Dama a mancar até os restos do tapete da Apanhadora. Estava arruinado, mas a Dama acreditava que iria funcionar. Coloquei-a no transporte, recolhi o arco que ela me dera e me sentei diante dela. A Dama sussurrou. Rangendo, o tapete subiu. Era uma plataforma bem instável.

Fiquei sentado, de olhos fechados, debatendo comigo mesmo, enquanto ela circundava o local da queda da Apanhadora. Eu não conseguia organizar meus pensamentos. Não acreditava que o mal era uma força ativa, mas sim apenas uma questão de ponto de vista. Porém, eu vira o bastante para começar a questionar minha filosofia. Se a Dama não era o mal encarnado, ela chegava suficientemente perto para que não houvesse diferença.

Voamos lentamente em direção à Torre. Quando abri os olhos, pude ver o grande bloco negro no horizonte, inchando gradualmente. Eu não queria voltar.

Passamos pelo terreno rochoso a oeste de Talismã, a 30 metros de altura, com a velocidade de uma lesma. A Dama tinha que se concentrar completamente para manter o tapete no ar. Eu estava aterrorizado com a possibilidade daquilo desmoronar ali, ou que ela desabasse sobre o exército rebelde. Inclinei-me para a frente, estudando os pedregulhos, tentando escolher um lugar para cair.

Foi então que vi a garota.

Tínhamos atravessado três quartos da área rochosa. Vi algo se movendo. Lindinha olhou para nós, do solo, protegendo os olhos do sol. Uma mão surgiu das sombras, arrastando-a para um esconderijo.

Olhei a Dama de soslaio. Ela não percebera nada. Estava ocupada demais se mantendo no ar.

O que estava acontecendo? Teriam os rebeldes forçado a Companhia a se refugiar nas pedras? Por que eu não conseguia ver mais ninguém?

Com muito esforço a Dama gradualmente ganhou altitude. O triângulo da planície se expandiu diante de mim.

Terra de pesadelo. Dezenas de milhares de rebeldes mortos acarpetavam o solo. A maioria tinha tombado em formação. Os três níveis estavam inundados com cadáveres dos dois lados. Um estandarte da Rosa Branca, num mastro inclinado, esvoaçava no topo da pirâmide. Não vi ninguém se movendo em parte alguma. O silêncio dominava a terra, exceto pelo murmúrio do gélido vento norte.

A Dama perdeu a concentração por um instante. Mergulhamos. Ela conseguiu nos segurar a poucos metros do solo.

Nada se movia além das bandeiras e estandartes ao vento. O campo de batalha lembrava algo saído da imaginação de um artista louco. A camada superior de corpos rebeldes parecia ter morrido em uma agonia horrenda. Os números eram incalculáveis.

Sobrevoamos a pirâmide. A morte a tinha contornado, avançando contra a Torre. Os portões permaneciam abertos. Cadáveres rebeldes jaziam na sua sombra.

Eles tinham entrado.

Havia apenas um punhado de mortos no topo da pirâmide, todos rebeldes. Meus camaradas devem ter conseguido entrar.

Eles provavelmente ainda estavam lutando naqueles corredores labirínticos. O lugar era vasto demais para ser dominado rapidamente. Escutei, mas não ouvi nada.

O topo da Torre estava 90 metros acima de nós. Não conseguíamos subir mais... Um vulto apareceu no alto, chamando-nos com acenos. Era baixo e vestia marrom. Meu queixo caiu. Lembrava-me de apenas um Tomado que vestia marrom. Ele foi até um ponto melhor, mancando, ainda nos chamando. O tapete subiu. Faltavam 60 metros. Trinta. Olhei para trás, para o panorama de morte. Um quarto de milhão de homens? Assustador. Um número grande demais para ter significado. Nem mesmo as batalhas do ápice da Dominação se aproximaram alguma vez daquela escala...

Dei uma olhada na Dama. Ela tinha maquinado aquilo tudo. Seria senhora absoluta do mundo agora, se a Torre sobrevivesse à batalha que acontecia lá dentro. Quem poderia se opor a ela? Os homens de um continente inteiro jaziam mortos...

Meia dúzia de rebeldes saiu pelo portão. Dispararam flechas contra nós. Apenas algumas traçaram um arco tão alto quanto o tapete. Os soldados pararam de atirar e esperaram. Sabiam que nós estávamos em apuros.

Quinze metros. Sete. A Dama lutava para subir, e estava difícil, mesmo com a ajuda do Manco. Tremi com o vento que ameaçava nos jogar para longe da Torre. Recordei a longa queda do Uivador. Estávamos tão alto quanto ele estivera.

Uma espiada na planície me mostrou o forvalaka. Pendia frouxo da cruz, mas eu sabia que estava vivo.

Uns poucos homens se juntaram ao Manco. Alguns traziam cordas, outros, lanças ou varas longas. Nós subíamos cada vez mais devagar. Tornou-se um jogo ridiculamente tenso, a segurança quase próxima, mas nunca ao nosso alcance.

Uma corda caiu em meu colo.

— Amarre-a — gritou um sargento da Guarda.

— E quanto a mim, seu babaca?

Eu me movi tão rápido quanto uma pedra crescendo, com medo de acabar com a estabilidade do tapete. Senti a tentação de amarrar um nó falso que cederia ao ser forçado. Não gostava realmente mais da Dama. O mundo ficaria melhor sem ela. A Apanhadora fora uma trapaceira assassina, cujas ambições tinham lançado centenas à morte. Ela merecera seu destino. E essa irmã, que lançara milhares à estrada sombria, o quanto mais ela não merecia?

Uma segunda corda foi lançada. Amarrei a mim mesmo. Estávamos a um metro e meio do topo, incapazes de subir mais. Os homens tensionaram as cordas. O tapete deslizou contra a Torre. Baixaram varas, e agarrei uma delas.

O tapete caiu.

Por um segundo achei que era o fim. Então me puxaram para cima.

Disseram que o combate nos andares inferiores era feroz. O Manco me ignorou completamente, saindo apressado para entrar em ação. Eu simplesmente fiquei esparramado no topo da Torre, feliz por estar vivo. Até cochilei. Acordei sozinho, com o vento norte e um cometa enfraquecido no horizonte. Então desci para verificar o final do grande plano da Dama.

Ela venceu. Menos de um centésimo dos rebeldes sobrevivera, e a maioria dos sobreviventes tinha desertado bem cedo.

O Uivador espalhou a peste com os globos que atirou. A praga alcançou o estágio crítico logo após eu e a Dama termos partido atrás da Apanhadora de Almas. Os magos rebeldes não conseguiram conter a doença numa escala significativa, daí as montanhas de mortos.

Mesmo assim, muitos dos inimigos acabaram sendo parcial ou totalmente imunes, e nem todos do nosso lado escaparam da infecção. Os rebeldes tomaram o nível superior.

O plano tinha sido, naquele estágio, convocar um contra-ataque da Companhia Negra. O Manco, reabilitado, os ajudaria com alguns soldados de dentro da Torre. Mas a Dama não estava lá para ordenar a investida. Na ausência dela, Sussurro ordenou uma retirada para a Torre.

O interior da Torre consistia numa série de armadilhas mortais manejadas não só pelos soldados orientais do Uivador, mas pelos feridos que tinham sido levados para dentro em noites anteriores e curados pelos poderes da Dama.

A coisa toda estava encerrada antes que eu pudesse atravessar o labirinto e encontrar meus companheiros. Quando finalmente cruzei com a trilha deles, descobri que estava horas atrasado. Eles tinham deixado a Torre, com ordens de estabelecer uma linha de controle onde a paliçada ficara.

Alcancei o nível mais baixo bem depois do crepúsculo. Estava cansado. Só queria paz, quietude, talvez ser postado na guarnição de uma cidade pequena... Minha mente não funcionava direito. Eu tinha coisas a fazer, discussões a iniciar, uma batalha a travar com o Capitão. Ele não iria querer trair outro contrato. Há os fisicamente mortos e há os moralmente mortos. Meus camaradas estavam dentre os últimos. Eles não iriam me entender. Elmo, Corvo, Manso, Caolho, Duende, todos agiriam como se eu estivesse falando uma língua estrangeira. Por outro lado, como eu poderia condená-los? Eram meus irmãos, meus amigos, minha família, e agiam de forma moral dentro desse contexto. O peso daquela missão recaia sobre mim. Eu teria de convencê-los de que havia uma obrigação maior.

Pisoteei sangue seco, passei por cima de cadáveres, puxando cavalos que eu tinha liberado dos estábulos da Dama. O motivo pelo qual eu levara vários deles era um mistério, exceto por uma vaga noção de que eles poderiam ser úteis. Peguei aquele que Pluma havia cavalgado, porque não estava com vontade de andar.

Parei para contemplar o cometa. Parecia menor.

— Não foi desta vez, não é? — perguntei a ele. — Não posso dizer que estou chateado com isso.

Uma risada falsa. Por que eu estaria? Se essa tivesse sido a hora dos rebeldes, como eles acreditaram, eu estaria morto.

Parei mais duas vezes antes de alcançar o acampamento. Na primeira vez ouvi um praguejar baixinho ao descer dos restos da muralha de contenção. Aproximei-me do som, e encontrei Caolho sentado debaixo do forvalaka crucificado. Ele falava de forma regular, em voz baixa, numa língua que eu não entendia. O feiticeiro estava tão concentrado que não me ouviu chegar. Também não me ouviu partir, um minuto depois, completamente enojado.

Caolho estava cobrando o preço pela morte do irmão dele, Tom-Tom. Conhecendo o sujeito, ele estenderia aquilo por dias.

Parei de novo onde a falsa Rosa Branca tinha assistido a batalha. Ela ainda estava lá, bastante morta numa idade bastante jovem. Os amigos magos dela tornaram a morte mais difícil, ao tentar salvá-la da doença do Uivador.

— Outro plano que deu errado. — Virei-me para olhar a Torre, o cometa. Ela havia vencido...

Tinha mesmo? O que a Dama conquistara, afinal? A destruição dos rebeldes? Mas eles haviam se tornado um instrumento do marido dela, um mal ainda maior. O Dominador fora o grande derrotado aqui, mesmo que apenas ele, ela e eu soubéssemos disso. O mal maior tinha sido evitado. Além disso, o ideal dos rebeldes havia atravessado uma chama purificadora, que lhe deu consistência. Quem sabe numa próxima geração...

Não sou religioso. Não consigo conceber deuses que dariam a mínima aos frívolos atos da humanidade. Quero dizer, obviamente, que seres de tal ordem simplesmente não se importariam. Porém, talvez exista uma força atuando pelo bem maior, criada por nossas mentes inconscientes unidas, uma força que se torna um poder independente, maior que a soma das partes. Talvez, sendo uma coisa mental, não seja limitada pelo tempo. Talvez ela possa ver todos os lugares e momentos e mover os peões, de forma que o que parece ser a vitória de hoje não passa da pedra fundamental da derrota de amanhã.

Talvez o cansaço estivesse mexendo com minha cabeça. Por alguns segundos acreditei estar vendo a paisagem do amanhã, vendo o triunfo da Dama se virando como uma serpente e iniciando a destruição dela durante a próxima passagem do cometa. Pensei estar vendo a verdadeira Rosa Branca levando o estandarte até a Torre, vendo a Rosa e seus campeões com tanta clareza como se estivesse presente naquele dia pessoalmente...

Balancei, montado na besta de Pluma, assombrado e aterrorizado. Pois, se aquela fosse uma visão verdadeira, eu *estaria* lá. Se fosse uma visão verdadeira, eu conhecia a Rosa Branca. Já a conhecia há um ano. Ela era minha amiga. E eu a desconsiderara por conta de sua deficiência...

Urgi os cavalos em direção ao acampamento. Quando uma sentinela me interpelou, eu já tinha recuperado cinismo suficiente para desconsiderar a visão. Havia passado por coisas demais num só dia. Gente como eu simplesmente não vira profeta. Especialmente, não quando estamos do lado errado.

Elmo foi o primeiro rosto familiar que vi.

— Deus, você está com uma cara horrível — afirmou ele. — Está ferido?

Não consegui fazer nada além de balançar a cabeça. Ele me arrastou do cavalo, me botou num canto qualquer e eu não vi mais nada por horas. Lembro apenas que meus sonhos foram tão desconexos e temporalmente frouxos quanto a visão, e não gostei nada deles. Eu não conseguia escapar.

Porém, a mente é forte. Fui capaz de esquecer os sonhos momentos após acordar.

Capítulo Sete

ROSA

A furiosa discussão com o Capitão durou duas horas. Ele estava inflexível. Não aceitou meus argumentos, fossem legais ou morais. Com o tempo, outros participantes, com assuntos a tratar com o Capitão, se juntaram à refrega. Na hora em que eu realmente perdi a paciência, a maioria dos integrantes principais da Companhia estava presente: o Tenente, Duende, Calado, Elmo, Manso e vários novos oficiais recrutados em Talismã. O pouco apoio que recebi veio de uma fonte surpreendente. Calado concordou comigo, além de dois dos novos oficiais.

Saí pisando forte. Calado e Duende me seguiram. Eu estava numa fúria incontrolável, mesmo que nada surpreso com a reação. Com os rebeldes derrotados, havia pouco que pudesse incentivar a partida da Companhia. Eles seriam porcos com gororoba até o focinho. Questões de certo e errado soavam ridículas. Basicamente, quem se importava?

Ainda era cedo, no dia seguinte à batalha. Eu não tinha dormido bem e estava cheio de uma energia nervosa. Andei de um lado para o outro vigorosamente, tentando gastá-la um pouco.

Duende calculou o tempo e entrou em meu caminho quando sosseguei um pouco. Calado observava de perto.

— Podemos conversar? — indagou Duende.

— Eu andei conversando. Ninguém me escuta.

— Você está discutindo demais. Venha até aqui e sente-se um pouco.

"Aqui" era uma pilha de equipamento perto de uma fogueira onde alguns homens cozinhavam e outros jogavam Tonk. O pessoal de sempre.

Eles me olharam de soslaio e deram de ombros. Estavam todos preocupados, como se temessem pela minha sanidade.

Acho que se qualquer um deles tivesse feito o que eu estava fazendo, um ano atrás, eu teria me sentido da mesma forma. Era confusão e preocupação sinceras e baseadas na amizade por um camarada.

A teimosia deles me irritava, porém eu não conseguia sustentar a irritação porque, ao mandarem Duende falar comigo, demonstraram que queriam entender.

O jogo continuou, calado e soturno inicialmente, tornando-se animado conforme eles trocavam comentários sobre o desenrolar da batalha.

— O que aconteceu ontem, Chagas? — perguntou Duende.

— Eu já contei.

— Por que não repassamos os acontecimentos? — sugeriu ele, gentilmente. — Vamos nos concentrar nos detalhes.

Eu sabia o que ele estava fazendo. Um pouco de terapia mental, baseada na premissa de que a proximidade prolongada com a Dama tinha mexido com minha cabeça. Ele estava certo. Eu fora afetado. E também havia aberto meus olhos, e tentei deixar isso bem claro ao reiterar meu dia, invocando as habilidades que desenvolvi rabiscando estes Anais, na esperança de convencê-lo de que minha postura era racional e moral, e que a de todos os outros não era.

— Você viu o que ele fez com aqueles rapazes de Remo, que tentaram pegar o Capitão de surpresa? — perguntou um dos jogadores de cartas.

Eles estavam fofocando sobre Corvo. Eu tinha me esquecido dele até então. Apurei minhas orelhas e escutei várias histórias sobre o heroísmo selvagem dele. Ao ouvi-los, era de se pensar que Corvo resgatara todo mundo na Companhia pelo menos uma vez.

— Cadê ele? — perguntou alguém.

Quase todos balançaram a cabeça.

— Deve ter morrido — sugeriu alguém. — O Capitão mandou uma tropa buscar nossos mortos. Acho que a gente vai ver o enterro dele hoje à tarde.

— O que aconteceu com a menina?

— Quando você encontrar o Corvo, vai encontrar a garota. — Elmo fungou.

— Falando na garota, vocês viram o que aconteceu quando tentaram derrubar o segundo pelotão com algum tipo de feitiço de nocaute? Foi esquisito. A menina agiu como se nada tivesse acontecido. Todos os outros caíram que nem pedras. Ela só ficou com uma cara confusa e chacoalhou Corvo. Aí ele levantou e bum, massacrou os rebeldes. A garota acordou todo mundo. Como se a mágica não pudesse tocar ela, ou coisa assim.

— Talvez seja porque ela é surda — afirmou outro soldado. — Talvez, tipo, a mágica seja som.

— Ah, quem sabe? Pena que ela não sobreviveu. Eu tinha me acostumado com ela por aí.

— Com Corvo também. A gente precisava dele para evitar que o velho Caolho trapaceasse. — Todos riram.

Olhei para Calado, que estava bisbilhotando minha conversa com Duende. Balancei a cabeça. Ele ergueu uma sobrancelha. Usei os sinais de Lindinha para lhe dizer: *Eles não estão mortos.* Calado gostava de Lindinha também.

O feiticeiro se levantou, parou atrás de Duende e indicou uma direção com um aceno brusco da cabeça. Ele queria falar comigo a sós. Escapei da conversa e o segui.

Expliquei que tinha visto Lindinha enquanto voltava de minha aventura com a Dama, que suspeitava que Corvo estava desertando pela única rota que acreditava que não seria vigiada. Calado franziu o cenho e perguntou por que ele faria isso.

— Sei lá. Você sabe bem como ele tem andado ultimamente. — Não mencionei minhas visões ou sonhos, pois tudo isso parecia fantástico demais agora. — Talvez tenha ficado de saco cheio da gente.

Calado deu um sorriso que dizia que ele não acreditava em nenhuma palavra daquilo. Ele suspirou. *Quero saber por quê. O que você sabe?* Ele presumia que eu sabia mais sobre Corvo e Lindinha do que qualquer outra pessoa porque sempre estava sondando detalhes para os Anais.

— Eu não sei de nada que você não saiba. Corvo passava mais tempo com o Capitão e Picles do que com qualquer outra pessoa.

Calado pensou por dez segundos e então respondeu com sinais. *Vá selar dois cavalos. Não, quatro cavalos, e traga comida também. Pode ser que a gente leve alguns dias. Vou fazer perguntas.* A atitude dele não aceitava discussão.

Por mim, estava ótimo. Eu tinha pensado em sair a cavalo enquanto conversava com Duende. Havia desistido do plano porque não conseguia pensar em nenhuma forma de seguir a trilha de Corvo.

Fui até a linha de defesa, onde Elmo levara os cavalos na noite anterior. Quatro deles. Por um instante considerei a chance da existência de uma força superior que nos movia. Convenci alguns homens a selar as bestas para mim enquanto arrancava alguns suprimentos de Picles. Não era fácil enrolá-lo. O sujeito queria uma autorização pessoal do Capitão. Fechamos um acordo no qual ele receberia uma menção especial nos Anais.

Calado se juntou a mim no fim das negociações. Depois de carregarmos os suprimentos no lombo das montarias, perguntei:

— Descobriu alguma coisa?

Só que o Capitão sabe de alguma coisa especial que não quer compartilhar, ele me disse com sinais. *Acho que tem mais a ver com Lindinha do que com Corvo.*

Grunhi. Aquilo novamente. Teria o Capitão chegado a uma conclusão semelhante à minha? E teria sido naquela manhã, enquanto discutíamos? Hum... Ele tinha uma mente astuciosa...

Acho que Corvo partiu sem a permissão do Capitão, mas com a bênção dele. Você interrogou Picles?

— Achei que você ia fazer isso.

Calado balançou a cabeça. Não tivera tempo para isso.

— Faça isso agora. Ainda tenho algumas coisas a preparar.

Corri até a tenda-hospital, me equipei com armas e achei o presente que estivera guardando para o aniversário de Lindinha. Então cacei Elmo e lhe disse que gostaria de pegar uma parte da minha cota do dinheiro que tínhamos faturado em Rosas.

— Quanto?

— O máximo que eu puder receber.

Elmo me encarou longa e duramente, e decidiu não fazer perguntas. Os homens não sabiam daquela grana. O segredo permanecera entre aqueles que tinham ido a Rosas, atrás de Rasgo. Porém, havia quem se perguntasse como Caolho conseguia pagar todas as dívidas de jogo mesmo que jamais ganhasse uma partida, e que não tivesse mais tempo para suas atividades no mercado negro.

Elmo me seguiu quando deixei a barraca dele. Encontramos Calado já montado, com os cavalos prontos para partir.

— Vão dar uma volta, é? — indagou o sargento.

— É.

Prendi o arco que ganhara da Dama na sela e montei.

Elmo examinou nossos rostos com olhos estreitos, e então se despediu:

— Boa sorte.

Ele deu meia-volta e foi embora. Olhei para Calado.

Picles afirma não saber de nada, também, sinalizou. *Eu consegui fazer com que admitisse que deu rações extras a Corvo antes do começo da batalha, ontem. Ele também sabe de alguma coisa.*

Bem, que inferno. Todo mundo parecia estar participando das trocas de palpites e deduções. Enquanto Calado trotava à minha frente, voltei meus pensamentos ao confronto daquela manhã, buscando pistas de alguma coisa estranha. E encontrei algumas. Duende e Elmo também tinham suas suspeitas.

Não havia como evitar passar pelo acampamento rebelde. Pena. Eu teria preferido evitá-lo. As moscas e o fedor eram inescapáveis. Quando eu e a Dama passamos por ali, parecera vazio. Engano meu. Nós é que não tínhamos visto ninguém. Os inimigos feridos e seguidores de exército estavam lá. O Uivador jogara globos neles também.

Eu havia escolhido bem nossas montarias. Além de ter trazido a égua de Pluma, tinha adquirido outras bestas da mesma variante incansável. Calado estabeleceu um ritmo acelerado, dispensando a comunicação até que, enquanto cavalgávamos pelo limite externo da região rochosa, ele refreou o cavalo e indicou com sinais que eu deveria esquadrinhar a área ao redor. Queria saber qual tinha sido a linha de voo da Dama ao se aproximar da Torre.

Disse-lhe que achava que o trajeto passara mais ou menos a um quilômetro e meio ao sul de onde estávamos. Calado me entregou as rédeas dos outros cavalos e se aproximou das rochas, avançando lentamente e estudando o solo com cuidado. Não prestei muita atenção. Ele era capaz de encontrar pistas melhor que eu.

Eu poderia ter encontrado essa trilha, porém. Calado ergueu a mão, apontando para o chão em seguida. Os dois haviam deixado a terra devastada mais ou menos onde a Dama e eu tínhamos cruzado a fronteira na direção contrária.

— Ele queria ganhar tempo, então não tentou encobrir os rastros — sugeri.

Calado concordou com a cabeça, olhando para oeste. Ele fez perguntas sobre as estradas.

A via principal do norte a sul passa 5 quilômetros a oeste da Torre. Era a estrada que tínhamos seguido para Forsberg. Deduzimos que Corvo iria naquela direção inicialmente. Mesmo em tempos como este, haveria tráfego suficiente para ocultar a passagem de um homem e uma criança, pelo menos de olhares ordinários. Calado acreditava ser capaz de segui-los.

— Lembre-se, este é o país dele — comentei. — Corvo o conhece melhor que nós.

Calado concordou distraído, despreocupado. Espiei o sol. Restavam talvez mais duas horas de luz. Eu me perguntei o quão grande seria a vantagem dos dois.

Alcançamos a estrada. Calado a estudou por um momento, foi alguns metros para o sul, balançou a cabeça para si mesmo. Ele me chamou, esporeando o cavalo.

Então cavalgamos aquelas montarias incansáveis, num ritmo forte, hora após hora, após o pôr do sol, a noite inteira, no dia seguinte, indo para o mar, até que acabamos muito à frente de nossas presas. As pausas foram poucas e espaçadas. Tudo em mim doía. Minha aventura com a Dama tinha sido recente demais para que eu passasse por isso.

Paramos onde a estrada contornava o sopé de uma colina encoberta pela floresta. Calado indicou um ponto nu de vegetação que daria um ótimo local de vigília. Concordei. Deixamos a estrada e subimos.

Cuidei dos cavalos e desabei.

— Tô ficando velho demais para isto — resmunguei, e adormeci imediatamente.

Calado me acordou com o crepúsculo.

— Estão chegando? — indaguei.

Ele balançou a cabeça e disse com sinais que não deveríamos esperá-los antes de amanhã, mas que eu deveria ficar de olho mesmo assim, no caso de Corvo estar viajando à noite.

Então me sentei sob a pálida luz do cometa, embrulhado num cobertor, tremendo com o vento invernal, hora após hora, sozinho com pensamentos que não queria ter, e não vi nada além de uma manada de cervos atravessando da mata para as terras cultivadas, na esperança de encontrar um pasto melhor.

Calado me substituiu algumas horas antes da alvorada. Ah, alegria, alegria. Agora eu poderia me deitar, tremer e pensar em coisas que não queria pensar. Mas consegui adormecer em algum momento, pois já estava claro quando Calado apertou meu ombro.

— Estão chegando?

Ele confirmou.

Eu me levantei, esfreguei os olhos com as costas das mãos, fitei a estrada. Realmente, duas silhuetas vinham para o sul, uma mais alta que a outra. Mas, naquela distância, poderiam ser qualquer adulto e qualquer criança. Empacotamos tudo e preparamos os cavalos apressadamente, então descemos o morro. Calado queria esperar um pouco mais adiante, depois da curva. Ele me mandou aguardar na estrada atrás deles, por segurança. Era preciso esperar o inesperado, no caso de Corvo.

Calado partiu. Eu esperei, ainda tremendo, me sentindo muito sozinho. Os viajantes galgaram um aclive. Sim. Corvo e Lindinha. Andavam apressados, mas Corvo parecia destemido, certo de que ninguém os seguia. Passaram por mim. Esperei um minuto, deixei a mata e os segui ao redor do pé do morro.

Calado tinha parado o cavalo no meio da estrada, e estava um pouco inclinado para a frente, parecendo esguio, malévolo e sombrio. Corvo parara a uns 15 metros do feiticeiro, sacando aço. Segurava Lindinha atrás de si.

Ela me viu chegando, sorriu e acenou. Eu sorri de volta, apesar da tensão do momento.

Corvo girou. Um rosnado escapou de seus lábios. Raiva, talvez até medo, ardia nos olhos dele. Parei além do alcance das facas. O homem não parecia disposto a conversar.

Permanecemos parados por vários minutos. Ninguém queria falar primeiro. Olhei para Calado. O mago deu de ombros. O plano dele só ia até aquele momento.

A curiosidade tinha me trazido até aqui, e eu havia saciado parte dela. Os dois estavam vivos e em fuga. Só o motivo permanecia obscuro.

Para minha surpresa, Corvo cedeu primeiro.

— O que vocês estão fazendo aqui, Chagas?

Eu pensava que ele seria capaz de vencer uma pedra num embate de teimosia.

— Procurando você.

— Por quê?

— Curiosidade. Calado e eu estamos interessados em Lindinha. Estávamos preocupados.

Corvo franziu o cenho. Não estava ouvindo o que esperara ouvir.

— Vocês podem ver que ela está bem.

— É. Parece que sim. E quanto a você?

— Eu pareço não estar bem?

Lancei um olhar a Calado. Ele não tinha nada a contribuir.

— É de se estranhar, Corvo. É de se estranhar.

Ele estava na defensiva.

— O que diabos quer dizer com isso?

— O cara dá um gelo nos próprios camaradas. Trata eles que nem merda. Então deserta. As pessoas ficam curiosas a ponto de ir descobrir o que está acontecendo.

— O Capitão sabe onde vocês estão?

Dei outra olhada em Calado. Ele confirmou.

— Sabe. Quer nos dar uma explicação, velho amigo? Eu, Calado, o Capitão, Picles, Elmo, Duende... todos nós talvez tenhamos uma ideia...

— Não tente me deter, Chagas.

— Por que está sempre procurando briga? Quem falou em deter você? Se eles quisessem que você fosse detido, não estaria aqui agora. Nem teria se afastado da Torre.

Corvo estava espantado.

— Eles perceberam o que iria acontecer, Picles e o velho. Deixaram vocês partir. O resto do pessoal, bem, a gente quer saber por quê. Quero dizer, bem, achamos que já sabemos e, se for pelo motivo que pensamos, então pelo menos você tem *minha* bênção. E a de Calado. E, acho, de todo mundo mais que não atrapalhou você.

Corvo franziu o cenho. Ele sabia o que eu estava insinuando, mas não conseguia entender. Como ele não era um dos veteranos da Companhia, havia uma falha na comunicação.

— É mais ou menos assim — expliquei. — Eu e Calado concluímos que vocês vão ser listados como mortos em ação. Vocês dois. Ninguém precisa saber que não foi assim. Mas, sabe, é como se você estivesse fugindo de casa. Mesmo considerando que todos desejamos seu bem, ficamos talvez um pouco magoados com a forma como você fez o que fez. Votamos pela sua entrada na Companhia. Você enfrentou o inferno do nosso lado. Você... Olhe só o que nós dois passamos juntos. E você nos trata que nem merda. Isso não é legal.

A mensagem foi recebida.

— Às vezes surge alguma coisa tão importante que não dá para contar nem a seus melhores amigos — disse Corvo. — Vocês todos poderiam ter morrido por isso.

— Achei que fosse isso. Ei! Relaxa.

Calado tinha desmontado e iniciado uma conversa com Lindinha. Ela parecia não ver a tensão entre os amigos dela. Estava contando a Calado o que tinham feito e aonde iam.

— Você acha essa uma boa ideia? — perguntei. — Opala? Preciso lhe contar algumas coisas, então. Primeiro, a Dama ganhou. Acho que você deduziu isso. Viu que isso iria acontecer, ou não teria caído fora. Certo. Porém, o mais importante: o Manco voltou. Ela não matou o cara. A Dama o reconstruiu, e agora ele é o garoto número 1 dela.

Corvo ficou branco. Acho que nunca tinha visto o sujeito realmente amedrontado antes. Mas o medo não era por ele mesmo. Corvo se considerava um homem morto, um homem sem nada a perder. Mas agora ele tinha Lindinha, tinha um causa. Precisava continuar vivo.

— É. O Manco. Calado e eu conversamos muito sobre isso. — Na verdade, a ideia só tinha me ocorrido um momento antes. Achei que soaria melhor se Corvo achasse que havíamos dedicado a devida consideração ao plano. — Achamos que a Dama vai entender a coisa mais cedo ou mais tarde. Ela vai querer fazer um movimento. Se fizer a conexão com você, o Manco virá em seu rastro. Ele conhece você. Vai começar a busca em seu velho território, achando que você foi atrás de antigos conhecidos. Tem algum amigo capaz de esconder você do Manco?

Corvo suspirou, parecendo perder estatura. Guardou as armas.

— Era meu plano. Pensava em cruzar o mar até Berílio e nos esconder por lá.

— Tecnicamente, Berílio é apenas aliada da Dama, mas a palavra dela é lei naquela cidade. Você precisa fugir para algum lugar onde nunca ouviram falar nela.

— Onde?

— Esta não é minha parte do mundo. — Corvo parecia calmo agora, então desmontei. Ele me espiou, cauteloso, e então relaxou. — Eu já sei tudo que vim descobrir. Calado?

Calado balançou a cabeça e continuou a conversa com Lindinha.

Tirei a bolsa de dinheiro do meu saco de dormir e a joguei para Corvo.

— Você deixou sua parte da grana de Rosas. — Trouxe os cavalos extras. — Vão viajar mais rápido se forem a cavalo.

Corvo lutou consigo mesmo, tentando agradecer, sem conseguir superar as barreiras que tinha construído ao redor do homem que trazia dentro de si.

— Acho que poderíamos rumar para...

— Eu não quero saber. Já encontrei o Olho duas vezes. Ela está decidida a registrar o lado dela para a posteridade. Não que ela queira parecer boa, mas quer que os fatos sejam lembrados sem distorção. A Dama sabe que a história se reescreve. Não quer que isso aconteça com ela. E sou o garoto escolhido para escrever os fatos.

— Deixe isso para trás, Chagas. Venha conosco. Você e Calado. Venham conosco.

Tinha sido uma noite longa e solitária. Eu pensara muito nisso.

— Não posso, Corvo. O Capitão precisa ficar onde está, mesmo que não goste disso. A Companhia tem que ficar. Eu sou da Companhia. Estou velho demais para fugir de casa. Vamos lutar a mesma batalha, eu e você, mas farei minha parte ficando com a família.

— Vamos lá, Chagas. Um bando de canalhas mercenários...

— Ei! Pode parar. — Minha voz soou mais dura do que eu pretendera. Corvo se calou. — Você se lembra daquela noite em Lordes, antes de partirmos atrás de Sussurro? Quando li os Anais? O que você me disse?

Corvo levou vários segundos para responder.

— Lembro. Que você me fizera sentir o que significava fazer parte da Companhia Negra. Certo. Talvez eu não entenda isso, mas eu senti.

— Obrigado. — Peguei outro embrulho em meu saco de dormir. Este era para Lindinha. — Vá conversar um pouco com Calado, sim? Tenho um presente de aniversário para entregar.

Corvo me olhou um momento e então concordou. Eu me virei para que minhas lágrimas não ficassem óbvias. E, depois que me despedi da menina, e desfrutei da felicidade dela com meu mísero presente, fui até a beira da estrada e chorei um pouco, em silêncio. Calado e Corvo fingiram não ver.

Eu sentiria saudades de Lindinha. E passaria o resto de meus dias temendo pela vida dela. Lindinha era preciosa, perfeita, sempre feliz. Os acontecimentos daquela vila ficaram para trás. Adiante, porém, o inimigo mais terrível esperava por ela. Nenhum de nós queria tal destino para a menina.

Eu me levantei, apagando todos os sinais de lágrimas, e chamei Corvo para uma conversa pessoal.

— Eu não sei quais são seus planos. Não quero saber. Mas fique sabendo disso, por segurança. Quando a Dama e eu alcançamos o Apanhador de Almas ontem, ele tinha uma resma inteira daqueles papéis que descobrimos no acampamento de Sussurro. Ele nunca os entregou à Dama. Ela não sabe que eles existem. — Expliquei onde poderiam ser encontrados. — Vou até lá daqui a umas duas semanas. Se os papéis estiverem lá, verei o que posso descobrir neles.

Corvo me fitou com um rosto frio e inexpressivo. Ele estava pensando que minha sentença de morte estava assinada caso eu fosse vasculhado pelo Olho novamente. Mas não disse nada.

— Obrigado, Chagas. Se eu passar por lá algum dia, vou dar uma olhada.

— Certo. Pronto para partir, Calado?

Calado confirmou.

— Lindinha, venha cá. — Eu a espremi num longo e apertado abraço. — Seja boa para Corvo. — Desatei o amuleto que Caolho me dera, prendi ao braço da menina e disse a Corvo: — Isto a avisará se Tomados hostis se aproximarem. Não me pergunte como, mas funciona. Sorte.

— É.

Corvo ficou ali parado, olhando enquanto montávamos, ainda espantado. Ergueu uma das mãos, incerto, e a deixou cair.

— Vamos para casa — disse eu a Calado, e fomos embora.

Foi um incidente que jamais aconteceu. Afinal, não tinham Corvo e a órfã dele morrido nos portões de Talismã?

De volta à Companhia. De volta aos negócios. De volta à passagem dos anos. De volta a estes Anais. De volta ao medo.

Trinta e sete anos até a próxima passagem do cometa. A visão tem que ser falsa. Eu jamais sobreviverei por tanto tempo. Será?

Este livro foi composto na tipografia ITC Stone Serif,
em corpo 9,5/16 e impresso em papel off-white
$80g/m^2$ no Sistema Digital Instant Duplex
da Divisão Gráfica da Distribuidora Record.